Amanda Maciel

Das wirst du bereuen

Titel in der Regel auch als Hörbuch und E-Book erhältlich

AMANDA MACIEL

das wirst du bereuen

Aus dem amerikanischen Englisch
von Christa Prummer-Lehmair und Katharina Förs

Boje

MIX
Papier aus verantwortungsvollen Quellen
FSC® C006701
FSC
www.fsc.org

Titel der englischsprachigen Originalausgabe:
»Tease«

Textredaktion: Katharina Jacobi, Leipzig
Umschlaggestaltung: Sandra Taufer, München
Umschlagmotiv: © Nenov Brothers Images/shutterstock
Satz: Dörlemann Satz, Lemförde
Gesetzt aus der Minion Pro
Druck und Einband: CPI – Ebner & Spiegel, Ulm

Printed in Germany
ISBN 978-3-414-82406-6

5 4 3 2 1

Sie finden uns im Internet unter: www.boje-verlag.de

Für Becky, in Liebe

JULI

»Hatten Sie je eine körperliche Konfrontation mit Miss Putnam?«

»Ob ich was hatte?«

»Hatten Sie je eine …«

»Oh. Ja. Ähm, ja, ich glaube, da war dieses eine Mal im Umkleideraum.«

Die Anwältin schreibt es auf, obwohl die ganze Zeit das Aufnahmegerät mitläuft. Und obwohl sie meine Antwort bereits kennt. Auch der Praktikant macht sich Notizen. Er ist echt süß. Darauf sollte ich jetzt eigentlich nicht achten, nur ist er der einzige erfreuliche Anblick in diesem Raum. Außerdem ist er als Einziger ungefähr in meinem Alter – die Anwälte dürften um die vierzig sein und die Stenografin mindestens hundertfünf –, und er ist neu hier. Wahrscheinlich hat er gerade Semesterferien oder so. Muss das schön sein. Wegen dieser … Sache habe ich in der Schule eine Menge verpasst, deswegen gehe ich jetzt in die Sommerschule.

Und komme hierher.

»Das war der Vorfall vom dreiundzwanzigsten Januar?«

Diese Anwältin ist vollkommen kühl und sachlich und stiehlt allen die Zeit. Sie ist wohl die Chefin der Kanzlei, ich weiß es nicht genau. Normalerweise treffe ich mich nur mit Natalie. Die ist zwar nicht viel besser, aber sie sieht mich wenigstens an, wenn sie mit mir spricht. Nur heute macht sie sich *ebenfalls* Notizen, und trotzdem wirkt sie irgendwie unaufmerksam. Vielleicht schreiben auch alle nur ihre Einkaufslisten.

Plötzlich hebt Natalie den Kopf und sieht mich an, als wollte sie sagen: *Antworten Sie auf die Frage.*

»Ja, ich denke schon. War das ein Dienstag? Wir haben nämlich dienstags und donnerstags Sport, deshalb war es wohl ein Dienstag.«

Die Blickkontakt vermeidende Anwältin notiert das natürlich. Oder vielleicht notiert sie auch *Rucola, Klopapier, Orangensaft*. Ich weiß es nicht. Mann, ist das öde.

Der ganze Ablauf ist überhaupt nicht so wie im Fernsehen. Immerhin sitze ich hier in Jeans-Shorts. Es gibt keine dramatische Szene vor Gericht, so à la *Im sanften Licht der Nachmittagssonne, die durch das riesige Fenster hereinfällt, lege ich im Zeugenstand unter Tränen ein Geständnis ab*. Offenbar geht es darum, einen Prozess nach Möglichkeit zu vermeiden, obwohl das bestimmt allemal besser wäre als das hier. Auch wenn es keinen schönen, kinoartigen Gerichtssaal gäbe. Hier jedenfalls sitzen wir in einem fensterlosen Raum mit einem abgeschabten Tisch aus Holzimitat (das ist wahrscheinlich total unwichtig, nur starre ich schon seit drei Stunden drauf), und das Licht ist zu grell und die Klimaanlage so kalt eingestellt, dass ich nicht einmal mehr friere, sondern mich richtig taub fühle.

Ich glaube, ich fühle mich schon seit einer ganzen Weile richtig taub.

Aber ich habe niemanden umgebracht.

Ich werfe noch einen verstohlenen Blick auf den Praktikanten. Er ist schwarz, hat kurze Haare und eine wahnsinnig glatte Haut, die wirklich sehr dunkel ist – was zusammen mit seinem leuchtend lila Hemd echt gut aussieht. Dieses Lila erinnert mich an den Nagellack, den ich mir immer für meine Zehennägel ausgesucht habe, früher, als es noch kein Problem war, ins Nagelstudio zu gehen. Bevor ständig irgendwas über uns in der Zeitung stand und die Leute im Supermarkt angefangen haben, mir Schimpfnamen hinterherzurufen. Was jetzt andauernd geschieht, auch wenn ich nur durch die Gänge laufe und blöde Chips und Salsa für meine kleinen Brüder kaufe. Dann schreien die mich an und werfen mir die schlimmsten Sachen an den Kopf.

Als Mrs Thale uns damals im Englischunterricht beibringen wollte, was Ironie ist, hatte ich es nicht so richtig kapiert. Aber jetzt schon. Jetzt, wo ich gemobbt werde, weil ich eine Mobberin bin. Ich habe allerdings gar nicht erst versucht, es den Leuten im Supermarkt zu erklären. Mom sagt, das sind Vollidioten, und ich soll nicht auf sie achten, und ausnahmsweise einmal bin ich ihrer Meinung.

»Erzählen Sie uns, was an dem Tag passiert ist.«

Na super. Den ganzen Sommer hindurch musste ich mit Natalie alles haarklein durchkauen, aber das macht es nicht angenehmer. Der süße Praktikant sieht mich an, ganz professionell und mit steinerner Miene, trotzdem gehe ich jede Wette ein, dass er mich im Supermarkt auch beschimpfen würde.

Du wertloses Stück Müll. Es hätte dich und deine Freundinnen treffen sollen.

»Ähm, okay.«

Alle legen einen Augenblick ihre Stifte weg, und mein Mund wird ganz trocken. Ich blicke auf meine Füße in meinen roten Lieblingsflipflops und mit dem doofen silbernen Nagellack auf den Zehennägeln und denke daran, wie alles angefangen hat, damals in der Mittelstufe. In der achten Klasse, als Brielle Greggs und ich Freundinnen wurden, war ich ein hoffnungsloser Fall. Wir mussten im Rhetorikunterricht ein Paar bilden, und ich war mir sicher, sie würde mich hassen, wenn sie sah, wie nervös ich bei Präsentationen war. Ich stehe nicht gerne im Zentrum der Aufmerksamkeit.

Brielle hingegen war – ist es immer noch – vollkommen angstfrei. Sie stellte sich grinsend vor die Klasse hin und fing an, über die Todesstrafe oder die Anleinpflicht für Hunde oder irgendein anderes Thema, das uns aufgegeben wurde, zu plappern, während ich stumm danebenstand. Mr Needy (so hieß der wirklich) sagte dann so was wie: »Und, Sara, was meinst du dazu?« Ich öffnete meinen ausgedörrten Mund, aber es kam nichts heraus, und Brielle flötete: »Sie pflichtet mir natürlich bei. Sie hat die ganze Recherche erledigt.« Und dann bekamen wir eine Eins.

Jedenfalls herrscht jetzt wieder Trockener-Mund-Alarm bei mir. Und Brielle ist nicht da. Ich nehme an, sie wird irgendwo anders ebenfalls befragt. Von ihren eigenen Anwälten. Wir sollen nicht miteinander reden. Und das haben wir auch seit über zwei Monaten nicht mehr getan.

Ich bin also hier, um den Anwälten noch mehr schlechte Sachen über Brielle zu erzählen, denn um nichts anderes geht es. Dieser blöde

Vorfall im Umkleideraum, das war eben typisch Brielle. Nichts von dem, was mit Emma passiert ist, geschah wegen mir. Ich meine, niemand von uns hatte was damit zu tun. Das war Emma selbst. Niemand hat das Seil für sie aufgehängt. Und es ist ja nicht so, dass Emma ein Unschuldslämmchen gewesen wäre. Ganz und gar nicht. Sie war doch diejenige, die …

»Miss Wharton?«

Ich bin wohl nicht ganz bei der Sache. Die Klimaanlage sollte uns eigentlich wach halten, aber ich habe meine Diätcola von Dr Pepper schon vor einer Stunde ausgetrunken und bin einfach total platt. Ich spiele mit der leeren Flasche, das Etikett ist schon ganz lose, und ich fange an, es abzuziehen, als würde ich die Flasche schälen oder so. Ich möchte mich zusammenrollen und eine Million Jahre lang schlafen. Im Augenblick schlafe ich ziemlich viel. Es ist die einfachste Art, mir meine Mom vom Leib zu halten, und wenn ich schlafe, muss ich das alles auch nicht meinen Brüdern erklären. Als könnte man es überhaupt jemandem erklären.

Ich hole tief Luft. »Okay. Ja, es war also ein Donnerstag. Emma zog sich gerade um. Ich meine, wir haben uns alle umgezogen. Wir waren in der Umkleide und mussten uns für den Sportunterricht fertig machen.«

Alle haben wieder zu kritzeln angefangen. Es juckt mich überall, als wäre mir meine Haut zu eng geworden. Ich hocke schon seit einer Ewigkeit auf diesem billigen Bürostuhl und versuche es mir ein bisschen bequemer zu machen, indem ich mein Gewicht auf eine Seite verlagere. Keine Chance. Ich frage mich, ob der Praktikant mich hübsch findet, aber dann denke ich daran, dass mich niemand mehr hübsch findet, jetzt nicht mehr. Er hält mich für ein Monster, genauso wie alle anderen. Außerdem bin ich bestimmt nicht gerade ein bezaubernder Anblick in meinen bescheuerten abgeschnittenen Jeans, mit den unordentlich zurückgebundenen Haaren und dem bisschen Mascara. Ich habe in letzter Zeit nicht viel hinuntergebracht, deshalb fühle ich mich dünn, aber auf eine ungute Art.

Nach einem kurzen Blick auf Natalie fahre ich fort. »Brielle hat Emma gefragt, warum sie … na ja, warum sie sich so oft mit Dylan unterhält.«

»Mr Howe?«

Ich verdrehe bewusst nicht die Augen. »Ja. Dylan Howe. Mein damaliger Freund.«

Und jetzt mein Exfreund. Mehr oder weniger. Oder etwas in der Art.

»Und was hat Miss Putnam darauf gesagt?«

Ich verlagere mein Gewicht auf die andere Seite. »Sie hat nichts gesagt. Sie wusste ja inzwischen, dass Brielle stinksauer auf sie war.«

»Und was bringt Sie zu dieser Annahme?« Diese Anwältin, die ich kaum kenne, blickt nicht einmal auf, als sie mich das fragt. Ich beäuge ihre Haare; sie haben dieses gewisse Blond, das ältere Frauen für jugendlich halten, mit dem sie dann aber noch altbackener wirken als mit grauen Haaren.

»*Jeder* war stinksauer auf sie. Jeder wusste, dass sie den ganzen Jungs ständig SMS schickte und dass sie total versessen auf Dylan war. Brielle hielt sie für gaga, und alle anderen auch.«

Meine Stimme wird piepsig, und der süße Praktikant sieht mich streng an. Ich habe es schon lange niemand Neuem mehr erzählt und ganz vergessen, dass mich dann alle immer total hassen. Sogar Natalie entfährt ein kleiner Seufzer, als könnte sie meinen Mist nicht mehr hören.

Es ist aber kein Mist. Alle hielten Emma Putnam für eine Nervensäge. Wir haben sie zwar nicht umgebracht, trotzdem heißt das noch lange nicht, dass wir sie gemocht haben. Und jetzt, wo alle denken, dass wir sie umgebracht haben oder wenigstens irgendwie dafür verantwortlich sind, kann ich sie noch weniger leiden.

»Und was haben Sie und Miss Greggs dann gemacht?«

Obwohl ich mir mit der Antwort ein bisschen Zeit lasse, sieht sie mich nicht an. »Brielle hat sie Miststück genannt«, sage ich. »Und ich glaube, ich habe sie geschubst. Ein bisschen.«

»Sie haben sie gegen die Spinde geschubst, ist das richtig?«

»Ich glaube schon.«

»Und was hat Miss Putnam dann gemacht?«

»Nichts.«

»Nichts?«

»Ich glaube, sie hat geweint.« Sie hat ständig geweint, würde ich am liebsten hinzufügen, aber Natalie hat mir eingeschärft, nichts auszuschmücken, sondern die Antworten so einfach wie möglich zu halten.

»Sie glauben es?«

»Sie hat geweint, okay?«

»Und was haben Sie dann zu ihr gesagt?«

Ich seufze. »Ich habe ihr gesagt, sie soll meinen Freund in Ruhe lassen.«

»Haben Sie sonst noch etwas gesagt?«

»Wie bitte?«

»Wir haben eine Zeugenaussage, dass Sie …« Der kackblonde Haarschopf der Anwältin dreht sich zu dem süßen Praktikanten, und er reicht ihr ein dicht beschriebenes Blatt Papier. »Ja, hier ist es. Dass Sie sie Schlampe genannt haben.«

»Ach so.«

»Haben Sie Miss Putnam Schlampe genannt?«

»Ähm, ich denke schon.«

»Erinnern Sie sich nicht daran?«

»Ich erinnere mich nicht daran, dass ich sie an *diesem* Tag Schlampe genannt habe.« Ich weiß allerdings noch, dass ich Emma gegen die Spinde geschubst habe. Sie hatte sich ihr tiefrotes Haar noch nicht zusammengebunden, und es fiel ihr so verdammt hübsch und lockig auf die Schultern, als sie zusammenzuckte, sich schützend zusammenkrümmte und zu weinen anfing wie ein hilfloses kleines Mädchen – was mich nur noch wütender machte. Ich weiß noch, dass sie ein bisschen wimmerte. Sie hob leicht die Hände, als würde sie sich entweder ergeben oder endlich anfangen, sich zu wehren. Keine Ahnung, was es war. Oder vielleicht doch. Ich glaube, sie ergab sich.

Aber das alles sage ich nicht. Ich soll ja nichts *ausschmücken.*

»Wollen Sie damit sagen, dass Sie Miss Putnam bei einer anderen Gelegenheit Schlampe genannt haben?«

»Ich will damit sagen, dass sie für mich eine Schlampe war. Ich habe sie bestimmt auch so genannt. Ob ich sie am dreiundzwanzigsten Januar Schlampe genannt habe, weiß ich allerdings nicht.«

Alle hören auf zu schreiben und sehen mich bestürzt und schweigend an. Ich habe Herzklopfen und kann keinem in die Augen schauen. Ich starre nur auf die Tischplatte und wünschte, ich könnte mich in Luft auflösen.

»Wir brauchen eine Pause«, befindet Natalie. Der erste hilfreiche Satz, den sie den ganzen Vormittag von sich gegeben hat. »Sagen wir zehn Minuten.«

Die blonde Anwältin nickt und wirkt dabei, als wäre sie überall lieber als mit mir zusammen in einem scheußlichen Besprechungszimmer. Vielleicht kommt sie ja nicht aus der Pause zurück, und ich kann nach Hause fahren.

Jetzt stakse ich erst einmal mit steifen Beinen in den nicht ganz so kalten Flur und warte darauf, meine Zehen wieder zu spüren. Im Flur gibt es einen Wartebereich mit Stühlen, aber es wartet niemand auf mich. Ich bin mit meinem eigenen Auto hierhergekommen.

»Sara«, zischt mir Natalie zu. »Reißen Sie sich zusammen. Es sind nur noch ein paar Fragen, und es ist wichtig.«

Ich nicke automatisch und gehe hinüber zum Fenster, das zum Parkplatz des Büroparks zeigt. Die Sonne scheint grell auf die Windschutzscheiben der unzähligen Reihen nichtssagender Viertürer. Man kann förmlich sehen, wie heiß es draußen ist, aber ich habe Gänsehaut an den Armen.

Stumm zähle ich die weißen Autos, während meine Anwältin auf mich einredet. Es gibt Unmengen davon, darunter auch mein eigenes. Ich kann es von hier aus bloß nicht sehen, weil es auf der anderen Seite geparkt ist. Mein Blick fällt auf einen silberfarbenen Mercedes wie den von Brielle und ich denke daran, dass man ihr die Reifen aufgeschlitzt hat. Damals, als wir die erste Meldung in den Nachrichten waren. Vielleicht hat sie inzwischen ein neues Auto. Ich vergrabe die Hände in den Taschen meiner Shorts. In der rechten steckt ein Kaugummipapier, das ich zu einer kleinen Kugel zusammenknete.

Als Natalie kurz die Klappe hält, bin ich gerade bei Nummer sechzehn angelangt. Dann redet sie weiter, und ich höre sie. Ich meine, sie dringt zu mir durch, weil ich vergesse, ihre Stimme auszublenden.

»Wir versuchen Sie da rauszuboxen. Ein Mädchen ist tot, und alle wollen Sie und Ihre Freundin dafür verantwortlich machen.«

»Aber das sind wir nicht«, platze ich heraus. »Wir haben nichts getan.«

»So einfach ist es nicht.«

»Das sollte es aber.«

Natalie stößt einen tiefen Seufzer aus. »Ich weiß, aber so ist es nicht. Die Menschen sind traurig und wütend und wollen einfach sehen, wie leid es Ihnen tut.«

Aber das ist es ja gerade.

Es tut mir nicht leid.

Emma war bis zu dem Tag im März, an dem sie sich umgebracht hat, ein Miststück, das anderen den Freund ausgespannt hat.

Ich habe nichts Schlimmes getan, aber sie hat mein ganzes Leben zerstört.

* * *

Als ich wieder vor meinem alten Honda Accord stehe, herrscht im Innern eine Gluthitze. Das dunkle Sitzpolster hat die Sonne absorbiert, deshalb kann ich nicht gleich losfahren, obwohl ich endlich diesem verdammten Besprechungszimmer entkommen bin. Ich muss die Türen aufreißen und das Gebläse voll aufdrehen, bis die Sitze so weit abgekühlt sind, dass man sich darauf niederlassen kann. Vorsichtig und ohne meine Haut mit dem Metall in Berührung zu bringen, lehne ich mich an die Hecktür und checke mein Handy. Nichts ... nur eine SMS von meiner Mom, dass ich Milch mitbringen soll, und ein angefangenes Freecell-Spiel.

Gleich muss ich zu einem Termin bei meiner Therapeutin und anschließend nach Hause, Hausaufgaben machen. Ein superlustiger Sommer, echt. Und da wundern sich die Leute, warum ich mir wegen Emma nicht ununterbrochen die Augen ausheule.

Ich frage mich, wie Brielle ihren Anwälten diese Sache im Umkleideraum geschildert hat. Inzwischen kursieren alle möglichen Versionen von allem Möglichen, und so ziemlich die ganze Schule ist von *irgendjemandem* befragt worden. Es waren viele Leute in diesem Umkleideraum und mit uns im Unterricht und an den anderen Schulen, auf denen Emma gewesen ist. Na ja, im Umkleideraum waren es nicht wirklich viele. Keine Lehrerin jedenfalls. Und auch nicht Megan Corley, das einzige Mädchen, mit dem Emma ein bisschen befreundet war. Megan ist auch so eine kleine Schlampe, und sie kamen nicht immer miteinander aus. Seit März ist Megan überall gewesen, sogar in New York, um mit ihrer Mom in der *Today Show* aufzutreten. Wahrscheinlich haben Brielle und ich auch Megan nicht besonders nett behandelt, sonst hätte sie uns nicht im landesweiten Fernsehen quasi des Mordes bezichtigt.

Und jetzt denkt alle Welt, dass Emma Putnam sich umgebracht hat, weil wir sie Schlampe genannt haben – und nicht weil sie eine Schlampe *war*. Echt klasse.

Ich wedle mit der Hand im Auto herum und entscheide, dass ich mich zumindest auf die Kante des Fahrersitzes setzen kann. Das verschwitzte T-Shirt klebt mir am Rücken, und ich richte eine der Lüftungsdüsen darauf, was jedoch nicht viel bringt.

Laut Natalie ist mein größter Fehler, dass ich keine Reue darüber zeige, Emma so mies behandelt zu haben. Egal, wie oft ich ihr erkläre, dass Emma auch ihren Teil beigetragen hat und es keine große Verschwörung gegen sie gab, wie die Zeitungen ständig behaupten, es nützt nichts. Und so habe ich jetzt einen Anwalt, und Brielle hat einen Anwalt, und die Jungs haben ihre Anwälte. Wir schieben uns gegenseitig die Schuld in die Schuhe. Niemand macht Emma für irgendwas verantwortlich.

Meine Chancen, planmäßig meinen Abschluss zu machen, stehen schlecht bis gleich null. Vielleicht schaffe ich es nie aufs College. Aber wenn ich mich von nun an zusammenreiße, hart arbeite, Natalies Rat befolge und zerknirscht tue, wird vielleicht alles wieder gut, selbst wenn es zum Prozess kommt.

Das behaupten zumindest alle. Ich war sowieso nie eine Kandidatin für Harvard. Auch vor dieser Sache war ich keine besonders tolle Schülerin. Und ich sage auch gar nicht, dass ich ein toller Mensch bin. Es ist nur so – wie schon Brielle bemerkt hat, nachdem es passiert ist: Emma ist einfach so davongekommen. Ständig heißt es, sie ist ja nicht mehr da, um sich selbst zu verteidigen, aber ich bin da, und das ist wirklich zum Kotzen. Es ist, als wären, wenn jemand stirbt, alle, die noch leben, automatisch schuld daran.

Bloß dass in unserem Fall nur wir fünf schuld sind. Und bei all den vielen Anwälten und Anklagen kann ich nur hoffen, dass ich zum Schluss nicht ganz allein den Kopf hinhalten muss.

Nach einer weiteren Minute, in der es im Auto kein bisschen kühler geworden ist, ziehe ich seufzend meine Füße mit den roten Flipflops herein, schließe mit einem Ruck die Tür und versuche, nur mit den Fingerspitzen am Lenkrad aus der Parklücke zurückzusetzen. Während ich eine ganze Litanei Schimpfwörter vor mich hin murmle, bemerke ich die Person, die sich von der Seite her nähert, erst, als sie ans Beifahrerfenster klopft.

»Woa!«, schreie ich, trete auf die Bremse und fasse aus Versehen das Lenkrad an. Sofort verbrenne ich mir die Finger und stoße erneut einen Fluch aus.

»Hey, du Schnalle«, höre ich draußen jemanden sagen, »du hättest mich fast umgefahren!«

Brielle.

Ich bleibe einfach stehen, wo ich gerade bin – immer noch halb in der Parklücke –, schalte die Automatik auf Parken und springe aus dem Wagen. Der Schweiß läuft mir jetzt den Hals und den Rücken hinunter, Brielle hingegen wirkt taufrisch. Sie trägt ein loses Top mit aufgenähten Gänseblümchen am Saum.

»Hey«, sagt sie leichthin, dabei haben wir geschlagene zehn Wochen kein Wort miteinander gewechselt. Ich konnte ihr nicht einmal auf Facebook folgen – Natalie hat meine Mom dazu gebracht, meinen Account zu löschen. Das war auch ganz gut so: Ich fand ja die Leute im Supermarkt schon ziemlich gemein, aber was mich dann im Internet erwartete, hat mich echt eiskalt erwischt. Wahrscheinlich hätte ich meinen Account selbst löschen sollen, anstatt mir jeden Tag bis zwei Uhr morgens all die unglaublich boshaften Kommentare unter den mit meinem Namen markierten Fotos anzuschauen. Hunderte miese Kommentare, Millionen davon. Eine Menge Hass da draußen.

»Hi«, sage ich lahm. Ich muss wie eine Spinnerin wirken. Erst überfahre ich sie fast, und dann springe ich aus dem Auto, als würde es brennen. Ich zupfe an meinem T-Shirt, um Luft an meinen Rücken zu lassen, und versuche meine (ehemals?) allerbeste Freundin anzulächeln und etwas Normales zu ihr zu sagen. »Hat dein ähm … Anwalt auch hier sein Büro?« Es war wohl tatsächlich ihr SUV, den ich zuvor gesehen habe.

»Ach so, das. Ja klar«, antwortet sie. Sie neigt den Kopf zur Seite und zuckt mit den Achseln, sodass ihr zu Beach Waves gestyltes Haar mit den perfekten Strähnchen in leicht zerzausten Wellen auf ihre Schultern fällt. Ich widerstehe dem Drang, an meinen ungewollt schlampigen Pferdeschwanz zu fassen.

Allerdings hat sie wohl ein bisschen zugenommen, und sie ist nicht so braun, wie ich es um diese Zeit des Sommers bei ihr erwartet hätte. Die Greggs' haben in ihrem Garten einen riesigen Pool, und bisher waren Brielle und ich immer tiefbraun, wenn im Herbst die Schule wieder anfing. Vielleicht bin ich nicht die Einzige, die ständig im Haus herumhängt und fernsieht oder schläft.

»Das alles ist so ein verdammter Mist.« Sie klingt nicht richtig besorgt, nur müde. Oder ist sie vielleicht … bekifft? Ich will sie schon danach fragen, überlege es mir jedoch anders. »Oh.« Sie wedelt geziert mit der Hand, wie um eine Fliege zu verscheuchen. »Wir sollen ja nicht miteinander reden.«

In ihrer Stimme liegt eine gewisse Schärfe. Als wäre es meine Idee gewesen, dass wir nicht miteinander reden sollen, und als wäre sie sauer auf mich. »Ich … ich«, fange ich an, dann verstumme ich. Auf einmal vermisse ich meine beste Freundin so sehr, dass es fast körperlich wehtut – wie das Brennen in meinen Händen, weil ich das glühend heiße Lenkrad angefasst habe. »Wie geht es dir?«, bringe ich schließlich heraus.

»Tja, ich bin fett geworden«, sagt sie mit einem trockenen Lachen. Natürlich ist sie nicht fett. Als ich den Kopf schüttle, fügt sie hinzu: »Doch, total. Ich kann ja nicht mehr zum Fitness gehen, und meine Eltern sind voll die Nazis. Meine Güte, Emma hat es wirklich ganz schön verkackt, oder?«

Sie verdreht auf ihre typisch dramatische Art die Augen, und ich nicke, weil ich völlig ihrer Meinung bin. Mein Gott, was für eine Erleichterung, nach all der Zeit zu wissen, dass sie immer noch da ist, dass sie immer noch mitempfinden kann, wie schwer das alles ist, dass sie mich nicht hasst …

Mir ist danach, ums Auto herumzugehen und sie einfach zu umarmen, obwohl wir das sonst nicht tun, doch bevor ich mich in Bewegung setzen kann, verändert sich ihre Miene vollkommen. Auf einmal wirkt sie wieder so sorglos und locker wie eh und je.

»Bla, bla, bla«, sagt sie und schüttelt sich die Hände aus, wie um alles abzuschütteln. Sie ist definitiv bekifft. »Aber du bist ja dürr, du Hure.«

Ich senke den Blick und bemühe mich, nicht zu lächeln oder allzu geschmeichelt zu wirken. »Danke«, entgegne ich ganz leise. Ein bisschen lauter füge ich noch hinzu: »Du siehst toll aus, wirklich. Freut mich echt, dich mal wiederzusehen.«

»Ja, klar – so sehr, dass du mich fast überfahren hättest!«, meint sie lachend. Wieder liegt diese Schärfe in ihrer Stimme, und ich weiß nicht, was ich Falsches gesagt habe. »Aber du bist gerade auf dem Sprung. Ich wollte nur kurz Hallo sagen. Also, hallo. Und tschüss! Ha!«

Und bevor ich ihren Gruß auch nur erwidern kann, ist Brielle schon wieder zwischen den Autoreihen verschwunden.

Als ich wieder im Wagen sitze, schalte ich die Klimaanlage aus. Es ist mir angenehmer zu schwitzen. Ich habe sowieso das Gefühl zu ersticken, was macht es da für einen Unterschied, dass ich vor Hitze kaum noch Luft bekomme? Das Atmen fällt mir jetzt die ganze Zeit schwer. Ich habe seit Monaten nicht mehr richtig durchatmen können.

JANUAR

»Ich sage dir doch, sie muss die Nummer von einem anderen Handy haben. Von Tyler oder was weiß ich.«

»Quatsch. Meine Güte, Sara, du bist aber auch so was von naiv.«

Schützend ziehe ich mein Chemiebuch vor die Brust, als wären Brielles Worte weniger wahr, wenn ich meine Möpse bedecke. Als könnte ich mich einfach einigeln. So tun, als bekäme mein Freund Dylan – der das Beste ist, was mir je passiert ist – keine SMS von einer anderen. Als hätte ich keine SMS auf seinem Handy gefunden und wüsste deswegen auch von nichts.

»Mann, Brielle, wird das hier ein Vokabeltest? Quetsch mich doch nicht so aus!«, beschwere ich mich bei meiner angeblich besten Freundin, aber sie verdreht nur die Augen.

»Okay, na schön, du bist ne blöde Bitch – ist das besser?« Sie stiefelt zum Chemielabor, und ich zuckle hinter ihr her. Als sie an einer Gruppe älterer Jungs vorbeikommt, grüßen sie alle mit einem Nicken und sehen ihr noch hinterher, nachdem sie längst zurückgenickt hat. »Du weißt doch, dass sie zusammen in Sprach- und Literaturkunde sind«, erklärt sie mir, »und du weißt, dass sie mit Jacob *und* Tyler rummacht, und du weißt, dass sie eine dreckige Schnalle ist. Da ist es wohl nicht ganz abwegig, dass sie sich auch an deinen Typen ranmacht.«

»Er kennt sie doch überhaupt nicht!« Schrecklich, wie piepsig meine Stimme ist. Schrecklich, dass mir die Tränen in die Augen steigen. Ich habe mir schon die ganze Nacht die Augen ausgeheult, und ich kann echt darauf verzichten, jetzt vor Brielle und allen anderen, mitten auf dem Schulflur, die Fassung zu verlieren.

Dann dreht Brielle sich plötzlich zu mir um und sieht mich so mitleidig an, dass ich fast doch wieder weinen muss.

»Ach, Süße«, sagt sie liebevoll. »Es ist bestimmt nicht Dylans Schuld! Er ist nur ein dummer Junge. Natürlich liebt er dich. Aber Jungs können mit Schlampen wie Emma Putnam nicht umgehen. Er ist an nette Mädchen wie dich gewöhnt!«

Sie umarmt mich ganz kurz, wobei sie mir das Chemiebuch gegen die Brust presst, dann hält sie mich einen Augenblick an den Schultern und lässt mich los. Ich lächle ihr zaghaft zu, wie um ihr zu zeigen, dass mich die Sache nicht umhaut.

»Emma ist schuld«, fährt sie fort und geht voran in den Chemiesaal. »Müll muss entsorgt werden, ernsthaft. Wer hätte gedacht, dass mir eine Zehntklässlerin dermaßen auf den Zeiger gehen könnte?«

Ich knurre zustimmend, als wir uns an unseren Tisch setzen. Unsere Laborpartner Jeff Marsh und Seamus O'Leary (Brielle nennt ihn immer Irish O'Irish) sitzen bereits gegenüber von uns auf ihren Hockern, und wir grinsen sie an. Sie sind zwar nicht gerade die coolsten Typen der Schule, dafür erledigen sie in diesem Kurs fast immer die ganze Arbeit und lassen uns dann abschreiben. Ich bin eigentlich besser in Chemie als die beiden oder war es zumindest am Anfang des Jahres noch. Bloß, in diesem Halbjahr habe ich nur zwei gemeinsame Kurse mit Brielle, also sind wir quasi *gezwungen*, die ganze Zeit zu quatschen. Meine Noten in Chemie und Sport werden nicht gerade berauschend sein, aber wenigstens in Chemie falle ich dank Jeff und Seamus bestimmt nicht durch.

Auch mit Emma habe ich zwei gemeinsame Kurse – amerikanische Geschichte und Sport –, obwohl sie ein Jahr jünger ist als ich. Aus irgendeinem Grund gab es an der Schule, von der sie im Oktober hierhergewechselt ist, amerikanische Geschichte schon in der zehnten. Deshalb hat man in der Elmwood High entschieden, dass sie es weiterhin belegen soll, aber es überschneidet sich mit ihrem Sportunterricht, bla, bla, bla. Sie ist bereits mit einigen Elftklässlern ausgegangen und versucht ständig, sich bei den Mädchen aus unserem Jahrgang einzuschleimen. Alle wissen, dass sie nicht ganz dicht ist, weil sie immer aus allem ein sinnloses Drama macht. Brielle konnte sie von Anfang an nicht ausstehen.

»Also, Irish«, sagt Brielle und deutet mit einem Messbecher auf Seamus. »Besorgt uns dein Bruder nun dieses Wochenende das Bierfass?«

Ich höre zum ersten Mal, dass Seamus Beziehungen hat, und sehe ihn hoffnungsvoll an. Die Party steigt im Haus von Brielles Eltern, die sich gerade auf einer Bermuda-Kreuzfahrt befinden. Ich dachte eigentlich, wir würden nur ihre Schnapsbar plündern und vielleicht ein paar Bier aus dem Kühlschrank im Keller von Alisons Dad mopsen. Dass Seamus und Jeff überhaupt eingeladen sind, hätte ich jetzt nicht erwartet.

»Aye, aye, meine Hübsche«, antwortet Seamus mit extrabreitem Akzent. Er findet es super, dass Brielle ihm einen Spitznamen gegeben hat, und spielt immer mit. Jungs mögen Brielle ganz allgemein – mit ihren superlangen Haaren und den Klamotten von Abercrombie & Fitch verströmt sie den Glanz eines reichen Mädchens, ist aber gleichzeitig so unerschrocken und bestimmend, dass sie sich nie mit ihr langweilen. Sie lacht über ihre Witze, bevor die Jungs überhaupt merken, dass sie einen gemacht haben. Weil sie nämlich erst einen Witz daraus macht.

Es ist toll, das zu beobachten, aber praktisch unnachahmbar. Ich hab's versucht.

»Cool«, sagt sie und schenkt ihm ein Lächeln, das jeder für echt halten würde. Dann schwingt sie ihre Haare zurück und schließt Seamus wieder aus.

Sie sieht mir in die Augen. »Wir müssen noch einmal das mit der Party diskutieren.«

Ach, ja. Die Diskussion. Oder eher die Debatte, ob ich auf der Party – beziehungsweise nach der Party, eventuell in Brielles Gästezimmer – mit Dylan meine Jungfräulichkeit verlieren soll oder nicht.

Ich tendiere eher zu Nein, nur will Brielle, seit sie selbst letzten Sommer im Schwimmcamp mit einem College-Studenten ihre Unschuld verloren hat, ständig mit mir über mein Sexleben reden. Oder über mein nicht vorhandenes Sexleben. Ich kenne den Typen nicht, mit dem sie es getan hat. Aber ich habe Fotos von ihm gesehen, und seitdem verstehe ich total, warum sie sich immer darüber beschwert, wie lahm die Highschool-Jungs sind.

Trotzdem, sie hat leicht reden, sie ist ja die Verwegene. Und sie war schon mit mehreren Jungs zusammen, auch wenn die eher von der lahmen Highschool-Sorte waren. Dylan ist quasi mein erster richtiger Freund, und ich habe das Gefühl, dass ich gerade mal die Sache mit dem Herumknutschen einigermaßen beherrsche. Er ist älter als ich und weiß, was er tut. Und er wird merken, dass ich null Ahnung habe. Klar, es klingt nach einer guten Idee, und schließlich machen es alle, aber in Dylans Gegenwart bekomme ich dann doch immer Zweifel. Es macht mir ganz schön Angst.

Brielle hat, wie gesagt, nie Angst, und selbst wenn, könnte ich ihr meine Gründe trotzdem nicht begreiflich machen. Und außerdem hat Brielle wie damals in der achten Klasse ein Totschlagargument parat:

»Er wird aufhören, der Emma-Schlampe zu simsen, wenn er von dir was Besseres bekommt«, flüstert sie verschwörerisch.

Ich habe keine Gelegenheit mehr zu kontern, weil Ms Enman hereinkommt und wir ein paar Minuten lang so tun müssen, als würden wir aufpassen.

Sobald sich Ms Enman jedoch zum Whiteboard dreht, höre ich Brielles tiefen Singsang: »Du willst es doch auch!«

* * *

Meine Mom arbeitet bei einer großen Versicherung und ist nicht zu Hause, wenn ich aus der Schule komme, deshalb muss ich dafür sorgen, dass meine kleinen Brüder, die gar nicht mehr so klein sind, etwas essen und wenigstens so viel Hausaufgaben machen, dass sie nicht durch die fünfte beziehungweise sechste Klasse fallen. Den großen Altersunterschied zwischen ihnen und mir finde ich gut – so konnte ich eine Weile das Einzelkinddasein genießen, und damals hassten sich meine Eltern noch nicht. Tommy (der Tom genannt werden will) und Alex (der wie Alex Rodríguez, der Baseballspieler, A-Rod genannt werden will) haben sie, glaube ich, nur bekommen, um ihre Beziehung zu kitten. Es hat allerdings nicht funktioniert. Ungefähr fünf Sekunden nach Alex' Geburt ist Dad ausgezogen, und ich wurde zur Vollzeitbabysitterin-Schrägstrich-Miterziehungsberechtigten befördert.

Aber die Jungs sind super. Sie lieben es, wenn ich sie von ihren Nachmittagskursen abhole – manchmal vom Sport oder, wie heute, von einer zusätzlichen Übungsstunde. Studenten von der Uni bieten dort kostenlose Hausaufgabenhilfe an, und so ist mein Job schon halb erledigt, als ich in den Kreisverkehr vor der Pleasant Hill Elementary einbiege.

Der Sechstklässler Tommy lässt sich auf den Rücksitz fallen, nachdem er die Rangelei mit dem Fünftklässler Alex verloren hat, der in den letzten Monaten ganz schön stämmig geworden ist. Daran bin ich vielleicht nicht ganz unschuldig. Heute zum Beispiel verkünde ich, kaum, dass sie eingestiegen sind: »Wer hier im Auto irgendwo Kleingeld findet, darf entscheiden, ob wir ins Taco Bell oder zu McDonald's gehen!« Unmittelbar darauf knalle ich fast gegen das Lenkrad, als Tommy auf den Boden hechtet und dabei seinen Kopf in die Rückenlehne meines Sitzes bohrt.

Alex öffnet das Handschuhfach und fängt an, Zettel und allen möglichen Kram herauszuziehen, von dem ich nicht mal wusste, dass er drin war. »Ja!«, brüllt er. »Ein Dollarschein!«

»Meine Fresse, Alex«, sage ich schmunzelnd.

»Meine Fresse, Taco Bell! Meine Fresse, Taco Bell!«, singt er triumphierend.

»Keine Kraftausdrücke, Kleiner«, sage ich, aber inzwischen lachen wir beide. Und ein Blick in den Rückspiegel zeigt mir, dass sogar Tommys Gesicht zu einem einzigen breiten Grinsen verzogen ist.

Unser Geld reicht nur für einen Taco pro Person, was auch Alex' Figur guttut. Es ist also nicht gerade ein Gelage. Außerdem lasse ich sie zu Fuß ins Lokal laufen, so bekommen die beiden ein bisschen Bewegung. Also, wenn man den Weg quer über den Parkplatz als Bewegung wertet.

Wir genehmigen uns unsere Tacos in einer Sitzecke am Fenster, obwohl die Wintersonne schon fast untergegangen ist und es hier drüben kühl ist. Alex und ich nehmen milde Sauce zu unserem Taco, Tommy hingegen reißt ungefähr zehn Päckchen der schärfsten Sorte auf und versucht dann, etwas davon über Alex' Taco zu kippen.

»Hör auf!«, schreit Alex und schubst Tommy weg.

»Feigling«, brüllt Tommy und schubst ihn zurück.

»Kommt schon, Jungs«, sage ich und lecke mir ein Stückchen Salat vom Finger. »Könnt ihr das jetzt …« Ich beende den Satz nicht, weil sie mich ignorieren, deshalb stehe ich kurzerhand auf, packe Tommy am Arm und zerre ihn aus seiner Seite der Nische um den Tisch herum zu meinem Platz. Dann setze ich mich neben Alex und ziehe meinen Taco heran. »Okay?«, frage ich ein wenig außer Atem. »Können wir jetzt essen?«

Alex grinst Tommy an, doch weil sein Taco jetzt außer Reichweite ist, grinst Tommy nur zurück.

»Wie steht's um Dylans Fastball?«, fragt mich Alex.

Ich lächle. Alex ist vernarrt in meinen Freund Dylan, und das kann ich verstehen.

Dylan war schon immer in allen möglichen Auswahlmannschaften, aber jetzt in der zwölften setzt er alles daran, richtig, richtig gut zu werden, um ein Stipendium fürs College zu bekommen. Zur Zeit trainiert er praktisch nur noch für die Baseball-Ausscheidungsspiele. Er will dieses Jahr unbedingt Starting Pitcher werden. Oder Closing Pitcher? Ich habe wohl nur halb zugehört – wenn wir allein sind, reden wir nicht so viel miteinander.

Am zweiten Weihnachtsfeiertag war Dylan bei uns zu Besuch, und weil es draußen so irre warm war, hat er im Garten mit Alex trainiert. Deshalb will mein zehnjähriger Bruder jetzt die ganze Zeit über Dylans Würfe reden. Tommy, der im April zwölf wird, tut normalerweise so, als wäre er zu cool, um sich durch den Freund seiner Schwester beeindrucken zu lassen. Aber auch er ist ziemlich begeistert.

»Ich glaube, es läuft ganz gut, Kumpel«, sage ich zu Alex. »Bald fängt die neue Saison an, dann kannst du mich zu einem Spiel begleiten und dich selbst davon überzeugen.«

Alex hopst auf seinem Platz, während Tommy fragt: »Ich auch, oder?«

»Natürlich«, antworte ich. Ich hoffe, Dylan hat nichts gegen einen Teenie-Fanclub einzuwenden.

Warum Dylan Howe eigentlich mit mir zusammen ist, weiß ich immer noch nicht. Wir sind uns letzten Herbst öfter mal über den Weg gelaufen, weil Brielle mit einem anderen Typen aus der Baseballmannschaft zusammen war: mit Rob. Ich hatte Dylan schon immer toll gefunden – er ist einfach toll, das ist nicht bloß meine Meinung, sondern eine Tatsache –, deshalb musste ich mich am Anfang zusammenreißen, um mich in seiner Gegenwart nicht wie eine Vollidiotin zu benehmen. Wenn ich mich mit Jungs in meinem Alter ebenso mühelos unterhalten könnte wie mit meinen Brüdern, wäre alles viel einfacher. Na ja, vielleicht doch nicht. Alex und Tommy reden eine ganze Menge übers Furzen. Ich habe auf Partys und so mit Typen rumgemacht, es ist allerdings nie was Richtiges draus geworden, nichts Offizielles. In der Zehnten habe ich mir fast das ganze Schuljahr hindurch eingebildet, in Parker Anderson verliebt zu sein, und wir hatten eine SMS-Affäre. Aber das waren nur SMS. In der Schule hat Parker mich total ignoriert, und schließlich hat Brielle mich davon überzeugt, ihn ebenfalls zu ignorieren.

Jedenfalls, wenn Brielle nicht mit Rob zusammen gewesen wäre, wäre ich nicht mal in den Dunstkreis von Dylan Howe gekommen.

Irgendwann haben sich ein paar von uns in den Thanksgiving-Ferien nachts auf den Spielplatz der Grundschule geschlichen. Brielle und Alison haben Pfirsichlikör getrunken und verrückte Sachen gemacht, sind von der Rutsche gesprungen und so. Ich hatte die Schaukel in Beschlag genommen, die mochte ich schon immer am liebsten. Auf einmal saß Dylan auf der Schaukel neben mir. Er hatte ein paar Bier intus und roch nach Hopfen und Schweiß und einfach nach Junge, vermischt mit dem Herbstgeruch von totem Laub in der kühlen Luft. Irgendwie habe ich dann angefangen, mit ihm zu reden wie ein halbwegs normaler Mensch. Und dann hat er urplötzlich meine Schaukel an der Kette zu sich gezogen und mich geküsst.

Es war das Aufregendste, das ich je erlebt hatte.

Dylan hat so kräftige Hände, richtige Männerhände, und mit einer hat er die Schaukel gehalten, während er mit der anderen meine Taille umfasste … Noch jetzt beginnt mein Herz schneller zu schlagen, und mir rauscht das Blut in den Ohren, wenn ich daran denke. In jener Nacht habe ich mich sogar getraut, eine Hand seitlich an sein Gesicht zu legen. Wie bei einem Filmkuss oder so. Ich war einfach vollkommen überwältigt und dachte: Jetzt oder nie, und auf einmal fühlte ich mich so verwegen und selbstbewusst und – Gott, ich weiß nicht, vielleicht auch sexy? Sein Gesicht war sehr weich, nur auf den Kinnbacken ein bisschen stoppelig. Meine Fingerspitzen strichen an seinem Haaransatz entlang, unter seinem Ohr.

Ich hätte ewig so weitermachen können. Aber nach ein paar Minuten rief ihm Rob von der anderen Seite des Spielplatzes etwas zu, und Dylan löste sich von mir. »Bis später«, sagte er und ging. Er ging einfach weg und ließ mich schwindlig auf der Schaukel zurück, die mit quietschenden Ketten hin und her schwang, während ich gegen eine Ohnmacht ankämpfte.

Wer weiß, wie es danach überhaupt weitergegangen wäre, wenn Brielle sich nicht eingemischt und mit Rob gesprochen hätte. Der hat Dylan in Brielles Auftrag gesagt, dass er mir eine SMS schicken soll – was Dylan dann auch getan hat. Danach habe ich bei jedem Baseballspiel mit Brielle direkt hinter der Mannschaft gesessen. Und ich habe noch ganz oft mit ihm herumgeknutscht, meistens nach den Spielen in seinem SUV, wenn seine Haare noch nass vom Duschen waren.

Um Weihnachten herum hat Dylan dann angefangen, beim Knutschen an meiner Hose herumzufummeln. Manchmal führt er auch meine Hände an seinen Gürtel, aber wenn er das tut, löst sich mein Selbstvertrauen, das ich beim Küssen vielleicht noch aufbringe, jedes Mal in Luft auf. Normalerweise küsse ich ihn dann einfach fester, und gleichzeitig sind meine Hände wie gelähmt. Er ist rücksichtsvoll, er hat mich nie gedrängt. Trotzdem ist ziemlich klar, was er als Nächstes erwartet.

Brielle hat mit Rob Schluss gemacht, als sie ihn auf dem Schulball in den Ferien beim Flirten mit Emma Putnam erwischt hat. Emma war ohne Begleitung da und trug dieses irre tief ausgeschnittene rote Kleid, deshalb stand sie sowieso schon total im Mittelpunkt. Ich meine, jeder weiß, dass der Schulball nichts Formelles ist. Und sie kam herausgeputzt wie zur Oscar-Verleihung, das war irgendwie ein trauriger Anblick.

Ich glaube, Brielle fand es gar nicht *so* furchtbar schlimm, dass Rob ein bisschen zu lange mit der aufgedonnerten Emma an der Softdrink-Ausgabe stand. So hatte sie einen Grund, Rob mit einer Cola zu begießen und Emma Hure zu nennen – so richtig laut. Bei solchen Szenen ist Brielle voll in ihrem Element.

»Können wir noch einen Taco kriegen?«, quengelt Alex. Erst da fällt mir auf, dass ich die ganze Zeit aus dem Fenster gestarrt und zugesehen habe, wie es draußen dunkel wird – meine Brüder habe ich vollkommen vergessen.

»Tut mir leid, Kleiner«, sage ich, stehe auf und schnappe mir meine Jacke. »Das Geld ist alle. Aber heute Abend gibt es Hühnchen in Pilz-Sahne-Soße!«, sage ich so begeistert wie möglich, woraufhin die Jungs jedoch nur grummelnd ihre Jacken anziehen.

Draußen ist es schon ganz dunkel, und es pfeift ein eisiger Wind. Kurz vergesse ich vor lauter Frieren meine Probleme, bis ich zwei Autos weiter vorne etwas Rotes aufblitzen sehe. Emma Putnam steigt vom Beifahrersitz eines dunklen SUV. Den Fahrer kann ich nicht erkennen, Emmas Haare fallen mir jedoch sofort auf, sie leuchten feuerrot im Licht der Straßenlaterne.

Plötzlich dreht Emma sich um und sieht zu mir herüber. Erst denke ich, sie will winken, was absurd wäre. Sie weiß doch, dass ich Brielles beste Freundin bin. Und, ähm, Dylans Freundin. Aber sie winkt auch gar nicht. Sie wirkt einen Augenblick lang verwirrt.

Und ich zeige ihr aus einem mir völlig unerklärlichen Grund meinen Mittelfinger. Das habe ich noch nie getan, weder im Ernst noch im Spaß, und es fühlt sich echt seltsam an. Und irgendwie billig. Gleichzeitig gibt es mir ein Gefühl der Macht.

Also lasse ich den Finger so lange oben, bis sie ihn auch wirklich sieht, und vor Überraschung klappt ihr der Unterkiefer herunter.

Dann steige ich ins Auto und fahre meine Brüder nach Hause.

Und kann nicht aufhören zu grinsen.

* * *

»Also, was stand nun in dieser SMS?«

»Mmmmmpf.«

»Ich würde nur gern« – *keuch* – »es ist nicht so, dass« – *uff* – »ich meine, ich vertraue dir total.«

»Moment mal, wie bitte? Was willst du eigentlich?«

Dylan hört auf, meinen Hals zu küssen, und sieht mich an, als hätte ich drei Köpfe. Seine Lippen sind rot und ein bisschen geschwollen, und seine Augen sind so schwer, als wäre er gerade aufgewacht – oder als hätte er auf der Rückbank seines SUV zwanzig Minuten lang mit mir gerangelt, was er auch getan hat. Er hat mir das T-Shirt ausgezogen und den Knopf meiner Jeans geöffnet, und ich fühle mich lächerlich, wie ich so im BH dasitze. Aber wenigstens legen wir mal kurz eine Verschnaufpause ein.

»Wovon redest du?«, fragt er. Nicht böse. Nur verdattert. Und das ist ja auch verständlich, ich meine, wovon rede ich? Warum muss ich mir ausgerechnet jetzt meine Unsicherheit anmerken lassen und die Sache mit Emma zur Sprache bringen?

»Tut mir leid« sage ich, streichle auf eine süße, sexy Art, wie ich hoffe, seine Unterarme und lächle. »Ich … ich wusste nur nicht, dass du und Emma … dass ihr Freunde seid.«

»Sind wir nicht«, antwortet er schlicht. Mehr hat er dazu wohl nicht zu sagen, denn er stürzt sich wieder auf mich und drückt mich auf den Sitz. Einen Augenblick fühle ich mich warm und flatterig, aber dann fängt er wieder an, an meiner Hose zu ziehen, und ich erstarre und werde gleichzeitig ganz schlaff.

Plötzlich lösen sich seine Lippen von meinen, er sieht nach unten und versucht zu ergründen, warum meine knallpinke Lieblingsjeans, die an diesem bedeckten Winternachmittag richtig leuchtet, nicht dort ist, wo er sie gerne hätte. Das gibt mir Gelegenheit, noch einmal tief einzuatmen und zu bemerken: »Mein Gott, sie ist einfach dermaßen schlimm. Es tut mir so leid, dass sie dich belästigt.«

Das war doch richtig so, oder? Ein erbärmliches Mädchen, das wegen jeder Kleinigkeit unsicher wird und seinen Freund nervt, würde so was nie sagen, oder? Ich bin nicht von der eifersüchtigen Sorte. Wirklich nicht. Aber Emma Putnam ist … einfach umwerfend. So, jetzt habe ich es gesagt, na wenn schon. Dieses Luder ist der Hammer. Sie hat diese langen roten Haare, lockig, aber nicht zu sehr; sie läuft nie knallrot an, sondern bekommt nur leicht rosa Wangen, wenn jemand nett zu ihr ist (und das ist immer ein Junge, nie ein Mädchen);

ihre Möpse sind groß, aber nicht zu groß. Ständig lacht oder lächelt sie oder flirtet mit jemandem. Es ist wirklich keine Überraschung, dass ich ununterbrochen an diese verdammte SMS auf Dylans Handy denke. Selbst wenn sie nicht eine solche Schnalle wäre, würde ich mir Sorgen machen.

Er hatte mir letzten Freitag im Auto sein Handy gegeben – ich sollte seinem Freund Kyle simsen, wir seien unterwegs. Dylan simst nie, wenn er am Steuer sitzt, zum einen weil er weiß, dass es gefährlich ist, zum anderen aber auch (das ist wahrscheinlich der Hauptgrund), weil man aus dem Sportunterricht ausgeschlossen wird, wenn man dabei erwischt wird. Und man muss gar nicht von der Polizei angehalten werden, es genügt, wenn ein Trainer oder sonst wer es mitbekommt.

Jedenfalls habe ich das Handy eingeschaltet und die letzte SMS gesehen, und ohne nachzudenken platzte ich auch schon heraus: »Du hast eine SMS von Emma bekommen? Von Emma Putnam?«

»Glaub schon«, sagte er, und dann gleich: »Jetzt schick ihm endlich die SMS. Oder besser noch, ruf ihn an und schalt auf Lautsprecher, ich muss ihn auch noch wegen des Trainings was fragen.« Und so haben wir nie richtig darüber gesprochen.

Als Absender stand da nur EMMA. Die Nachricht lautete *LOL!*, mit einem dieser doofen lachenden Emoticons.

Das bedeutete, dass es schon eine frühere SMS gab. Aber ich hatte keine Zeit, sie zu lesen, ich konnte ja schlecht hier im Auto in Dylans Handy herumspionieren, um mir den Rest des SMS-Austauschs anzusehen.

Und jetzt musste ich meine dumme Klappe aufreißen und davon anfangen. Zweimal.

Er hört einen Augenblick auf, meinen Hosenbund anzustarren, und lächelt mich an. »Oooooh«, spöttelt er. »Da ist wohl jemand eifersüchtig!«

»Nein, bin ich nicht«, piepse ich.

»Ist doch süß«, sagt er, und dann sind wir wieder beim Küssen.

Er findet mich süß! Jetzt brauche ich mir keine Sorgen mehr zu machen. Außerdem ist mein Problem Emma, nicht Dylan – wie Brielle gestern gesagt hat. Nicht mein Freund ist schuld, sondern Emma, weil sie eben eine Schlampe ist.

Aber trotzdem, danach versucht Dylan nicht mehr, mir die Jeans ausziehen, und das beunruhigt mich ein bisschen. Vielleicht hat Brielle auch wegen der Party recht … Vielleicht muss ich dafür sorgen, dass Dylan nur noch an mich denkt.

* * *

»Emma Putnam hat dich verklemmte Zicke genannt.«

»*Waas?*«

Durch die Leitung klingt sie fast triumphierend, als hätte sie gerade einen Preis gewonnen. Ich wünschte, sie hätte mir das einfach gesimst wie jeder normale Mensch. Dann hätte ich ganz für mich allein hyperventilieren können.

»Jacob hat es mir erzählt. Anscheinend hat sie schon wieder mit ihm geflirtet, ist das nicht jämmerlich?« Brielle schnaubt verächtlich. »Er hat sich darüber kaputtgelacht.«

»Und?«, dränge ich.

»Oh. Also, ja, Jacob hat sie nach der SMS an Dylan gefragt, weil ich ihn darum gebeten hatte …«

»Du hast was?«

»Ja, das wusstest du doch! Egal, wir sitzen in *Español* ja nebeneinander, und es ist *muy* langweilig. Jedenfalls hat er anscheinend so was gesagt wie: ›Ich habe gehört, du bist scharf auf Dylan Howe‹, und sie kichert und antwortet: ›Er hat doch eine Freundin‹, und Jacob darauf: ›Ja, vielleicht solltest du die Finger von ihm lassen‹, und Emma – kein Witz: ›Vielleicht sollte er mit einer ausgehen, die nicht so eine verklemmte Zicke ist.‹«

Ich sitze ungefähr eine Stunde lang nur mit offenem Mund da.

Jacob hatte auch eine Freundin, bevor Emma aufgetaucht ist. Er ist natürlich ein schrecklicher Aufreißer, was es für Noelle Reese jedoch nicht weniger schlimm machte, als er sie betrog und ihr dann den Laufpass gab. Er ist dann nicht mal richtig mit Emma gegangen; sie haben bloß eine oder zwei Wochen miteinander rumgemacht. Und dann hat es höchstens noch eine Woche gedauert. Komisch, das ist eben typisch Emma – die Jungs wollen sie aufreißen, aber keiner will offiziell mit so einer Schlampe zusammen sein.

Ich kann nicht fassen, dass sie überhaupt über mich redet. Mann, bin ich wütend – ich habe das Gefühl, mein Kopf steht in Flammen.

»Ich bringe sie um.« Meine Stimme ist ganz leise. Sogar für mich selbst klingt es unheimlich.

»Alter, da helfe ich dir.«

Wir bleiben noch eine Stunde am Telefon und gleichzeitig auf Facebook. Brielle erstellt ein Profil für »Fetteschlaaaampe« und klaut dafür eines von Emmas Fotos. Sie gibt mir das Passwort, damit wir uns beide auf Emmas Profil einloggen und alle Fotos von ihr mit dem falschen Namen markieren können. Dann verschicke ich an alle, mit denen wir abhängen, Freundschaftsanfragen. Brielle und ich lachen uns kaputt bei der Vorstellung, wie Jacob, Tyler und Kyle Emmas Foto mit ihrem neuen Namen bekommen.

»Schick auch eine an Dylan!«, schreit Brielle. »Nein, warte, ich hab's schon …«

»Nicht«, brülle ich, doch sie hört mich nicht, weil sie immer noch am Wiehern ist. »Brie, nicht!«

»Warum? Er wird es witzig finden. O mein Gott, warum sind wir nicht schon früher darauf gekommen?«

Aber auf einmal finde ich es nicht mehr so lustig. Dylan ist auf Facebook mit der ganzen Schule befreundet, ich habe allerdings noch nie nachgesehen, ob Emma auch dazugehört. Bis vor ein paar Tagen wäre ich nicht im Traum darauf gekommen, das zu prüfen. Und jetzt … widerstrebt es mir sogar, wenn er mit der falschen Emma befreundet ist. Ich möchte nicht, dass er überhaupt an sie denkt.

»Wir werden Ärger kriegen«, sage ich leise. Plötzlich habe ich einen Kloß im Magen.

»Gott, nein, werden wir nicht«, meint Brielle. »Vielleicht schließt der Administrator die Seite, aber niemand wird wissen, dass wir dahinterstecken – und wen interessiert es schon? Selbst wenn, sagen wir einfach, es war ein dummer Scherz. Außerdem hat sie angefangen.«

Genau. Das hat sie. Ich denke an vorhin, als ich mit Dylan in seinem

SUV rumgemacht habe. Bin ich eine verklemmte Zicke? Ist das noch schlimmer, als eine Schlampe zu sein? Findet Dylan es schlimmer?

»Sie hat es total verdient«, fährt Brielle fort, »und ehrlich, es wundert mich, dass noch niemand so was gemacht hat. Oder was Ähnliches, weißt du. Sie muss endlich ihre dreckigen Finger von den Freunden anderer lassen.«

»Ja«, sage ich, schiebe mich von meinem Computer weg und werfe mich aufs Bett. Rache ist anstrengend.

»Hm, ich frage mich, ob wir nicht auch noch eine Fanpage erstellen sollen, etwas wie ›Boykottiert Emma Putnam‹ oder so …« Brielle scheint ein Selbstgespräch zu führen, deshalb knurre ich nur etwas Unverbindliches. So eine Facebook-Seite hört sich nicht besonders lustig an – nicht dass mir das hier wahnsinnigen Spaß gemacht hätte. Vor einer Minute war ich total Feuer und Flamme, aber inzwischen ist mir nur noch schlecht.

»Also, jetzt mal ehrlich«, sagt Brielle, »wie läuft's zwischen dir und D-Bag?«

»Nenn ihn nicht so!«, kreische ich, was wie immer vollkommen nutzlos ist – Brielle findet ihren Spitznamen für Dylan – D-Bag wie die kultige Handtasche von Tod's – superwitzig. Sie lacht sich gerade kaputt darüber.

Schließlich kriegt sie sich wieder ein und sagt: »Okay, okay, Dyyyllan. Wirst du nun morgen seine Welt auf den Kopf stellen?«

Ich habe ihr nicht von dem Nachmittag auf dem Rücksitz von Dylans Auto erzählt, aber jetzt muss ich daran denken, was für ein Gefühl ich dabei hatte. Das Gefühl, dass die Zeit reif ist; dass ich ihn mir nicht mehr lange vom Leib halten kann. Und vielleicht bin ich ja auch so weit – ich meine, auf wen warte ich eigentlich, wenn nicht auf Dylan? Er macht bald seinen Abschluss und besucht dann das eine Stunde entfernte College, und dort wird er College-Mädchen kennenlernen und dann werde ich … ich weiß nicht … für immer und ewig eine Jungfrau bleiben?

»Ich meine, du willst doch nicht, dass Emma am Ende recht behält«, fügt sie hinzu.

Brielle ist knallhart, das weiß ich, aber das ist schon heftig, sogar für sie. Ich mache den Mund auf, um etwas zu sagen, doch es kommt nichts raus.

»Ach, komm«, beschwichtigt sie mich, als sich das Schweigen ein bisschen zu lange ausdehnt, »du weißt, was ich meine! Er ist total scharf. Und er war supergeduldig mit dir, oder? Er wartet schon zwei Monate! Das ist eine Ewigkeit für einen scharfen Typen wie ihn.«

»Nur weil ich nicht so eine Schlampe bin wie Emma, bin ich noch lange keine verklemmte Zicke«, protestiere ich schließlich.

»Na ja, immerhin ist er dein Freund …«, wendet Brielle ein. »Also bist du das irgendwie schon.«

JULI

»Ich will nicht darüber reden.«

»Worüber willst du nicht reden?«

»Über alles, was damit zu tun hat. Was ich darüber denke, interessiert sowieso niemanden.«

»Ach nein?«

Meine Therapeutin Teresa sieht mich über den Rand ihrer Lesebrille hinweg an. Sie hat glänzende schwarze Haare und einen unglaublich glatten hellbraunen Teint, und sie trägt immer merkwürdige bunte Schals, selbst wenn es draußen glühend heiß ist wie heute. Stets sieht sie adrett und farbenfroh aus – aber Mann! Ihre Fragen gehen mir wirklich auf den Sack! Ich kann absolut *nichts* sagen, was nicht mit einem dicken Fragezeichen am Ende zu mir zurückkommt.

Ich seufze laut auf, um ihr zu verstehen zu geben, dass ich ihren Trick durchschaue. »Es ist einfach so – egal, was ich denen erzähle, egal, was ich sage, es ist alles einfach … so sinnlos, verstehen Sie?«

»Sinnlos?«

»Ja, es ist sinnlos, denn jeder hat sowieso schon eine Meinung darüber, was geschehen ist.«

»Jeder hat eine Meinung darüber, was geschehen ist?«

Frustriert werfe ich die Arme in die Luft. »Ich und meine Freunde! Jeder denkt, wir sind Arschlöcher – sorry –, und dass Emma ganz unschuldig und nett und so war … Und selbst wenn ich genau die richtigen Sätze sage und sich alles wie durch ein Wunder auflöst, kann ich nicht mal mein sch… mein *blödes* Auto volltanken, ohne dass mich jemand *blöde* anmacht.«

Teresa schreit mich nicht an, wenn ich Schimpfwörter benutze oder so was, aber normalerweise mache ich das in Gegenwart von Erwachsenen auch nicht. Es ist ein seltsames Gefühl, dass sie einfach nur dasitzt und nickt und eigentlich gar nicht reagiert. Und dann, natürlich:

»Was wären denn die ›richtigen Sätze‹?«

Wieder seufze ich, und dann bedecke ich mein Gesicht mit den Händen, damit sie meine Augen nicht sieht. Ich wollte nicht zu so einer beknackten Therapeutin gehen, logisch. Und als es losging mit diesen Stunden habe ich erst mal überhaupt nichts gesagt – also ein paar Wochen, nachdem wir uns eine Anwältin nehmen mussten und diese Anwältin uns riet, einen Therapeuten aufzusuchen. Inzwischen bringt Teresa mich hin und wieder dazu, dass ich drauflosquatsche, über die Anwälte und meine Mom und all den Mist, der sich momentan in meinem Leben abspielt. Ein paar Mal habe ich ihr wirklich etwas von mir erzählt. Aber ich finde es immer noch grauenhaft, dass ich überhaupt etwas zu erzählen *habe*. Und keinen einzigen Menschen in meiner Umgebung, der bereit ist, mir zuzuhören. Bis auf diese vom Gericht bestellte Therapeutin.

Oder von mir aus, von der Anwältin empfohlen. Riesenunterschied.

Zu spät merke ich, dass ich wahrscheinlich meine Wimperntusche vollkommen verschmiere … oder das, was davon noch übrig ist, nachdem ich auf dem Weg hierher so geschwitzt habe. Ich senke die Hände und fahre sorgfältig mit den Fingern unter den Augen entlang, wie man es macht, wenn man Tränen wegwischen will. Allerdings sind meine Wangen wie immer vollkommen trocken.

»Die richtigen Sätze wären … Na ja, wahrscheinlich all das Zeug, das sie von mir hören wollen – dass es mir leidtut, dass wir netter zu ihr hätten sein sollen.«

»Und das bringst du nicht über die Lippen?«

»Dass ich schuld daran bin, dass sie sich umgebracht hat? Nein.« Wir haben schon öfter darüber gesprochen, trotzdem tut Teresa immer so, als würde sie alles zum ersten Mal hören.

»Aber du hast sie beschimpft«, sagt Teresa. Endlich einmal keine Frage.

»Ja, ein paar Mal. Aber das haben alle gemacht. Und sie hat mich auch beschimpft!«

»Sie hat dich beschimpft?«

Ich schüttle den Kopf. Genau das ist es, worüber ich nicht reden wollte.

»Na schön«, sagt sie und lässt sich in ihren Stuhl zurücksinken. »Du sagst also, dass alle an der Schule ziemlich fies zu Emma waren.«

Ich nicke. Und füge hinzu: »Alle waren zu allen fies. So läuft es eben an der Highschool. Die Leute labern einander dumm an.«

»Es ist also normal, dass man einander Miststück oder Schlampe nennt.«

Achselzuckend antworte ich: »Wenn sich jemand so benimmt.«

Jetzt nickt Teresa. »Aber du und deine Freunde – es heißt, ihr hättet es zu weit getrieben.«

»Ja, kann sein«, sage ich, starre auf meine Hände und schiebe sie dann unter die Oberschenkel. Es ist kalt hier drin. Den Sommer über ist es immer kälter geworden, weil die Klimaanlage immer weiter hochgefahren wurde. Ich müsste mir einen Pullover mitnehmen. Oder wenigstens aufhören, ständig Shorts anzuziehen. Ich wünschte, ich wäre braun gebrannt. Ich wünschte, ich würde nicht hier sitzen. Ich wünschte …

»Warum, glaubst du, ist das so?«

Ich hebe wieder den Blick und starre Teresa einfach nur an. »Warum stellen Sie mir lauter blöde Fragen?«, schnauze ich sie an. »Halten Sie mich für bescheuert?«

Zwischen ihren Augenbrauen bildet sich eine feine Furche, und einen Augenblick lang wirkt sie betroffen. Ich frage mich nicht zum ersten Mal, wie alt Teresa sein mag. Nicht alt genug, um eine gute Therapeutin zu sein. Nicht jung genug, um sich an die Highschool-Zeit zu erinnern.

Sie schüttelt nur andeutungsweise den Kopf und sagt: »Ich versuche dich mit all diesen Fragen dahin zu bringen, dass du Dinge erkennst, die andere erkennen, du aber anscheinend nicht. Verstehst du das?«

»Nein«, sage ich ausdruckslos. Und das stimmt.

»Ich glaube, wenn du dich in die anderen hineinversetzen könntest – in Emmas Eltern, die Anwälte, die Schüler …« Sie streckt die Hände aus und macht eine weit ausholende Geste, als spräche sie von der ganzen Welt. »Du bist nicht allein, weißt du. Aber du bist sehr verschlossen. Du lebst in deiner eigenen Welt. Wenn du niemanden hineinlässt, kann auch niemand nachvollziehen, wie es dort aussieht.« Sie legt die Hände aneinander, mit einem kleinen Hohlraum zwischen den Handflächen. Meine kleine Welt.

Ich schüttle den Kopf. Und noch einmal. Dann stehe ich auf und schnappe mir meine Tasche, die auf der Couch liegt.

»Ich muss hierherkommen, na gut. Ich rede mit Ihnen, ich rede mit Natalie. Dafür, dass Sie mich nicht verstehen, kann ich nichts. Es ist nicht meine Schuld, dass die Journalisten ein Haufen Idioten sind, dass Emmas Eltern ganz offensichtlich totalen Scheiß gebaut haben. Ich will bloß mein Leben zurück. Vielleicht war es doof, aber es war meins.« Ich deute auf ihre immer noch aneinandergelegten Hände und füge hinzu: »Und es war größer als das.«

Eine Minute lang starren wir einander schweigend an. Teresas Blick ruht unverwandt auf mir, und ich wette, sie fühlt sich bestätigt, so, als sei damit irgendetwas bewiesen. Ich will ihr sagen, dass sie sich irrt, habe jedoch keine Lust mehr zu reden und zu kämpfen. Ich will mich nicht mehr rechtfertigen.

Also schüttle ich ein letztes Mal den Kopf und marschiere dann schnurstracks an ihrem Stuhl vorbei aus der Tür.

* * *

Alex ist die ganze Woche über im Baseballcamp und Tommy in einem normalen Ferienlager. Als ich von der Therapeutin nach Hause komme, ist das Haus kalt und leer. Das Auto hatte sich total aufgeheizt, während sie mich eine Stunde lang mit Fragen gelöchert hat. Dementsprechend bin ich schon wieder ganz verschwitzt, und die Kühle im Haus ist einfach nur herrlich. Genauso wie die Dusche; sobald ich oben bin, ziehe ich mich aus, lasse die Klamotten auf meinem Weg durch den Flur fallen und drehe das Wasser auf.

Es ist so peinlich, zu einer Therapeutin zu gehen. Viele Leute an der Schule machen es, aber kaum jemand gibt es zu. Und wenn doch, wirkt es bei fast allen ziemlich erbärmlich. Als herauskam, dass Emma in Therapie war – eigentlich gleich in ihrer ersten Woche in der Elmwood High –, haben die Leute sie praktisch gekreuzigt. Schon bald wusste jeder, dass ihre Eltern nicht nur wegen des größeren Hauses den Stadtteil gewechselt hatten – das Internet ist ausgesprochen nützlich, wenn man Näheres über Schüler in Erfahrung bringen will, die die Schule wechseln. Emma war schon immer eine Schlampe gewesen. Oder, wie es im Fernsehen hieß, *in Schwierigkeiten geraten*. Wie man Schwierigkeiten *macht*, wusste sie jedenfalls, so viel ist sicher.

Mit einem Seufzer schlinge ich mir ein Handtuch um den Kopf und gehe nackt zurück in mein Zimmer. Unterwegs hebe ich widerstrebend die Klamotten auf, die ich fallen gelassen habe. Es ist zur Abwechslung mal ganz schön, mir keine Gedanken um die Jungs machen zu müssen. Aber ein bisschen einsam fühle ich mich auch. Mom hat sie für so ziemlich alle Sommeraktivitäten eingeschrieben, die man sich vorstellen kann: bloß, damit sie aus dem Haus sind und die Abendnachrichten nicht mitkriegen. Wenigstens lassen uns die Reporter inzwischen mehr oder weniger in Ruhe. Es passiert momentan einfach nichts Berichtenswertes, glaube ich. Selbst wenn wir wegen der Sache vor Gericht müssen, wäre das erst im Herbst oder im Winter. Laut Natalie ist das ziemlich bald, aber mir erscheint es wie eine Ewigkeit. Und den Herbst hatte ich mir eigentlich ganz anders vorgestellt; ich hatte mich darauf gefreut. Brielle und ich wollten unser letztes Schuljahr genießen. Und Dylan wollte anfangen zu studieren. Kürzlich habe ich erfahren, dass noch nicht entschieden ist, ob ihm sein Stipendium entzogen wird, aber es ist gut möglich, besonders, wenn diese ganzen Klagen vor Gericht gehen. Wahrscheinlich werden alle erst mal abwarten, Dylan eingeschlossen.

Aber reden darf ich auch mit ihm nicht mehr. Schon bevor Emma … gestorben ist, war alles so sonderbar. Und dann wurden die Juristen eingeschaltet, und unsere Eltern spielten verrückt, und alles brach total auseinander. Jetzt ist immer noch alles … sonderbar. Sogar noch sonderbarer.

In meinem Zimmer lasse ich die Klamotten zu Boden fallen und krieche unter die Decke meines ungemachten Bettes. Einen schönen Sommertag wie diesen hätte ich früher an Brielles Pool zugebracht. Oder ich hätte meine Brüder überredet, mit mir in den Park zu gehen.

Jetzt hingegen tauge ich nur noch zum Schlafen. Also schließe ich die Augen.

»Sara!« *Klopf, klopf, klopf.*

Na super. Ihr Timing ist wie immer perfekt.

»Sara, du musst dein Auto umparken, ich komme nicht raus – oh. Schläfst du?«

»Nein«, sage ich, die Stimme von den Kissen erstickt. Und von einer dicken Schicht Sarkasmus.

»Es ist helllichter Nachmittag«, erklärt meine Mutter mit einem Riesenseufzer.

Ich schiebe die Decken zurück und sehe sie an. Bürokleidung – langweiliges Zeug im Stil von Ann Taylor. Das könnte man den Bullen nie im Leben beschreiben, also wenn die für eine Vermisstenanzeige eine Personenbeschreibung bräuchten oder so. Frisur passabel – ziemlich kurz, aber immer noch ein schönes Kastanienbraun, und nicht ganz so kurz wie das der meisten anderen Mütter (und auch nicht zu lang wie das von Brielles Mom, die zwar echt klasse aussieht, aber es wirkt zu bemüht). Grimmige Miene – immer, immer diese grimmige Miene.

Ich schließe die Augen wieder. »Meine Schlüssel liegen unten«, sage ich.

»Na prima, dann wirst du sie ja bestimmt finden.« Ich höre, wie sie meine Sachen vom Boden aufhebt, und habe nicht einmal die Energie, ihr zu sagen, sie soll das lassen.

Ich warte noch ein ganzes Weilchen, dann setze ich mich auf.

Am Fußende meines Bettes liegt ein halbwegs sauberes T-Shirt. Ich raffe mich auf und nehme dazu notgedrungen das Handtuch vom Kopf. Dann schnappe ich mir das Shirt und streife es über. Mom hängt meine herumliegenden Kleidungsstücke über die Lehne des Schreibtischstuhls. Ihre Augen bleiben an den Büchern für die Sommerschule hängen, die sich auf dem Tisch stapeln, aber sie sagt nichts. Als sie sich mir wieder zuwendet, streckt sie den Arm aus, und ich reiche ihr schweigend das Handtuch.

»Ich wünschte, du würdest hier ein bisschen mehr mit anpacken«, sagt sie.

»Die Jungs sind doch gar nicht da.«

»Es gibt jede Menge zu tun, auch abgesehen vom Fahrdienst für die Jungs. Die Küche ist ein Chaos, außer Frühstücksflocken ist nichts zu essen im Haus …«

»Soll ich jetzt auch noch das Einkaufen übernehmen?« Das ist neu für mich. Klar, mal in den Laden laufen, wenn etwas fehlt, aber …

Sie seufzt erneut und setzt sich ans Fußende meines Bettes, das Handtuch immer noch in der Hand.

»Bärchen«, sagt sie, und ich zucke zusammen, als ich meinen Kosenamen höre. Es ist das erste Mal seit Monaten, und aus irgendeinem Grund versetzt es mir einen Stich in der Brust. »Ich weiß, dass du eine schwierige Zeit durchmachst. Aber Natalie sagt, das geht alles vorüber, bald werden sich die Wogen geglättet haben …«

»Wann hat sie das gesagt?«, frage ich scharf. Ich selbst habe nie etwas Ähnliches von ihr gehört.

Mom interpretiert meine Frage offenbar anders, denn sie sagt: »Ich telefoniere manchmal mit ihr.« Jetzt klingt ihre Stimme wieder ärgerlich. Oder schuldbewusst, möglicherweise. »Tut mir leid, dass ich bei euren Treffen nicht immer dabei sein kann, aber trotzdem – mich geht das Ganze schließlich auch etwas an.«

Ich zucke die Schultern. »Es sieht einfach nicht danach aus, als würde es vorübergehen«, sage ich. »Heute war wieder eine andere Anwältin da, und sie fragen mich immer noch über alles aus. Es gibt haufenweise … Protokolle und Zeug. Alle haben mitgeschrieben.«

Eigentlich habe ich wenig Lust, ihr das zu erzählen, komme jedoch zu dem Schluss, dass sie es wissen sollte. Vor ungefähr einem Monat haben wir uns stillschweigend darauf geeinigt, dass sie mich nicht mehr zu Natalie zu begleiten braucht. Es gibt keine festen Termine, und wenn das Büro bei uns anruft, will Natalie uns immer während der Bürostunden sehen. Mom musste sich zu oft freinehmen, und die Fragen galten sowieso alle mir.

Aber dann haben wir irgendwie ganz aufgehört, darüber zu sprechen. Wir sind nie gewesen wie diese Mutter-Tochter-Gespanne im Fernsehen, die sich jede Einzelheit aus ihrem Tagesablauf erzählen. Und jetzt nehmen wir einander gar nicht mehr richtig wahr. Nicht einmal, wenn wir uns im selben Raum aufhalten.

»Das ist bloß das normale Prozedere«, sagt meine Mutter jetzt. »Wenn sie nicht alles aufschreiben, können sie uns keine Rechnungen stellen.« Sie schnaubt leise, als versuchte sie zu lachen, doch ich merke, dass sie es eigentlich kein bisschen lustig findet. Natalie ist zwar nicht die angesagteste Juristin in der Stadt, aber gratis arbeitet auch sie nicht.

Ich starre auf meine Bettdecke, zupfe an der ausgefransten Ecke eines Quadrats. Sie ist handgemacht, allerdings nicht von jemandem, den ich kenne. Meine Eltern haben sie vor langer Zeit auf einem Antiquitätenmarkt für mich erstanden. Ich weiß noch, dass Mom damals Tommy im Babybeutel herumtrug – so nannten wir das kleine Trageding – und dass Dad ganz aufgeregt war, weil ein Typ alte Vinylschallplatten verkaufte. Ich glaube, sie wünschten sich, dass ich mich über meinen kleinen Bruder freue, und wollten darum mein Zimmer verschönern. Aber es blieb dann beim Kauf dieser Decke, kornblumenblaue und sonnengelbe Quadrate, die zu einem großen Stern zusammengenäht sind. Auf dem Heimweg sind wir noch Eis essen gegangen. Tommy begann zu weinen, und Mom musste im Auto sitzen bleiben, um ihn zu stillen, während Dad und ich an einem kleinen Tisch auf der Freifläche neben dem Parkplatz weiteraßen. Auch damals wusste Dad schon nicht recht, was er mit mir reden sollte, oder er hatte gar keine Lust dazu. Also aßen wir schweigend und stiegen dann ins Auto, um heimzufahren.

»Ich parke auf der Straße«, sagt Mom und steht auf. »Du brauchst bloß eine Sekunde aus der Ausfahrt rauszufahren, das wird dich nicht umbringen. Wo sind deine Shorts?« Sie schüttelt mein Handtuch aus und verlässt hastig mein Zimmer.

Sieht so aus, als hätten auch wir uns nichts mehr zu sagen.

* * *

An der Sommerschule nervt einfach alles. Von vorne bis hinten. Die Schule selbst ist total trist – der Parkplatz so gut wie leer; die Flure nur schwach beleuchtet; die Erwachsenen tragen dermaßen saloppe Kleidung, dass man richtig merkt, wie sehr sie sich während des offiziellen Schuljahres anstrengen, professionell zu wirken. Und die Klimaanlage ist gleich gar nicht eingeschaltet – die ganze Atmosphäre ist muffig und klebrig.

Brielles Eltern haben irgendwie erreicht, dass sie nicht hier sein muss, aber wenn man sich kaum einen Anwalt, geschweige denn eine Spende an die Schulbehörde leisten kann (oder womit auch immer sie es gedeichselt haben), gibt es keine Extratour. Also habe ich nur die üblichen Drückeberger zur Gesellschaft, die man das Jahr über nie sieht, weil sie ständig schwänzen, um Gras zu rauchen oder zu trinken oder den ganzen Tag lang Videospiele zu spielen, vermutlich in der Wohnung ihrer älteren Brüder oder so.

Dylan und die anderen Jungs haben in diesem Frühjahr kaum Unterricht verpasst, und Dylan wurde auch nicht aus der Baseballmannschaft geworfen. Die Klagen wurden zwar schon im April erhoben, aber ansonsten ist bis zum Ende des Schuljahrs nicht viel passiert. Wahrscheinlich hat keiner einen Grund gesehen, den Jungs das Abschlussjahr zu vermasseln. Und überhaupt, auf die Jungen und speziell auf Dylan waren – und sind – die Leute nicht so sauer wie auf Brielle und mich. Keine Ahnung, warum. Ich jedenfalls habe eine Stinkwut auf Dylan, glaube ich zumindest. Mom hat immer behauptet, er sei genauso dafür verantwortlich wie alle anderen auch; er und Jacob und Tyler sollten mehr Schuld auf sich nehmen. Inzwischen glaube ich allerdings, dass auch Mom mich und Brielle als die Hauptschuldigen betrachtet.

Natürlich gibt es gegen Tyler eigene Anklagepunkte, schließlich war Emma unter achtzehn und er nicht. Vielleicht bekommen die Jungs also doch ihre Strafe ab. Ich weiß es nicht. Natalie sagt jedenfalls, wir werden Tyler nicht zu sehen bekommen, auch wenn es zur Verhandlung kommt.

Dass Emma total verkorkst war, scheint keinen mehr zu interessieren. Ich meine, wer kommt denn schon an eine neue Schule und schleppt gleich in den ersten drei Monaten so viele Typen ab? Noch dazu, wo sie ja die Schule gewechselt hat, weil sie bereits an der alten so viel Scheiß gebaut hatte. Und schon in Therapie war, schon Antidepressiva nahm, schon eine Irre war.

Ganz im Ernst, wenn sich jeder gleich umbringen würde, dem das

Gleiche wie Emma passiert, dann gäbe es an den amerikanischen Highschools gar keine Schüler mehr.

»Na schön, Leute, folgt den Anweisungen an der Tafel Schritt für Schritt. Und schreibt eure Ergebnisse auf. Der eine von euch führt das Experiment durch, der andere notiert das Ergebnis. Verstanden?«

Ich sitze im Chemieunterricht in der Sommerschule und wünsche mir, Irish O'Irish wäre hier. Und ich wünsche mir, dass ich in diesem Fach immer noch gut wäre – oder dass es mir wieder wichtig genug wäre, um mich anzustrengen. Ms Enman ist nicht da, stattdessen haben wir diesen Sommer in fast allen Fächern so einen Typen von der Universität. Mr Rodriguez ist ganz jung, wahrscheinlich frisch von der Uni, und immer ein bisschen verschwitzt, so als würde ihn diese Arbeit jetzt schon unheimlich anstrengen.

Heute machen wir einen Titrationsversuch – eigentlich schütten wir bloß Zeug in Messbecher. Weniger langweilig als bloß mitschreiben, aber trotzdem ziemlich ätzend. Mein Laborpartner lässt sich selten blicken. Was kaum einer weiß: Sich im Sommer vor der Schule zu drücken ist genauso einfach wie im Herbst, Winter und Frühling. Heute ist er allerdings da. Carmichael. Das ist sein Familienname, aber beim Vornamen nennt ihn nie irgendjemand. Er könnte glatt einer dieser Fernsehshows oder einem Buch entsprungen sein: überall tätowiert, obwohl er noch nicht volljährig ist, verrückte Frisur – lässig, wortkarg, die ganze Palette eben. Er wäre attraktiv, wenn er sich nicht so viel Mühe geben würde, schrecklich auszusehen. Er ist groß, und man ahnt, dass er unter seinem schwarzen T-Shirt einen beachtlichen Bizeps und am Bauch ein richtiges Sixpack hat. Aber das T-Shirt selbst ist schwarz und zerrissen, und darauf steht DISCO KILLS ART, was auch immer das heißen mag. Sein ganzer Aufzug schreit einem entgegen: *Ich bin zu cool, um mit dir zu reden.*

Zu einem solchen Aufzug passt eine Schutzbrille natürlich rein gar nicht. An mir sieht sie bestimmt genauso lächerlich aus, also versuche ich, mich auf die Säure- und Basenkolben auf dem Tisch vor uns zu konzentrieren. Aus dem Augenwinkel nehme ich verschwommen Carmichael wahr, der schweigend auf die Arbeitsanweisung starrt.

Als ich die Bürette aufgebaut habe, reicht mir Carmichael wortlos den Trichter und schaut zu, wie ich die Säure einfülle. Dann betätige ich den Drehknopf an der Bürette, damit die Flüssigkeiten sich mischen, und warte darauf, dass sie sich rosa färben. Ich verschließe das Glas mit dem Stöpsel und lasse es nicht aus den Augen, bis die Säure nur noch tropft und die Base wieder durchsichtig wird.

»Da stehen haufenweise komische Wörter drin«, sagt Carmichael fast unhörbar. Seine Stimme überrascht mich irgendwie, aber meine Hände bleiben ruhig, als ich den Stöpsel wieder entferne. Die Mischung verfärbt sich rosa und bleibt auch so. Ich wende mich ihm zu, um sicherzugehen, dass er das Volumen auf dem Aufgabenblatt festhält.

Ohne nachzudenken, sage ich: »Was denn für Wörter?«

Er schiebt seine Schutzbrille hoch bis zum Haaransatz, obwohl das Experiment noch nicht beendet ist. Dann legt er einen Finger auf das Arbeitsblatt. »Titration«, sagt er, als sei offensichtlich, was er meint. »*Meniskus.* Und das Ding hier« – er berührt leicht den Drehknopf an der Bürette – »nennt sich *Auslasshahn.*«

Seine Stimme ist vollkommen nüchtern, aber ich merke, dass ich rot werde. Ich weiß nicht, ob er es darauf anlegt, mich in Verlegenheit zu bringen, jedenfalls bin ich verlegen.

Während des Schuljahrs hätte ich um keinen Preis mit Carmichael gesprochen. Dabei war ich in der Mittelstufe sogar ein wenig in ihn verknallt – ich war überzeugt, seine wilde Frisur würde eine Künstlernatur verraten, und damals wollte ich ebenfalls eine Künstlernatur sein. Aber Brielle hat mich vor all dem bewahrt. Wenn man am Wochenende Sachen vorhat, die wirklich Spaß machen, verliert es seinen Reiz, herumzuhängen, Gedichte zu lesen und Indie-Rock zu hören.

Vielleicht sollte ich ihn lieber wieder ignorieren. Und dann verkündet Mr Rodriguez vom Pult aus: »Noch fünf Minuten«, und es ist ohnehin zu laut für eine Unterhaltung. Carmichael trägt unser Kolbenset zum Waschbecken, während ich mein Buch in der Tasche verstaue.

Als er zurückkommt, sieht er mich an und bemerkt: »Gut gemacht.«

Seine Augen sind grün. So was fällt mir normalerweise nicht auf, aber sie sind richtig grün und sogar ziemlich schön. Und seine Ernsthaftigkeit überrascht mich so sehr, dass ich »Danke« sage und meinen Entschluss, nicht mehr mit ihm zu reden, ganz vergesse. Er zuckt die

Schultern und lächelt. »Dein T-Shirt gefällt mir«, füge ich hinzu. Ich lüge ihm glatt ins Gesicht und weiß nicht einmal, warum. Vor zwei Sekunden fand ich noch, dass er ein Freak ist. Vielleicht tue ich das immer noch. Aber es ist angenehm, mit jemandem zu reden. Wenn man das als Reden bezeichnen kann.

Unsere nächste Stunde, die ebenfalls Mr Rodriguez hält, findet in einem anderen Klassenzimmer statt. Für Englisch braucht man logischerweise kein Labor. In manchen Fächern, zum Beispiel in Chemie, nehmen wir genau oder fast genau den gleichen Stoff durch wie während des Schuljahres. In anderen Fächern – wie in Englisch – sind es andere Inhalte, wahrscheinlich, damit wir nicht mogeln können. Wir lesen also nicht *Macbeth*, sondern *Hamlet*. Ich kann kaum folgen – auch von *Macbeth* habe ich so gut wie nichts kapiert, dabei war Mrs Thale eine weitaus bessere Lehrerin. Mr Rodriguez sagt, dass wir uns den Film ansehen werden, wenn wir das Stück durchgearbeitet haben, aber für mich ist Shakespeare schon mit Lexikon und Lektürehilfe schwer genug. Durch den Film werde ich mich entweder durchquälen müssen, oder ich nutze die Gelegenheit für ein Nickerchen.

Carmichael setzt sich wieder neben mich, und einen Moment lang frage ich mich, ob es ein Fehler war, mit ihm zu sprechen. Ich weiß, was Brielle sagen würde – dass er ein Versager ist, ein Leistungsverweigerer. Seine Tattoos und das Bad-Boy-Gehabe würden auf sie keinerlei Eindruck machen. Sie würde ihn als *Autolosen* abqualifizieren, wie alle Jungs, die kein eigenes Auto besitzen und für sie darum keinen zweiten Blick wert sind. Nicht einmal einen ersten.

Aber eine Versagerin bin ich ja auch.

Mr Rodriguez beginnt darüber zu sprechen, dass Hamlet zu introspektiv ist, um einfach Rache zu nehmen, dass er über alles erst nachdenken muss, bevor er handelt. Ich werfe einen verstohlenen Blick zu Carmichael hinüber, auf das Symbol für Unendlichkeit, das die Innenseite seines rechten Handgelenks ziert. Unter dem linken Ärmel seines T-Shirts blitzt noch ein weiteres Tattoo hervor; es sieht aus wie eine zusammengerollte Schlange oder so was. Vor ihm liegt das geöffnete Buch, und er nickt ein bisschen, so, als würde er sich mit Shakespeare auskennen. Auch in Chemie ist er gar nicht schlecht. Ich frage mich, warum er eigentlich hier ist – klar, ich weiß, dass er oft schwänzt, selbst jetzt im Sommer, aber er wirkt irgendwie intelligent.

Plötzlich schaut er mich an, und ich senke den Blick hastig auf das Buch vor mir. Wieder glühen meine Wangen. Meine Güte, habe ich wirklich so verzweifelt das Bedürfnis, mit jemandem in meinem Alter abzuhängen, dass ich jetzt den autolosen Carmichael anschmachte?

Als der Unterricht für heute endlich zu Ende ist, renne ich praktisch zum Parkplatz. Vor mir sind schon zwei andere Mädchen: Beth, die sich vergangenes Schuljahr mit dem Pfeifferschen Drüsenfieber angesteckt hat (aber auf langweilige Weise, nicht beim Küssen) und Cherrie, die einfach nur faul ist. »Cherrie« ist die Kurzform von irgendeinem lateinamerikanischen Vornamen, aber wir sprechen es alle aus wie die Frucht, die Kirsche. Früher hat sie uns immer korrigiert, aber der Name ist haften geblieben. Plötzlich frage ich mich, ob sie vielleicht deshalb so viel schwänzt, weil es schrecklich ist, jeden Tag schikaniert oder beim falschen Namen genannt zu werden oder so. Weil man sich dann fühlt, als würde man nicht dazugehören. So, wie ich zurzeit. Doch dann wendet sie sich Beth zu, und sie lachen über irgendwas. Sie steigen zusammen in Beths Auto, und da kommt es mir wieder zu Bewusstsein: Sogar bei den Ausgestoßenen rangiere ich ganz unten.

Ich steuere meinen Honda gerade an der Schule vorbei, als ich Carmichael auf seinem Fahrrad entdecke. Er steht auf den Pedalen und lässt den Vorderreifen auf den Gehsteig und wieder herunter springen. Sieht aus, als hätte er es voll im Griff. Ich halte vor dem Stoppschild und verharre eine Minute, betrachte seinen schwarzen Haarschopf und die Muskeln, die sich unter seinem T-Shirt abzeichnen. Er springt noch einmal und dreht dabei das Vorderrad, kommt aber schlecht auf und muss vom Fahrrad hechten und sich mit tänzelnden Schritten in Sicherheit bringen, während das Rad scheppernd zu Boden fällt. Es passiert so überraschend und sieht so blöd aus, dass ich lachen muss, was mir jedoch erst auffällt, als er sich umdreht – mein Fenster ist heruntergelassen, damit es im Auto ein wenig kühler wird, darum hat er mich wohl gehört. Finster blickt er mich an, als hätte ich ihn ausgelacht, was absolut nicht der Fall ist.

»Entschuldige, ich habe bloß …«, setze ich an, aber er hat sich schon wieder sein Fahrrad geschnappt, springt auf und radelt zur anderen Ausfahrt des Parkplatzes.

Na super. Diese Loser braucht sowieso kein Mensch.

* * *

»Wir haben noch gar nicht richtig über Dylan gesprochen. Möchtest du mit mir über ihn sprechen?«

»Weiß nicht«, sage ich achselzuckend. Dann füge ich gehässig hinzu: »Wollen *Sie* denn mit mir über Dylan sprechen?«

Es hätte witzig sein sollen, aber als es heraus ist, muss ich den Blick abwenden. Ich schaue hinunter auf meine Fingernägel und sage: »Ich müsste mir dringend mal wieder die Nägel machen lassen. Aber das geht ja nicht.«

»Und warum geht das nicht?«, fragt Teresa.

Ich zupfe ein Blättchen von dem glitzernden Goldnagellack ab, den ich momentan trage. Blättert alles ab, als wäre ich permanent feiern gewesen, dabei ist das Gegenteil der Fall.

»Es ist teuer. Und die Leute gucken mich komisch an.«

Brielle hat mich immer in den Salon im schicken Shoppingcenter geschleppt, wo auch das *Anthropologie* und das *Williams-Sonoma* liegen. Aber allein kann ich mir das nicht leisten. Seit wir uns nicht mehr sehen dürfen, habe ich ein paar Mal das Nagelstudio in dem grottigen Einkaufszentrum ausprobiert, gleich neben dem Taco Bell. Und da habe ich dann gemerkt, dass ich mich eigentlich gar nicht mehr in der Öffentlichkeit zeigen kann. Irgendwo hinzugehen, wo man mehr als fünf Minuten sitzt, ist ziemlich ungut – erst recht, wenn dort stapelweise Lokalzeitungen ausliegen.

Aus dem Augenwinkel sehe ich Teresa nicken. »Ja, manchmal kommt einem die Stadt ziemlich klein vor«, räumt sie ein.

»Sagen wir lieber, *immer*«, entgegne ich. Wo man geht und steht, trifft man auf Bilder von Emma, echt irre. Mom sagt, die Medien lieben es, wenn hübschen Mädchen schlimme Sachen passieren. Man könnte meinen, es gäbe keine Kriege oder Wahlen oder Amokläufe mehr, weil immer nur Emmas letztes Bild aus der Schule gedruckt wird.

»Und Dylan triffst du nicht mehr?«, fragt Teresa, wohl um mich zu ihrer ursprünglichen Frage zurückzubringen.

Ich blicke auf. »Ich darf nicht, schon vergessen?«, sage ich bitter. »Aber egal. Es ist wirklich kompliziert. Ich meine, wirklich kompliziert *geworden*. Ich glaube nicht, dass es Dylans Schuld war, bloß ... Ich meine, Sie hätten Emma kennen sollen. Sie war so eine ...«

»Sie war so eine ... was war sie, Sara?«

Ich blase die Backen auf und stoße schnaubend die Luft aus. »Sie war eins von den Mädchen, wissen Sie, die ständig mit Typen herumhängen. Also, die nur mit Jungs befreundet sind. Weil alle anderen Mädchen an der Schule wussten, dass sie ihnen den Freund wegschnappen würde.«

»Sie hat anderen die Freunde ausgespannt?«

»Himmel noch mal, ja. Täglich sozusagen.«

»Dylan auch?«

Ich ziehe die Schultern hoch zu den Ohren und umschließe meine Brust mit den Armen. Dann atme ich mit einem weiteren tiefen Seufzer aus, lasse alles von mir abfallen und sage schließlich: »Ja, Dylan auch.«

»Das muss schlimm für dich gewesen sein«, sagt Teresa.

»Oh ja«, entgegne ich, beiße mir dann aber auf die Lippen. »Ich will eigentlich nicht mehr darüber sprechen.«

»Na gut. Machen wir Schluss für heute«, sagt Teresa und legt ihr Notizbuch weg.

»Super.« Ich stehe auf und ziehe die Jacke aus, die ich heute endlich mal mitgenommen habe. Draußen ist es bestimmt zehn Grad wärmer als hier drin.

Während ich die Jacke in meine Tasche stopfe, fügt Teresa hinzu: »Liebe ist wirklich kompliziert. Es tut bestimmt immer noch weh.«

Ich sehe sie an und schweige einen Augenblick. Dann sage ich: »Hmmm.« Etwas anderes fällt mir nicht ein, also starren wir einander einfach noch ein paar Sekunden an. Und dann gehe ich.

* * *

Als ich am Mittwoch an der Schule vorfahre, radelt Carmichael gerade über den Parkplatz. Seine dunkle Mähne flattert. Er ist ein paar Tage lang nicht zum Unterricht erschienen, und mein Magen krampft sich zusammen, als mir einfällt, wie ich ihn vergangene Woche scheinbar ausgelacht habe. Im Schneckentempo fahre ich in eine leere Lücke. Ob ich mir so viel Zeit lasse, um ihm zu begegnen oder um ihm auszuweichen, weiß ich selbst nicht. Doch dann fällt mir ein, dass ich ihm sowieso nicht entkomme, weil ich ihn im Klassenzimmer sehen werde.

Oder eben jetzt gleich. Ich gehe auf die Tür zu, als er gerade sein Fahrrad absperrt, und er blickt auf.

»Hallo«, sage ich unverbindlich.

»Wie geht's?«, erwidert er locker und macht sich dann wieder an seinem Fahrrad zu schaffen. Ich stehe wie angewurzelt auf dem Gehweg, wie Unkraut, das aus einer Ritze wächst. Die Wolken über uns sind drückend und schwarz – wieder ein heißer, schwüler Tag, an dem man sich wünscht, es würde gleich regnen –, und die hohe Luftfeuchtigkeit schafft mich total. Ich bin jetzt schon völlig verschwitzt, und jede Bewegung macht es noch schlimmer.

»Also …«, sage ich und starre dabei seinen Rücken an. Zu seinen Füßen steht ein alter schwarzer JanSport-Rucksack, aus dem soeben sein *Hamlet*-Exemplar rutscht. »Gefällt dir das Buch?«

Er dreht sich um, mit leicht zusammengekniffenen Augen, als sei er verwirrt.

Ich deute verlegen auf seinen Rucksack. »Ich meine natürlich, das Theaterstück?«

»Ach so, klar«, sagt er. Dann nimmt er den Rucksack, zieht den Reißverschluss zu, und das Buch verschwindet. »Ja, ist wohl ganz okay.«

Ich nicke. Himmel, ich habe wirklich lange mit keinem mehr gesprochen. Jedenfalls mit niemandem in meinem Alter. Und jetzt rede ich ausgerechnet mit Carmichael, wie unter Zwang. Er ist so sonderbar. Und eigentlich macht er mir ein bisschen Angst, mit seinen Tattoos und so.

Es ist bloß – er ist der Einzige, der mich nicht mit diesem gewissen Blick ansieht. Nicht mit diesem *Du bist diejenige, die Emma Putnam umgebracht hat*-Blick.

Ich merke, dass ich immer noch nickend dastehe und ihn anstarre. Carmichael sieht mich zwar nicht mit diesem gewissen Blick an, aber er schaut mir direkt ins Gesicht, und ich kichere kurz und verlegen. »Tut mir leid«, sage ich. »Ich weiß nicht … also …« Ich wende mich in Richtung Schultür, die mir sehr weit entfernt vorkommt, und frage mit einer Handbewegung: »Gehst du rein? Ach, klar, natürlich, ich bin bloß – gehen wir?«

»Na, nachdem wir schon mal da sind«, sagt er, »können wir auch das Tor zur Hölle durchschreiten.«

Ich lache wieder, es klingt fast wie ein Prusten. »Ja«, sage ich. Inzwischen habe ich das Gefühl, nur noch Laute von mir zu geben. Mit einem Gespräch hat das nichts mehr zu tun. Brielle würde vollkommen ausflippen, wenn sie mich so erleben würde. Wahrscheinlich würde sie mich ins Auto zurückstoßen und wegfahren, ganz schnell, um uns all diese Peinlichkeiten zu ersparen. Ich wünschte, sie wäre jetzt hier.

Aber Carmichael steht immer noch da, den Anflug eines Lächelns im Gesicht. Schließlich sagt er fast gnädig: »*Der Fänger im Roggen* hat mir besser gefallen.«

»Ach«, sage ich. Und dann, blöder geht's echt nicht, füge ich hinzu: »Das fand ich schrecklich.«

»Wirklich?«, fragt er, ehrlich erstaunt.

»Tut mir leid«, sage ich wieder. Wäre ich doch einfach an ihm vorbeigegangen, anstatt mich in dieses grauenvolle Gespräch verwickeln zu lassen. »Ich meine, ich verstehe, warum es *dir* gefallen hat – also, ich verstehe, warum es *vielen Leuten* gefällt, nicht nur dir …«

»Aber besonders mir, stimmt's?«

»Nein! Überhaupt nicht … ich meine – ach, Scheiße.«

Ich merke erst nicht, dass ich das letzte Wort laut ausgesprochen habe, aber dann überzieht ein Lächeln Carmichaels Gesicht. So ein richtiges breites Lächeln.

»Du bist seltsam, weißt du?«, sagt er.

»Das musst gerade du sagen«, erwidere ich, aber es ist ein Scherz, und auch ich lächle. Und diesmal klingt es sogar wie ein Scherz, so, wie ich es beabsichtigt habe.

»Ja, ja, ich bin auch seltsam«, sagt er. »Darum hält man uns abseits von der Normalbevölkerung, was?« Carmichael setzt sich in Bewegung, und ich gehe im Gleichschritt neben ihm, während ich mich frage, ob er überhaupt weiß, warum ich in der Sommerschule bin. Vielleicht nicht – vielleicht hat er das vergangene Schuljahr in einem anderen Land verbracht und muss deshalb in die Sommerschule. Oder vielleicht guckt er keine Nachrichten. Carmichael wirkt eindeutig zu cool, um Klatschgeschichten Beachtung zu schenken. Und Prozessen.

Gerade haben wir den schlecht beleuchteten Flur betreten, als ich weiter vorne Beth und Cherrie an einem Spind stehen sehe. Zunächst wirkt es, als würden sie sich nur zufällig dort unterhalten, aber ich kenne diesen Spind. In diesem Flur krampft sich immer mein Magen zusammen. Die Sommerschule hat nur ein Gutes, nämlich dass ich diesen Flur meiden kann und dass ich, selbst wenn ich ihn entlanggehen muss, nicht gezwungen bin, die vor dem Spind 8043 aufgetürmten Blumen, Teddybären und Kerzen anzuschauen. Das ganze Zeug wurde nämlich am Schuljahresende endgültig weggeräumt. Nur Beth und Cherrie sind da, stecken die Köpfe zusammen, als würden sie sich ein Geheimnis erzählen oder beten oder so was. Beths Schultern heben und senken sich in einem großen, rührseligen Seufzer. Es überrascht mich nicht, aber ich muss die Zähne zusammenbeißen, um sie nicht anzuschreien.

Beth und Cherrie waren auch nicht gerade nett zu Emma. Sie wollten genau wie alle anderen – oder sogar mehr – mit Brielle und mir befreundet sein. Sie lachten, wenn Brielle auf Emmas Kosten Witze riss. Sie schickten sogar Freundschaftsanfragen an Fetteschlaaaampe, bevor das Profil gelöscht wurde. Und die Sache am Valentinstag … ich weiß noch, wie Beth an diesem Nachmittag die Augen verdreht hat, als Emma sich neben ihrem Schrank auf den Boden gesetzt, die Knie mit den Armen umschlossen und geheult hat. Megan Corley setzte sich zu Emma und legte ihr einen Arm um die Schultern, Beth hingegen sagte irgendetwas Gehässiges, um sich bei Brielle und mir einzuschleimen.

Und jetzt steht sie wieder vor dem verdammten Spind und spielt die verstörte beste Freundin. Ich sehe, wie Cherrie Beths Arm tätschelt, und trotz meiner zusammengebissenen Zähne entfährt mir ein lautes Schnauben.

Carmichael neben mir zuckt ein bisschen zusammen. Und da fällt es mir ein – jeder weiß es. Und gleichzeitig weiß niemand irgendwas.

»Tut mir leid«, sage ich erneut zu ihm. »Ich bin bloß … diese Mädchen sind so verdammte Heuchlerinnen.«

Carmichael beobachtet sie eine Minute lang. »Ja, alle sind verlogen«, sagt er schließlich sanft.

Ich blicke auf, überrascht, dass er mir zustimmt, aber er starrt bloß Beth und Cherrie an. Oder an ihnen vorbei, das ist schwer zu sagen.

»Die Welt ist voll von verlogenen Leuten«, wiederholt er, aber offenbar ist es nicht an mich gerichtet. Es klingt eher, als würde er sich selbst etwas ins Gedächtnis rufen. Etwas, das er eigentlich lieber vergessen will.

JANUAR

»Hast du ein – Dings?«

Der Boden unter mir vibriert, als Dylan sich zur Seite rollt und nach seiner Jeans greift. Ohne meine Frage zu beantworten, zieht er seine Brieftasche aus der hinteren Tasche. Dann höre ich die Folie knistern.

Es passiert. Es passiert auf dem Boden des Gästezimmers im Haus von Brielles Eltern. Die Party ist noch in vollem Gange – was durch den Boden, durch die Wände heraufhämmert, ist Musik. Meine Frage nach dem Kondom musste ich praktisch brüllen, was die Stimmung ein bisschen gekillt hat. Glaube ich.

Von Stimmung war allerdings sowieso nicht viel zu spüren, wenn ich ehrlich bin. Ungefähr gegen sieben fing ich an zu trinken, lange bevor die Gäste eintrafen. Irish kam mit dem Fässchen, aber schon vorher hatte Brielle die Wodkaflasche hervorgeholt, die sie für »besondere Gelegenheiten« in ihrem Zimmer versteckt hielt.

»Das gibt Mumm«, hatte sie verkündet und weit mehr als einen Schuss in einen Plastikbecher gegossen. Auch sich selbst hatte sie eingeschenkt, maliziös gelächelt und das Zeug hinuntergestürzt. Ich tat es ihr nach. Als ich fast erstickte, lachte sie nur und schenkte nach. »Das ist *dein* Abend!«, krächzte sie.

Jetzt ist es, keine Ahnung, zehn vielleicht? Ich bin erledigt, fühle mich gleichzeitig schläfrig und aufgekratzt. Ich habe das Gefühl, ich liebe Dylan. Ich habe das Gefühl, dass er mich auf nicht besonders romantische Weise in den Teppich drückt. Seit wir uns ins Gästezimmer verzogen haben, hat er nicht viel gesagt. Er hat eine Kommode halb vor die Tür geschoben. Wir haben uns geküsst und sind dann auf dem Weg zum Bett gestolpert, darum liegen wir jetzt hier, auf dem Teppich. Der hellblau ist. *Wir sollten ins Bett gehen*, denke ich vage – was ist, wenn wir Flecken auf den Teppich machen? Von … was auch immer?

Lieber Himmel, er zieht das Kondom über. Ich sehe, wie sich seine Hand bewegt, und wende rasch den Kopf ab, woraufhin sich der Raum zu drehen beginnt. Es ist dunkel hier drin, aber nicht dunkel genug. Plötzlich bin ich richtig nervös und frage mich, ob ich aufhören will, ob ich mich gleich übergeben muss, ob sich mein Leben gerade in einen billigen Schundfilm verwandelt, ob …

Er liegt wieder auf mir, und mein letzter Gedanke als Jungfrau ist: *Wenn es vorbei ist, bin ich diese Sorge los.*

Es tut nicht so weh, wie ich befürchtet habe, was vielleicht daran liegt, dass es nicht lange dauert. Ich glaube, ich müsste Geräusche von mir geben oder so was, wie in den Filmen, wo geschrien und gestöhnt wird – macht man das nicht so? –, aber ich denke immer noch an den Teppich, und dann schäme ich mich für Dylan, weil er so keucht, und dann …

Das war's.

Immer noch schwer atmend, rollt er von mir herunter.

Mein BH ist ein bisschen feucht von seinem Schweiß. Ist es eigentlich okay, dass ich ihn noch anhabe? Es kommt mir komisch vor, dass er ihn mir bei anderen Gelegenheiten ausgezogen hat, wenn wir nur geknutscht haben, und diesmal nicht.

Der Deckenventilator ist nicht eingeschaltet, vibriert aber leicht wegen der Musik, die langen Flügel schwanken ein wenig. Ich versuche an das Lied zu denken, das gerade gespielt wird, das Lied, das gelaufen ist, als ich meine Jungfräulichkeit verlor, kann mich jedoch nicht konzentrieren. In dem Augenblick, als es passierte, habe ich mich nüchtern gefühlt, aber jetzt spüre ich wieder den Alkohol.

»Mann!«, sagt Dylan. Er spricht nicht mit mir; er fummelt mit dem Kondom herum und flucht dabei leise.

Ich versuche meine Gliedmaßen zu sortieren. Ich will sexy aussehen, so, wie ich jetzt aussehen müsste. Ich will schließlich, dass er es noch einmal macht – nicht gleich jetzt, aber irgendwann. Das ist doch der Zweck der Übung, oder? War es diesmal überhaupt gut? Mein Höschen hat sich um einen Fußknöchel gewickelt, ich greife danach.

Aber er sieht mich nicht einmal an. Ich weiß, dass Jungs danach nicht kuscheln mögen oder so, aber er steckt bereits wieder in seiner Jeans und fährt sich mit den Händen durch die Haare. Dann setzt er sich auf. Wo ist das Kondom hingekommen? Wie hat er das gemacht?

Ich strecke den Arm aus und versuche sanft sein Gesicht an meines zu ziehen, um ihn zu küssen. Stattdessen taumle ich gegen seine Schulter und muss mich an ihm festhalten. Ich höre mich kichern und kapiere eine Sekunde lang gar nicht, dass ich das bin.

»He, Süße, ruhig Blut«, sagt Dylan. Es klingt so goldig, dass ich am liebsten weinen würde. Hinten in der Kehle habe ich das gleiche Gefühl, wie ich es immer bekomme, wenn ich kurz davor bin, in Tränen auszubrechen. Diesen Kloß im Hals. Und dann passiert es – Sekundenbruchteile, nachdem ich gekichert habe, ist mir, als würde ich gleich losschluchzen.

Keinen Moment zu früh spüre ich Dylans Arme um mich. Sie ziehen mich hoch, halten mich aufrecht. Es ist keine richtige Umarmung, aber es hilft. Und dauert lange genug, dass ich tief durchatmen kann.

»Geht's wieder?«

Ich stehe in meiner Unterwäsche da, in meinem verschwitzten BH und der auf Halbmast hängenden Unterhose, und muss mir die Haare aus dem Gesicht streichen. Aber ich nicke, und ich glaube, ich lächle sogar.

»Na gut.« Er gibt mir einen kleinen Kuss. Weich. Sanft. »Ich geh dann mal wieder raus.«

Sein Gesicht ist ganz dicht an meinem, und ich kann ihn wegen der lauten Musik kaum verstehen. Ich will ihn noch mal an mich ziehen. Ich will mich an ihn schmiegen, obwohl das wahrscheinlich uncool ist. Ich fühle mich ihm so nah, fühle mich innerlich so warm, aber an allen Stellen, die er nicht berührt, auch ganz kalt.

Doch jetzt berührt er mich gar nicht mehr, er rückt die Kommode von der Tür weg und verlässt den Raum.

Aus dem Flur dringen helles Licht und Geräusche ins Zimmer, und dann bin ich allein.

* * *

»Oh mein Gott, du bist eine solche Schlampe!« Brielle brüllt mich fast an und lacht dabei, und wenn die Musik nicht immer noch höllenlaut wäre, hätte ich Angst, dass alle es mitbekommen. »Auf dem Boden?! Himmel, wer hätte geahnt, dass D-Bag ein solches Tier ist!« Sie schwenkt ihren Plastikbecher in der Luft, während sie mich halb tanzend umarmt. »Woooo!«

Ohne etwas dagegen tun zu können, werde ich rot wie eine Tomate. Ich bin verlegen, aber auch stolz. Ich habe es tatsächlich getan. Ich spüre, wie mein Blut in doppelter Geschwindigkeit durch die Adern rauscht, so, als würde mein ganzer Körper im Rhythmus der Musik pochen.

Brielle hat mich in einer Ecke des Wohnzimmers sozusagen eingekeilt. Es wimmelt von Leuten, aber über die Köpfe hinweg entdecke ich Dylan, der mit einer Horde Jungs aus der Baseballmannschaft Flip Cup spielt. Heute ist der letzte Abend, an dem sie alle trinken können, ohne Ärger mit den Trainern befürchten zu müssen, und es hat den Anschein, als wollten sie auf Vorrat saufen, um die ganze Saison über damit auszukommen. Und trotzdem – als ich Dylan sehe, wenn auch nur im Profil für eine Sekunde, krampft sich mein Herz zusammen. Ebenso mein Magen – wieder habe ich das Gefühl, mich gleich übergeben zu müssen, aber auf eine gute Weise, so wie wenn man nicht weiß, wohin mit seiner Freude.

»Du brauchst noch was zu trinken!«, ruft Brielle. »Komm mit!«

Irgendwie hatte ich wohl immer gemeint, ich würde meine Jungfräulichkeit in einer … privateren Atmosphäre verlieren. Dass ich mich zum Beispiel mit Dylan in eine urige kleine Hütte irgendwo im Wald zurückziehen würde, wo es einen Kamin gibt, und dass wir anschließend die ganze Nacht wach bleiben und reden. Dabei hätte meine Mom mir natürlich nie erlaubt, mit Dylan irgendwo zu übernachten. Schon allein, weil sie dann einen Babysitter für meine Brüder hätte bezahlen müssen.

Na, jedenfalls kümmert sich Brielle ganz intensiv um mich. Wir stolpern auf die Küche zu, und Dylan fängt vom Flip-Cup-Tisch aus meinen Blick auf und wirft mir ein kleines Lächeln zu. Ich habe das Gefühl, gleich hier auf dem Küchenboden zu einer Pfütze zusammenzuschmelzen, doch dann beginnt Brielle wieder zu kreischen und schiebt mir einen Plastikbecher in die Hand.

»Das ist die beste Party, die ich je erlebt habe!«, brüllt sie. Gerade in diesem Moment schweigt einen Augenblick lang die Musik, aber statt sie auszulachen, stimmen ihr alle Anwesenden mit wildem Geheul zu.

Als die Musik wieder einsetzt, packt Brielle mich am Arm und sagt: »Also, du musst mir alles ganz genau erzählen! Alles, alles. Aa-lles.«

Ich lache und hole tief Luft. Wo soll ich bloß anfangen? Wird Brielle der Meinung sein, ich hätte es total falsch angepackt? Ob wir vielleicht besser später, nach der Party, darüber sprechen sollten? Aber gleichzeitig will ich das alles unbedingt jetzt sofort loswerden.

Doch gerade als ich den Mund öffne, wird Brielles Griff um meinen Arm fester, zu fest, und ihr Unterkiefer klappt herunter. »Ach du schöne Scheiße«, sagt sie und starrt auf einen Punkt am anderen Ende der Küche. Ich folge mit den Augen ihrem Blick.

Emma. Sie unterhält sich mit Jacob Walker, und es sieht aus, als ob sie sich über irgendwas aufregt. Überraschung, Überraschung. Er hat tröstend den Arm um sie gelegt und so … Herrgott, das Mädchen muss einfach um jeden Preis Aufmerksamkeit erregen.

»Schnalle.« Einen Moment lang glaube ich, Brielle hätte das Wort gezischt, doch dann merke ich, dass ich es selbst war. Fühlt sich gut an. Ich sage es noch einmal. »So eine gottverdammte Schnalle!«

Ich muss ziemlich laut gesprochen haben, denn ein paar Mädchen, die ich nicht so gut kenne, drehen sich um und sehen uns an. Brielle blitzt wütend zurück und wendet sich dann ganz ernst an mich. »Mach dir blooooß keine Sorgen«, lallt sie. »Verdammt, ich meine, auf Facebook ist doch eh kein Mensch mehr.«

»Psssst!«, zische ich ihr zu. »Wir sollten lieber nicht …« Ich komme nicht dazu, den Satz zu beenden, denn jetzt hievt sie sich hoch auf die Küchentheke und stößt dabei einen Stapel Plastikbecher um. Obwohl ich selbst alles andere als nüchtern bin, kratze ich noch genug Verstand zusammen, um nicht dem ganzen Raum zu verkünden, dass wir das Fetteschlaaaampe-Profil ins Netz gestellt haben. Es ist vom Systemadministrator schon gelöscht worden, aber wir haben in der Schule mitbekommen, dass Emma ins Büro des Vertrauenslehrers gerufen wurde, und wer weiß, was sie dem erzählt hat.

»Ist ja auch egal«, sagt Brielle jetzt, lässt ihre Beine baumeln und tritt mit ihren Jimmy-Choo-Pumps, von denen ich zufällig weiß, dass sie ihrer Mutter gehören, gegen die Schränke. »Ich habe es so satt, über diese *Irre* zu reden. Und jetzt, wo du und D-Bag so« – sie hält die Hand hoch und kreuzt die Finger – »und so seid …« – sie umschließt eine Hand mit der anderen, verschränkt alle Finger und beginnt mit der Zunge zu wackeln.

Ich bekomme wieder einen Lachanfall, ich kann es nicht verhindern. »Hör auf!«, kreische ich. Sie macht jetzt mit den Händen herum und stößt dabei diese ekelhaften Stöhnlaute aus. Die Mädchen, die uns vorhin angestarrt haben, sehen aus, als wüssten sie nicht, ob sie lachen oder weglaufen sollen.

Brielle beginnt nach mir zu grabschen, während sie weitermacht: »Oh, Sara! Oh, Dyyyylaaaan!«

Ich versuche sie abzuschütteln, lache aber immer noch. Und bei unserem Gerangel wandern meine Augen wieder zum anderen Ende des Raumes. Emma und Jacob sehen uns an, offenbar ein wenig verblüfft darüber, dass wir uns wie Gestörte verhalten, aber egal.

Und dann, endlich, fällt es mir wie Schuppen von den Augen.

Jetzt kann die Schlampe mich nicht mehr verklemmte Zicke nennen.

»Komm«, sagt Brielle und windet sich schwerfällig von der Arbeitsplatte. Sie stöckelt durch die Küche und legt ihre Hände auf die Kücheninsel, an der Emma und Jacob stehen. Ich folge ihr, stelle meinen Plastikbecher ab und werfe meine Haare über die Schulter. Es ist zwar nicht rot, aber lang und lockig, und irgendwie gefällt es mir, dass es nach meiner … hm … Zeit mit Dylan so zerzaust aussieht.

»Was hast du denn hier zu suchen?«, fragt Brielle Emma.

Aber Emma ignoriert sie und wendet sich stattdessen an mich. »Machst du eigentlich alles, was sie sagt?«

»Was laberst du da für einen Scheiß?«, blaffe ich zurück. Brielle hat gleichzeitig fast dasselbe gesagt, deshalb klingt es so, als würde ich ihr wie ein Papagei nachplappern.

Emma lacht sich schlapp, Jacob ebenfalls. Das ist total unfair, denn er war bisher mit uns befreundet.

Brielle tritt noch etwas näher an die Kücheninsel heran, rückt ihnen auf die Pelle. »Ich weiß nicht, wer dich eingeladen hat«, knurrt sie Emma an. »Aber ich weiß, wer dich mit einem Arschtritt hier rausbefördern wird.«

Nicht gerade ihr bester Spruch, aber effektiv. Emma setzt eine betrübte Miene auf wie eine traurige Disney-Prinzessin und Jacob schüttelt den Kopf, als seien wir alle einfach nur kindisch und er so dermaßen enttäuscht von uns. Dann legt er wieder den Arm um Emma. Mir und Brielle wirft er noch einen Blick zu und sagt sarkastisch: »Echt nette Party.«

»Echt nette *Schnalle*«, höhnt Brielle zur Antwort, doch Jacob geleitet Emma bereits durch die Küche zur Haustür.

Brielle dreht sich um und sieht ihnen nach. Dann hebt sie ihren Bierbecher in die Luft, wie um auf sie anzustoßen. »Ich hoffe, Jacob macht es nichts aus, Herpes zu kriegen!«, kreischt sie.

Alle lachen, auch dann noch, als Jacob und Emma das Haus verlassen.

* * *

Ab Mitternacht hält sich Brielle fast ausschließlich im Bad auf und kotzt. Ich leiste ihr größtenteils Gesellschaft. Dylan sehe ich eigentlich nur noch einmal, als er gerade geht, aber er küsst mich lange und fragt: »Telefonieren wir morgen?« Das genügt mir schon.

Am Morgen habe ich das Gefühl, höchstens fünf Minuten geschlafen zu haben, das ist mir jedoch egal. Ich tapse hinunter in die riesige Küche und mache Kaffee, während Brielle immer noch schläft.

Als ich mit den Tassen nach oben komme, sitzt Brielle mit der Schlafmaske über den Augen aufrecht im Bett. »Das riecht suuupi«, sagt sie. Dann schiebt sie die Maske nach oben, streckt beide Arme aus und nimmt einen der Becher entgegen.

»Zwei Süßstoff und Sahne«, sage ich und setze mich mit meinem Becher – ein Süßstoff-Tab – auf die andere Seite des Bettes.

»Dich schickt der Himmel, du Schlampe.« Sie nimmt einen Schluck und schließt die Augen. »Ich fühle mich wie tot.«

»Aber ich bin doch noch gar nicht tot!«, scherze ich, doch als sie nicht lacht, fällt mir ein, dass Brielle anders als meine Mutter und meine Brüder kein Monty-Python-Fan ist.

»Aua, nicht so laut«, jammert sie. »Fährst du jetzt heim, oder was?«

Schon will ich einen weiteren Witz machen oder Nein sagen oder so. Aber eigentlich muss ich wirklich nach Hause. Und Brielle ist offenbar nicht in der richtigen Stimmung, sich mit mir über mein erstes Mal mit Dylan auszutauschen. Ich schließe die Lippen wieder und schlucke die Enttäuschung herunter.

»Ja«, sage ich und stehe auf. »Wollte nur vorher dafür sorgen, dass du dein Koffein kriegst.«

»Du bist die Größte. Mach hinter dir zu, wenn du gehst.« Brielles Augen sind immer noch geschlossen, deshalb sieht sie mein Lächeln nicht – umso besser, es ist nämlich total aufgesetzt.

Doch als ich im Auto sitze, muss ich wieder an Dylan denken, und jetzt ist mein Lächeln echt. Während der gesamten Fahrt grinse ich wie ein Honigkuchenpferd. Erst als ich den Honda in die Einfahrt unseres Hauses steuere, vergeht mir das Grinsen.

Meine Mom zählt nicht zu den Eltern, die am Wochenende ins Büro gehen, aber manchmal wäre es mir lieber, sie würde es tun. Stattdessen versucht sie immer, irgendwelche Arbeiten am und im Haus zu erledigen, und meine Brüder und ich werden von ihr für die langweiligsten Aufgaben eingespannt: Wir müssen die Flügel der Deckenventilatoren reinigen (*ekelhaft*) oder unsere alten Spielsachen oder elektronischen Geräte oder irgendwelchen Krempel in Kisten packen, damit Mom sie zur Heilsarmee bringen kann. Oder, was wahrscheinlicher ist, in die Garage, wo sie darauf warten, an einem anderen Aufräumwochenende gespendet oder weggeworfen zu werden.

Letzte Woche hat es geschneit und geregnet, aber jetzt ist es draußen fast warm, und so bin ich nicht überrascht, als ich Alex und Tommy mit einem riesigen Abfallsack unter einer Leiter stehen sehe, während meine Mutter, dicke Gummihandschuhe an den Händen, Dreck aus den Regenrinnen fischt und in den Sack wirft. Sie lachen gerade über irgendetwas, und ich warte einen Moment, bevor ich aussteige. Mein erster Gedanke ist, dass ich alles andere lieber tun würde, als beim Reinigen der blöden Regenrinnen zu helfen; mein zweiter, wie glücklich sie aussehen, wie einem postmodernen Gemälde von Norman Rockwell entsprungen. *Die alleinerziehende Mutter* könnte der Titel lauten. Mom hat die Haare hochgesteckt und trägt das weite rote Huskers-Sweatshirt, das Dad bei seinem Auszug hiergelassen hat.

Alex erzählt irgendeine Geschichte, die er mit albernen Grimassen und Handbewegungen begleitet. Doch dann lässt er seine Seite des Abfallsacks los, und ich höre Tommy aufjaulen, und der Moment ist vorbei.

»Sara, holst du aus der Garage noch einen Sack?«, ruft Mom, als ich endlich aussteige und die Autotür zuschlage.

Ich höre Tommy fragen: »He, kann ich jetzt fernsehen? Du hast gesagt, ich darf, wenn Sara da ist.«

»Nein, ich habe gesagt, du kannst dann reingehen und dich an deine Hausaufgaben setzen«, stellt sie richtig. Als ich den neuen Abfallsack bringe und unterwegs schon auseinanderfalte, sehe ich Tommy die Stirn runzeln. Offenbar überlegt er, welches der beiden zur Auswahl stehenden Übel er wählen soll.

»Darf ich auch mal ein bisschen Dreck rausholen?«, fragt er. Das hat er bestimmt schon zigmal gefragt.

»Tom-Tom, du weißt doch, das ist noch zu hoch für dich«, sage ich, um Mom die Mühe zu ersparen. »Aber nächsten Winter bist du bestimmt groß genug, um auf dem Dach rumzuklettern, Ziegel zu befestigen, die Regenrinne zu säubern und den Kamin zu kehren …«

»Wir haben gar keinen Kamin!«, protestiert Alex, muss aber allein bei dem Gedanken schon lauthals kichern. Er dreht sich zu Tommy um und kräht: »Dann bist du total voller Rost.«

»Voller was?«, fragt Tommy nach und setzt das Ich-bin-zwanzig-Monate-älter-und-darum-so-viel-schlauer-Gesicht auf.

»*Rost*«, sagt Alex seufzend. Er hat es so satt, immer alles erklären zu müssen. »Du weißt schon, wie der Weihnachtsmann. Und Mary Poppins?«

Unsere Mom lächelt liebevoll, während sie einen weiteren großen

Klumpen Blätter im Sack versenkt, den ich halte, und fragt: »Liebling, meinst du *Ruß*?«

»Du Dumpfbacke!«, johlt Tommy.

»He, nenn deinen Bruder nicht so!«, sage ich, und gleichzeitig brüllt Mom: »Keine Kraftausdrücke!«

»Tschuldigung«, murmelt Tommy in Alex' Richtung und blickt geschlagene drei Sekunden lang kleinlaut drein, bevor er fragt: »Kann ich *jetzt* reingehen?«

* * *

»Sara und Brielle?« Ms Enman blickt von dem Zettel hoch, den sie in der Hand hält. Jeremy Miner hat ihn ihr gerade gegeben und ist anschließend gleich wieder auf den Flur verschwunden, um anderen Lehrern irgendwelche Nachrichten zu überbringen. Die Ernennung zur Fluraufsicht des Monats, zum Vorsitzenden der AG Video, zur Ewigen Jungfrau und so weiter.

»Ja«, sagt Brielle träge. Sie rollt die Augen, als hätte sie schon erwartet, dass ihr Name fällt, ich hingegen bin blöd genug, überrascht zu sein. Als wir kurz darauf ins Büro der Schulleiterin kommen, schneidet Brielle eine Grimasse. »Mann, hat die Frau einen langweiligen Scheißjob«, sagt sie. »Sie haben schon die Hälfte der Mädchen aus unserem Jahrgang herzitiert. Meine Güte, sollen sie doch einfach irgendeinen blöden Informatiker da dransetzen, der kriegt das schon raus.«

Und dann kapiere ich es endlich: das Facebook-Profil.

Mir rutscht das Herz in die Hose, aber nach zwei Sekunden im Büro von Direktorin Schoen weiß ich, dass Brielle recht hat. Diese Frau hat keine Ahnung, wer das Fetteschlaaaampe-Profil geschaltet hat. Sie geht einfach nur die möglichen Verdächtigen durch, immer paarweise. Einschließlich der zwei, die Emma Putman am Freitagabend so blöd angemacht haben.

Ich kann mich nicht recht darauf konzentrieren, was vor sich geht, weiß nicht, ob ich jetzt in Schwierigkeiten bin oder nur sauer sein soll oder was. Ein allgemeines Gefühl der Panik ergreift mich, als ich mir auszumalen versuche, was das alles womöglich für uns bedeutet, und ich bekomme zunächst nicht ganz mit, was die Direktorin sagt. Die meiste Zeit starre ich ihr formloses graues Haar an und frage mich, ob so was wohl in meiner Schulakte landet. Bekommen wir überhaupt die Gelegenheit zu erklären, dass Emma es *drauf anlegt*? Sie verhält sich die ganze Zeit so erbärmlich, und dann schickt sie deinem Freund SMS oder nennt dich verklemmte Zicke oder versaut dir die Party. Aber *sie* wird nicht ins Direktorat zitiert.

»Mädchen, ich weiß, dass Emma bisher Schwierigkeiten hatte, Freundschaften zu schließen«, sagt die Direktorin. Vor lauter Schreck habe ich bisher nur ihr Gesicht angestarrt, das vollkommen ruhig geblieben ist, fast schon lächerlich harmlos. Allmählich dringt ein Teil von dem, was sie sagt, zu mir durch, und ich schöpfe Hoffnung, dass der Sturm vorüberziehen wird. »Ich gebe euch nicht die Schuld an irgendetwas«, fährt sie fort. »Aber wenn ihr euch ein bisschen mehr anstrengen könntet ... ihr wisst, an unserer Schule gehen wir gegen Mobbing sehr streng vor ...«

Bei dem Wort zucke ich ein bisschen zusammen, aber Brielle unterbricht sie bereits. »Direktorin Schoen«, sagt sie langsam, mit vor Ehrlichkeit triefender Stimme, »wir haben wirklich versucht, Emma die Hand zu reichen. Und ich bin sicher, wer auch immer diese Facebook-Geschichte angezettelt hat, wollte sich nur einen Scherz erlauben, wissen Sie? Sara und ich zum Beispiel, wir pflaumen einander ständig an, stimmt's?«

Sie sieht mich an, und ich fühle mich wieder in den Rhetorikunterricht in der achten Klasse zurückversetzt – ich nicke heftig, bringe jedoch selbst kein Wort heraus.

»Ich bin mir ganz sicher, derjenige, der das gemacht hat«, spricht Brielle weiter, »hat wahrscheinlich gedacht, so würde Emma besser in die Gruppe integriert. Wir gehen alle so miteinander um. Ich weiß, dass es verrückt klingt, aber es ist bloß lustig – ganz bestimmt war es bloß lustig gemeint.«

Die Direktorin sieht aus, als wollte sie wirklich glauben, was Brielle sagt. Verdammt, *ich selbst* will es glauben, und ich weiß besser als irgendwer sonst, dass Brielle nur Scheiße redet. Fast frage ich mich, ob Brielle es selbst glaubt – aber wahrscheinlich reicht schon die Überzeugung, dass Ms Schoen und alle übrigen uns nicht wirklich überführen können, um ihrer Stimme diesen selbstsicheren Ton zu verleihen.

Doch als wir das Büro verlassen – nachdem die Direktorin uns nochmals gebeten hat, uns Emma gegenüber freundschaftlich zu verhalten und zu melden, wenn an der Schule jemand drangsaliert wird –, ist Brielle stinksauer.

»Ich wette, das kleine Luder hat der Schoen eine Liste mit Namen gegeben«, sagt sie und rennt durch den Flur zu ihrem Schrank. Es hat noch nicht geläutet, die Gänge sind leer, und als Brielle an ihrem Schloss dreht und die Spindtür so brutal aufreißt, dass sie gegen die Nachbartür schlägt, hallt das Geräusch im Flur wider. »Diese blöde Schule hat viel zu viel Angst vor meinen Eltern. Die würden es niemals wagen, mich zum Verhör zu holen, wenn sie nicht gepetzt hätte. Das werde ich ihr heimzahlen!«

»Tja, hm, wir spielen heute bloß leider nicht Völkerball«, sage ich in einem eher schwachen Versuch, witzig zu sein. Wir haben zwar in der nächsten Stunde Sport mit Emma zusammen, aber diese Woche ist Badminton dran. Als müsste irgendwer von uns – oder überhaupt irgendjemand – wissen, wie man das beknackte Badminton spielt.«

»Heilige Scheiße, das ist es!« Brielle wendet sich mir zu, den Mund in einem überraschten Grinsen aufgerissen. »Warum bin ich nicht selbst darauf gekommen? Mensch, Alter, du bist ein Genie!«

»Häh? Ich sagte doch, wir spielen *nicht* Völkerball.«

Brielle beugt sich nah zu mir und sagt in ihrer Filmstarstimme: »Baby, da, wo wir hingehen, brauchen wir keine Bälle.«

Endlich löst sich die Anspannung, in die mich der Besuch im Direktorat versetzt hat, und ich fange an zu kichern wie eine Blöde. Brielle packt meinen Arm und schleppt mich praktisch in den Umkleideraum, dabei wollte ich da sowieso hin. Sie wirft ihre Tasche auf eine der Bänke und tigert auf und ab – inzwischen hat es schon geläutet, aber wir sind trotzdem die Ersten hier. So hat Brielle Zeit, noch ein bisschen weiter herumzuzetern. Sie ist jetzt wieder bierernst geworden, und so unterdrücke ich die Lachsalve, die erneut in meiner Kehle aufsteigen will.

»Die kommt hier an die Schule und führt sich auf wie eine totale Spasti-Schnalle, nimmt allen Mädchen die Freunde weg, heult wie ein Baby, wenn jemand ihr sagt, sie soll das lassen, flirtet mit *deinem* Freund, kommt vollkommen uneingeladen zu *meiner* Party und petzt dann bei der Direktorin einen blöden Scherz. Dabei hatte sie das absolut verdient!«

Brielle läuft die ganze Zeit auf und ab, während sie vor sich hin schimpft, und ihr Gesicht ist vor Wut rot angelaufen. Klar, all das hasse ich auch an Emma, aber ich lasse Brielle einfach reden. Mit verschränkten Armen an einen Schrank gelehnt, denke ich an mein Treffen mit Dylan gestern Abend. Ich habe das Gefühl, wir sind uns jetzt noch näher – nicht nur *nah* ... wie bei Brielles Party –, aber das mit Emmas SMS an ihn nervt mich trotzdem. Jetzt sogar noch mehr. Jedes Mal, wenn ich daran denke, mit Dylan zusammen zu sein, wird mir zugleich heiß und kalt in der Brust. Ich habe buchstäblich das Gefühl zu explodieren. Und wenn ich mir vorstelle, dass eine andere mit Dylan zusammen ist ... könnte ich kotzen. Die Hitze und die Kälte und das Explodieren, alles vermischt sich, und ich kann kaum mehr atmen. Es ist wirklich heftig. Und macht mir, ehrlich gesagt, auch ein bisschen Angst.

Andere Mädchen trudeln ein, und es wird richtig laut. Als Brielle Emma allein hereinkommen sieht, hört sie auf herumzutigern und stellt sich neben mich. Ruhig warten wir, während Emma zu ihrem Spind geht, und als sie an uns vorbeikommt, sagt Brielle: »Hübsches *Shirt*.«

Emma trägt bloß ein pinkfarbenes Top, nichts Besonderes, allerdings ziemlich eng anliegend. Wie auch immer, jeder weiß, was Brielle meint. Allein schon die Art, wie sie das Wort *Shirt* betont, sagt alles.

Doch um jedes Missverständnis auszuschließen, fügt Brielle noch hinzu: »Hat der Schlampenladen Ausverkauf gehabt? Oh, warte, ich glaube, da gibt es sowieso nur billiges Zeug.«

Emma hat es inzwischen zu ihrem Spind geschafft, aber sie ist ganz steif geworden und sieht Brielle nicht an. Alle anderen hingegen schon.

»He, Emma, ich rede mit dir«, sagt Brielle. Sie legt mir einen Arm um die Schulter und macht weiter: »Hast du in der letzten Zeit was Lustiges auf Facebook gepostet? Oder halt, nein, du hast bestimmt genug damit zu tun, mit den Freunden von anderen Mädchen rumzumachen, stimmt's?«

Jetzt endlich fährt Emma herum – und sieht ernsthaft verwirrt aus. Oder vielleicht doch eher ängstlich.

Plötzlich fühle ich mich stark. Total anders als im Rhetorikunterricht in der Achten. Total anders als in Direktorin Schoens Büro. Mehr wie an jenem Abend auf dem Parkplatz vom Taco Bell. Ich recke Emma das Kinn entgegen und sage: »Ja, was ist eigentlich los mit dir? Du weißt, dass Dylan sich über dich kaputtlacht, oder?«

»Ja, wirklich«, sagt Brielle, »wer ist schon scharf drauf, so bescheuerte SMS von einem Miststück wie dir zu bekommen, wenn er eine Freundin wie Sara hat?«

Emmas Augenbrauen sind leicht zusammengezogen, und einen Moment lang sieht es aus, als würde sie gleich anfangen zu weinen. Doch dann wendet sie den Blick von Brielle ab, sieht mich an und sagt: »Wow, du spionierst aus, was für SMS dein Freund kriegt. Klingt nach einer super Beziehung.«

Plötzlich stehe ich direkt vor Emma, eigentlich zu nah, und in meiner Kehle steigt das heißkalte Gefühl auf, gleich kotzen zu müssen. Ehe ich weiß, was ich tue, habe ich sie schon geschubst. Sie taumelt nur ein paar Zentimeter rückwärts gegen die Spinde, aber es gibt ein schepperndes Geräusch, und hinter mir schnappen alle Mädchen nach Luft.

»Hör mal, du Schlampe«, zische ich ihr direkt ins Gesicht. »Halt dich bloß aus meinem Leben raus, kapiert?« Es ist, als gehört diese Stimme gar nicht mir.

Doch ich bin diejenige, die Emmas Augen ganz aus der Nähe sieht. Zunächst schrumpft sie in sich zusammen, spielt die Rolle des armen kleinen Mädchens, die sie bis zur Vollendung beherrscht. Dann kneift sie die Augen zusammen, nur eine Sekunde, und gibt mir mit ihrem Blick zu verstehen: *Das werden wir noch sehen.*

Schließlich sagt sie weinerlich, aber laut genug, dass alle es hören: »Schon gut, tut mir leid. Es tut mir leid, okay?«

Ihre Augen werden wieder ganz groß, und Tränen strömen ihr übers Gesicht. Sie hebt ein wenig die Hände, als wollte sie aufgeben, als hätte ich gewonnen. Ich kann kaum glauben, dass sie mir gerade wirklich diesen Blick zugeworfen hat. *Spüren* kann ich ihn jedenfalls noch – wie einen Hieb in den Magen –, aber jetzt wirkt sie so traurig, dass jeder es für Einbildung halten würde …

Brielle packt meinen Arm und zieht mich weg.

»Was soll's, Sara, wegen der müssen wir uns keinen Kopf machen«, sagt sie. »So was wie die kann Dylan sowieso nicht brauchen.«

Und dann kommt Trainerin Jenks herein und pfeift, und alle ziehen sich schnell fertig um fürs Badminton. Außer Emma natürlich. Die schleicht mit ihrer Tasche hinaus und lässt sich für den Rest des Tages nicht mehr blicken.

Und ich komme endlich ein wenig zur Ruhe. Jedenfalls nach den fünf Minuten, in denen ich mich – als alle schon in die Turnhalle gehen – in der letzten Toilettenkabine verkrieche und in Tränen ausbreche. Mein ganzer Körper zittert, Rotz läuft mir über das Gesicht, und dabei muss ich daran denken, dass ich mein ganzes Make-up ruiniere. Aber dann ist der Anfall vorbei, und ich reiße mich zusammen und gehe in die Turnhalle.

Davon abgesehen ist der Rest des Tages okay.

AUGUST

»Und dieser andere Typ? Henry? Nicht Henry Cable, sondern Henry Lehmann?«

»Äh … ja?«

»Der hatte einen *Home Run*! Nach einem Ball von Owen!«

»Warte, wer war noch mal Owen?«

»Owen Beehner! Mein bester Freund!«

Abwehrend hebe ich die Hände. Ich bemühe mich ja, Alex' Geschichten aus dem Baseballcamp zu folgen, aber verdammt, er muss an die fünfzig neue Freunde gefunden haben, und die Geschichten sind erstens lang und zweitens unglaublich verwickelt. In zwei Wochen wird er elf, und wenn er nicht gerade eines ihrer Spiele mit allen lächerlichen Details schildert, versucht er Mom zu überreden, alle fünfzig Jungen zu seiner Geburtstagsparty in der Baseball-Trainingsanlage einladen zu dürfen.

Gerade als ich mich dafür entschuldige, dass ich nicht wusste, wer Owen ist, schnellt sein Kopf herum, und er bohrt schon wieder wegen der Party nach. »Owen wohnt in Lincoln, Mom! Das ist nur eine Stunde entfernt!«

»Natürlich, natürlich«, sagt sie. Ich glaube, sie hat heute Morgen kein einziges Wort von seinem Geplapper mitbekommen. Es ist kurz vor acht, und ich weiß, dass sie einfach nur zur Arbeit will. Ich habe an Alex und Tommy die Frühstücksflocken ausgeteilt. Tommy ist nicht annähernd so gesprächig wie Alex, er weicht sogar meinem Blick aus. Sein Ferienlager war wohl nicht so super wie das Baseballcamp. Kanufahren und Bogenschießen sind offenbar nichts im Vergleich zu Owen Beehners magischem Curveball.

»Laden wir ihn jetzt ein? Bitte! Bitte!«

Diesmal antwortet Mom nicht einmal mehr. Sie sieht mich an und fragt erschöpft: »Du übernimmst die Jungs, bis Maggie kommt, ja?«

Ich nicke. Maggie ist die Babysitterin, die auf meine Brüder aufpasst, wenn sie nicht im Ferienlager sind. Eigentlich wäre das meine Aufgabe; seit der Scheidung war ich fast jeden Sommer im Einsatz. Aber diesmal muss ich in die Schule. Und zu Natalie. Und zu Teresa. Jedes Mal, wenn Mom Maggies Namen in den Mund nimmt, wirkt sie irgendwie wütend, bestimmt weil sie denkt, dass wir uns eine Babysitterin eigentlich nicht leisten können.

Ich glaube nicht, dass Mom mich wegen der ganzen Sache mit Emma für schuldig hält. Jedenfalls nicht in dem Sinn, dass man mich dafür vor Gericht stellen könnte. Aber ich koste uns Geld, das wir nicht haben, ich vermassle meine College-Bewerbungen und ich bin nicht für die Jungs da. Schlimm genug.

Noch ein Grund mehr, warum sich mein schlechtes Gewissen wegen Emma in Grenzen hält. Hätte sie es doch einfach weiter über sich ergehen lassen oder sich von mir aus Hilfe geholt, ihre Medikamente genommen, *irgendwas* anderes getan als das, was sie getan hat, dann wäre jetzt alles wie immer. Und außerdem, wenn wir uns Emma gegenüber wirklich so abscheulich verhalten haben, warum haben sie uns dann nicht schon verklagt, als sie noch lebte?

Tommy nimmt seine Schüssel und stellt sie klappernd in die Spüle, dann rennt er ohne ein Wort nach oben in sein Zimmer. Alex und ich sehen uns mit hochgezogenen Augenbrauen an, aber Mom ist schon gegangen und hat deshalb nichts mitbekommen. Ich höre das Rolltor der Garage hochfahren, nehme seufzend meine eigene Schüssel und spüle sie zusammen mit der meines Bruders aus. Alex fängt an, von einem anderen Baseballspiel zu erzählen, einem Profispiel, glaube ich. Ich versuche so zu tun, als würde ich zuhören, während ich meine Schulbücher zusammensuche und in die Schultasche packe.

* * *

Der ganze Tag entpuppt sich als totale Pleite. Carmichael fehlt im Unterricht, was mich nicht überrascht (allerdings überrascht es mich tatsächlich ein bisschen, dass ich mir über seine Anwesenheit überhaupt Gedanken mache). Als ich um drei zu meinem Termin bei Natalie erscheine, ist sie nicht im Büro. Irgendein Notfall oder so. Ihre Assistentin will mir nicht mehr sagen, als dass der Termin ausfällt und es ihnen leidtut, mich nicht benachrichtigt zu haben. Deshalb muss ich jetzt eine Dreiviertelstunde bis zu dem Termin bei meiner Therapeutin Teresa totschlagen. Ich könnte zu Starbucks gehen und meine letzten fünf Dollar in einen Kaffee investieren. Oder ich könnte etwas wirklich Dummes tun.

Ich entscheide mich für etwas Dummes.

Im Albertsons-Supermarkt ist es so kalt, dass ich eine Gänsehaut an den Armen bekomme, sobald ich durch die Tür trete. Am Eingang sind Berge von Blumensträußen aufgebaut. Es steht kein besonderer Feiertag an, deswegen heißt es auf den Schildern, die daran befestigt sind, nur ALLES GUTE ZUM GEBURTSTAG oder HERZLICHEN GLÜCKWUNSCH. Danach kommt die Obst- und Gemüseabteilung, biologisch und konventionell. Wendet man sich nach links, was ich jetzt tue, gelangt man gleich zu den Kassen.

Ich stelle nur eine Sekunde lang Augenkontakt mit ihm her – er sieht hoch, als ich an der Expresskasse vorbeigehe, wo er gerade eine alte Frau abfertigt. Sie kauft Zitronen, glaube ich, ich habe nur etwas Gelbes wahrgenommen und registriert, dass er mich gesehen und aufgeblickt hat. Und genickt.

Ich gehe weiter bis zur Kasse fünfzehn, vorbei an den Geldautomaten und den Backwaren. Jetzt biege ich nach rechts ab, in den allerkältesten Gang, dem mit der Eiscreme und der Tiefkühlpizza. Beim Fisch wende ich mich nach links. Ein kleiner Flur führt zu einer Tür mit der Aufschrift NOTAUSGANG, die jedoch keinen Alarm auslöst. Als ich sie aufdrücke, komme ich auf der Rückseite des Gebäudes heraus, wo die Mülltonnen stehen – ein paar Meter entfernt, sodass man sie nicht riecht. Ein paar Milchtüten und ausgetretene Zigarettenkippen liegen herum. Ich bin allein. An die Ziegelbetonwand gelehnt warte ich.

Ungefähr drei Minuten später, meine Arme sind immer noch kalt, tritt Dylan durch die Tür und kommt zu mir herüber. Wir reden nicht. Ich weiß, dass er zehn Minuten Pause macht, und ich weiß, dass wir uns nicht unterhalten werden. Er drückt mich an die Wand, so eng, dass sich sein Namensschild ein bisschen in meine Brust bohrt und mich piekt, und als wir uns küssen, weicht die Tiefkühlkälte aus meinen Gliedmaßen.

Aber nicht aus meinem Herzen. Ich küsse und küsse ihn, während er mich hält, und es fühlt sich gut an. Aber es dringt nicht bis ganz nach innen durch.

* * *

»Na schön. Wir haben stichhaltige Beweise dafür, dass die Antidepressiva, die Miss Putnam eingenommen hat, nur in gravierenden Fällen verabreicht und dementsprechend auch schon mit anderen Selbstmorden in Verbindung gebracht wurden. Das kann ein Arzt bescheinigen. Unser größtes Problem ist und bleibt jedoch der Stalking-Vorwurf. Wir haben einfach noch keine Strategie gefunden, um ihn zu entkräften.«

»Ja. Also, wegen der ganzen Internet-Sache muss ich noch recherchieren. Und was den Rest betrifft – Miss Putnam hat in der Nähe von Mr Chang gewohnt, richtig? Man könnte also so argumentieren, dass …«

»Daran habe ich auch schon gedacht. Aber Miss Wharton und Mr Chang waren nicht so eng befreundet. Trifft das zu?«

Natalie und der süße Praktikant sehen mich fragend an. Ich zucke nur die Achseln. Nein, »Mr Chang« und ich waren nicht so eng befreundet. Tyler Chang ist eigentlich ein Idiot, aber ich fand ihn immer ganz nützlich, schon bevor Emmas Eltern Anzeige gegen ihn erstatteten, schon bevor wir erfuhren, was an jenem letzten Wochenende passiert war. Er machte ständig Party mit Emma, bloß so zum Spaß, weil es eben ging; außerdem war es bequem – sie wohnte nur drei Häuser weiter. Er hing mit ihr rum und postete es dann, als wäre es ein Grund, stolz zu sein, und danach machte er sich hinter ihrem Rücken mit uns über sie lustig.

Jetzt sieht es für Tyler natürlich ziemlich übel aus. Er steckt von uns allen am meisten in der Klemme. Aber das ist wirklich nicht mein Problem.

»Wir konnten ermitteln, dass Saras Freund sehr eng mit Mr Chang befreundet war«, fährt Natalie fort, »und das bedeutet, sie kann theoretisch aus einer Vielzahl von Gründen in der Gegend gewesen sein. Wenn Miss Putnam eine der beiden gesehen hat, also Miss Wharton oder Miss Greggs in dem weißen Honda beziehungsweise dem silbernen …« Natalie blättert suchend die Papiere durch.

»Mercedes«, helfe ich ihr. Natalie blickt auf und wirft mir ein superkurzes Lächeln zu, dann wendet sie sich wieder dem süßen Praktikanten zu. Der übrigens auch einen richtigen Namen hat, nämlich David.

»In dem silbernen Mercedes«, nimmt Natalie den Faden auf. »Wenn man die Mädchen also dort in der Straße gesehen hat, hatten sie einen guten Grund dafür. Und außerdem ist das hier keine große Stadt. In dem Viertel wohnen mehrere Elmwood-Schüler.«

»Aber es war Emmas Mom, die uns gesehen hat«, muss ich richtigstellen. »Ich meine, damals, als wir – Sie sprechen doch von der Sache am Valentinstag, oder?«

Natalie und David starren mich an, überrascht, dass ich ihnen tatsächlich entgegenkomme. Vielleicht bin ich auch nicht sehr hilfreich, keine Ahnung – ich weiß nicht mal so recht, was ich eigentlich hier soll, bisher haben sie nämlich ausschließlich miteinander geredet. Seitdem ich vor einer halben Stunde hier angekommen bin, habe ich nur meine Diät-Cola von Dr Pepper getrunken und versucht, mich von all den Aktenstapeln fernzuhalten, die überall herumliegen. Natalies Büro ist riesig, es gibt ein Sofa und Stühle und einen Tisch und all das, und trotzdem ist kein Fleckchen zum Sitzen frei – ich lehne an der Wand und versuche, weder die Zimmerpflanze neben mir umzustoßen, noch das Diplom hinter meinem Kopf von der Wand zu reißen.

»Ja, darum geht es gerade«, sagt sie, umrundet den Tisch und kramt in einem der Papierstapel. Sie zieht ein Blatt heraus und überfliegt es mit zusammengekniffenen Augen. »Am zehnten Februar?«

Erst zucke ich erneut die Achseln, doch dann nicke ich. Ich weiß haargenau, wovon sie reden, und sie wissen, dass ich im Bilde bin. Es ödet mich an, und ich habe keine Lust mehr, hier wie eine Idiotin herumzustehen. Wenn ich mit ihnen zusammenarbeite, sagen sie mir vielleicht endlich, was man eigentlich von mir erwartet.

Eins habe ich noch herausgefunden, seitdem ich in Natalies Büro bin, nämlich dass es definitiv zum Prozess kommen wird. Natalie hat gesagt, sie werde »unsere Optionen« mit meiner Mom besprechen, die natürlich nicht hier ist, und sie würden derzeit davon ausgehen, dass der Termin der Gerichtsverhandlung in den nächsten Tagen festgesetzt wird.

Die Jungs inklusive Dylan haben alle das College um ein Jahr aufgeschoben; wie ich gehört habe, besuchen Dylan und Tyler in der Zwischenzeit einen Vorbereitungskurs. Unser aller Leben ist zum Stillstand gekommen. Oder vielleicht auch schon zu Ende. Meines fühlt sich jedenfalls ganz so an – immer wenn ich denke, jetzt ist der Tiefpunkt erreicht, kommt es noch schlimmer. Mom wirkt die ganze Zeit total abwesend, meine Brüder werden von einer Babysitterin beaufsichtigt, meine beste Freundin darf mich nicht anrufen, und mein Freund ist nicht mehr mein Freund. Ich verbringe meine Tage mit Jugendlichen, die was ausgefressen haben, und mit Anwälten, und ich bin so verdammt müde. Alle halten mich für einen schrecklichen Menschen, was ich wohl auch bin. Zumindest höre ich tagtäglich von allen Seiten, wie abscheulich ich mich verhalten habe, und das kann ich nicht mehr ändern. Oder das, was die anderen von mir denken. Oder das Leben von irgendjemandem.

Zugegeben, der zehnte Februar war wirklich nicht gerade mein bester Tag. Ebenso wenig wie der vierzehnte Februar und eigentlich jeder Tag in dieser Woche. In diesem Monat. In diesem Jahr.

Und dazu kommt all das, was in meiner Akte steht – dank Emmas Mom. Ich meine, dank Emmas Eltern *habe* ich überhaupt eine Akte.

Natalie studiert immer noch das Blatt. Sie muss die Augen zusammenkneifen, weil sie die Lesebrille auf ihrem Kopf wohl vergessen hat. Bevor ich eine weitere hilfreiche Bemerkung machen kann, sagt sie: »Sie haben recht, es war Mrs Putnam. Sie hat gesagt, Sie und Miss Greggs hätten ein großes herzförmiges Schild im Vorgarten der Putnams aufgestellt. Das sei eine …« Wieder blättert sie. »… eine Schultradition?«

»Ja«, bestätige ich. »Zum Valentinsball. Normalerweise macht man das schon ein paar Wochen vor dem Ball. Die Jungs sollen die Mädchen einladen, indem sie irgendwas Besonderes machen. Also zum Beispiel im Smoking zur Schule gehen oder ein Schild an der Überführung über der Douglas Street anbringen. Und in der Woche vor dem Ball stellen sie dann manchmal noch ein Schild auf oder veranstalten was anderes.«

»Aber dieses Schild stammte nicht von einem Jungen, sondern von Ihnen und Miss Greggs?« Jetzt richtet Natalie ihre zusammengekniffenen Augen auf mich.

»Angeblich«, sage ich.

David lacht auf, es klingt wie ein Bellen, und Natalie verzieht *sehr* kurz das Gesicht zu einem Lächeln, dann blickt sie zurück auf ihre Papiere. »Angeblich …«, murmelt sie und blättert weiter. »Und was da auf dem Schild stand, war nicht sehr nett.«

»Stimmt«, gebe ich zu. Endlich greift David nach einer Schachtel auf dem Stuhl neben sich, stellt sie auf den Boden und deutet auf den leeren Platz. Ich setze mich und sinke ein bisschen in mich zusammen. »Wir wollten nur … Es war Brielles Idee, wissen Sie. Im Ernst, Emma hat sich an *jeden* rangemacht. Wir wollten nur, dass sie die Finger von Dylan lässt. Es war ein *Scherz.*«

Natalie blickt wieder auf, und diesmal wirkt sie ehrlich überrascht.

»Na ja, es war vielleicht nicht besonders lustig, nur …« Ich verstumme. Vielleicht hätte ich besser den Mund gehalten.

»Okay«, sagt Natalie und setzt sich nun ebenfalls an den Tisch. Um mich und David sehen zu können, muss sie allerdings eine weitere Schachtel beiseiteschieben. »Trotzdem war dieses Schild ziemlich schlimm, und es befand sich auf ihrem Grundstück, nicht in der Schule. Wir haben Glück, dass nur Mrs Putnam es bezeugen kann und dass Emma es offenbar vernichtet hat. Die Internet-Geschichte und die Vorgänge an der Schule sind schwerer zu widerlegen, weil es dafür mehr Zeugen gibt. Und Sie wurden von der Direktorin ermahnt.«

»So was in der Art«, murmle ich.

»Und dann gab es noch einen Vorfall vor Mrs Putnams Haus …«, fängt David an.

Natalie hält die Hand hoch, um ihn zu unterbrechen. »Befassen wir uns erst einmal mit dem Valentinstag.«

* * *

Als Natalie bei unserem ersten Treffen im Mai von der Sache am Valentinstag erfuhr, dachte ich, sie würde gleich den Raum verlassen und es ablehnen, mich zu verteidigen. Sie ist die meiste Zeit sehr beherrscht, und jetzt, viele Wochen danach, weiß ich, wie ungewöhnlich ihre Reaktion war. Wir waren dabei, die Hauptpunkte der Klagen, die Emmas Familie gegen mich, Brielle, Tyler, Jacob und Dylan eingereicht hatte, durchzugehen, und Natalie wurde richtig blass, als ich erzählte, wie viele Rosen Brielle und ich Emma geschickt hatten.

»Fünfzig Stück?«, wiederholte sie ungläubig.

Mom, die neben mir auf dem Wohnzimmersofa saß, wurde auf einmal ganz still und starr. Davor hatte sie die Hand auf meinen Rücken gelegt und aufmerksam zugehört. Doch in dem Moment, als ich sah, wie meiner frisch engagierten Anwältin die Kinnlade runterfiel, merkte ich auch, dass meine Mutter die Hand weggenommen hatte. Sie war von mir weggerückt. Hatte ein breites Stück Sofa zwischen sich und mich gelegt.

»Es war nur …« Ich hatte versucht, es zu erklären. Es war heftig, ja. Aber wir haben sie ja nicht auf dem Schulparkplatz zusammengeschlagen oder so.

Und jetzt will auch noch meine Therapeutin Teresa, dass ich darüber rede. Ich habe das alles noch ganz genau vor Augen, weil ich gerade aus Natalies Büro komme, wo wir die Vorgänge der Valentinstagswoche durchgegangen sind.

Irgendetwas in Teresas Zimmer sorgt dafür, dass ich wieder das gleiche komische Gefühl in der Magengrube habe wie damals bei der ganzen Sache. Ich erzähle ihr, wie aufgeregt ich wegen der Blumen war, bis ich Emmas Spind sah, und dass mir dann schlecht wurde.

»Zu Anfang hast du dich gut gefühlt?«

»Ja, irgendwie schon«, sage ich. »Ich fand es witzig. Es waren einfach so dermaßen viele Rosen, wissen Sie? Es sah so lächerlich aus.«

»Du wolltest Emma lächerlich machen?«

»Sie hat mich lächerlich gemacht«, erkläre ich.

»Wie denn?«

»Mit Dylan.« Meine Güte, kann Teresa hartnäckig sein.

»Mmm«, sagt sie.

»Das mit ihrem Spind waren wir aber nicht«, sage ich. »Sie sind ausgeflippt wegen des Schilds, weil Mrs Putnam uns *angeblich* in ihrem Garten gesehen hat, und dann haben sie uns einfach alles in die Schuhe geschoben.«

Emmas Mom hatte nicht die Polizei geholt, als sie das Schild entdeckte, sondern in der Schule angerufen. Natalie war der Ansicht, das könnte sich für uns als vorteilhaft erweisen. Denn wenn man Jugendliche in seinem Vorgarten erwischte und sie für Vandalen oder Stalker hielt, warum sollte man dann erst am nächsten Tag die Schule benachrichtigen?

Aber natürlich kam der Anruf für mich und Brielle zum schlechtestmöglichen Zeitpunkt. Am Mittwoch ließ sich wirklich nicht mehr ignorieren, dass *irgendjemand* Emma schikanierte. Das Schild, der Spind, die Rosen – Emma war der Direktorin nur allzu gern dabei behilflich, denjenigen zu finden, dem sie ihren beschissenen Valentinstag zu verdanken hatte.

Teresa wirft mir einen Blick zu. »Und du wirst definitiv vor Gericht gestellt?«

Ich nicke.

Ich rutsche auf dem Sofa herum und ziehe den Pullover enger um mich.

»Da machst du dir bestimmt Sorgen«, sagt sie.

»Wer, ich? Nö«, antworte ich.

Teresa verzieht das Gesicht zu einem Lächeln. »Du kannst sehr charmant sein, wenn du willst«, sagt sie, es soll wohl ein Kompliment sein. »Aber das muss dich alles fürchterlich stressen, auch wenn du Witze darüber machst.«

»Tja, manche Leute können mit Stress eben besser umgehen als andere«, fahre ich sie an. Teresas Lächeln erlischt. Auf einmal schießt mir die Hitze ins Gesicht, und ich senke den Blick auf meine Hände. Nach einer langen Pause höre ich, dass sie sich etwas notiert. Wahrscheinlich: *Zeigt keine Reue. Ist eine schreckliche Person.* Da würde ihr niemand widersprechen. Nicht einmal ich.

FEBRUAR

Es ist schon irgendwie verrückt, aber wir bekommen kein bisschen Ärger – weder wegen der Facebook-Sache noch wegen der Sache in der Umkleide. Kein Rüffel der Direktorin, kein Anruf bei unseren Eltern, nichts. Erst eine Woche später wird mir klar, dass es zu Brielles Plan gehörte, Emma zu zeigen, was passiert, wenn sie versucht sich zu wehren. Emma konnte uns wegen der Facebook-Sache nichts anhaben, deshalb hat sie es nach dem Vorfall in der Umkleide nicht mal versucht. Und auch sonst niemand. Trainerin Jenks hat es nicht mitbekommen, und die anderen Mädchen tun so, als hätten sie nichts gesehen. Zufällig weiß ich, dass die meisten von ihnen Emma auch hassen. Es gab viele Freundschaftsanfragen für Fetteschlaaaampe, bevor das Profil gelöscht wurde.

Ich habe es mir zur Gewohnheit gemacht, Dylan zwischen den Stunden immer vom Klassenzimmer abzuholen. Seinen Stundenplan kannte ich schon das ganze Jahr auswendig, doch jetzt traue ich mich, nach jeder Stunde vor seinem Klassenzimmer zu stehen und Hand in Hand mit ihm zu den Spinden zu gehen. Zu meinem eigenen Unterricht komme ich deswegen ständig zu spät, aber Emmas eifersüchtig-niedergeschlagene Miene, wenn wir vorbeischlendern, ist die Sache wert. Und gegen Ende der Woche mache ich mir wegen ihr kaum noch Sorgen. Ich habe anderes im Kopf – vor allem den Valentinsball, und ob Dylan danach wieder mit mir Sex haben will. Als er mir erzählt, dass er ein Hotelzimmer gebucht hat, um nach dem Ball noch zu feiern, und dass dazu nur ein paar Leute eingeladen sind, kann ich mir ausrechnen, dass er es will.

So hat er seine Einladung zum Ball an mich nämlich verpackt: Wir knutschen mal wieder in seinem Auto herum. Da er in zehn Minuten zum Training muss, weiß ich, dass wir nicht sehr weit gehen können. Und auf einmal, obwohl wir noch ganze fünf Minuten haben, löst er sich von mir und sagt: »Ich habe ein Zimmer im Hyatt. Nach dem Ball. Sag Brielle, sie soll jemand Cooles mitbringen.« Dann küsst er mich wieder, aber ich bin nicht mehr bei der Sache, weil ich gleichzeitig überlege, ob ich das Kleid, das ich zum Ball tragen will, auch zur After-Party anziehen kann oder ob ich mir jetzt ein anderes Outfit einfallen lassen muss und dass ich sexy Unterwäsche brauche und was meine Mom sagen wird, und … und, na ja, was zum Teufel das alles bedeutet.

Beim ersten Mal habe ich mir überhaupt keine Gedanken über das Danach gemacht, ganz schön blöd. Jetzt habe ich fast noch mehr Angst davor, als würde ich ganz bestimmt schwanger werden oder als würde er mich nicht mehr mögen, wenn wir es nicht öfter als einmal im Monat oder so machen. Seit Brielles Party hat sich keine Gelegenheit mehr zum Sex ergeben, also ist die Zeit reif, oder nicht?

Ich muss die Jungs von der Schule abholen, aber später, als Mom heimkommt, fahre ich sofort rüber zu Brielle. Ihre Eltern sind wie üblich wegen irgendeiner Charity-Sache unterwegs. Sie nennt sich immer armes reiches Mädchen – sie hat sogar ein Top mit der Aufschrift »Poor Little Rich Girl« in Glitzerschrift –, dabei wissen alle, dass sie bloß übertreibt. Mom hat mal gesagt, dass Brielle ihr leidtut, weil sie so einsam wirkt. Auf mich wirkt sie überhaupt nicht einsam. Außerdem bin doch ich fast ständig mit ihr zusammen. Heute Abend sitzen wir an ihrer Küchentheke und trinken Diät-Cola mit Maraschinokirschen.

»Wie oft … soll man es eigentlich tun?«, frage ich sie und stopfe mir sofort darauf drei Kirschen in den Mund.

Brielle zupft eine Kirsche vom Stängel und lässt sie in ihre sprudelnde Cola plumpsen. »Bist du denn nicht die ganze Zeit scharf auf ihn?«, fragt sie. Es klingt ein bisschen spöttisch, als wäre sie plötzlich meine ältere, viel erfahrenere Schwester. »Dylan ist doch einfach D-likat! Wie schaffst du es bloß, die Finger von ihm zu lassen?«

Als sie Dylan diesen neuen Spitznamen verpasst, verdrehe ich nur die Augen. Keine Ahnung, was ich darauf sagen soll. Dann nehme ich einen Trick zu Hilfe, den Mom immer bei meinen kleinen Brüdern anwendet, und stelle ihr stattdessen eine Gegenfrage: »Warst du denn die ganze Zeit scharf auf Diver?«

Das ist der Typ, mit dem sie letzten Sommer geschlafen hat. Aus irgendeinem Grund nennen wir ihn nie bei seinem richtigen Namen, obwohl der ziemlich cool ist – Kiefer, wie Kiefer Sutherland. Als Brielle vom Schwimmcamp heimgekommen ist, hat sie ihn immer nur Diver genannt. Er war dort Tauchlehrer und besuchte die Universität offenbar dank eines Tauch-Stipendiums. Für Brielle und mich blieb das sein Spitzname, während des Camps und auch danach.

»Oh, ja«, sagt sie, starrt jedoch nur auf ihre Cola und sieht mich nicht an. Sie erzählt nicht oft von Diver. Damals im Camp, als es passiert ist, hat sie einen Teil ihrer Internet-Zeit geopfert, um mir zu mailen, dass sie mit einem coolen älteren Typen geschlafen und ihre Unschuld verloren hat. Seit sie wieder zu Hause ist, hat sie es ein paar Mal beiläufig erwähnt und dabei sehr lässig und erwachsen geklungen. Ich war mir nicht mal sicher, ob sie es mehr als einmal getan haben. Aber etwas an der Art, wie sie sich mit höchster Konzentration eine weitere Kirsche aus dem Glas angelt, hält mich davon ab, jetzt weiter nachzubohren.

Ich weiß, dass sie letzten Herbst was mit Rob am Laufen hatte, bin mir jedoch ziemlich sicher, dass sie keinen Sex hatten. Momentan ist sie solo. Kurz frage ich mich, warum ich nicht besser über das Liebesleben meiner allerbesten Freundin informiert bin. Früher wusste ich alles – wenn ein Junge im Unterricht auch nur ihre Hand berührt hat oder als Chris Simmons sie auf der Party in der Neunten geküsst hat, kurz bevor er Tiffany Martin gefragt hat, ob sie mit ihm gehen will. Auch als Rob mit ihr zu flirten anfing, war ich eingeweiht – letztes Semester haben wir alle Kunst als Wahlfach belegt –, und jetzt …

»Alter, jetzt mach dir keinen Stress deswegen«, sagt sie. Sie schiebt ihren Hocker zurück, schraubt den Deckel wieder auf das Glas Maraschinokirschen und stellt es zurück in den Kühlschrank. Ich wollte eigentlich noch welche, aber Brielles Mom hat komische Regeln, was das Essen betrifft. Mehr sind wohl nicht erlaubt. »Dylan ist ein netter Typ, und er steht auf dich. Du wirst nicht schwanger.«

»Du meinst, ich werde kein AIDS-Baby bekommen?«, frage ich sie. Das ist so ein blöder Witz zwischen uns: dass uns etwas ganz Schlimmes passieren wird, wenn wir nicht aufpassen. Normalerweise ist das Schlimmste, das wir uns vorstellen können, ein Baby mit einer schrecklichen Krankheit zu kriegen.

»Oh doch, das wirst du«, sagt sie, dreht sich um und lehnt sich an den Kühlschrank. »Aber es wird wieder gesund, und Dylan wird in der National Football League spielen, und er muss dich heiraten, weil du dieses wie durch ein Wunder von AIDS geheilte Baby von ihm hast.«

»Das klingt gut«, sage ich, obwohl es natürlich lächerlich klingt.

»Wenn du mich zu all den NFL-Partys mitnimmst, damit ich Tom Brady heiraten kann, verspreche ich, dir mit deinem kranken Baby zu helfen«, sagt sie.

»Okay. Aber ich glaube, er ist schon verheiratet.«

»Na wenn schon. Ich werde die scharfe junge Nebenfrau sein.« Sie kommt zurück an die Theke und zeigt auf meine Cola. »Bist du fertig? Gehen wir rauf, vielleicht finden wir in meinem Schrank Kleider für den Valentinsball. Oder noch besser, im Schrank meiner Mutter.«

Oben verbringen wir mindestens eine Stunde in dem wahnsinnig großen begehbaren Schrank ihrer Eltern, aber letzten Endes ist alles zu altbacken oder zu schick für einen Schulball. Brielle hat sowieso schon ein Kleid und ich eigentlich auch. Nach vier SMS von meiner Mutter (*Wo bleibst du denn?!*), mache ich mich um halb elf auf den Heimweg.

Zu Hause simse ich noch ein bisschen mit Dylan. Meistens, besonders an seinen Trainingstagen, hat er nicht viel zu erzählen. Es geht immer um seinen Trainer, und er schreibt so Sachen wie *Briggs hat uns fertiggemacht* oder nur *Bin erledigt*. Aber dann fügt er immer noch *Bist süß* oder *Träum schön* hinzu. Heute schreibt er noch *Schwing deinen süßen Arsch ins Bett* und darunter *xo*, und ich gehe grinsend ins Badezimmer, um mir die Zähne zu putzen.

Danach lege ich mich allerdings nicht ins Bett, sondern klappe meinen Laptop auf und gehe ein letztes Mal auf Facebook, checke die neuen Einträge auf meiner Pinnwand. Dann besuche ich Dylans Profil und muss lächeln, als ich seine Fotos sehe. Ich kenne sie zwar schon alle, aber er ist einfach so süß, und bald klicke ich auch ältere Alben durch, die vom letzten Jahr. Darin gibt es viele Aufnahmen von ihm und seiner damaligen Freundin Caysie, und ich schlucke einen Anflug von Eifersucht hinunter. Mir wäre es lieber, er würde die Fotos mit ihr runternehmen, aber darum kann ich ihn nicht bitten. Das wäre völlig daneben. Caysie hat die Schule gewechselt und besucht jetzt die katholische Mädchenakademie, deshalb sehe ich sie im richtigen Leben nicht mehr. Auf den Fotos wirkt sie sehr glücklich, ein unbeschwertes Mädchen mit glänzenden Haaren, und sie scheint einen wirklich anzulächeln, obwohl sie nur in die Kamera blickt. Als würde sie es echt ernst meinen.

Ich scrolle wieder vorwärts auf der Suche nach Bildern mit mir. Auf meiner Pinnwand habe ich mehrere Fotos von Dylan und mir, aber bei Dylan finde ich bloß ein Gruppenbild, und auch das nur, weil jemand anderes ihn darauf markiert hat. Ich wurde nicht markiert, dabei stehe ich neben ihm, auf den Zehenspitzen, um über Jacobs breite Schultern drüberschauen zu können. Es war nach einem Spiel, und die Jungs hatten noch nasse Haare vom Duschen. Es ist kein Pärchenfoto – nur ein Gruppenbild von Leuten, die zu einer Party bei Kyle unterwegs sind und kurz vorher zufällig vor der Schule stehen.

Meine Finger schweben über der Maus. Soll ich darauf klicken, mich markieren? Oder wird man im Verlauf sehen können, dass ich es selbst war, und ich stehe dann wie eine Loserin da? Ja, definitiv. »Sara Wharton hat sich selbst in Tyler Changs Foto markiert, weil sie unsicher und schwachsinnig ist und alle wissen sollen, dass sie mit Dylan Howe zusammen ist, also Finger weg.« *Schauder.* Ich klicke schnell wieder zurück zu Dylans Fotos.

Und dann entdecke ich es. Noch ein Gruppenbild, aber mit weniger Personen darauf. Genauer gesagt sind es drei – Dylan, Tyler und dazwischen Emma. Sie sitzen zusammen auf einer Bank in Tylers Garten. Nachts. Jeder hält einen Plastikbecher in der Hand. Es ist definitiv eine Party – das sieht man nicht nur an den Bechern, sondern auch daran, dass alle schon ein bisschen glasige Augen haben. Und es kann noch gar nicht so lange her sein, weil alle Winterjacken tragen. Ich kenne Emmas Cabanjacke. Als ich sie das erste Mal darin sah, war ich ein bisschen neidisch, weil es ein wirklich schönes Türkis ist, das super zu ihrem Haar passt.

Auch auf diesem Foto sieht das Teil super aus. Auf diesem Foto, auf dem Dylan seinen Kopf so nah zu ihren Haaren hinüberbeugt, dass man nicht sagen kann, ob sie sich berühren. Tyler grinst, aber Emma und Dylan wirken einfach glücklich. Ungezwungen.

Ich war definitiv nicht auf dieser Party. Ich muss tief Luft holen, bevor ich mir das Aufnahmedatum ansehe. Das Foto stammt auch von Tyler, vielleicht hat er gerade neue Fotos hochgeladen oder so. Es muss nämlich schon älter sein, aus der Zeit, bevor Dylan und ich Anfang Dezember offiziell ein Paar wurden.

Vielleicht ist es auch so. Nur steht da als Datum 20. Januar.

Das war der Tag nach Brielles Party.

* * *

Brielle hat keine Ahnung von dem Foto, das ich auf Dylans Profil gefunden habe, aber es ist fast so, als wüsste sie Bescheid. Denn auf einmal befinden wir uns sozusagen auf einem Feldzug, um Emma fertigzumachen. Jeden Tag findet Brielle Gelegenheit, ihr Gemeinheiten an den Kopf zu werfen, vor allem in Sport. Obwohl Emma nach der Sache in der Umkleide kaum noch zum Sportunterricht erscheint.

Brielle ist wie der Spätwinter draußen, kalt und unbarmherzig. Wir machen extra einen Umweg, um an Emmas Spind vorbeizulaufen. Oder Brielle spürt Emma in der Bibliothek auf. Sie sagt dann nicht viel, was allerdings fast noch unheimlicher ist – jemandem im Vorübergehen »Schlampe« zuzuzischen, so leise, dass derjenige nicht mal sicher ist, ob er sich vielleicht verhört hat, ist wie ein giftiger Pfeil. Emma reißt immer den Kopf herum, und sie weiß jedes Mal, dass wir es waren, kann sich aber eben nie ganz sicher sein. Sie spürt nur den Stich.

Es ist, ich weiß nicht, so etwas wie ein Zeitvertreib für uns. In der Schule ist es öde. Die Proben für das Frühjahrsmusical, an dem ich dieses Semester teilnehmen möchte, fangen erst in drei Wochen an. Brielle hat dieses Jahr mit Basketball aufgehört. Ich glaube, alle langweilen sich, denn Brielle schart immer mehr Anhänger für unsere Anti-Emma-Kampagne um sich. Alison Stipe und Jacob haben kein freundliches Wort mehr für sie übrig.

Emma selbst trägt natürlich auch mal wieder ihren Teil dazu bei. Kyle hat sie zum Valentinsball eingeladen, sie ist jetzt also bei Freund Nummer zweihundertsechsundfünfzig oder so angelangt.

»Sie hängt ständig bei uns rum«, beschwert sich Tyler, als wir einmal außerhalb der Schule zu Mittag essen. Draußen herrschen ungefähr minus fünfzehn Grad, und ich kuschle mich in meine Daunenjacke, sodass ich bestimmt aussehe wie eine Schildkröte, die den Kopf einzieht. Aber das ist mir egal. Nicht einmal hier im Burger King wird mir warm.

»Mensch, Alter, die sind eben ›zusammen‹«, sagt Jacob und schreibt mit zwei Pommes Anführungszeichen in die Luft.

Tyler lacht, doch Brielle rümpft die Nase. »Ach wirklich, sind sie das?«, fragt sie. »Also ich bekomme ständig SMS von Kyle. Ich glaube, sie läuft ihm einfach bloß nach, wie sie es bei euch allen gemacht hat.«

Die Jungs tun so, als hätten sie ihren Einwurf nicht gehört; auf einmal konzentrieren sie sich ganz auf ihr Essen. Ich werfe Brielle einen kurzen Blick zu, was sie jedoch nicht zu bemerken scheint. Fairerweise muss ich zugeben, dass man von meinem Gesicht im Augenblick kaum etwas sieht.

»Ach, ist ja auch egal, sie ist einfach nur ätzend«, schwatzt Brielle unbekümmert weiter. »Ich hoffe nur, Kyle ist supervorsichtig. Man weiß ja *echt* nicht, mit wem die sich schon rumgetrieben hat.«

Jetzt lachen alle. Das verstehe ich nicht ganz. Ist das nicht noch beleidigender für Jacob und Tyler als Brielles Spruch, dass Emma ihnen nachläuft? Trotzdem bin ich froh, dass sich die Spannung gelöst hat. Die Jungs unterhalten sich wieder über Baseball, und ich schäle mich gerade so lange aus meiner Jacke, dass ich ein paar Chicken Nuggets essen kann. Brielle runzelt nachdenklich die Stirn. Ich versuche erneut, ihren Blick einzufangen, doch als es mir endlich gelingt, sieht sie einfach durch mich hindurch.

Auf dem Weg zum Wagen legt Dylan den Arm um meine Schulter. »Bist du eigentlich immer so verfroren?«, fragt er mich.

»Ja! Es hat neunzig Milliarden Grad unter null!«, antworte ich und schmiege mich unter seiner Jacke an ihn, meinen Arm um seine Taille. »Du bist so warm.«

Er lacht bloß und hält mir die Tür seines SUV auf. Ich sitze schlotternd im Wagen, bis er ebenfalls eingestiegen ist und die Heizung eingeschaltet hat. »Tut mir leid«, sagt er, »ich hätte schon mal vorheizen sollen.«

»Macht nichts.«

»Warum ist Brielle eigentlich so biestig zu Emma?«, fragt er, während er über seine Schulter nach hinten blickt und aus der Parklücke zurücksetzt.

Ich sehe verblüfft zu ihm hinüber. Das Auto ruckt ein bisschen, als er vom Rückwärts- in den Vorwärtsgang wechselt, und ich spüre, wie die Sitzheizung anspringt und mir die Unterseiten der Oberschenkel versengt.

»Brielle ist nicht biestig«, protestiere ich, woraufhin er lacht.

»Ähm, doch, das ist sie«, sagt Dylan. »Sie ist ein richtiges Miststück.«

Ich öffne den Mund – eigentlich müsste ich jetzt was sagen, aber es kommt nichts. Nie fällt mir was Passendes ein. Zieht mein Freund wirklich gerade über meine beste Freundin her?

»Emma ist in Ordnung«, fügt er hinzu. »Ich finde, ihr müsst euch da nicht so reinsteigern. Sie ist ein cooles Mädchen.«

»Für dich vielleicht«, murmle ich.

»Komm schon, du weißt, was ich meine«, sagt Dylan. Er streckt den Arm in meine Richtung aus und will meine Hand nehmen. Ich habe sie zum Aufwärmen unter den Oberschenkel gesteckt, aber jetzt reiche ich sie ihm. »Und echt, Emma ist total witzig, wenn man sie näher kennenlernt. Und sie ist nett, genau wie du. Ich finde, ihr solltet euch ein bisschen entspannen, weißt du.«

Weiß ich nicht, woher auch? Ich will es gar nicht wissen. Und was soll »wenn man sie näher kennenlernt« bedeuten? Woher weiß Dylan überhaupt, dass Emma witzig ist? Nicht nur witzig, *total* witzig.

Ich starre durch die Windschutzscheibe und blinzle die aufsteigenden Tränen weg. *Ich halte Dylans Hand*, rufe ich mir ins Gedächtnis. *Ich bin seine Freundin. Er hat gerade gesagt, dass ich nett und witzig bin.*

Genau wie Emma.

* * *

Nach der Schule fahre ich mit Brielle in meinem Auto in dieses supernoble Shoppingcenter. Wir wollen Dessous für den Ball kaufen. Das könnte Spaß machen oder sollte eigentlich Spaß machen. Nur findet Brielle mein Auto schrecklich. Das weiß ich, weil sie – jedes Mal, wenn sie bei mir mitfährt – ununterbrochen herummeckert. Wie jetzt gerade.

»Was ist das?«, fragt sie ziemlich unfreundlich, schnappt sich meinen iPod und schaltet das Display ein. Als ich zu einer Antwort ansetze, schimpft sie: »Wer bitte ist *The National*? Was für ein blöder Name.«

»Hey, das ist meine Lieblingsband, hör sie dir doch einfach mal an«, protestiere ich. In letzter Zeit habe ich ständig das Gefühl, mich Brielle gegenüber verteidigen oder rechtfertigen zu müssen. Und meine Erklärungen sind ihr nie gut genug.

»Na wenn schon«, sagt sie und wirft den iPod zurück auf die Mittelkonsole. »Du und deine tiefgründigen Gedanken. Puh, ich hoffe, du kommst nicht wieder auf den Emo-Trip.«

Meine Emo-Phase ist schon seit einer Ewigkeit vorbei, aber das sage ich ihr nicht – und auch nicht, dass wohl eher *sie* schlecht drauf ist. Sie starrt eine Weile beleidigt aus dem Fenster, dann dreht sie die Heizung hoch. »Meine Güte, hier drin ist es ja wie im Eisschrank. Wir hätten mein Auto nehmen sollen.«

Ich schwöre, ich bin die Einzige unter meinen Freundinnen, die keine große Geländelimousine fährt. Brielles »Auto« ist ein silberner Mercedes M-Klasse, der wahrscheinlich mehr gekostet hat als unser Haus, und mit dem fahren wir fast immer. Dabei sitze ich gern selbst am Steuer. Und höre gern meine eigene Musik. Es ist ja ganz nett, zu Beyoncé mitzusingen, aber manchmal will ich zur Abwechslung auch mal selbst bestimmen.

»Tut mir leid«, sage ich. »Nächstes Mal bist du wieder dran. Wir sind sowieso gleich da.«

Tatsächlich biegen wir schon auf den Parkplatz ein, und ich suche nicht lange nach einer Parklücke in der Nähe des Eingangs, sondern nehme die erstbeste, die sich bietet. Und dann, als wir stehen, nehme ich aus irgendeinem Grund Brielles Hand. Wir gehen sonst nicht so auf Tuchfühlung – in der Schule gibt es Mädchen, die ständig untergehakt herumlaufen oder einander die Haare frisieren, aber wir fassen uns eigentlich nur an, wenn Brielle mir die Nägel lackiert. Jetzt jedoch nehme ich ihre wirklich eiskalte Hand zwischen meine Hände und schüttle sie freundschaftlich. Ich glaube, das ist wie ein Instinkt oder so. Jedenfalls mache ich das auch bei meinen kleinen Brüdern, wenn ich sie aufheitern will.

»Hey«, sage ich fröhlich, »jetzt kaufen wir uns ganz sexy Unterwäsche!« Ich grinse wie eine Schwachsinnige und warte darauf, dass sie lacht.

Stattdessen bricht Brielle in Tränen aus. Ihr Kopf sackt auf ihre Brust, und sie wird von Schluchzern geschüttelt.

Mein Herz setzt einen Schlag aus. Das ist noch nie passiert. Brielle weint nicht. Nicht einmal in der Neunten, als ihre Eltern sich für einen Monat getrennt hatten und Brielle dachte, sie lassen sich scheiden, musste sie weinen. Sie schüttet einem auch nicht ihr Herz aus, sondern hat in jeder Situation einen Plan oder einen Witz auf Lager oder verschanzt sich hinter ihren schicken Designerklamotten. Jetzt jedoch schluchzt sie hemmungslos, ihr Mund steht offen, und ihre Mundwinkel sind wie bei einer traurigen Clownspuppe nach unten gezogen, sie sieht hässlich aus, und der Rotz läuft ihr schon aus der Nase.

Ich greife nach hinten und schnappe mir vom Rücksitz ein paar Papiertaschentücher, dankbar, dass ich immer eine Schachtel dabeihabe, und noch dankbarer, dass Alex sie nicht alle aufgebraucht hat. Brielle nimmt den ganzen Packen und bedeckt damit ihr Gesicht, dann beugt sie sich vor und legt den Kopf auf die Knie. Sie bebt am ganzen Körper, und ich kann nicht mehr tun, als ihr den Rücken zu streicheln. Der Motor läuft noch, deshalb drehe ich mit der anderen Hand die Heizung voll auf, in der Hoffnung, dass das ein bisschen hilft. Es ist mir ein

Rätsel, warum ihre Hände eigentlich so kalt sind, sie trägt doch ihre weiße Daunenjacke. Ich weiß auch gar nicht, ob sie durch die dicke Federschicht überhaupt meine Hand spürt, trotzdem streichle ich mit kreisenden Bewegungen ihren Rücken und warte still darauf, dass sie sich wieder aufrichtet und mir – hoffentlich – erzählt, was zum Teufel los ist.

Nach einer gefühlten Stunde setzt Brielle sich ruckartig auf. Ich ziehe überrascht die Hand weg und hoffe, sie merkt nicht, wie erschrocken ich bin, als ich die verlaufene Wimperntusche auf ihren Wangen sehe …, weil es nämlich wie bei einer dieser Comicversionen von weinenden Mädchen aussieht. Ihre Augen sind sogar ein bisschen verquollen. Ich bin immer noch geschockt, sie so aufgelöst und verzweifelt zu erleben. Und habe keine Ahnung, was ich sagen soll.

»Es ist so *dumm*«, weint Brielle und schluchzt laut auf. »Keine Ahnung, warum ich das überhaupt *dermaßen* schwernehme.«

»Was denn?«, frage ich. »Was ist denn los?«

Sie lässt den Kopf sinken, starrt auf die Taschentücher in ihrem Schoß und wird auf einmal ganz ruhig. Dann holt sie stockend Luft und sagt: »Diver. Der blöde … verfickte … Typ aus dem Schwimmlager.«

Ich weiß nicht, was ich erwartet habe, das jedenfalls nicht. Hatte sie wieder Kontakt zu Diver? Ist das noch etwas, das sie mir verschwiegen hat, das sie mir nicht erzählen wollte? Aber sie ist so völlig aus der Fassung, dass ich nicht einmal sauer bin. Hauptsache, sie redet weiter. Ich schalte die Heizung runter – sie bläst viel zu laut und zu heiß – und stelle die Schachtel mit den Taschentüchern auf das Armaturenbrett.

»Was ist mit ihm?«, bringe ich schließlich heraus.

»Er hat nicht … Wir haben nicht … weißt du, ich meine, er hatte ja eine Freundin. Er schien sie nicht mal zu mögen, und wir waren die ganze Zeit zusammen, und dann in dieser Nacht, da hat er … wir haben bloß geknutscht, aber er hat einfach …«

Sie wedelt mit der Hand an sich herab, als wollte sie mir etwas zeigen, aber ich sehe nur ihre Daunenjacke und den Haufen Taschentücher.

»Ich dachte, ihr …«, fange ich an, doch sie schüttelt heftig den Kopf.

»Nein. Das war er. Er hat's einfach gemacht. Auf mir drauf. Als wäre …«

Und dann nimmt sie die Schachtel Taschentücher und schlägt sie gegen das Armaturenbrett, das Fenster, ihre Knie. Sie zerfetzt sie und wiegt sich in ihrem Sitz vor und zurück, sie dreht durch, sie rastet total aus. Ich habe solche Angst, dass ich kaum atmen, geschweige denn mich rühren kann. Gleich wird sie auf mich einprügeln oder sich selbst wehtun oder das Auto demolieren, das spüre ich – und dann sackt sie wieder vornüber und weint noch mehr.

Diesmal werfe ich mich über sie und umarme sie, so gut ich das in dem engen Auto kann. »Ganz ruhig«, rede ich ihr zu, »alles wird wieder gut«, ohne selbst so recht überzeugt zu sein. Ich bin mir ja nicht mal sicher, was sie mir eigentlich sagen wollte – dass Diver ihr wehgetan hat? Dass er sie … vergewaltigt hat? Dass er … ja, was eigentlich? Mädchen wie wir werden nicht vergewaltigt. Mädchen wie Brielle geraten überhaupt nicht in Schwierigkeiten. Mädchen wie Brielle bekommen am Valentinstag von der verdammten halben Schule Rosen. Mädchen wie Brielle bekommen alles, was sie wollen.

Allmählich lässt das Schluchzen nach. Sie sitzt immer noch vornübergebeugt da, aber ich sehe, dass sie sich eine Handvoll Taschentücher ans Gesicht hält, und auf einmal ist sie still. Durch die zerknüllten Taschentücher hindurch kommt ihre Stimme sehr leise und gedämpft. »Gott, ist das jämmerlich.«

»Nein, gar nicht«, sage ich. »Ich bin froh, dass du es mir erzählt hast«, füge ich noch hinzu, obwohl ich nicht einmal so genau weiß, was sie mir eigentlich erzählt hat.

»Ich dachte einfach, dass es romantisch wird, weißt du? Ich dachte, es wird so wie bei dir und Dylan.«

Meine Hand liegt immer noch auf Brielles Rücken, aber ich muss mich zwingen, sie nicht unwillkürlich zurückzuziehen. Wie war es denn bei mir und Dylan? Ich hatte auch gedacht, dass es romantisch werden würde. Und vielleicht war es das auch? Vielleicht geht es ja gar nicht romantischer?

Es ist ein Schock für mich, weil Brielle sonst nie so mit mir redet – sie ist kein Mensch, der sich jemandem anvertraut. Sie ist stets auf der

Hut, sie zeigt nie Schwäche. Ich fühle mich ihr näher, doch gleichzeitig habe ich Angst. Wird sie sich gleich wieder von mir zurückziehen? Wird sie in einer Minute ihre Wimperntusche ausbessern und so tun, als wäre das alles nie passiert?

Wäre mir das lieber?

Wie erstarrt warte ich ab, was als Nächstes passiert. Aber es wird gar nicht so furchtbar dramatisch. Brielle setzt sich auf und wirft mir ein schiefes Lächeln zu, wobei sie die Augenbrauen hochzieht, als wollte sie sagen: Ist das nicht einfach albern? Ihr Augen-Make-up ist verschmiert, vor allem jedoch wirkt sie müde und traurig. »Ernsthaft, es ist gar nicht so schlimm«, sagt sie leise. »Weißt du, ich wollte … Ich wollte mit ihm zusammen sein. Ich wollte es tun.«

Ich nicke. Natürlich wollte sie es.

»Es hätte nur …« Sie bricht ab und blickt mit einem Achselzucken auf den Parkplatz vor uns, als lägen dort die Antworten.

»Es hätte romantischer sein können«, versuche ich ihren Satz zu beenden.

Sie schnaubt. »Allerdings.« Ihr Tonfall ist hart, sarkastisch. Sie hat die unsichtbare Mauer wieder hochgezogen. »Romantischer. Einvernehmlicher. All die guten Dinge.«

Ich zögere. Soll ich uns jetzt einfach wieder nach Hause fahren? Aber Brielle klappt die Sonnenblende mit dem Spiegel herunter und bringt ihr Make-up in Ordnung. »Also, was meinst du, Victoria's Secret?«

»Äh – ja, von mir aus«, sage ich und versuche mir meine Verblüffung nicht anmerken zu lassen.

Sie sieht mich indigniert an. »Tu doch nicht so. So leicht kommst du nicht davon, nur weil ich meine Tage kriege.«

Dann öffnet sie die Beifahrertür und springt aus dem Auto, wobei ein Schwall kalter Luft hereinströmt. Mit einem leichten Kopfschütteln versuche ich die ganzen Neuigkeiten zu verdauen. Die Vorstellung, dass jemand Brielle verletzt hat, ist einfach so … fremd. Ebenso wie die Tatsache, dass sie immer noch daran denkt, immer noch deswegen Tränen vergießt, so viele Monate danach …

Einen Augenblick frage ich mich, ob es an mir und Dylan liegen könnte, ob sie vielleicht eifersüchtig ist. Aber Brielle war noch nie eifersüchtig auf mich, keine Sekunde lang. Im Gegenteil, ich bin auf sie eifersüchtig. Sie ist die Selbstbewusste, die all die älteren Schüler kennt und die bezahlt, wenn mein mickriges Taschengeld mal wieder aufgebraucht ist. Sie weiß, wo es so richtig edle Unterwäsche gibt. Also, ich weiß natürlich auch, wo man schicke Unterwäsche kaufen kann, aber als ich das letzte Mal in einem Victoria's-Secret-Laden war, bin ich mit stinknormalen Baumwollhöschen aus der PINK-Linie wieder rausgekommen. Brielle dagegen marschiert auch mit einem schwarzen Spitzen-BH zur Kasse, ohne vor Scham im Boden zu versinken.

»Hey!«, schreit sie. Sie klopft auf das Autodach, dass ich zusammenfahre. »Hier draußen ist es so eisig wie in der Scheißtundra! Lass uns gehen!«

Ich ziehe den Schlüssel aus dem Zündschloss. Als ich aus dem Auto springe, schlägt mir der Wind entgegen. Er sticht mir in die Augen und nimmt mit einem kräftigen Stoß alles mit, und auf einmal sind wir wieder zwei ganz normale Mädchen, die mit wehenden Daunenjacken über einen grauen Parkplatz rennen und darüber lachen, wie albern wir vermutlich aussehen, aber es kümmert uns nicht. Es gibt nichts auf der Welt, das uns kümmert.

AUGUST

Am Freitag schlüpft Carmichael auf den Stuhl neben mir und wedelt zur Begrüßung mit seiner *Hamlet*-Ausgabe vor mir herum.

»Hast du es fertig gelesen?«, frage ich ihn.

»Ja, klar«, antwortet er. »Du etwa nicht?«

Ich schüttle den Kopf. Allmählich habe ich mich an die Sprache gewöhnt und dank Internet auch die Geschichte einigermaßen verstanden. Aber Hamlet ist die ganze Zeit so deprimiert, und alle sterben auf grausame Art. Und als Ophelia im Fluss ertrinkt, sagt Hamlet, er habe sie immer geliebt, obwohl er sie, als sie noch lebte, so schrecklich behandelt hat, und ich konnte … es war einfach zu furchtbar.

Das alles denke ich allerdings nur – ausnahmsweise einmal scheine ich kontrollieren zu können, was ich in Carmichaels Gegenwart von mir gebe. Ich schüttle nur noch einmal den Kopf und sage: »Es ist zu traurig.«

Er sieht mich fragend an. Dann hält er wieder seinen *Hamlet* hoch und deutet auf das Wort »Tragödie« auf dem Cover.

»Klappe«, sage ich und verpasse ihm einen Stupser auf den Arm. Es ist nicht ernst gemeint – vielleicht will ich auch ein bisschen flirten –, und so bin ich etwas erschrocken, dass er zurückzuckt, als hätte ich ihm tatsächlich wehgetan. Aber er geht nur auf meine Blödelei ein. Und flirtet vielleicht auch ein bisschen.

»Ich könnte dir helfen«, bietet er an. »Wenn du möchtest.«

In diesem Augenblick betritt Mr Rodriguez das Klassenzimmer, genau in dem Moment, als Carmichael aus Versehen sein Buch vom Tisch fegt, sodass es auf den Boden zwischen unseren Tischen fällt. Obwohl das Aufklatschen auf dem Linoleum bei all dem Papiergeraschel und dem Öffnen von Reißverschlüssen im Raum kaum zu hören ist, brüllt Mr Rodriguez: »Alle heben bitte ihre Bücher vom Boden auf und machen sich zum Schreiben bereit!« Ich sehe zu Carmichael und verdrehe dabei die Augen, doch er starrt, ganz Musterschüler, nach vorne. Ich werde einfach nicht schlau aus ihm.

Während ich versuche, mich auf die Besprechung von *Hamlet* zu konzentrieren, weil ich mir echt Sorgen mache wegen der Klausur am Montag, muss ich die ganze Zeit daran denken, was Carmichael gesagt hat. Hat er das ernst gemeint? Wahrscheinlich bin ich einfach ausgehungert nach männlicher Aufmerksamkeit oder nach einem Freund. Oder ich brauche nur eine Abwechslung von meinen Terminen bei Natalie und Teresa.

Heute haben wir kein Chemie, sondern nur noch einen Kurs, Fremdsprachen; ich bin in Französisch, Carmichael in Spanisch. Nach Unterrichtsschluss beschließe ich, gleich nach Hause zu fahren, bevor ich noch mehr idiotische Dinge sagen oder tun kann, doch als ich am Kofferraum meines Honda ankomme, ist er wieder da, steht auf den Pedalen seines Fahrrads und gleitet langsam herüber.

»Also, dann bis morgen«, sagt er.

»Das dürfte schwierig sein, morgen ist nämlich Samstag«, sage ich.

Er kommentiert meinen lahmen Witz nur mit einem Kopfnicken. »Ja, deshalb komme ich auch zu dir nach Hause. Du wohnst in Grandview, oder?«

Ich frage mich, woher er das eigentlich weiß, nicke jedoch nur.

»Um sieben?«

»Bist du sicher?«, hake ich nach und füge schnell hinzu: »Ich habe nämlich echt keine Ahnung von Shakespeare und bringe ständig Polonius und Claudius durcheinander.«

Carmichael ist die ganze Zeit im Kreis gefahren, den Blick auf das Pflaster gerichtet, sodass ihm die Haare ins Gesicht fallen. Aber jetzt bleibt er stehen, stellt die Füße auf den Boden und sieht mich an.

»Tja, wenn das so ist, brauchst du wirklich meine Hilfe. Kann man bei dir Filme streamen? Oder bist du bei Netflix?«

Ich nicke.

»Super. Dann sehen wir uns eine Verfilmung an und überlegen uns dabei, wie du diese zwei extrem unterschiedlichen Charaktere auseinanderhalten könntest, okay?«

»Okay«, sage ich … verlegen, aber aus unerfindlichen Gründen glücklich. Es tut irgendwie gut, wenn mir jemand sagt, wo's langgeht – jemand, der kein Anwalt ist, meine ich.

Er verabschiedet sich mit einem Nicken, dann fährt er davon. Ich bleibe stehen und schaue ihm nach, und dabei frage ich mich, warum um alles in der Welt er sich eigentlich mit mir abgibt. Doch dann schüttle ich den Gedanken ab und steige ins Auto. Darüber kann ich mir jetzt nicht den Kopf zerbrechen. Ich sollte es lieber genießen, jemanden zum Reden zu haben. So lange wie möglich.

* * *

»Alex! Wo bist du?«, rufe ich, als ich durch die Tür trete. Mom ist noch nicht zu Hause – ihr Auto steht nicht in der Garage –, und im ganzen Erdgeschoss liegen Jungensocken auf dem Boden. Ernsthaft, ich glaube, meine Brüder haben in ihren Zimmern eine Maschine, die Socken produziert. Und noch eine Maschine, die sie schmutzig macht und im Haus verteilt. Zwei Jungs wären unmöglich in der Lage, innerhalb weniger Tage diese Massen schmutziger Socken hervorzubringen und überall herumzuwerfen. Auch wenn ich in Mathe nachgelassen habe, diese Rechnung geht nicht auf.

»Tommy?«, rufe ich, schon etwas unsicherer. Tommy ist in letzter Zeit oft bei einem Freund. Glaube ich zumindest. Er scheint kaum noch zu Hause zu sein, als wäre er schon erwachsen oder so. Einerseits ist das nicht schlecht – ich muss nur *einen* Bruder mit Essen versorgen und wegen der Socken ausschimpfen. Andererseits fehlt er mir irgendwie. Denn selbst wenn ich ihn mal zu Gesicht bekomme, ist er immer so still. Als wäre er nicht einmal dann so richtig anwesend.

Ich halte kurz inne, deponiere meine Tasche an der Treppe und denke über den älteren meiner beiden kleinen Brüder nach. Er ist so still, seit … seit er aus dem Ferienlager zurückgekommen ist. Vielleicht hat es ihm dort nicht gefallen?

Als ich aus der Küche Lachen höre, schleudere ich meine Flipflops neben die Tasche und mache mich auf den Weg dorthin. Wir haben keine richtige Küchentür, trotzdem kann man den kleinen Ecktisch vom Eingangsflur aus nicht sehen, und so bin ich vollkommen unvorbereitet auf das, was mich dort erwartet. Oder genauer gesagt, wer mich erwartet.

Am Tisch sitzen, um einen großen Becher Eis herum, Alex, Tommy und Dad.

Die Jungs strahlen wie an Weihnachten – wie passend, denn unser Vater besucht uns ungefähr so oft wie der Weihnachtsmann. Dad trägt wie immer einen Anzug, der jedoch so zerknautscht und zerknittert ist, als hätte er den ganzen Tag im Auto gesessen. Was wahrscheinlich auch der Fall ist. Er wohnt mit seiner neuen Familie in Chicago, also acht oder neun Stunden weg von hier. Mit dem Auto eigentlich eine machbare Entfernung, besonders wenn er beruflich sowieso auf der Strecke unterwegs ist – in Des Moines oder wo auch immer –, aber seine neuen Kinder sind noch so klein, und der Weg zu seinen alten Kindern ist Dad anscheinend zu weit.

Und dann alle heilige Zeiten diese Überraschungsbesuche. Der letzte liegt schon eine ganze Weile zurück, aber Dad liebt den großen Auftritt als netter Papa, der Eiscreme mitbringt. Die Jungs lieben es auch, ich dagegen bin nicht so naiv. Oder vielleicht bin ich einfach nicht diejenige, für die das Eis bestimmt ist.

»Wo ist eure Mom?«, lautet sein erster Satz an mich. Tommy und Alex löffeln immer noch das Fürst-Pückler-Eis in sich hinein und bekommen gar nicht mit, dass Dad mich nicht einmal begrüßt hat.

»Lass mich nachdenken«, sage ich, weiterhin in der Tür stehend. Wir sind wie zwei gleichpolige Magneten – selbst wenn ich wollte, ich könnte mich ihm nicht weiter nähern, so stark ist die körperliche Abstoßung. »Es ist Freitag halb fünf, hmmm … womöglich in der Arbeit, also jetzt mal ganz wild dahinspekuliert?«

»Sara«, sagt er. Schneidend, barsch. Aus seinem Mund klingt mein Name scharf wie ein Messer. Aber ebenso wenig, wie ich die Küche betreten und mich zu ihnen setzen kann, bringe ich es über mich rauszugehen, und das weiß er genau. Also macht er weiter. »Es gibt keinen

Grund für diesen Ton. Ich komme von weit her, ich bin müde und wünsche mir bloß eine friedliche Minute, bevor ich mich wieder ins Auto setzen und noch einmal fünf Stunden fahren muss.«

Keine Ahnung, ob er eine Antwort von mir erwartet oder ob ich ihm erklären soll, dass ich nicht vorhatte, seine friedliche Minute zu stören, oder ob er mich nur als Punchingball braucht. Aber Alex, die unschuldige Seele, nimmt mir die Entscheidung ab und sagt: »Moment mal, Dad, du fährst doch nicht schon wieder, oder? Du bist ja gerade erst gekommen! Du musst dir unbedingt meine Würfe ansehen! Wenn ich auf die Highschool komme, werde ich so gut sein wie Dylan.«

Alex merkt augenblicklich, dass er einen Fehler gemacht hat. Dads Gesicht hat sich in eine Gewitterwolke verwandelt. Ich habe das Gefühl, dass gleich meine Knie nachgeben.

Eine Minute lang schweigen wir alle. Ich verhalte mich ganz still, und Dad würdigt mich keines Blickes, sondern starrt nur wutschnaubend auf die Küchenspüle. Es erstaunt mich, dass er trotz seiner großen Entfernung zu uns – geografisch, emotional, überhaupt – genau weiß, von wem Alex redet. Dabei hat er Dylan noch nie getroffen, hat sich keines seiner Spiele angesehen, nie mit mir über ihn gesprochen. Ich weiß, dass Dad sich mit Mom über alles, was passiert ist, unterhält, und meine Anwältin fände es wahnsinnig wichtig, einmal beide Elternteile zu einem Termin bei sich im Büro zu haben. Aber Dad möchte nicht darüber reden. Er sieht das so, dass der Sturm vorüberziehen wird, und dann »muss das Leben auch mal weitergehen«. Das sagt er immer bei Gesprächen mit Mom: »Unser Leben muss auch mal weitergehen.« Als hätten wir das nicht alle gern.

Alex schaut zwischen Dad und mir hin und her und versucht zu verstehen, was hier abläuft, und vor allem, was als Nächstes passieren wird. Tommy hingegen scheint genau zu wissen, was vor sich geht. Sein Gesicht hängt ganz dicht über der Schüssel, und er schaufelt, ohne Luft zu holen, Eis in sich hinein.

Und dann, als wäre nichts weiter passiert, reißt Dad den Kopf herum zu seinem geliebten und (zumindest für die nächsten Stunden) jüngsten Sohn und sagt betont fröhlich: »Na dann, wo ist dein Handschuh? Lass uns rausgehen!«

Alex springt auf und saust wie der Blitz nach oben. Tommy kratzt die letzten Reste aus seiner Schüssel, als Dad zu ihm sagt: »Und was ist mit dir? Du musst noch vor deinem Bruder fit für den Highschool-Sport sein.«

Tommy schiebt seine Schüssel weg und wischt sich mit dem Handrücken den Mund ab, antwortet aber nicht, sondern zuckt nur müde die Achseln.

»Was?«, macht Dad weiter. »Haben sie dir überhaupt was beigebracht in diesem Ferienlager, in das ich dich geschickt habe? So teuer, wie das war, hätte es ebenso gut ein Trainingscamp für die Nationalmannschaft sein können.«

Dad lächelt dabei, als wäre es ein Scherz gewesen, aber ich höre wieder den scharfen Beiklang in seiner Stimme. Anscheinend bin ich momentan nicht die Einzige, die ihren Vater enttäuscht.

Tommy blickt immer noch starr auf seinen Löffel, und von meinem Platz aus kann ich sehen, dass er die Kiefer zusammenpresst. Das macht er immer, wenn er mit aller Kraft die Tränen zurückhält – und er weint nie, er ist das tapferste Kind, das ich kenne.

Als ich meinen kleinen Bruder in diesem Moment der Schwäche sehe, erwache ich aus meiner Starre und stürze von der Küchentür zum Tisch, nehme die leeren Dessertschüsseln und plappere einen Haufen Unsinn, um die schreckliche Situation zu übertünchen.

»Es war mehr so ein Ferienlager, wo alles Mögliche angeboten wird«, sage ich ein bisschen zu schnell und zu laut. »Du weißt schon, mit Rudern und Reiten und Wandern und so. Tommy ist richtig braun geworden, und er hat gesagt, es hat Spaß gemacht, nicht wahr, Tom-Tom? Es gab Lagerfeuer und alles. Geröstete Marshmallows mit Keks. War da am Schluss nicht auch noch ein Talentwettbewerb? Hast du nicht bei irgendwas eine Schleife gewonnen?«

Schließlich blickt Tommy auf und sagt leise: »Beim Bogenschießen. Aber es war nur eine Schleife dafür, dass ich teilgenommen habe. Keine Siegerschleife.«

Dad schnaubt. »Immer dieser Schwachsinn, dass man das Selbstwertgefühl der Kinder stärken muss.«

»Ja«, sagt Tommy. »Es war ziemlich doof.«

»Na dann spare ich mir das Geld nächstes Jahr«, sagt Dad. »Und melde dich lieber zu irgendeinem Football-Kurs an.«

Tommy kann Football nicht ausstehen. Aber das würden wir niemals laut sagen, Tommy und ich, denn Dad ist ein glühender Huskers-Fan.

»Football kann ganz schön gefährlich sein«, sage ich bloß. Keine Ahnung, warum ich unbedingt darauf herumreiten muss – die Worte sprudeln einfach so aus mir heraus, und sofort wünsche ich, ich könnte den Mund halten. Wenn Dad mit mir oder über mich redet, kann ich mich zurückhalten. Aber wenn es um die Jungs geht, schaffe ich das nicht, obwohl es besser wäre. Schließlich sehen wir Dad so selten, dass wir es uns nicht leisten können, dann mit ihm zu streiten.

Dads Ärger hat sich jedoch schon wieder gelegt. »Du bist ein starker Junge«, sagt er zu Tommy und tätschelt ihm die Schulter. »Du kannst schon was einstecken.«

Momentan sieht Tommy gar nicht stark aus. Er sieht traurig aus. Ich stehe da, mit den Schüsseln in der Hand und auf halbem Weg zum Spülbecken, als Alex hereinplatzt, zwei Baseballhandschuhe in der Hand.

»Ich habe einen von deinen alten gefunden!«, erzählt er Dad atemlos.

»Na dann.« Dad steht auf und zieht seine zerknitterte Anzugjacke aus. Während er sich die Ärmel aufrollt, stürmt Alex zur Hintertür und reißt sie auf. Er wirkt wie ein ausgelassener Welpe, Tommy hingegen wie ein verletzter Welpe, obwohl er ebenfalls aufsteht, um mit nach draußen zu gehen.

Als sie alle zur Tür hinaus pilgern, frage ich mich, wie ich wohl wirke.

Wahrscheinlich wie die Putzfrau.

* * *

»Er ist so fies zu ihr«, sage ich mehr zu mir selbst. Mel Gibson brüllt Helena Bonham-Carter an – oder besser gesagt Hamlet Ophelia –, und auch wenn ich den Dialog nur im Groben erfasse, weiß ich, dass er sie grausam behandelt.

»Er hält sie nur auf Abstand«, erklärt Carmichael. Er nippt an seiner Cola und deutet auf den Bildschirm. »Immerhin hat er eine ganze Menge am Hals. Sein Dad wurde ermordet.«

»Sie kann doch nichts dafür, dass sie ihn mag«, wende ich ein.

Darauf erwidert Carmichael nichts, und wir schauen eine Weile schweigend weiter. Als Carmichael vorhin hier ankam, haben wir erst einmal Pizza bestellt. Genauer gesagt haben wir mit Mom und meinen Brüdern geplaudert und zwei Pizzas bestellt, aber sie haben ihre oben gegessen. Mom hat beim Anblick von Carmichaels komplett schwarzem Outfit keine Miene verzogen. Ich weiß nicht, ob sie die Tattoos auch bemerkt hat, jedenfalls hat sie gesagt: »Dein T-Shirt gefällt mir.« Heute trägt er ein T-Shirt mit einem Bild von John Lennon drauf. Er hat sich lächelnd bedankt, und Tommy konnte es offensichtlich kaum erwarten, mit Mom allein zu sein, um sie zu fragen, wer der Kerl auf dem T-Shirt war.

Ich nehme mir noch ein Stück Pizza, obwohl ich immer ein ungutes Gefühl dabei habe, mich in Gegenwart eines Jungen vollzustopfen. Dabei hatte Carmichael schon drei Stück, und das ist erst mein zweites. Wenn ich mit Dylan zusammen war, habe ich immer nur ein paar Pommes runtergebracht. Mehr ging nicht, sonst hätte ich mich dick und gehemmt gefühlt.

Aber Carmichael ist nicht Dylan. Und unser Treffen ist auch kein Date. Obwohl ich eine geschlagene Stunde damit verbracht habe, jedes einzelne Oberteil in meinem Schrank anzuprobieren. Schließlich habe ich mich für ein Paar Shorts und mein graues Lieblings-T-Shirt mit dem V-Ausschnitt entschieden, das schon so alt ist, dass es beim nächsten Waschen bestimmt auseinanderfällt. Aber es ist so schön weich, und ich sehe darin definitiv nicht so aus, als hätte ich mich extra für ihn in Schale geschmissen.

Carmichael benimmt sich auch nicht so wie bei einem Date. Er benimmt sich, als wären wir Freunde oder zumindest Lernpartner, und das sollte mir eigentlich reichen. Ich sollte nicht so einsam und verzweifelt sein.

Leicht gesagt. Ich stelle meinen Teller auf den Tisch und wische mir den Mund mit einer Serviette ab. Ich fahre mir durch die Haare und bereue meinen Entschluss, es mir für den Sommer kinnlang schneiden zu lassen. Ich zupfe an meinem T-Shirt, um Brösel abzuschütteln.

Und schließlich lehne ich mich wieder zurück und folge dem Film. Eine Weile lang kann ich mich dann auch wirklich entspannen. Doch als man Ophelia ertrunken im Fluss findet, rolle ich mich in der Sofaecke ganz fest zusammen und knabbere an meinem Daumennagel. Gleich, so befürchte ich, wird mir die Pizza hochkommen.

Carmichael sieht zu mir herüber und fragt: »Alles in Ordnung?«

»Ja, klar«, sage ich abweisender als beabsichtigt. »Wieso?«

»Nur so«, meint er leichthin. »Ich dachte bloß, es ist ganz schön hart, das ganze Zeug über Tod und Selbstmord und so anzusehen.«

Ich blicke kurz zu ihm hinüber, aber er starrt nach vorne auf den Bildschirm. »Ist es für dich hart?«, frage ich.

»Ja, natürlich.«

Ich weiß nicht, was ich sagen soll.

»Ich habe Emma nicht gut gekannt«, fügt er sanft hinzu. »Trotzdem ist es schwer, bei so einem Film *nicht* daran zu denken. Und sie schien ein nettes Mädchen zu sein.«

Ich möchte nicht darüber reden, deshalb springe ich auf und nehme meine leere Coladose. »Möchtest du auch noch eine?«, frage ich. »Ich hole Nachschub.«

Ohne seine Antwort abzuwarten, laufe ich die Treppe hoch. Wir sehen unten im Keller fern, weil meine Brüder im Wohnzimmer Wii spielen. Ich versuche Mom immer wieder zu überreden, die Spielkonsole in den Keller zu stellen. Aber sie sagt, so hat man die Jungs besser im Auge, und da hat sie ja recht. Trotzdem ist es lästig und laut, wenn sie die ganze Zeit herumspringen. Außerdem bin ich dadurch gezwungen, einen zufälligen Bekannten aus der Sommerschule in meinen Keller einzuladen, was irgendwie einen verzweifelten Eindruck macht.

Doch als ich oben ankomme, ist es ziemlich ruhig. Mom und die Jungs haben schon gegessen, deshalb nehme ich an, dass sie sich in ihr Zimmer zurückgezogen hat. Alex ist noch im Wohnzimmer mit der Wii beschäftigt, wohingegen Tommy mit seinem Nintendo DS an der Küchentheke sitzt.

»He, Kumpel, was geht?«, frage ich ihn, werfe meine Dose in den Wertstoffeimer und gehe zum Kühlschrank. Der Pizzaservice hat gratis einige zusätzliche Dosen Cola mitgeliefert, weil sie keine Literflaschen mehr hatten, und es sind noch ein paar übrig. Als ich mir zwei nehme und die Kühlschranktür zuknalle, fällt mir auf, dass Tommy nicht geantwortet hat.

Ich setze mich zu ihm an die Theke und hole tief Luft, um meine Nerven zu beruhigen, bevor ich zu seinem DS hinübersehe. Er spielt ohne große Begeisterung, und ich merke mit einem Blick, dass sein Punktestand ziemlich schlecht ist. Ich schätze mal, das passt zu seiner Stimmung.

»Freust du dich auf die Schule nächste Woche?«, frage ich leise. »Irgendwie krass, dass du schon in die Mittelstufe kommst. Du wirst langsam erwachsen, was?«

Er zuckt die Achseln, immer noch auf das kleine Display konzentriert.

»Hast du dir schon überlegt, was du am ersten Schultag anziehst?«, frage ich, um ihn aus der Reserve zu locken.

»Bäh, das wär ja total daneben«, sagt er angewidert. Ich wusste, dass ich mir so seine Aufmerksamkeit sichern würde – nur Mädchen beschäftigen sich mit ihrem Outfit, das behaupten jedenfalls meine Brüder. Sie finden es unmännlich.

»Stimmt, hab ich vergessen«, sage ich. »Kommst du mit Daniel in dieselbe Klasse?« Daniel war letztes Jahr sein bester Freund, allerdings habe ich ihn schon eine ganze Weile nicht mehr gesehen. Ich weiß nicht einmal, ob sie noch so eng befreundet sind – so was ändert sich ja oft, wenn man von der Grundschule in die Mittelstufe wechselt. Und Tommy war außerdem den halben Sommer in irgendwelchen Ferienlagern.

Tatsächlich zuckt Tommy zusammen, als er Daniels Namen hört. »Ja«, sagt er, es klingt aber alles andere als erfreut.

»Hängt ihr noch miteinander ab?«

Achselzucken.

»Das ist schon in Ordnung, weißt du«, sage ich, ganz die lebenskluge ältere Schwester. »Ich habe in der Junior High viele neue Freunde gefunden und nur ein paar von der Grundschule behalten. Brielle zum

Beispiel kenne ich aus der Junior High, auch wenn wir uns erst in der Achten angefreundet haben. Du wirst älter und dann lernst du Leute kennen, die dir ähnlicher sind, mit denen du mehr gemeinsam hast.«

»Brielle ist nicht wie du«, widerspricht Tommy leise. Ich glaube fast, mich verhört zu haben, doch dann fügt er noch hinzu: »Brielle ist ein Miststück.«

»Tom!«, sage ich verdattert. »Das ist nicht gerade nett!«

Jetzt blickt er doch auf und sieht mich an. »Aber es stimmt«, erwidert er. »Sie hat dich da reingezogen. Sie ist schuld daran, dass jetzt nichts mehr in Ordnung ist.«

Ich öffne den Mund, doch es kommt nichts heraus. Ich bin einfach sprachlos. Normalerweise sind Tommy und Alex die einzigen Jungs, mit denen ich immer reden kann. Aber Tom ist wohl tatsächlich auf dem besten Weg, erwachsen zu werden. Er weiß jedenfalls schon, wie er mich durcheinanderbringen kann, dabei ist er noch nicht mal in der siebten Klasse. Auf einmal muss ich daran denken, wie Dylan im Auto mal das Gleiche gesagt hat. Auch damals fiel mir keine Antwort ein. Ich habe Brielle nie für ein Miststück gehalten. Ich hielt sie für stark. Sie hat sich nicht unterkriegen lassen; sie hat Dinge geregelt. Mein Leben zum Beispiel.

Tommy und ich sehen einander eine ganze Weile an, und ich lasse mir alles durch den Kopf gehen, was er gerade gesagt hat. Schließlich frage ich ihn: »Was ist denn nicht in Ordnung? Ich meine, ich weiß schon, dass im Augenblick alles ziemlich übel ist, aber das ist mein Problem, oder nicht?«

Er richtet den Blick wieder auf sein Display, dann legt er den DS auf die Küchentheke und lässt die Hände in den Schoß sinken. »Es ist auch mein Problem«, sagt er. Seine Stimme ist kaum mehr als ein Flüstern.

Ich denke an gestern, als Dad da war und Tommy keinem von uns in die Augen geschaut hat. »Ist es wegen Dad?«, frage ich, immer noch ratlos.

»Warum denkt das eigentlich jeder?«, brüllt er. »Es ist nicht wegen Dad! Mann!«

»Schon gut, schon gut!« Ich mache eine beschwichtigende Geste. »Ich dachte nur – so richtig froh, ihn zu sehen, warst du nicht, oder?«

»Du etwa?«

Da hat er recht. Dabei versuche ich meine wahren Gefühle vor den Jungs zu verbergen. Er ist immerhin auch ihr Dad, und sie sollten ihn nicht hassen. Sie sind noch zu jung für so einen Mist. Und zu ihnen ist er ja auch meistens nett, mal abgesehen davon, wie selten er sie besucht. Gestern zum Beispiel hat er ihnen Eis mitgebracht und ein paar Stunden mit ihnen Ball gespielt, bis Mom nach Hause kam. Natürlich hat es dann damit geendet, dass er Mom angebrüllt hat und gefahren ist. Wie immer. Aber das Eis und das Würfe-Üben, das war doch ziemlich nett, oder nicht?

Vielleicht genügt Tommy *ziemlich nett* nicht mehr, ebenso wenig wie mir.

»Alle im Camp wussten von der Sache mit … du weißt schon«, sagt Tommy. »Mit Emma. Ich habe versucht ihnen klarzumachen, dass es nicht deine Schuld war, aber manche von ihnen haben behauptet, dass du und Brielle und die anderen, dass ihr Emma zusammengeschlagen habt, obwohl ihr das nicht getan habt, und dass ihr sie … du weißt schon. Richtig traurig gemacht habt. Deswegen hat mir niemand geglaubt. Sie haben gesagt, dass ich auch so ein Mobber bin. Keiner wollte mit mir reden.«

Mir bleibt die Luft weg. Ich lege Tommy eine Hand auf die Schulter und streichle ihn ein bisschen, während ich innerlich tausend Tode sterbe.

»Das … das ist echt unfair«, sage ich. »Du hast nichts getan. Du hast nie jemanden schikaniert.«

»Und du auch nicht!«, beharrt er. Dann hält er inne und sucht meinen Blick. »Oder?«

In diesem Moment schießen mir die Tränen in die Augen. Es brennt wie verrückt und passiert so schnell, dass es mir die Kehle zuschnürt. Ich kann nur schwach mit den Achseln zucken. Ich lasse meine Hand auf seinem knochigen kleinen Schulterblatt liegen und halte seinen Blick fest. Seine großen braunen Augen sind unverwandt auf mich gerichtet, doch sogar durch den Tränenschleier hindurch kann ich erkennen, dass sich ihr Ausdruck verändert. Aus den vertrauensvollen Kinderaugen sind auf einmal die harten Augen eines Erwachsenen geworden. Er erinnert mich an Dad. Und auf einmal starren mich aus Tommys Gesicht Dads Augen an.

Er nimmt seinen DS und rutscht wortlos vom Küchenhocker. Als ich ihm nachblicke, bemerke ich, dass Carmichael in der Tür steht und mich beobachtet. Die Tränen fließen jetzt in Strömen, deshalb sehe ich seinen Gesichtsausdruck nicht. Und das ist auch gut so. Ich will es gar nicht wissen.

Aber als ich den Kopf auf die Theke lege und zu schluchzen anfange, höre ich, wie Carmichael zu mir tritt und sich neben mich setzt. Nach einer Weile legt er mir die Hand auf den Rücken, so, wie ich es bei Tommy gemacht habe.

Es hilft mir genauso wenig, wie es meinem Bruder geholfen hat.

Aber es ist besser als nichts. Besser als nichts.

FEBRUAR

»Schau, das ist er, da drüben, er wärmt sich gerade auf.« Alex' Blick folgt meinem Zeigefinger, er reckt den Hals, als könnte er besser über das Spielfeld hinweggucken, wenn er gerader sitzt.

»Ah, ja, ich sehe ihn«, sagt Tommy. »Kennst du die Typen alle?«

»Nein, eigentlich nicht«, erwidere ich. Alex zappelt immer noch herum, er ist ein einziges aufgeregtes Energiebündel. »Kumpel, holst du uns eine Limo aus dem Automaten?«, frage ich in der Hoffnung, dass er hinterher ein bisschen ruhiger ist. Oder ich zumindest drei Minuten meinen Frieden habe.

»Au ja!« Während ich einen Fünf-Dollar-Schein aus dem Geldbeutel ziehe und ihm reiche, tritt er immer noch von einem Bein aufs andere.

Ich erwarte eigentlich, dass Tommy ihn begleitet, doch der ist vollkommen auf das Spielfeld fixiert. Immerhin, die Automaten sind in Sichtweite, ich kann Alex also im Auge behalten, der auch schon losrennt.

»Dad übt gern Ballfangen mit uns«, sagt Tommy. Ich weiß nicht recht, was er damit sagen will, aber ich verstehe, dass er manchmal einfach über unseren Dad sprechen will. Im Gegensatz zu mir. Also entgegne ich: »Ja, ich weiß. In der Garage liegen die ganzen Handschuhe. Dylan kommt bestimmt bald mal wieder vorbei, wenn du trainieren willst. Für Dads nächsten Besuch.«

»Ja, cool.«

Dann konzentrieren wir uns wieder auf Dylan und den Rest der Mannschaft. Es ist nur eine Abfolge verschiedener Übungen, kein richtiges Spiel, was irgendwie fast noch lustiger ist. Die riesige Halle steht auf dem Universitätsgelände, und mir gefällt die weiße Überdachung, die sich einen gefühlten Kilometer über unseren Köpfen wölbt. Ich habe Dylan gesimst, dass wir kommen. Er weiß also Bescheid, dass meine Brüder dabei sind und ich nach dem Training nicht bleiben kann. Aber es macht mir nichts aus. Ich fühle mich so erwachsen, wenn ich zwei Kinder auf dem College-Gelände herumfahre und meinen Freund von der Auswahlmannschaft besuche, Zwölftklässlern beim Baseballtraining zuschaue, die ich vor drei Monaten noch nicht einmal kannte und die mir jetzt grüßend zuwinken. So stelle ich mir die College-Zeit vor – wobei ich hoffe, dass ich es auf die größere Universität in Lincoln schaffe (und das auch bezahlen kann). Wenn ich hierbleibe, will Mom garantiert, dass ich zu Hause wohne.

»Die hatten bloß Sprite!«, ruft Alex und streckt mir eine Plastikflasche entgegen. Die Jungs dürfen nichts mit Koffein drin trinken, und anscheinend gab es kein 7-Up oder irgendetwas anderes ohne Koffein. »Ich habe nur zwei, die kosten zwei fünfzig!«

»Autsch«, sage ich und meine damit den Preis, aber gleichzeitig trifft er mich mit einer der Flaschen, wenn auch nicht absichtlich und nicht sehr heftig. Ich nehme ihm die Flasche ab und gebe sie Tommy, der sie öffnet, ohne uns anzusehen. »He«, sage ich und versetze ihm einen Stoß.

»Danke«, sagt er mechanisch, schaut aber immer noch nicht her. Ich habe den Eindruck, auch er fühlt sich irgendwie erwachsen und will wahrscheinlich nicht von seiner großen Schwester genervt werden. Oder von seinem kleinen Bruder.

Mein Blick wandert über die Tribünen. Ob Brielle wohl auch da ist? Sie hat gesagt, sie kommt vielleicht, obwohl sie mit meinen Brüdern nicht allzu viel anfangen kann. Verstehe ich ja. Manchmal zieht es mich runter, klar, aber Brielle ist ein Einzelkind, darum wird sie das nie kapieren. Trotzdem, sie hängt in letzter Zeit oft mit Marcus ab, und er ist auch in der Mannschaft, also stehen die Chancen gut, dass sie auftaucht.

Doch stattdessen entdecke ich Emma. Sie kommt gerade herein, zusammen mit Beth. Puh, ich hatte vergessen, dass Kyle in der Mannschaft ist, also werde ich sie wahrscheinlich noch öfter treffen. Egal.

Ich will mich wegdrehen, aber mein Kopf rührt sich nicht. Sie und Beth unterhalten sich leise, und Emma sieht aus, als hätte sie geweint oder so. Sie sieht immer so aus – wenn sie nicht gerade mit irgendeinem Typen flirtet. Manchmal sogar selbst dann. Immer ist sie verstört, immer gekränkt, immer *verletzt*. Jeder in der Schule weiß, dass sie zum Therapeuten geht, und ich frage mich, warum der ihr nicht längst ein Antidepressivum verschreibt. Oder eines, das wirklich wirkt.

Beth blickt auf, sieht mich und winkt. Ich mag sie nicht besonders, nicke ihr jedoch zu. Als Emma herüberschaut, blitze ich sie böse an, ohne zu wissen, ob sie es sieht. Sie trägt wieder diese hübsche Jacke, und alles an ihr wirkt so, wie soll ich es sagen, *lebendig*. Und gleichzeitig zerbrechlich. Wie damals, als wir mit Mom in der 3-D-Vorstellung von *Findet Nemo* waren und die Fische aussahen wie echt. Sie waren so bunt – doch wenn man dann die Hand ausstreckte, glitten sie einfach durch die Hand hindurch.

Endlich gelingt es mir, den Blick von Emma Putnam zu lösen und mich wieder dem Spielfeld zuzuwenden.

»Bist du mit denen befreundet?«, fragt Alex. »Warum setzen sie sich nicht zu uns?«

»Wahrscheinlich, weil du so ein Wichser bist«, sagt Tommy.

»Bin ich nicht!«, protestiert Alex.

»Siehst du, genau das würde ein Wichser auch sagen.«

»Tommy, woher kennst du überhaupt dieses Wort?«, frage ich. Einerseits würde ich ihn gern runtermachen, weil er nicht netter zu Alex ist, andererseits muss ich lachen, weil er *Wichser* sagt.

»Kennt doch jeder«, sagt er achselzuckend.

Mit Mühe wahre ich die Fassung, während ich hinzufüge: »Na, jedenfalls sagt man so was nicht zu seinem Bruder.«

»Genau«, pflichtet mir Alex bei und saugt am Rand seiner Sprite-Flasche. Er kaut darauf herum wie ein Hundewelpe oder so was, und ich rümpfe unwillkürlich die Nase.

»Alex, damit solltest du jetzt echt mal aufhören«, sage ich vorwurfsvoll, »das ist *eklig*!«

Dann entfährt Tommy ein Rülpser, und ich schüttle den Kopf. Vielleicht war es doch keine gute Idee, die Jungs hierher mitzunehmen. Bestimmt starrt Emma uns an – wir sitzen weiter vorn, ich habe also keine Ahnung, wo sie und Beth sich hingesetzt haben. Dazu müsste ich mich noch mal umdrehen, und das werde ich *nicht* tun. Trotzdem, ich kann spüren, dass ihre dummen Augen auf uns ruhen.

Plötzlich läuft Dylan aufs Spielfeld, auf die Werferplatte aus Plastik zu. Er dehnt sich ein paarmal wie ein Profi, schaut dann zu uns herüber, lächelt und winkt. Die Jungs winken zurück, als hinge ihr Leben davon ab. Ich lächle ebenfalls und hebe die Hand. Doch im selben Moment denke ich: Und wenn er in Wirklichkeit Emma zuwinkt?

Ein verrückter Gedanke. Bescheuert. Trotzdem verdirbt er mir den Rest des Nachmittags.

* * *

»Oh mein Gott! Ich mach mir gleich in die Hosen!«, kreischt Brielle und krümmt sich.

»Schschsch …«, zische ich, muss aber ebenfalls kichern. Zitternd trete ich auf den Zehenspitzen von einem Bein aufs andere. Diese Straße hier, zwischen Tylers und Emmas Zuhause, ist komplett vereist, und ich kann nur hoffen, dass es uns beide nicht gleich hinlegt. »Los, komm«, sage ich, so leise ich kann. »Wir müssen uns beeilen!«

Brielle bleibt stehen und holt ein paarmal tief und schnell Luft. Dabei beißt sie sich auf die Unterlippe, um nicht zu lachen. Sie hält ein Ende des riesigen Herzens aus Posterkarton in die Höhe, das wir gerade aus ihrem Auto gezogen haben, und sagt: »Okay, okay, ich hab's, und du?«

Ich schüttle meine Seite des Herzens – die, wo es an eine Holzlatte getackert ist –, und eine Wolke von Glitzerstaub schwebt durch die Nachtluft und schimmert im Licht der pseudo-antiken Straßenlampen. Mit der anderen Hand salutiere ich Brielle – ein Fehler, denn sofort fangen wir beide wieder an zu kichern.

Emmas Haus ist gleich das nächste, aber wenn wir so weitermachen, schaffen wir es nie bis dorthin. Wir sind bis gerade eben noch bei Tyler zum Lernen gewesen. Okay, eigentlich war das nur eine Ausrede, um mit ihm und Dylan abzuhängen – und mit Marcus, der am Freitag mit

Brielle zum Ball geht, wie ich inzwischen weiß. Die Jungs wissen nicht, was wir vorhaben – sie glauben, wir fahren nach Hause. In Wirklichkeit sind wir nur kurz zum Auto gegangen, um dieses Ding zu holen. Es ist eine geheime Mission. Geheim und bitterkalt. Darum müssen wir wahrscheinlich so viel lachen, obwohl das Ganze so unglaublich blöd ist. Vielleicht noch blöder als das gefakte Facebook-Profil.

Aber Brielle ist wild entschlossen. Ich glaube, sie hat voriges Wochenende ungefähr vierzig Dollar für das Material ausgegeben. Und das Schild sieht echt toll aus, das muss ich zugeben. Gestern war ich bei ihr, und wir haben zwei Stunden daran gearbeitet. Wenn wir Jungs wären und mit dem Ding wirklich ein Mädchen zum Valentinsball einladen wollten, könnte sie gar nicht anders als Ja sagen, obwohl der Ball schon in drei Tagen stattfindet und die Einladung auf den allerletzten Drücker käme.

Das heißt, das Mädchen wäre beeindruckt – bis es die Aufschrift lesen würde. Auf unserem riesigen Glitzerherz steht nämlich: »Rosen sind rot, Veilchen sind blau, Emma ist ne Schlampe und ne Nutte, schau, schau.«

Also alles andere als romantisch. Aber man muss ziemlich nah dran sein, um den Text lesen zu können, obwohl wir die Buchstaben dick mit Glitzerfarbe geschrieben haben. Das findet Brielle am allerbesten – dass Emma das Herz für echt halten wird, bis sie ganz dicht davorsteht.

Wenn ich es mir jetzt allerdings so ansehe, erscheint mir vor allem das Wort Schlampe riesengroß. Sogar größer als Emmas Name. Und für mich ist *das* das Allerbeste.

Schließlich kriegen wir uns wieder so weit ein, dass wir durch die dunkle, stille Straße huschen können. Vor der weitläufigen Rasenfläche beim Haus der Putnams bleiben wir stehen. Emmas Eltern – oder jedenfalls ihr Stiefvater – haben ziemlich viel Kohle. Heute Nacht jedoch wirkt ihr Garten genauso trist wie alle anderen, mit den halb geschmolzenen Schneeflecken und dreckigen Eisbrocken, die vom letzten Unwetter übrig geblieben sind. Der gepflasterte Aufgang zur säulenumrahmten Eingangstür, an der ein großer Kranz aus Rosen hängt, wird auch von so einer schicken Laterne beleuchtet. Alles total gediegen.

»Ich verstehe nicht, wieso sie hier nie Partys gibt«, flüstere ich.

Brielle zerrt so heftig an der Herztafel, dass ich fast das Gleichgewicht verliere. »Weil sie eine Loserin ist, du Dummie«, faucht sie. »Wer würde schon auf ihre Partys kommen?«

Da hat sie natürlich recht. Und plötzlich sehe ich vor meinem geistigen Auge Dylan dort sitzen, ganz dicht bei Emma, und lächeln wie auf dem Facebook-Foto, und ich zerre die Tafel zu mir zurück.

»He«, sage ich. »Lass es mich reinstecken.«

Brielle lässt das Herz los und krümmt sich vor Lachen. »Genau das Gleiche hat *er* auch gesagt!«, gackert sie.

Kichernd schiebe ich den angespitzten Holzstab in die fast gefrorene Erde, als plötzlich ein grelles Licht angeht.

Ein auf der Garage der Putnams montierter Scheinwerfer taucht den Garten, das Schild und uns in strahlende Helligkeit.

»Lauf!«, kreischt Brielle, und schon rennen wir die Straße entlang zu ihrem SUV. Natürlich steht er in der falschen Richtung, sodass wir, als Brielle ihn angelassen hat und aufs Gas gestiegen ist, an Emmas Haus vorbeifahren müssen. Ich glaube aus dem Augenwinkel jemanden auf der riesigen Schickimicki-Veranda stehen zu sehen. Die rosenbekränzte Tür steht weit offen. Doch dann sind wir fort, raus aus der Straße, und ich blicke mich nicht mehr um.

* * *

Das Schild hat noch nicht einmal richtig im Boden gesteckt, als wir wegrannten, aber das macht nichts, denn Brielle und ich haben noch was vor, und der ganz große Knaller ist sowieso erst für Mittwoch geplant.

Doch das, was dann am Mittwoch geschieht, ist viel besser – oder schlimmer, je nachdem – als alles, was wir uns überlegt haben.

Jemand hat in großen roten Lippenstiftlettern an die Tür von Emmas Spind *SCHLAMPE* geschrieben.

»Unglaublich«, flüstert Brielle, als wir es entdecken. »Vielleicht sind doch nicht alle an der Schule Vollidioten.«

Mein Magen vollführt einen kleinen Salto. Mir ist das fast unheimlich. Ausgerechnet an diesem Tag, an dem die Schülermitverwaltung die Valentinsrosen verteilt, passiert so etwas. Diese Valentinsrosen kann man für einen Dollar pro Stück kaufen und sie dann jemandem zukommen lassen. Wenn man will, füllt man außerdem ein Zettelchen aus, das hängen sie dann noch mit dran.

Brielle und ich haben Emmas Schrank nicht beschmiert, aber wir haben ihr Rosen geschickt.

Fünfzig Stück.

Für die meisten Blumen haben wir auch Grüße verfasst, manchmal unterschrieben mit den Namen von Jungs, mit denen Emma schon ausgegangen ist. Kyle zum Beispiel und Jacob und Tyler. Die meisten allerdings sind »von« Leuten wie dem Schulhausmeister oder dem gruseligen Typen, der an der Tankstelle hier in der Nähe arbeitet.

Es sollte doch nur ein Streich sein. Klar, wir wollen Emma einen Denkzettel verpassen, weil sie eine Schnalle ist, die anderen die Freunde wegschnappt, aber es sind bloß Blumen. Die Sache mit dem Spind ist irgendwie heftiger. Immerhin wurde Schuleigentum beschädigt und so weiter. Ich meine, das Schild in ihrem Garten war außerhalb der Schule, aber diese Schmiererei hier kann jeder lesen. Plötzlich habe ich wieder Angst – genauer gesagt, Panik –, in echte Schwierigkeiten zu geraten. Theoretisch hat die Elmwood High extrem strikte Richtlinien, was Mobbing betrifft. Davon haben wir bisher nichts gemerkt, aber auf Schulversammlungen und so wird viel darüber gesprochen, und mir klingt wieder in den Ohren, was Direktorin Schoen gesagt hat, als wir nach der Facebook-Sache bei ihr im Büro waren. Wenn irgendjemand herausbekommt, dass diese Rosen alle von mir und Brielle sind, dann wird man definitiv annehmen, dass wir auch den Spind beschmiert haben.

Brielle und ich gehen weiter den Flur entlang, als hätten wir nichts bemerkt, aber Brielle grinst vor sich hin. Es hat noch nicht geläutet.

Den ganzen Tag werden Emma Rosen übergeben.

Zu Beginn jeder Unterrichtsstunde kommt jemand von der Schülermitverwaltung mit den Rosen herein und verteilt sie an diejenigen, die eine bekommen sollen. Normalerweise haben die Schülervertreter so ungefähr ein Dutzend Blumen in der Hand, mehr nicht. Aber wenn man mit Emma im Unterricht sitzt, trägt der Bote garantiert einen ganzen Arm voller Rosen herein, denn sie erhält jedes Mal fast zehn Stück. Geliefert wird nur in regulären Unterrichtsstunden, nicht im Sportunterricht oder so. Das heißt, die Rosen liegen auf Emmas Tisch, und immer ist es ein ganzer Berg. Ich höre Leute aus ihrer ersten Unterrichtsstunde an diesem Tag darüber reden, wie beliebt sie plötzlich ist, aber gegen Mittag weiß bereits jeder, dass alles nur ein Riesenscherz ist. Inzwischen kann Emma nicht mal mehr zu ihrem Spind gehen. Die Schmiererei ließ sich wohl nicht abwaschen, denn das Wort SCHLAMPE prangt immer noch darauf, und andere Schüler haben angefangen, auf dem Boden davor ihre eigenen Rosen abzulegen. Wenn kein Lehrer in der Nähe ist, wird Emma auf dem Flur sogar mit Rosen beworfen.

Ich sehe sie nur ein einziges Mal, direkt nach der vierten Stunde, vom anderen Ende des Korridors aus. Sie entsorgt gerade einen Arm voller Blumen in einen der großen Mülleimer vor der Cafeteria. Jacob und Tyler gehen auf sie zu, und ich sehe, wie Jacob sich die Hände aufs Herz legt, in einer dramatischen Geste tiefer Verletztheit. Er ruft so laut, dass es durch den ganzen Gang bis zu mir herübertönt: »Liebst du mich denn nicht mehr?« Und dann lachen er und Tyler sich kaputt und ziehen ab.

Wie ich anschließend erfahre, verbringt Emma den Rest des Tages im Raum der Schulschwester. Wahrscheinlich ist sie deshalb nicht mit mir im Geschichtsunterricht – meiner letzten Stunde an diesem Tag und dem einzigen Fach außer Sport, in dem ich mit ihr zusammen bin.

Nach dem letzten Läuten gehen Brielle und ich – fast trotzig – an dem SCHLAMPE-Spind vorbei. Und da sehen wir Emma wieder.

»Himmel, natürlich«, flüstert Brielle, als wir Emma weinend vor dem Spind am Boden kauern sehen. Neben ihr kniet Megan Corley und hält ihr Taschentücher hin. Die Buchstaben sind inzwischen verschmiert – offenbar haben Emma oder der Hausmeister oder sonst jemand versucht, sie mit Bleichmittel oder so zu entfernen. Jetzt sieht die Tür aus wie aus einem Horrorfilm, eine einzige blutrote Sauerei. Wahrscheinlich muss die Tür komplett frisch gestrichen werden.

Neben mir höre ich jemanden schnauben. Als ich mich umdrehe, fällt mein Blick auf Beth, die affektiert die Augen verdreht. Sie sieht mich und Brielle verschwörerisch an, als wären wir plötzlich die drei Musketiere. Habe ich sie nicht gerade noch mit Emma herumziehen sehen?

»Was für eine verdammte hysterische Tussi«, kommentiert sie. Offenbar sind sie nicht mehr befreundet.

Sie hat kaum ausgeredet, als Brielle schon kontert: »Das musst gerade du sagen!« Beths Züge erstarren. Brielle hat sich bereits abgewandt und zieht mich den Flur entlang, hinaus in den grauen Februarnachmittag.

* * *

»Wir werden Ihre Eltern nicht benachrichtigen – vorerst. Aber wir nehmen diese Angelegenheit sehr, sehr ernst. Wirklich, ich kann Ihnen gar nicht sagen, wie enttäuscht ich von Ihnen bin.«

Direktorin Schoen beugt sich über ihren Schreibtisch und versucht uns in die Augen zu sehen, offenbar um uns einzuschüchtern. Bei mir funktioniert es – ich starre zu Boden und wünsche mir, ich wäre tot.

Bei Brielle – eher weniger.

»Mir wäre es lieber, Sie *würden* unsere Eltern anrufen«, erklärt Brielle gelassen. »Sie wissen vermutlich, dass meine Mutter Anwältin ist und dass mein Vater der Schule eine Menge Geld gespendet hat. Die beiden fänden all dies sicherlich hochinteressant. Meiner Ansicht nach gibt es keinerlei Hinweise darauf, dass Sara oder ich etwas damit zu tun haben.«

Ich hebe den Blick und sehe, dass Ms Schoens Augen ganz schmal werden. Sie fixiert Brielle. Mist. Die Familie Greggs mag ja reich und mächtig und in Rechtsangelegenheiten bewandert sein, aber die Direktorin der Elmwood High ist nicht dumm. Und weiß wahrscheinlich auch, dass Mrs Greggs zwar Anwältin ist, aber bei einer Versicherung arbeitet. Also keine vom Kaliber »Ich bringe Sie vor Gericht, wenn sie meine Tochter nicht in Ruhe lassen«. Allerdings stimmt es schon, Mr Greggs ist stinkreich.

»Miss Greggs«, sagt die Direktorin mit ebenso gelassener Stimme wie Brielle. »Sie sind in diesem Semester nicht zum ersten Mal bei mir im Büro. Ihr Name fällt dieser Tage ziemlich oft, und das missfällt mir. Und den Putnams auch. Im Übrigen befinden wir uns entgegen Ihrer Annahme hier nicht vor Gericht. Ich kann nach eigenem Gutdünken Sanktionen verhängen. Und deshalb werden Sie und Miss Wharton diesen Freitag nicht am Valentinsball teilnehmen.«

»Wie bitte?!«, kreischt Brielle auf, die von ihrem Stuhl hochfährt wie von der Tarantel gestochen. »Das ist ja lächerlich! Wir haben überhaupt nichts getan!«

Die Direktorin richtet den Blick auf mich, und ich starre finster vor mich hin. Ich kann ihr nicht ins Gesicht lügen wie Brielle, finde es aber genauso unfair. Klar, Dylan hat mir kein riesiges, fantasievolles Schild gebastelt, um mich einzuladen. Trotzdem, das heißt ja wohl nicht, dass wir keine Pläne gehabt hätten – große Pläne … bei der After-Party in einem Hotelzimmer. Und die sind jetzt ruiniert. Kaum zu glauben, aber mein ohnehin verkrampfter Magen zieht sich noch mehr zusammen.

»Meine Damen«, sagt die Direktorin scharf. »Wenn ich eine von Ihnen noch einmal hierherbitten muss, kommen Sie nicht so leicht davon. Das garantiere ich Ihnen. Ich will mich nicht gezwungen sehen, Sie vom Unterricht auszuschließen. Und ich will Ihre Eltern nicht mit hineinziehen. Ich verlasse mich darauf, dass Sie Ihr destruktives Verhalten einstellen und mir beweisen, dass Sie die Tugenden der Toleranz und Aufgeschlossenheit ernst nehmen, auf die wir in Elmwood so stolz sind. Ich traue Ihnen beiden mehr zu. Beweisen Sie mir, dass ich recht habe.«

Als sie fertig ist, steht Ms Schoen unvermittelt auf und deutet auf die Tür. »Sie haben bestimmt noch Unterricht«, entlässt sie uns.

Selbst Brielle hat es die Sprache verschlagen. Aber als sie ihre Tasche nimmt und aufsteht, schnauft sie laut und voller Wut. Ich sammle noch meine Sachen zusammen, da stößt sie bereits die Bürotür auf.

»Sara«, wendet sich Ms Schoen in ruhigerem Ton an mich. »Denken Sie über meine Worte nach. Das haben Sie doch gar nicht nötig.«

Ich richte den Blick wieder zu Boden. Was soll ich dazu schon sagen? Also gehe ich einfach.

SEPTEMBER

»Also, wofür hast du dich entschieden?«

»Entschieden? Was meinst du damit?«

»Du weißt schon. Sein oder nicht sein? War das nicht die Frage?«

Gerade haben wir Mr Rodriguez unsere Arbeiten abgeliefert, und Carmichael sieht mich ganz ernsthaft an. Vor einer Sekunde habe ich noch geschwitzt, weil ich unsicher war, ob ich die letzte Frage nicht verhauen habe. Ich habe überlegt, warum es mich überhaupt kümmert, ob ich die Sommerschule bestehe oder nicht, und jetzt blicke ich in Carmichaels grüne Augen. In denen, das muss ich dazu sagen, ein gewisses Funkeln liegt.

»Du machst dich über mich lustig«, sage ich, ein Lächeln unterdrückend. Ich versuche mir nicht anmerken zu lassen, wie perplex ich bin. »Sehr witzig.«

»Ich habe eben meine lichten Momente«, sagt er.

Wir wechseln einen kurzen Blick und lächeln einander an, als erlebten wir gerade so einen Moment. Wir beide, gemeinsam.

Und ich schätze, so etwas in der Art war es wirklich – ein letztes Mal. Das war unsere letzte Klausur. Als Carmichael aufsteht und seine Tasche nimmt, krampft sich mein Magen zusammen. Am Samstag haben wir nur noch den Film zu Ende angesehen, aber nachdem die Sprache auf Emma kam, haben wir nicht mehr richtig miteinander geredet, und jetzt wird er rausgehen und wegradeln, und ich werde wieder allein sein. Oder mich erneut mit Dylan treffen und mich noch schlechter fühlen. In Carmichaels Gegenwart fühle ich mich nie schlecht.

»Du, willst du vielleicht, äh, was trinken gehen?«, platze ich heraus, während ich mir meine Tasche schnappe und beim Aufstehen fast aus dem Gleichgewicht gerate, weil ich ihn einholen will, bevor er verschwunden ist.

Carmichael dreht sich um. Er streicht sich die Haare zurück und hebt eine Augenbraue. Da wird mir klar, was mir gerade rausgerutscht ist. »Ich trinke eigentlich nicht«, sagt er ernsthaft. »Ist nicht mein Ding.«

»Ich meinte ja nicht *Alkohol* trinken«, erkläre ich rasch. »Ich meinte Kaffee, weißt du. Oder Tee. Oder Eistee. Oder Eiskaffee.«

»Oder von jedem etwas«, schlägt er vor.

»Klar«, erwidere ich. Wenn ich doch bloß reden könnte wie ein normaler Mensch! Brielle wäre – ja, ich weiß. Brielle würde mir den Kopf abreißen. Aber Carmichael lächelt mich schon wieder an und nickt, und ich nicke zurück, und wir gehen zusammen zu meinem Auto.

Während der Fahrt unterhalten wir uns nicht. Der nächste Starbucks liegt nur einen Häuserblock von der Schule entfernt, die ganze Fahrerei ist also eher ein Umparken. Und als wir uns mit unseren Getränken hinsetzen, wird mir klar, dass ich überhaupt nicht weiß, worüber ich mit ihm sprechen soll. Ich starre sein Occupy-T-Shirt an und ärgere mich, dass ich mir nie die Nachrichten anschaue. Vielleicht würde mir dann ein interessantes Thema einfallen, das nichts mit Theorien über Hamlets manisch-depressive Persönlichkeit zu tun hat.

Aber natürlich sehe ich mir nie Nachrichten an. Ich *bin* bloß manchmal in den Nachrichten.

»Also«, bricht Carmichael endlich das Schweigen. Er schüttelt seine Riesenportion geeisten Grüntee, dass das Eis klirrt, und seufzt. »Nur noch ein paar Tage, und dann ist wieder ganz normale Schule angesagt.«

»Zwölfte Klasse«, sage ich ohne jede Begeisterung in der Stimme.

»Du kommst?«

Seine Direktheit überrascht mich. Natürlich weiß ich genau, warum er fragt. Ich studiere den Ring von Kondenswasser, den mein geeister Latte Macchiato auf dem Tisch hinterlässt, und zucke die Achseln. »Ja«, sage ich. »Ich muss zwar ungefähr in einem Monat vor Gericht, aber erst einmal bin ich in der Schule.«

Ich bringe es nicht über mich, ihm ins Gesicht zu sehen, trotzdem merke ich, dass er nickt.

»Das ist hart«, meint er.

»Ja«, bestätige ich wieder. Es ist wirklich hart. Mehr fällt mir dazu nicht ein.

»Wenn du erst einmal abgestempelt bist ... was auch immer passiert ist, das ist heftig«, fügt er hinzu.

Schließlich hebe ich den Blick. Er sieht mich unverwandt an, als könnte er dadurch vermeiden, dass ich ihn missverstehe oder ihm nicht glaube. Als hätte ich ihn nicht selbst vom ersten Moment an abgestempelt – zunächst als Emo, dann als bemitleidenswerten ausgebrannten Typen. Dabei kannte ich ihn überhaupt kein bisschen. Und auch jetzt weiß ich nicht mehr über ihn, als dass er zu den Jungen gehört, die noch mit mir sprechen – die mit einem Mädchen, dem man eine schreckliche Straftat vorwirft, sogar Kaffee trinken gehen.

Und dann begreife ich, dass er offenbar von der neunten Klasse redet. Damals haben ihn alle Bombenbastler genannt. Praktisch das ganze Jahr über. Bis eben hatte ich das alles vergessen, aber natürlich, das war ja er. Irgendjemand hatte verbreitet, es habe an der Schule eine Bombendrohung gegeben. Wie sich herausstellte, war das nicht einmal wahr, aber Carmichael hörte damals schon Heavy Metal und trug immer Schwarz, und so blieb der Name hängen. Ich versuche mich zu erinnern, ob auch ich ihn so genannt habe. Bestimmt.

Als ich über ein paar Tische hinweg aus dem Fenster schaue, bemerke ich eine Frau, die mich anstarrt. Jedenfalls habe ich das Gefühl, sie würde mich anstarren – so schnell, wie sie wegschaut, als unsere Blicke sich kreuzen, hat sie wohl die ganze Zeit geglotzt.

Ich sehe wieder Carmichael an und versuche das Thema zu wechseln. »Was ist das eigentlich für ein Tattoo?«, frage ich und deute auf sein Handgelenk.

Er dreht den Arm und betrachtet die Tätowierung, als würde er sie zum ersten Mal bemerken. »Ach, das«, meint er. »Das ist das Unendlichkeitszeichen.«

»Ich weiß«, entgegne ich. »Aber ... warum trägst du das?« Vielleicht ist diese Frage zu persönlich. Aber jetzt ist es zu spät.

Er zuckt die Schultern. »Ich habe jemanden verloren«, sagt er. »Es soll mich daran erinnern, dass für immer und ewig nicht unbedingt für immer und ewig bedeuten muss. Oder dass es verschiedene Bedeutungen haben kann.«

Ich nicke, obwohl mir nicht richtig klar ist, wovon er redet. »Du meinst, gestorben, aber nicht vergessen?«, rate ich.

»So ähnlich, ja.«

»War es … war es jemand, der dir nahestand? Der Mensch, den du verloren hast?«

»Meine Großmutter«, erwidert er. »Sie war noch ziemlich jung, aber sie hatte ein schönes Leben, weißt du, das schon. Trotzdem, sie fehlt mir.«

Ich nicke erneut. Ich liebe meine Großmutter, die Mutter meiner Mom, obwohl ich sie nicht oft sehe. Schon will ich Carmichael sagen, dass er Glück hatte, weil er seine Großmutter so gut kannte und ihr anscheinend nahestand, aber ich weiß nicht, ob das passend wäre.

Er lehnt sich mit einem kleinen Lächeln zurück, und plötzlich spüre ich, wie mir die Hitze den Nacken hinaufsteigt, als wäre sein Blick ein Glutofen. Schnell schnappe ich mir mein Getränk und sauge so hastig den Rest Kaffee durch den Strohhalm, dass die Eiswürfel klirren. Als das Schlürfgeräusch richtig laut wird, lacht Carmichael.

»Du bist seltsam«, sagt er.

Trotz allem muss ich lächeln. »Das sagst du immer, aber in Wirklichkeit bist du selber seltsam«, entgegne ich.

»Ja, ich weiß. Schon vergessen? Nur darum merke ich, dass du auch seltsam bist.«

Er steht vom Stuhl auf und wirft seinen leeren Becher in den Abfalleimer hinter uns. Als ich ebenfalls aufstehe, um ihm zu folgen, ist mir ein bisschen leichter ums Herz. Auf meinen Lippen liegt immer noch ein Lächeln. Habe ich etwa jemanden gefunden, der wirklich was kapiert? Immerhin haben wir jetzt diesen doofen Insiderwitz, oder? Vielleicht bin ich doch nicht ganz und gar allein.

Aber dann öffnen wir die Tür, und ich schaue noch einmal zu der Frau hinüber, die mich vorhin angestarrt hat, und begegne wieder ihrem Blick. Diesmal schaut sie nicht weg. Aber ich; ich drehe den Kopf und marschiere aus der Tür, als wäre nichts passiert. Trotzdem, ich habe ihren Blick gesehen. Und spüre ihn immer noch.

Mobberin.

* * *

»Könnte es aus heutiger Sicht sein, dass ihr Emma eingeschüchtert habt, Brielle und du? Dass Emma vielleicht Angst vor euch hatte?«

Meine Therapeutin Teresa blickt mich über den Rand ihrer Brille hinweg ernst und prüfend an, und ich kann den Impuls, die Augen zu verdrehen, nur unterdrücken, indem ich sie schließe.

»Äh, was?«, frage ich. »Wir haben sie nicht eingeschüchtert.«

»Meinst du? Immerhin wart ihr zwei gegen eine, oder?«

»Na ja, also …« Ich halte inne. »So, wie Sie es sagen, klingt es, als wären wir Chris Brown oder so.«

Sie legt den Kopf zur Seite und stellt damit (endlich einmal!) eine Frage, ohne den Mund aufzumachen.

»Der Rapper, der Rihanna zusammengeschlagen hat, Sie wissen schon.«

»Ich weiß, wen du meinst«, sagt Teresa. »Ich weiß bloß nicht recht, was der mit unserer Angelegenheit zu tun haben soll.«

»Egal, ich will damit nur sagen«, erkläre ich mit einem tiefen Seufzer, »dass wir Emma nicht zusammengeschlagen haben. Wir haben ihr kein blaues Auge verpasst oder so.«

»Stimmt«, pflichtet mir Teresa bei. »Aber eingeschüchtert habt ihr sie, oder? Sodass sie Angst hatte, zu ihrem Spind zu gehen oder zu ihrem Auto.«

»Dass sie Angst hatte, war nicht unsere Schuld, dafür war sie selber verantwortlich«, widerspreche ich und verschränke die Arme. »Außerdem waren wir nicht die Einzigen! Alle an der Schule haben über sie hergezogen – über sie und auch über andere.« Es ist wieder mal eiskalt hier drin, und ich habe meinen Pullover vergessen.

Bevor ich herkam, habe ich Carmichael bei seinem Fahrrad abgesetzt und mich bis nächste Woche, wenn die Schule wieder anfängt, von ihm verabschiedet. Aber sobald ich allein im Auto saß, fiel mir ein, dass auch Brielle in der Schule sein wird. Dann habe ich wieder jemanden, mit dem ich abhängen kann. Wenn wir beide an der Elmwood High sind, können sie schließlich nicht verhindern, dass wir Kontakt haben, selbst wenn wir theoretisch nicht miteinander sprechen dürfen. Außerdem – wie sollte ich ohne Brielle dort zurechtkommen? Mit wem würde ich mittags am Tisch sitzen? Carmichael hat seine eigenen Freunde. Brielle wird mich total zur Schnecke machen, wenn ich mich mit einem Autolosen abgebe, und Carmichaels Freunde würden mich wahrscheinlich wie alle anderen für ein Miststück halten.

Teresa betrachtet mich nur schweigend, und ich brauche einen Augenblick, bis mir wieder einfällt, was ich gerade gesagt habe.

»Sehen Sie«, sage ich. Es ist verdammt anstrengend, dieser Frau – oder überhaupt einer erwachsenen Person – zu erklären, wie es an der Highschool läuft. »Emma kam zwei Wochen nach Schuljahresbeginn nach Elmwood, schlief noch vor den Winterferien mit einem ganzen Haufen Jungs und benahm sich die ganze Zeit wie eine totale Irre. Wenn sie Angst hatte, zu ihrem Auto zu gehen, dann lag das nicht an irgendwas, das Brielle und ich gesagt haben. *Jeder* hat solche Sachen gesagt. Und zwar weil sie so *war.* Weil es gestimmt hat.«

»Es hat gestimmt, dass Emma eine … Schlampe war?«

Ich merke, dass Teresa das Wort kaum über die Lippen bringt, bin aber froh, dass sie endlich zu begreifen beginnt. »Ja«, sage ich.

»Weil sie ein paar Beziehungen mit verschiedenen Jungen hatte?«

»Pffft«, sprudle ich heraus. »*Ein paar?* Ja, sie hatte ein paar. Im Laufe von ein paar Monaten.«

»Und warum hat dich das wütend gemacht?«

»Weil einer von ihnen mein Freund war!« Himmel, vielleicht hat sie es doch nicht kapiert.

»Hattest du nicht schon eine Wut auf sie, bevor sie Dylan … ›abgeschleppt‹ hat?«

»Ich wusste auch vorher schon, dass sie eine Schlampe war«, erkläre ich und ignoriere ihren peinlichen Ausflug in die Teenagersprache. »Und überhaupt, warum sagen Sie dauernd, ich sei wütend gewesen?«

»Jetzt wirkst du auf mich wütend«, sagt Teresa sanft.

»Ja, jetzt bin ich es auch! Sie hat mein Leben total kaputt gemacht!«

»Aber *ihr* Leben ist zu Ende«, gibt Teresa zu bedenken. Ihre Stimme ist sehr ruhig und bedächtig, aber sie starrt mich an wie einen Käfer unter dem Mikroskop. Einen, der zu flüchten versucht.

Und tatsächlich rutsche ich auf der Couch hin und her. Plötzlich ist mir nicht mehr kalt, sondern heiß, und ich will hier raus.

»Emmas Leben ist zu Ende, weil Emma es so wollte«, sage ich. »Ich habe sie nicht umgebracht. Brielle hat sie nicht umgebracht, die Jungs haben sie nicht umgebracht. Vielleicht sollte man ihre Eltern dafür zur Verantwortung ziehen, weil sie Emma zig Mal von der Schule genommen haben. Oder weil sie einfach Scheißeltern waren, oder was auch immer. Ich weiß es nicht. Ich wollte bloß, dass sie mir und meinem Freund vom Leib bleibt, und das hat sie nicht getan.«

Ich keuche ein wenig und fühle mich, als wäre ich gerade so schnell ich kann um den Block gerannt. Unfähig, Teresa ins Gesicht zu sehen, weiß ich trotzdem, dass sie mich immer noch so anstarrt. Aber wohin ich den Blick auch wende, sehe ich immer nur Emmas Haare vor mir. Diese üppige rote Haarmähne, die an ihr herunterhängt, während sie in der Garage am Seil baumelt. Klar, ich war nicht da, und ich habe mich sehr bemüht, es mir keine Sekunde lang auch nur vorzustellen. Trotzdem habe ich jetzt das Gefühl, in der Garage zu stehen, ständig sehe ich diese Haare vor mir, wie sie herunterhängen, leblos, aber blutrot, und ihr hübsches Gesicht verdecken.

Ihr blödes, blödes, hübsches Gesicht. *Scheiße, Emma, warum?!* Wäre ich dort gewesen, wäre ich irgendwo in ihrer Nähe gewesen … seit Monaten will ich ihr nur das eine sagen. *Verdammt noch mal, Emma! Was ist eigentlich dein Problem? Was zum Teufel machst du da?*

Mein Atem geht jetzt noch schneller, und ein Taubheitsgefühl erfasst mich. Von irgendwoher kommt ein surrendes Geräusch, und die kalte Garage in meinem Kopf verwandelt sich in eine weiche, kalte Wolke, eine weiße bitterkalte Wolke, die dort sitzt, wo eigentlich mein Kopf sein müsste, und sich vom übrigen Körper löst und davonschwebt. Teresa ist nun neben mir auf der Couch, wie mir scheint, und streicht mir mit der Hand über den Rücken, als wäre das schon immer so gewesen. Durch den Tunnel undeutlicher Geräusche höre ich sie sagen:

»Leg dich hin«, ihre Stimme scheint jedoch aus ferner Vergangenheit zu kommen. Jedenfalls von ganz weit weg. Also, es ist ein fernes Geräusch … eine weite Entfernung … ein …

* * *

Ich glaube, ich hatte die Augen geschlossen. Aber sicher bin ich mir nicht. Ich weiß nur, dass ich an die Decke starre und plötzlich alles wieder scharf wird.

Ich liege auf der Couch, aber mit den Füßen auf dem Boden. Meine Hände sind über meinem Bauch gefaltet. Ich spüre sie auf einmal wieder, so, wie ich von einem Augenblick auf den andern die Zimmerdecke wieder sehe. Teresa legt etwas Feuchtes auf meine Stirn und spricht ruhig auf mich ein.

»Keine Sorge, alles in Ordnung, du bist bloß kurz ohnmächtig gewesen, jetzt geht es dir wieder gut«, sagt sie beschwichtigend.

Auf meiner Stirn liegt ein feuchter Lappen, und als ich ihn wegnehmen will, fühlt sich mein Arm schwer und schlaff an.

»Hast du heute schon was gegessen?«, will Teresa wissen. »Ich müsste noch ein paar Kekse auf meinem Schreibtisch haben, bleib ruhig hier …«

Als sie weggeht, versuche ich mich aufzusetzen, aber auch mein übriger Körper ist kalt und schlaff. Und schwer. Also bleibe ich liegen, starre auf den Streifen Farbe, dort, wo die Wand in die Decke übergeht.

Ich kippe nie um. Bin keine Ohnmachtskandidatin. Gewünscht habe ich es mir manchmal – es ist so herrlich mädchenhaft und altmodisch. Dass einem die Sinne schwinden und irgendein Typ einen auffängt. Also, so wäre es jedenfalls besser. Nicht so wie hier, hier ist es bloß doof.

Es liegt an der blöden Hitze, denke ich vage. Oder hat vielleicht Teresa das gesagt?

Sie kommt zurück, und ich esse, immer noch liegend, einen von den Pepperidge-Farm-Fruchtkeksen. Wahrscheinlich habe ich jetzt Krümel im Gesicht und in den Haaren, und schmecken tut der Keks wie Staub, aber ich schlinge ihn hinunter. Hinterher schaffe ich es, mich aufzusetzen. »Danke«, sage ich.

»Keine Ursache.« Teresa sitzt wieder auf ihrem Stuhl, aber auf die Knie gestützt, nicht mit Bleistift und Notizbuch in den Händen wie sonst. »Lassen wir es doch für heute gut sein. Du kannst dich hier noch ein paar Minuten ausruhen, ja?«

Ich nicke, obwohl ich keine Lust habe, noch länger hierzubleiben.

»Ich gehe jetzt und rufe deine Mutter an«, erklärt sie und steht auf.

»Nein«, sage ich heftig. »Bitte nicht.«

Sie blickt auf mich herunter, und ich weiß, dass sie gern schon wieder eine ihrer verdammten Fragen stellen würde. Aber ausnahmsweise nickt sie nur und sagt: »Okay. In fünf Minuten komme ich dich holen.«

Ich schließe die Augen, als die Tür hinter ihr zufällt. Eine Sekunde lang flackert noch einmal Emmas Bild auf, rot und weiß und kalt und heiß, und ich befürchte, dass mir der Keks hochkommen wird.

Ich öffne die Augen wieder, und Emma verschwindet. Da ist nur der alte hölzerne Couchtisch mit der Taschentuchbox. Teresas abgenutzter Stuhl. Meine Knie sind immer noch weiß, weil ich den ganzen langen Sommer in geschlossenen Räumen verbracht und über meine Gefühle und über ein Mädchen gesprochen habe, das ich kaum kannte und das nicht mehr leben wollte.

Nicht in einer Welt, in der es mich gab.

Und ich bin immer noch da, in dieser Scheißwelt. Und kämpfe gegen ihren Geist.

* * *

Wenn man mit jemandem richtig gut befreundet ist, wenn man einen Menschen hat, mit dem man immer über alles spricht, schläft der Kontakt zu anderen Leuten ein bisschen ein. Man redet zwar schon mit ihnen, aber eigentlich hat man diesen einen Menschen, und das reicht aus.

Und wenn dieser Mensch dann eines Tages aus einem bestimmten Grund oder vielleicht auch ganz unvermutet nicht mehr zur Verfügung steht, merkt man plötzlich, dass man unmöglich mit jemand anderem reden kann. Als wäre man körperlich nicht dazu in der Lage. Weil einen niemand versteht – außer diesem einen Menschen. Es ist, als würde man eine andere Sprache sprechen, und der einzige Mensch, der sie ebenfalls beherrscht, ist nicht mehr da.

Mit diesem Gefühl betrete ich nach dem »Labor Day« die Schule. Während der Sommerferien hat sich wie üblich einiges getan – Mayla Stotz hat einen superpeinlichen neuen Haarschnitt, Wayne Halleck ist eine richtige Mähne gewachsen, und Ms Hillman trägt einen protzigen Verlobungsring – am liebsten würde ich sofort zu Brielle rennen und fragen: *Hast du das gesehen?*

Nur dass Brielle nicht da ist. Das heißt, sie läuft nicht neben mir her, als ich, vorsichtig um mich blickend, zu meinem Spind gehe. Sie muss hier irgendwo stecken, bestimmt habe ich sie bloß noch nicht gesichtet. Dabei habe ich auf dem Parkplatz nach ihrem Auto gesucht und im Vorübergehen auch im Flur nach ihr Ausschau gehalten, dort, wo sich ihr Spind befindet – aber alles umsonst: keine Spur von ihr. Ich schätze, die haben dafür gesorgt, dass wir im Unterricht nicht zusammentreffen, aber irgendwann muss ich ihr doch begegnen. Oder sie wird mich finden.

Zuerst einmal findet mich allerdings Carmichael.

»Mann, hab ich den Laden hier vermisst«, sagt er und lehnt sich an den Spind neben meinem, als wären wir total vertraut miteinander und seit Ewigkeiten befreundet. »Weißt du, was ich meine? Wenn ich nicht jeden einzelnen Tag meines Lebens hier verbringe, fühle ich mich einfach … unvollständig.«

Ich lächle ihn an, bin jedoch nervös. Was mache ich, wenn Brielle auftaucht? Und Carmichael immer noch hier steht? Soll ich dann tun, als würde es mich nerven, dass er mit mir spricht?

Dabei ist das überhaupt nicht der Fall. Ich bin so erleichtert, dass ich jemanden zum Reden habe, und es nervt mich kein bisschen, dass es Carmichael ist.

Am ersten Tag haben wir jedes Fach nur eine halbe Stunde lang – gerade genug Zeit, um die Bücher in Empfang zu nehmen und den Unterrichtsplan und das ganze Zeug. Nur deshalb muss ich mich nicht schon jetzt übergeben.

Wegen der Sommerschule müssen wir noch ins Sekretariat. Wir gehen zusammen hin, und auf dem Weg spüre ich, wie die Leute tuscheln. Ich kann einfach nicht glauben, dass Mom mich nicht die Schule wechseln lässt. Natalie war dagegen. Sie meinte, wir sollten auf meiner Unschuld beharren, und dazu gehört, dass ich mich nicht wie eine Schuldige verhalte oder so was in der Art. Ich weiß nicht genau. Wahrscheinlich erfüllt ein Wechsel auch nicht immer seinen Zweck – schließlich hat Emma das oft genug versucht. Aber jetzt, wo die Flure voller Leute und hell beleuchtet sind, habe ich das Gefühl, alle starren mich an. Das Gefühl, ich sollte eigentlich nicht hier sein.

Ich sehe Alison Stipe vorbeigehen und versuche zu winken oder wenigstens Blickkontakt aufzunehmen, doch sie unterhält sich mit Beth (was seltsam ist), und beide ignorieren mich. Oder wahrscheinlich sehen sie mich nicht. Wahrscheinlich.

»Hi, Mrs Gerald!«, sagt Carmichael strahlend, als wir das Sekretariat betreten. Ich werfe ihm einen überraschten Seitenblick zu.

»Hallo«, erwidert die Chefsekretärin säuerlich. Offenbar kennt sie Carmichael schon besser. »Ihr braucht eure Unterlagen vom Sommer.« Das ist keine Frage, und sie wartet auch keine Antwort ab, sondern dreht sich in ihrem Stuhl zu ihrem Ablageschrank.

Carmichael lächelt, als ob er sich hier wie zu Hause fühlt. Was wohl auch der Fall ist.

»Braden Carmichael und Sara Wharton«, murmelt Mrs Gerald, während sie sich an den Schreibtisch zurückdreht.

Meine Augenbrauen schießen gleich noch ein Stück höher, aber Carmichael schüttelt bloß den Kopf, als könnte er keine dämlichen Starwars-Witze im Allgemeinen und Braden-Witze im Besonderen mehr hören. Dann lächelt er wieder die Sekretärin an und fragt: »Wie haben wir abgeschnitten?«

»Bestanden. Hier, eure Unterlagen.« Sie klatscht die Papiere auf den Empfangstresen, ohne sich von ihrem Stuhl zu erheben, und rollt dann zurück zu ihrem Computer.

»Gratuliere, *Braden*«, sage ich leise. Ich kann es nicht lassen. Irgendwann in der Mittelstufe muss ich seinen Namen schon mal gehört und ihn dann wieder vergessen haben.

Er schüttelt wieder den Kopf, immer noch lächelnd.

Mrs Geralds Stimme fährt mit einem ach-so-freundlichen »Ab in den Unterricht!« dazwischen.

Wir verlassen eilig das Büro.

Auf dem Flur ist es jetzt noch voller als zuvor. Alle umarmen sich und reden so laut, dass ich nichts Bestimmtes verstehen kann. Ich lasse den Blick über die Gesichter wandern, aber wenn jemand mich ansieht und die Stirn runzelt, schaue ich rasch zu Boden. Ein bisschen zur Wand hin, um möglichst wenig aufzufallen, frage ich Carmichael: »Hast du Brielle irgendwo gesehen?«

»Nein, weißt du denn nicht Bescheid?«

Ich schüttle den Kopf. Natürlich weiß ich nicht Bescheid. Ich rede ja mit keinem.

In meinem Bauch tut sich ein großes Loch auf. Fast hätte ich es vergessen: Immer noch reden alle. Ohne mich. Hinter meinem Rücken.

Jeder ist über mich informiert oder glaubt informiert zu sein. Gleichzeitig bin ich unsichtbar geworden. Früher war ich jemand an der Elmwood High – vielleicht nicht das beliebteste Mädchen, aber doch jemand, mit dem man sich auf dem Flur unterhielt. Jemand, den man auf Partys traf. Jemand, der zumindest ein blödes Facebook-Profil hatte. Und jetzt bin ich für alle Luft. Keiner will mir auch nur ins Gesicht sehen.

»Brielle kommt nicht mehr«, sagt Carmichael. »Hauslehrer und so.«

Ich starre ihn an, zu betroffen, um noch klar denken zu können. »Dann bleibt sie …«

Er zuckt nur die Achseln.

Tyler, Jacob und Dylan sind nicht da, weil sie die Schule schon abgeschlossen haben. Sie wären also sowieso nicht mehr hier. Und jetzt ist Brielle auch noch fort.

Das heißt, ich bin die einzige Emma-Mörderin an der Elmwood High, die noch übrig ist.

Carmichael geht mit mir zu meinem Klassenzimmer. Merkt er nicht, dass er eine total Ausgestoßene begleitet, oder pfeift er darauf? Ich höre immer bloß das Getuschel, wenn wir an den anderen vorbeigehen, spüre die seltsamen Blicke, die uns treffen. *Ich bin nicht allein*, denke ich. Carmichael mit seiner Körpergröße, seinem schwarzen

T-Shirt, den schwarzen Jeans und den dunklen Haaren empfinde ich wie einen Schutzwall neben mir.

Aber ich bin eben doch allein. Vollkommen allein.

Als Klassenlehrer habe ich Mr Bastow. Ich steuere die Plätze ganz hinten an und erwische den Platz neben Cherrie. Vielleicht akzeptiert wenigstens sie mich als Mitüberlebende der Sommerschule, doch sie wendet sich ab, sobald ich mich setze.

Dann steht Mr Bastow auf und hält eine Hand in die Höhe.

»Willkommen zurück, alle miteinander«, sagt er ruhig. Die Leute hören auf, vor Freude über das Wiedersehen zu quietschen, und es wird langsam stiller im Raum.

»Das letzte Schuljahresende war sehr schlimm. Ich weiß, dass wir es dieses Jahr alle besser machen wollen, und wenn das irgendwo gelingen kann, dann an der Elmwood High.«

Die einzige Cheerleaderin im Raum, Estrella Santos, gibt ein kleines »Hurra!« von sich, woraufhin alle nervös kichern. Außer mir natürlich.

Mr Bastow nimmt ein Blatt Papier vom Tisch, und ich denke, jetzt wird er endlich überprüfen, ob alle anwesend sind, oder er wird uns was von den AGs in der Zwölften erzählen oder irgendetwas in der Art.

Stattdessen beginnt er eine offizielle Verlautbarung der Schulleitung zu verlesen. »Elmwood blickt auf eine lange Tradition der Aufgeschlossenheit und Toleranz zurück«, trägt er vor. »Wir bemühen uns, für alle Schüler einen sicheren Raum zu schaffen, in dem sie lernen und sich entfalten können. Gegen Mobbing oder Einschüchterung jeglicher Art gehen wir mit aller Härte vor.«

Man könnte eine Stecknadel fallen hören. Mr Bastow hebt den Blick und sieht uns an, als sei ihm ein wenig unbehaglich zumute, aber er liest weiter.

»Die Ereignisse vom vergangenen März waren erschütternd und tragisch. Wir alle tragen die Verantwortung dafür, den berechtigterweise herausragenden Ruf der Elmwood High wiederherzustellen. Dieses Jahr wird ein Jahr der Heilung sein, und wir werden neue Initiativen ins Leben rufen, um für Achtsamkeit und gegenseitigen Respekt unter der Schülerschaft zu sorgen.

Wir trauern um Emma Putnam, die eine von uns war, und nehmen diese schreckliche Tragödie zum Anlass, eine bessere Gemeinschaft zu werden. Mit der Bildung kommt das Wissen und mit dem Wissen das Verstehen.

Außerdem haben wir eine neue Richtlinie: Jeder Schüler, der dabei erwischt wird, dass er andere mobbt oder einschüchtert, ob im Internet oder in anderer Weise, wird augenblicklich der Schule verwiesen. Bitte melden Sie alle Vorfälle der Direktorin Schoen oder irgendeiner Ihrer wunderbaren Lehrkräfte.« Dies betont Mr Bastow ein wenig sarkastisch, wedelt aber mit der Hand, als wollte er sich freiwillig als einer dieser wunderbaren Lehrkräfte zur Verfügung stellen. »Sorgen wir dafür, dass es ein großartiges Jahr wird.«

Die letzte Zeile liest er schnell, dann klatscht er das Papier auf den Tisch und nimmt ein anderes in die Hand.

»Yael Abramowitz?«, ruft er auf.

Yael zögert einen Moment, ehe er unsicher antwortet: »Hier?«

»Christopher Black?«, fährt Mr Bastow fort. Langsam erwacht die Klasse aus der Trance, in die der Vortrag uns versetzt hat, und der Anwesenheitsappell wird fortgesetzt.

Ich starre auf meinen Tisch, merke aber, dass Cherrie mich ansieht – nicht direkt, nur gerade so, dass ich ihren Blick auf meiner Haut brennen spüre. Und Adam Levitt und Jamie Huang, die vor mir sitzen, schauen sich an und dann über die Schulter hinweg zu mir.

Das Getuschel auf dem Flur war noch gar nichts. Jetzt bin ich in der Falle, und alle warten nur darauf, dass ich etwas sage, damit ich endlich von der Schule fliege.

Eigentlich dachte ich, das Tribunal beginnt in vier Wochen, aber offensichtlich geht es jetzt schon los.

FEBRUAR

»Echt ey, willst du mich verarschen?« Brielle stolziert geradewegs in die Suite und wirbelt mitten im Raum um die eigene Achse, die Arme weit ausgestreckt, mit schlackernder Handtasche. »Das hier ist so viel besser als die blöde Schulturnhalle!«

Ich folge ihr, meine Absätze versinken in dem weichen Hotelteppich. Es ist *wirklich* schön hier. Dylan hat eine ganze Suite in einem der nobelsten Hotels in der Innenstadt bekommen, und vor den großen Fenstern sehe ich einen Balkon und die glitzernden Lichter der Stadt. Wir sind nicht am Times Square oder so, aber hier zu sein gibt mir das Gefühl, sehr erwachsen zu sein, und von dem Anblick werde ich ein wenig benommen. So, wie ich mich bei Dylans Training neulich gefühlt habe: Als wäre ich am College, als hätte ich ein richtiges, mein *eigenes* Leben. Oder als würde es zumindest gerade anfangen. Es ist alles da draußen in der glitzernden Nacht.

Hinter mir schleppen Dylan und Marcus das kleine Bierfässchen herein. Ächzend platzieren sie es neben der Minibar der Suite, während Tyler die Verpackung der Plastikbecher aufreißt.

Auf meinen hohen Absätzen schwanke ich hinüber zu den Fenstern, um einen besseren Ausblick zu haben. Brielle kommt mir nach, schwer atmend nach ihrem Solotänzchen.

»Diese Stadt ist scheißlangweilig«, verkündet sie.

Ich habe gerade gedacht, dass die Stadt wirklich schön aussieht – bei Nacht, aus dieser Höhe und im Winter, wenn die Luft die Konturen schärfer aussehen lässt und alles zum Funkeln bringt. Aber ich widerspreche ihr nicht. Brielle geht seit unserem Gespräch mit Direktorin

Schoen ziemlich leicht in die Luft. Mir hat der Gedanke, unsere Eltern könnten in die Schule zitiert werden, um unser »Betragen« zu diskutieren, eine Heidenangst eingejagt, und wahrscheinlich geht es Brielle genauso. Auch wenn sie lieber sterben würde, als das zuzugeben.

»Ich kann es kaum erwarten, aufs College zu kommen«, sage ich – das dürfte ja wohl ein unverfängliches Thema sein … Wir haben beide vorgehabt, möglichst in einem anderen Bundesstaat zu studieren, am besten beide am selben Ort. Brielle zieht es nach Marquette, vermutlich aber nur, weil ein heißer Typ aus der Abschlussklasse vom letzten Jahr dort hingegangen ist. Ich möchte eventuell nach Chicago. Wobei ich mir nicht sicher bin, ob ich mich in so unmittelbarer Nähe zu meinem Dad und seiner neuen Familie wohlfühlen würde.

»Hä?«, sagt Brielle und klopft mit einem langen Fingernagel an das Glas. »Ich dachte, du bewirbst dich mehr oder weniger nur für Lincoln? Nicht gerade ein großartiger Tapetenwechsel.«

Keine Ahnung, ob sie mich bewusst verletzen will, jedenfalls tut es weh. Ich weiß einfach nicht, was ich mir überhaupt werde leisten können. Ich *muss* mich also noch irgendwo in der Nähe bewerben, an einem kleineren College, das nicht zu viel kostet. Außerdem ist die Aussicht, in der Nähe meiner Brüder zu sein, ohne zu Hause zu wohnen, gar nicht so schrecklich. Gerade möchte ich Brielle daran erinnern, dass auch sie sich nicht gerade auf dem Weg zur Jahrgangsbesten befindet – mit Marquette würde es wahrscheinlich klappen, aber aufs MIT zum Beispiel schafft es keine von uns –, als die Typen hinter uns plötzlich losschreien.

»Langsam, langsam, vorsichtig!«, ruft Tyler, wie üblich der lauteste von allen. Er, Dylan und Marcus halten Plastikbecher unter den Fasshahn, um die Schaumfontäne aufzufangen, die daraus hervorquillt.

»Anfänger!«, kreischt Brielle, läuft hinüber und schnappt sich einen Becher. Sie drängt sich zwischen Tyler und Marcus durch. »Ich habe euch ja gesagt, ihr sollt einen Profi dazuholen!«

Ich nutze das Tohuwabohu, um mich in das Hauptschlafzimmer der Suite zu schleichen, wo ich später vermutlich mit Dylan landen werde. Meine Mom war nicht glücklich darüber, dass ich »nach dem Ball bei Brielle übernachten« will – eine Lüge, die der Wahrheit ziemlich nahekommt … na ja, in einem anderen Universum vielleicht. Jedenfalls hat Mom die Jungs und mich, keineswegs überraschend, an diesem Wochenende für diverse Arbeiten rund ums Haus eingeplant. Aber ich habe mich für den »Ball« ausstaffiert und sie Fotos von mir und Dylan machen lassen, als er mich abholen kam. Und als ich schließlich abzog, schien sie sogar ganz froh zu sein … weil ich mal wie jeder normale Teenager ausgehe, was weiß ich.

Wenn Mom wüsste, wo ich jetzt wirklich bin, wäre sie natürlich nicht so glücklich. Und irgendwie werde ich den Gedanken an sie nicht los, als ich meine Jacke auf den Stuhl neben dem riesigen Bett werfe. Vielleicht, weil ich mich hier in diesem Raum, der so eindeutig für Erwachsene eingerichtet ist, plötzlich wieder wie ein Kind fühle. Meine Mom erwartet von mir, dass ich all das übernehme, wozu sie keine Zeit hat. Aber ich soll doch meine Highschool-Zeit genießen, oder? Ich habe einen wunderbaren Freund. Ich habe eine ganze lustige Truppe von Freunden. Ich habe anderes zu tun und kann mich nicht dauernd mit Mom und ihren bescheuerten Heimverschönerungsprojekten befassen.

Aus dem Wohnzimmer höre ich Brielle und die Jungs rufen, und mir wird klar, dass ich einfach reingehen, mit ihnen zu viel Bier trinken und alles hinter mir lassen kann. Ich schleudere meine Stöckelschuhe von mir – irgendwann werden Brielle und ich sowieso zu wummernder Musik auf der Couch herumhüpfen. Es wird lustig werden. Es wird super werden.

Sobald ich dieses Gefühl abschütteln kann, ich sei ein kleines Kind und gleichzeitig tausend Jahre alt.

* * *

So langsam wird die Party deutlich chaotischer, und ich bin inzwischen sturzbetrunken. Brielle hat auf dem Bierfass Handstand gemacht und dabei so viel Bier wie möglich direkt aus dem Hahn getrunken. Tyler und Marcus haben sie gestützt, und Tyler hat dabei den Rock ihres schulterfreien roten Minikleids heraufrutschen lassen. Mein einfaches kleines Schwarzes mit dem spärlichen Spitzenbesatz wirkt gegen ihr

Outfit trist und langweilig, aber immerhin trage ich darunter eine neue schwarze Unterwäschegarnitur von Victoria's Secret. Nicht, dass das bisher irgendwer wüsste. Dylan und ich tanzen herum (besser gesagt, ich tanze um ihn herum), lachen ohne Grund und haben einfach Spaß. Jedenfalls, wenn er nicht gerade sein Handy auf neue Nachrichten checkt.

»Von wem war die?«, frage ich, betrunken genug, um mich nicht darum zu scheren, ob es armselig oder misstrauisch oder lahm oder nervig klingt. Oder alles gleichzeitig.

»Kyle kommt vorbei. Und vielleicht noch ein paar Jungs aus der Mannschaft.«

Über den Raum hinweg lässt Brielle ein lautes »Yeah!« hören, warum, ist mir nicht klar. Dylans Worte hat sie nicht gehört, aber bestimmt wird sie sich freuen, wenn die Party gleich Zuwachs bekommt. Mich macht der Gedanke an mehr Leute eher nervös, dabei hatte ich mich gerade halbwegs entspannt.

Vielleicht zehn Minuten später geht die Tür auf, und Scharen von Leuten strömen herein. Jacob hat Noelle Reese im Schlepptau – mir ist zu Ohren gekommen, dass sie wieder zusammen sind, und offenbar stimmt das auch –, und Rob kommt mit einem Mädchen aus der Zwölften, Eliana Greene, die ich nicht so gut kenne. Ein paar Jungs aus der Baseballmannschaft, wie Dylan schon angekündigt hat, noch ein paar andere Zwölftklässlerinnen ... und dann sehe ich Kyle.

In diesem Moment wird mir klar, dass ich wirklich zu viel getrunken habe, denn alles, was dann geschieht, erlebe ich wie in Zeitlupe. Als wäre ich in einem Film.

Einem Horrorfilm.

Kyle hat Emma Putnam mitgebracht. Sie kommt tatsächlich hier herein, in diese Hotelsuite, die plötzlich zusammenzuschrumpfen scheint, ein Feuerwerk blendender Farben in einer schwarz-weißen Welt. Eine Flamme roten Haares, schimmernde blaue Seide und mein weiß glühender Hass.

Brielle steht immer noch drüben beim Fass und unterhält sich laut mit Noelle. Dylan begrüßt die Jungs gut gelaunt mit Fist-Bump und bewegt sich dabei von mir weg zur Tür, durch die immer mehr Leute hereindrängen. Ich fühle mich wie in einer unsichtbaren Blase, die mich von allem anderen trennt. Niemand kommt auf mich zu, niemand sieht mich an – der Albtraum in Zeitlupe verblasst, aber ich bin allein, vollkommen allein.

Als ich schließlich sehe, wie Tyler und Dylan Kyle und Emma begrüßen, wie die vier reden und lachen, muss ich aktiv werden. Ich zwinge mich, zu Noelle und Alison Stipe hinüberzugehen, die mit Brielle Schnäpse kippen. Offenbar kommen sie bestens ohne mich aus, jedenfalls bleibt mir nichts anderes übrig, als mich regelrecht zwischen Alison und der Küchenzeile durchzuquetschen, um bei ihnen zu sein.

»He, hast du gemerkt, dass Emma hier ist?« Meine Stimme ist zu laut, und eigentlich wollte ich Emma gar nicht erwähnen, aber alle drei Mädchen werden sofort aufmerksam.

»Wow, die Nutte kapiert's einfach nicht«, sagt Brielle, doch ihr Tonfall ist viel milder, als ich erwartet habe.

Dann fällt mir auf, dass Noelle wegen Emma kein bisschen überrascht ist, und ich mutmaße, dass Brielle einfach nur vor der Älteren die Coole spielt. Noelle zuckt die Achseln – auch sie trägt ein schulterfreies Kleid, dessen tiefes Violett toll zu ihren dunklen Haaren aussieht, und sie wirkt insgesamt ein wenig gelangweilt.

»Na, wahrscheinlich mag Kyle sie wirklich«, sagt Alison.

Brielle und Noelle lachen daraufhin, und ich falle mit ein.

»Wahrscheinlich steht er auf Frauen mit Erfahrung«, höhnt Brielle.

Ich denke daran, wie Brielle neulich im Burger King die Jungs beleidigt hat, und beobachte Noelles Reaktion. Immerhin ist sie wieder mit Jacob zusammen, einem von Emmas abgelegten Liebhabern. Aber sie lacht bloß und trinkt weiter.

»Ziemlich schicke Bude für dich und D-Bag«, sagt Brielle zu mir. »Eure große romantische Nacht, was?«

Ich schaue wieder zu Noelle hinüber, aber sie wartet bloß auf meine Antwort. »Ja, kann man wohl sagen«, erwidere ich. »Allerdings bisschen rowdymäßig jetzt.« Ich schwenke meinen Arm, um auf die wachsende Gruppe zu deuten, und treffe versehentlich einen von Dylans Mannschaftskollegen an der Schulter. »Hoppla!«

»Willst wohl jetzt schon kneifen, was?« Brielle stößt Noelle mit dem Ellbogen in die Seite und fügt hinzu: »Sara hat Schiss vor dem zweiten Mal.«

»Habe ich n…«, will ich protestieren.

»Na, absolut«, schneidet mir Noelle das Wort ab. »Das musst du abschütteln. Wenn die Jagd vorbei ist, fängst du an, *ihn* zu jagen. Du musst ihn bei der Stange halten.«

Mir bleibt der Mund offen stehen – erst, weil ich meinen Satz noch nicht beendet hatte, dann vor Überraschung. Brielle und Noelle sehen mich mitleidig an, als hätten sie das schon x-mal erlebt, schon x Typen bei der Stange gehalten. Als seien sie der Februarausgabe von *Cosmopolitan* entsprungen. Ich spare mir den Blick zu Alison – sie geht seit dem ersten Highschool-Jahr mit demselben Typen, Asher. Brielle nennt die beiden hinter Alisons Rücken Alisher.

»Wenigstens hat er diese tolle Bude für dich organisiert«, fügt Noelle hinzu und hebt ihren Plastikbecher, um mir zuzuprosten. »Jacob musste ich sogar daran erinnern, mir *Blumen* zu schenken.«

Brielle lacht wissend. Ich sehe mich erneut im Raum um – wo ist mein wunderbarer, aufmerksamer Freund jetzt?

Er unterhält sich immer noch mit Tyler und Emma. Und steht ganz dicht neben ihr. Ich wende mich wieder ab.

Brielle ist mit den Augen meinem Blick gefolgt und murmelt: »Echt mal, die ist so ein dermaßen … *hoffnungsloser* Fall. Vergiss es doch einfach.«

»Er ist total scharf«, erklärt Noelle, die im Gegensatz zu mir genau versteht, was Brielle meint. »Alter … du hast echt Glück. Und er ist nett.«

Ach, so war es gemeint. Mein netter, aufmerksamer, scharfer Freund. Alle stehen auf ihn. Darum braucht es mich nicht zu wundern, dass Emma ihm am liebsten in die Hosentasche krabbeln würde.

»Rüber mit dir, du Knalltüte«, fordert mich Brielle auf und schiebt mich, wohl ungewollt heftig, auf das Grüppchen um Dylan zu. Ich bin immer noch barfuß, darum falle ich nicht um, aber nach ein paar Stolperschritten pralle ich gegen Kyles Rücken. Er ist so in das Gespräch mit seinen Baseballkumpels vertieft, dass er es nicht mal bemerkt. Als ich mich endlich gefangen und durch das Gewühle zu Dylan durchgekämpft habe, ist mein Gesicht trotzdem immer noch rot vor Scham.

Ich dränge mich an seine Seite und starre Emma wütend an. Sie reißt die Augen auf, als sie mich sieht, aber dann blickt sie mich herausfordernd an.

»Na, jedenfalls, *Dylan*«, sagt sie, als hätte ich ein wichtiges Gespräch unterbrochen. »Echt schade, dass du nicht zum Ball kommen konntest, es war superlustig.«

Tyler lacht bellend. »Au Mann, du weißt doch, wie gern wir am Freitagabend in der Turnhalle abhängen! Voll der Horrortrip!«

Emmas Blick schießt zu ihm hinüber. Sie wirkt verletzt. »Ich habe beim Dekorieren geholfen«, verteidigt sie sich. »Es sah wirklich gut aus.«

»Ja, *ganz* bestimmt«, höre ich mich selbst sagen. Mein Sarkasmus schlägt ein wie ein Blitz, und alle, einschließlich mir selbst, zucken zusammen. Ich will mich vor Dylan nicht wie ein Miststück verhalten, aber ich kann dieses Mädchen einfach nicht ab. Für wen hält sie sich eigentlich? Sorgt dafür, dass wir nicht zum Ball dürfen, und taucht dann auf unserer Party auf? Was zum …

»Okay«, verkündet Tyler. »Ich brauch ein Bier. Wer noch? Du, Süße?« Er legt den Arm um Emma. »Du siehst durstig aus!«

Ausnahmsweise einmal tut Tyler etwas Sinnvolles: Er führt Emma auf die andere Seite des Raums, sodass ich mit Dylan allein bleibe. Ich starre ihnen nach und frage mich, wie das sein kann: Tyler hackt wie wir anderen ständig auf Emma rum, macht sich lustig wegen der Rosen und so – aber wenn er betrunken ist, will er doch mit ihr zusammen sein. Fast möchte ich Dylan schon fragen, warum Jungs so seltsam sind, als er mich ein bisschen beiseitezieht und sich zu mir herüberbeugt.

»Sei nicht gemein zu Emma«, sagt er.

»Aber …«, stammle ich. »Sie ist …«

»Sie ist eigentlich ziemlich nett«, fährt er fort, als hätte ich überhaupt nichts gesagt. Was wohl auch der Fall ist.

»Sie ist daran schuld, dass ich nicht zum Ball durfte. Und Brielle auch nicht«, bringe ich schließlich heraus.

»Das stimmt nicht«, widerspricht Dylan. »Ich habe gehört, dass ihre Mutter damit zu tun hatte. Und überhaupt, habt ihr nicht irgendein

Schild in ihrem Garten aufgestellt oder so was? Und ihr in der Schule die ganzen Rosen geschickt?«

Er sieht mich jetzt direkt an, und plötzlich fühle ich mich in das Büro der Direktorin zurückversetzt. Mir war nicht klar, dass Dylan über alles Bescheid weiß. Ich vermeide es, mit ihm über Emma zu sprechen, jedenfalls seitdem ich mich wegen der SMS von ihr wie eine armselige Irre benommen habe. Es sollte mich gar nicht kümmern, wenn er mit ihr spricht. Und genau wie Tyler und Jacob beschwert er sich auch manchmal über sie, nennt sie eine Schlampe und so was. Doch dann geht einer der Jungs mit ihr aus – siehe Kyle – und alle tun wieder, als wäre sie cool.

Brielle ist die Einzige, die es kapiert, die Einzige, die weiß, dass Emma eine Schlampe ist und dass sie nicht mit den Freunden anderer Mädchen sprechen, geschweige denn diese Jungs abschleppen dürfte. Ich wende den Blick in die Ecke, wo Emma vorher mit den anderen Mädchen stand, kann sie aber nicht entdecken. Was ich auch tue, heute Abend bin ich immer auf der falschen Seite des Raums.

Ich habe immer noch nichts auf Dylans Bemerkung erwidert, und er sagt schließlich mit einem lauten Seufzer: »Ich hole mir noch ein Bier, okay?«

Bevor ich etwas dagegen einwenden kann, ist er schon verschwunden.

Und dann steht auf einmal Brielle vor mir, packt mich am Arm und zieht mich ins Badezimmer. Alles geht so schnell, ich blicke gar nicht mehr durch. Sie sperrt hinter uns die Tür zu und lacht über meinen erschrockenen Gesichtsausdruck.

»Du weißt schon, dass das hier eine *Party* ist, oder?«, fragt sie, während sie sich zum Spiegel wendet und an dem herzförmig ausgeschnittenen Oberteil ihres Kleides herumzupft. Sie hüpft auf und ab, um ihre Brüste nach oben zu schieben, und begutachtet mit geschürzten Lippen ihr Spiegelbild.

Ich lehne mich mit der Hüfte gegen das Waschbecken und vermeide es, mich mit meinem langweiligen schwarzen Kleid im Spiegel anzusehen. »Ich verstehe einfach nicht, warum Emma kommen musste.« Ich klinge total weinerlich. Das nervt, aber ich kann es nun mal nicht ändern.

»Ja, ich weiß«, sagt Brielle. Sie beugt sich jetzt noch näher an den Spiegel und erneuert ihre Wimperntusche. »Die hat gefälligst von hier zu verschwinden, unbedingt. Ich bin selbst drauf und dran abzuhauen. Marcus ist ein ziemlicher Langweiler. Keine Ahnung. Irgendwie schon scharf. Aber ich bin wohl nicht so richtig in Stimmung.« Sie richtet sich wieder auf, bläht tief einatmend vor dem Spiegel ihren Brustkorb auf und stößt anschließend zischend die Luft aus. Dann verschränkt sie die Arme. Ihr Blick ist traurig und besorgt.

Ich strecke die Arme nach ihr aus, zögere jedoch, und meine Hände bleiben zwischen uns in der Luft hängen. »Er macht einen echt netten Eindruck, aber weißt du, wenn du dir Gedanken machst wegen … Ich meine, ihr müsst ja nicht unbedingt allein sein, ich kann absolut …«

»Himmelherrgott, Sara, *halt den Mund*«, sagt sie, wieder ganz die Alte. »Hör bloß damit auf. Du bist nicht meine Lebensberaterin, okay?«

Ich ziehe meine ausgestreckten Hände zurück, und dann stehen wir beide mit verschränkten Armen voreinander. Aber ich bin unfähig, ihr in die Augen zu sehen, während sie mich unverhohlen anblitzt.

»Ich wollte nicht …«, fange ich an, bringe den Satz jedoch nicht zu Ende. Was wollte ich nicht? Keine Ahnung. Sie hat mir erzählt, was im Schwimmcamp passiert ist, aber wahrscheinlich sollte das nicht heißen, dass sich irgendetwas geändert hätte. Irgendwie hatte ich gemeint, es hätte *alles* verändert. Ich kapiere überhaupt nichts mehr.

Plötzlich bin ich so wütend auf Brielle, dass ich losbrüllen könnte. Immerhin habe ich mit Dylan *Sex* gehabt, damit sie *netter* zu mir ist, damit wir endlich etwas *gemeinsam* haben. Sie müsste mich sozusagen respektieren. Stattdessen stellt sich heraus, dass es bei ihr ganz anders gelaufen ist, und ich bin immer noch allein, ich habe immer noch niemanden, der mir sagt, was ich jetzt tun soll.

Moment mal. Oh Gott. Habe ich tatsächlich mit Dylan geschlafen, damit Brielle *nett* zu mir ist? *Echt jetzt?*

»Süße, guck nicht so«, sagt Brielle und zieht mich plötzlich in ihre Arme. »Mir geht es bestens, keine Sorge. Marcus ist eben von der superklugen Sorte, das ist ein bisschen öde.«

Sie hält meine Schultern so, dass mein Gesicht in ihre langen Haare getaucht wird. Heute Abend ist es total glatt und weich und duftet nach Blumen, aber ich bekomme keine Luft. Vielleicht wäre es weniger peinlich, wenn wir uns auch sonst manchmal umarmen würden. Als sie mich loslässt, fast wegstößt, um ihr Kleid noch einmal zurechtzuzupfen, fühle ich mich wie befreit.

»Jetzt komm schon«, sagt sie. »Diese Schnalle verschlampt die ganze Party. Ich bin sicher, dass alle eine Pause von ihrer Schnallen-Aura brauchen können.«

»Ihrer Schnallosphäre«, ergänze ich.

»Ha! Genau. Ihrem *Huren-Orbit.*« Brielle nimmt ihre Glitzer-Clutch von der Ablage, stöckelt über die Fliesen und reißt heftig die Tür auf. Ein Usher-Song hämmert aus der noblen iPod-Lautsprecherbox, die irgendwer in der Küchenecke aufgestellt hat.

Kaum habe ich das Bad verlassen, werden mir zwei Dinge bewusst: Erstens ist die Party komplett aus dem Ruder gelaufen. Wir können uns glücklich schätzen, wenn man uns nicht innerhalb der nächsten Stunde aus dem Hotel wirft. Inzwischen sind jede Menge Leute da, von denen ich die Hälfte noch nie gesehen habe. Die werden bestimmt nicht so schnell gehen, dass Dylan und ich noch zu unserem romantischen … was auch immer kommen. Vorhin hatte ich noch Lampenfieber bei dem Gedanken, mit ihm allein zu sein, jetzt bin ich irgendwie traurig, dass wohl nichts mehr daraus wird, weil das Partyvolk unser Liebesnest besetzt hat.

Und zweitens – kann ich Dylan nirgends entdecken.

Eine ganze Menge Jungs sind gleich nach dem Ball hergekommen, tragen also noch schicke Anzughemden und so. Ich hatte Dylan gebeten, eine Krawatte anzuziehen, damit meine Mutter auch glaubt, dass wir zum Ball gehen, aber als wir im Hotel ankamen, hat er sie sofort abgelegt. Trotzdem, er trägt ein schönes rotes Hemd, und er ist groß. Den ganzen Abend lang war er nicht zu übersehen. Schließlich sind wir nur in einem blöden Hotelzimmer. Na gut, in einer Suite, aber *so* groß ist die auch wieder nicht.

Also haste ich weiter in den Raum hinein, um die ganze Küchenecke überblicken zu können … da ist er nicht. Vielleicht im großen Schlafzimmer … nein, da ebenso wenig, und, wie eklig, Noelle und Jacob machen auf dem Bett rum. Würg! Na schön, es gibt noch das kleinere Schlafzimmer auf der anderen Seite … auch dort machen Leute rum, igitt.

Schnell kehre ich in das Hauptschlafzimmer zurück und schnappe mir meine Schuhe für den Fall der Fälle. Dabei vermeide ich sorgfältig, zum Bett zu blicken, und flüchte zurück ins Wohnzimmer. *Denk nach, denk nach.* Obwohl ich schon eine ganze Weile nichts mehr getrunken habe, fühle ich mich immer noch benommen und aufgedreht. Mir ist, als würde ich eine Ewigkeit bloß dastehen, bis mir endlich der richtige Gedanke kommt – der *Balkon*! Logo. Dylan raucht zwar nicht, aber die ganze Zeit sind immer wieder Leute rausgegangen – er muss jemanden dorthin begleitet haben.

Ich wirble ein bisschen zu schnell herum, muss mich an einem Vorhang festhalten und ziehe ihn dabei versehentlich zurück. So finde ich schließlich den Griff der Glastür, die sich leicht aufschieben lässt.

Die Kälte draußen ist wie ein Schlag ins Gesicht, und meine Schuhe habe ich immer noch in der Hand, sodass meine Füße fast sofort taub werden. Und dann sticht mir der Wind in die Augen, die sich mit Tränen füllen, bevor ich auch nur blinzeln kann. Darum bin ich zunächst gar nicht sicher, ob ich wirklich sehe, was ich sehe.

Aber doch, ich habe mich nicht getäuscht.

Am anderen Ende des Balkons stehen Dylan und Emma gegen die Wand gelehnt. Sie scheinen nicht im Mindesten zu merken, dass sie nicht allein sind.

Ich blinzle. Einmal, zweimal, aber sie verschwinden nicht.

Und sie hören nicht auf, sich zu küssen.

Noch bevor ich anfange, sie zu beschimpfen, habe ich schon einen Schuh auf Emmas Rücken geworfen.

»Du verdammte *Schlampe*! Was zum *Teufel* erlaubst du dir eigentlich?«

Meine gellenden Schreie werden von der eisigen Luft davongetragen, und hinterher bin ich atemlos. Und schuhlos. Emma dreht sich zu mir um, die Augen vor Schreck geweitet. Trotzdem sieht sie den zweiten Schuh nicht schnell genug, um auszuweichen – dieser trifft sie an der Schulter, streift sie eigentlich nur, woraufhin sie aufkreischt und beide Hände vors Gesicht schlägt, als hätte ich noch mehr zu werfen.

»Ich hab's gewusst!«, brülle ich. Dann fahre ich herum, um zurück in die Suite zu rennen, doch der Vorhang ist mir im Weg, und ich muss daran zerren – ich höre ein Scheppern und merke, dass ich die Vorhangstange halb heruntergezogen habe, aber das ist mir egal, denn ich bin wieder drin und muss Emma nicht mehr sehen. Ich hätte größte Lust, wieder rauszugehen und ihr sämtliche Haare auszureißen, so, wie ich den Vorhang abgerissen habe, doch der Wunsch abzuhauen, ganz, ganz weit weg, ist stärker.

Alles verschwimmt mir vor den Augen – ich renne und weine, und meine Füße schmerzen, und die Flure in diesem Hotel sehen alle gleich aus, und Gott, ich habe wirklich zu viel getrunken, warum finde ich bloß keinen Lift? Und dann ist Brielle da, und ich habe eine Jacke an. Ich befinde mich in einem Aufzug, halte mich an der Wand fest. Schließlich bin ich draußen, streife mir viel zu große Schuhe über. Ich stehe in der Kälte und warte im Lichtschein des Hoteleingangs – wie auf dem Präsentierteller für jeden, der den erbärmlichen Abklatsch eines Mädchens sehen will, einen wandelnden Mascarafleck, eine dumme, betrogene, wertlose Nichtmehrjungfrau …

Brielles SUV brettert auf den Randstein, und ich muss aus dem Weg springen. Fast verliere ich die Balance, aber ich schaffe es, die Hand auszustrecken und den Griff der Beifahrertür zu packen. Und dann sitze ich drin, auf einem beheizten Sitz, und aus den Lautsprechern des Autos dröhnt der gleiche blöde Ellie-Goulding-Song, der oben gerade lief. Wir fahren vom Gehsteig auf die Straße und hinaus in die Nacht.

»Igitt, entschuldige, lass mich nur …« Brielle schaltet das Radio aus, und Stille erfüllt das Auto.

Es ist ruhig, bis mir ein erstickter Schluchzer entfährt und ich immer wieder vor mich hin murmle: »Ich hab's gewusst. Diese Schlampe. Diese *Schlampe. Ich hab's gewusst.*«

»Schschsch«, sagt Brielle. Sie streckt den Arm aus und tätschelt mir unbeholfen die Haare, aber wenn sie nur mit einer Hand lenkt, zieht der Wagen gefährlich nach rechts, darum hört sie schnell wieder damit auf.

Sie ist betrunken und dürfte nicht fahren, denke ich. Aber es ist mir egal.

»Mach dir keine Gedanken, Babe«, sagt sie. »Das kriegen wir schon wieder hin. Dieses Miststück wird nicht mal wissen, wie ihr geschieht.«

Gut, denke ich. Ich nicke. Mein Kopf nickt wie von selbst, immer und immer wieder. *Gut, gut, gut, wird nicht wissen, wie ihr geschieht.* Dann wird sie begreifen, wie ich mich gerade fühle.

SEPTEMBER

»Es läuft genau so, wie wir es letztes Mal besprochen haben. Sie sagen mir, dass das mit dem Valentinstag Miss Greggs' Idee war. Uns liegt die Rechnung für das Material vom Schild vor, beglichen mit Miss Greggs' MasterCard. Leider wurden die Rosen in bar bezahlt …« Natalie öffnet einen Aktenordner und liest etwas Kleingedrucktes, ehe sie wieder hochblickt. »Dann machen wir mit dem März weiter, okay?«

Ich nicke und konzentriere mich auf Natalie, die mir gegenübersitzt. Moms unruhigen Fuß neben mir ignoriere ich. Wir gehen meine Aussage durch, die ich in zwei Wochen abgeben muss. *Zwei Wochen.* Einmal waren wir schon vor Gericht, als die Anklage verlesen wurde und all das, aber diesmal werden auch Emmas Eltern mit im Saal sein. Ich werde im Zeugenstand sitzen. Ich werde sprechen, Fragen beantworten, die Geschichte aus meiner Sicht erzählen. Natalie hat gesagt, es wird nicht wie im Fernsehen sein, es sind bloß ein paar Tische, und ich soll auf keinen Fall zu viel reden, sondern nur die Fragen so beantworten, wie sie es mir rät. Aber trotzdem.

Ich habe das Gefühl, ich muss mich übergeben.

Mom fühlt sich offenbar auch nicht sehr wohl. Sie zappelt die ganze Zeit herum und sieht mich nicht an. Jetzt, so kurz vor der Verhandlung, muss sie mit zu den Terminen kommen. Ich weiß, dass sie nicht hier sein will, aber Himmel noch mal, das will ich auch nicht. Ich hab mir das nicht ausgesucht. Verdammt, ich habe mir ja nicht einmal die Streiche selbst ausgedacht, die Emma angeblich in den Selbstmord getrieben haben.

Jedenfalls werde ich das in meiner Aussage erklären. Dass alles auf

Brielles Mist gewachsen ist. Und Brielle wird vermutlich aussagen, es sei alles meine Idee gewesen.

Als ich Natalie erklärt habe, wie unfair das ist, hat sie nur die Achseln gezuckt. »Es ist ein Rechtsstreit. Sie wollen ihn gewinnen.«

Wahrscheinlich ist es sogar besser, dass Brielle nicht mehr an der Schule ist. Wahrscheinlich hätte ich wissen müssen, dass sie nach dieser ganzen Geschichte nicht nur den Sommer über wegbleiben würde – ich hätte wissen müssen, dass ich meine beste Freundin endgültig verloren habe. Sie ist jetzt nicht mehr da, ebenso wie Dylan. Ebenso wie alle anderen.

Natalie stellt mir zum wiederholten Mal die Fragen zum vergangenen Februar, und ich beantworte sie so, wie wir es eingeübt haben. Mom wird ganz still, während wir reden.

Dann sagt Natalie: »Also, am ersten März waren Sie bei Miss Putnam zu Hause, stimmt das?«

»Ja«, antworte ich und spüre, wie sich Mom ein wenig aufrechter hinsetzt. Das scheint sie noch nicht gewusst zu haben.

»Zusammen mit Miss Greggs?«

»Ja. Sie ist gefahren«, füge ich hinzu, denn Natalie betont gern jede Kleinigkeit, die Brielle in ein mieseres Licht rückt. Klar fühle ich mich wie das totale Miststück, wenn ich so rede, aber jetzt ist es zu spät. Mein ganzes Leben hängt davon ab, inwieweit Brielle schuld ist. Jedenfalls sage ich mir das. Irgendjemand muss ja verantwortlich gemacht werden.

»Okay. Und warum sind Sie und Miss Greggs zum Haus der Putnams gefahren?«

»Um … äh.« Ich räuspere mich. »Wir wollten Emmas Mutter, Mrs Putnam, mitteilen, dass Emma mit … na ja, mit, äh, ein paar Typen rumgemacht hat, die … älter waren.«

»Sie wollten Mrs Putnam darüber informieren, dass ihre sechzehnjährige Tochter mit jungen Männern jenseits der Volljährigkeit Sex hatte?«, sagt Natalie ruhig.

»Ja. Ich meine, ich glaube schon.« Mein Mund ist schon wieder trocken. Ich greife nach der Wasserflasche auf dem Tisch vor mir und trinke einen Schluck. Etwas Wasser spritzt mir in den Ausschnitt. Es ist so kalt, dass es richtig brennt.

»Sie waren besorgt um Emmas Wohlergehen«, sagt Natalie. Das ist keine Frage.

»Absolut«, lüge ich.

Natalie nickt knapp, und ich glaube, von da an sagt keiner von uns mehr ein wahres Wort. Eine weitere Stunde später sind wir für heute fertig, jedenfalls nehme ich das an, bis Natalie ganz ernst meine Mutter ansieht und erklärt: »Wir sollten wirklich noch einmal auf unser Gespräch über einen Vergleich zurückkommen.«

»Ich will, dass Saras Name rehabilitiert wird«, sagt Mom.

»Das verstehe ich«, erwidert Natalie, und an der Art, wie sie miteinander reden, merke ich, dass sie dieses Gespräch schon oft geführt haben. Öfter, als ich mitbekommen habe jedenfalls.

Natalie fährt fort: »Wenn sie achtzehn ist, können wir daran arbeiten, dass der Eintrag aus dem Strafregister gelöscht wird. Aber für den Augenblick bin ich sehr in Sorge. Die erhobenen Vorwürfe sind schwer, und ich wäre höchst überrascht, wenn die anderen Angeklagten es darauf anlegen würden, das Verfahren durchzuziehen.«

Ich schüttle den Kopf. »Ich habe nichts getan. Das haben wir doch alles schon besprochen, oder?« Als ich zu Mom hinüberblicke, ist ihr Gesicht starr, der Mund verkniffen. Sie wirkt nicht mehr so überzeugt.

Natalie rutscht in ihrem Stuhl zurück und sagt: »Bitte denken Sie einfach noch mal darüber nach. Es wäre ein Kompromiss, aber dann wäre alles vorbei. Ich glaube, wir könnten zu einer recht befriedigenden Lösung kommen. Und Sie beide hätten Ihr Leben zurück.« Sie sieht mich kurz an, als wollte sie noch etwas sagen.

Doch Mom springt von ihrem Stuhl, als hätte er Sprungfedern, und fast zu spät merke ich, dass wir gehen. Ich wundere mich beinahe, dass ich sie überhaupt noch einholen kann, um mit ihr den Aufzug nach unten zu teilen.

Wir sind allein in der Liftkabine, aber wenn jemand bei uns wäre, käme er nicht auf die Idee, dass wir zusammengehören. Mom trägt noch ihre Bürokleidung, und ich stecke in Jeansshorts, aber das allein ist es nicht. Sie sieht mich nicht an. Ich glaube, sie hat auch Angst. Oder ist einfach nur total erschrocken über all die Einzelheiten, die wir gerade durchgegangen sind. Anscheinend erfährt sie bei jedem dieser

Treffen hier noch etwas, das sie vorher nicht gewusst hat. Jedes Mal geht sie ein wenig mehr auf Abstand.

Ich will ihr etwas sagen – oder eigentlich eher mir selbst. Ich bin nämlich auch total erschrocken. Wir sollen einen Vergleich schließen? Das hieße anerkennen, dass ich schuldig bin. Und das bin ich nicht. Glaubt sie das etwa nicht mehr?

»Es ist ein Albtraum«, sagt Mom im Flüsterton. Vielleicht habe ich sie nicht richtig verstanden.

Trotzdem, es stimmt ja. Es ist ein verdammter Albtraum.

* * *

Am Freitagnachmittag fahre ich ganz langsam am *Albertsons* vorbei und frage mich gleichzeitig, was ich in diesem Stadtteil verloren habe. Eigentlich sollte ich zu Teresa fahren und dann meine Brüder abholen. Das hier war nicht geplant.

Aber mein Auto schwenkt fast wie von Zauberhand in den Parkplatz des Supermarkts ein und spürt in der letzten Reihe Dylans SUV auf. Die Parklücke daneben ist frei, und ohne nachzudenken fahre ich hinein und schalte den Motor aus. Den Schlüssel lasse ich stecken, damit ich noch das Fenster herunterlassen und *High Violet* zu Ende hören kann. Den Song, in dem es am Anfang heißt: »Sorrow found me when I was young«. Bei der Zeile »I don't want to get over you« liegt mein Kopf auf dem Lenkrad und ich weine. Lautlose Schluchzer schütteln meinen ganzen Körper, während mir dicke Tränen aus den Augen quellen.

Ich müsste jetzt nicht allein sein. Es gibt Menschen, mit denen ich zusammen sein könnte. Aber ich will keinen von ihnen sehen. Ich will Brielle, ich will Dylan. Damals hatte mein Leben ganz kurze Zeit wirklich einen Sinn – ich hatte eine beste Freundin und Freunde und einen richtigen Freund. Ich war einigermaßen hübsch – oder wusste zumindest, wie man es anstellen muss, um hübsch auszusehen. Das Zusammensein mit Brielle machte mich hübsch, gab mir ein Zugehörigkeitsgefühl. Brachte mich zum Lachen. Das Zusammensein mit Dylan machte einen ganzen Menschen aus mir – die Leute nahmen mich wahr. Ich konnte ins Shoppingcenter gehen und eine Gruppe Zwölftklässler treffen und mit ihnen abhängen. Selbst als Dylan und ich schon auseinander waren, hatte ich noch Brielle, und wir hatten Spaß zusammen.

Aber wenn ich jetzt so darüber nachdenke, hat mich vielleicht gar niemand wirklich wahrgenommen, nicht einmal in Gesellschaft von Dylan. Auf seinen Facebook-Fotos hat mich nie jemand markiert. Für kurze Zeit war ich die eifersüchtige Exfreundin. Und dann das Mädchen, das dabei war, als die Sache mit Emma richtig übel wurde. Ich war in diesem Stadium sozusagen das Mädchen, das den ganzen Schlamassel angerichtet hatte – dabei trifft Emma doch auch ein Teil der Schuld. Sie hätte meinen Freund nicht anmachen sollen. Sie hätte vergangenen Herbst nicht mit Brielles Freund flirten sollen, sie hätte sich nicht bei Tyler und Dylan und Jacob anwanzen sollen, sie hätte sich nicht als das große Opfer gebärden und gleichzeitig mit jedem Typen an der Schule schlafen sollen. Vor allem hätte sie sich nicht umbringen sollen. Wer hat nicht mindestens einmal die Woche Lust, sich umzubringen? Ist bestimmt einfacher als das hier, als die Highschool. Und definitiv angenehmer, als für den Selbstmord einer anderen Person verantwortlich gemacht zu werden.

Emma hat eingeschlagen wie eine Bombe. Wenn ich unsichtbar war, so war sie allzu sichtbar; als stünde sie immerzu im Scheinwerferlicht. Sie war eine Atomexplosion, die alles und jeden hinwegfegte. Jetzt sitze ich an dieser Schule fest, die immer noch trauert, in einer Welt voller Menschen, die mir den Tod dieses Mädchens in die Schuhe schieben. Sie verhalten sich, als würden sie auch mich am liebsten tot sehen. So, als sollte ich mich umbringen, weil Emma es getan hat. Und niemand scheint auch nur zu merken, dass das alles völlig absurd ist.

Ich weine immer noch, aber aus den Schluchzern sind gewöhnliche Tränen geworden, dicke Tropfen, die mir über die Wangen rollen, ohne dass ich es verhindern kann. Beim nächsten Lied drehe ich den Schlüssel um und lasse den Motor wieder an. Als ich aus der Parklücke zurücksetze, glaube ich im Rückspiegel Dylan zu sehen, wie er in seinem blöden blauen Poloshirt, das alle Verkäufer tragen, und den Khakihosen durch die Hintertür tritt. Ich blinzle hektisch, um meine Sicht zu klären, schaue aber nicht noch mal hin. Stattdessen klappe ich die Sonnenblende herunter und schiebe den kleinen Spiegel auf. Sorgfältig glätte ich die Haut unter meinen Augen, damit man nicht sieht, dass ich geweint habe – dabei laufen die Tränen immer noch. Ich hole tief Luft. Dann klappe ich die Sonnenblende wieder hoch und fahre ruckend rückwärts. Ich habe immer noch Zeit totzuschlagen, und das will ich anderswo tun.

* * *

Zu dem *Starbucks* in der Buchhandlung *Barnes & Noble* geht niemand aus der Schule, weil direkt daneben das grottige Shoppingcenter liegt, wo auch keiner hinwill. Der Buchladen allerdings ist gar nicht schlecht, und zu Teresa ist es von dort aus auch nicht weit. Eigentlich der ideale Ort. Beim Hineingehen überlege ich, einfach hier einzuziehen.

Es steht niemand an, und ich bekomme meinen Latte Macchiato ziemlich schnell, obwohl der Typ hinter dem Tresen aussieht, als sei er bekifft und voller Hass auf alle Menschen. Zwischen den Tischen und Stühlen laufen ein paar Kinder herum, während ihre Mütter sich unterhalten und alle Sessel besetzen. Also süße ich meinen Kaffee mit einer Tablette Süßstoff und gehe weiter hinein in den Laden, streiche mit der Hand über die von der Belegschaft empfohlenen Titel und die Klassiker, die wie jedes Jahr zu Schuljahresbeginn ausliegen. Ziellos wandere ich durch einen der Gänge zwischen den Regalen und stolpere fast über jemanden, der dort am Boden sitzt.

Es ist Carmichael.

»Oh«, sage ich und kippe fast hintenüber. Seit diesem ersten Tag direkt nach den Ferien haben wir uns in der Schule nicht mehr viel unterhalten, hauptsächlich, weil ich nicht wusste, was ich sagen sollte.

Das weiß ich immer noch nicht, und einen Augenblick lang erwäge ich, einfach die Flucht zu ergreifen. Doch dann blickt Carmichael auf und schüttelt sich die Haare aus dem Gesicht.

»Hallo«, sagt er locker. »Wie geht's?«

Ich zucke die Achseln. Kann sein, dass ich Carmichael aus dem Weg gegangen bin, aber ich bin nicht sicher, ob seinetwegen oder meinetwegen. Seine ganzen Freunde sind zottelhaarige Fahrradfahrer, und in der Schule scheint er immer irgendwie beschäftigt zu sein. Außerdem haben wir unterschiedliche Stundenpläne. Sowieso habe mir angewöhnt, während des Schultags keinem in die Augen zu sehen. So ist es einfacher.

»Setz dich doch«, sagt er und fährt mit der Hand über den Boden an seiner Seite, als biete er mir ein Seidenkissen oder so was an.

Was soll's. Ich zucke wieder die Achseln und lasse mich nieder, verschränke die Beine und schaue auf das offene Buch in seinem Schoß.

»*The Walking Dead*«, erläutert er. »Ist wirklich gut. Hast du die anderen Folgen gelesen?«

»Ist das wie die Fernsehserie?«, frage ich zurück.

»Um Längen besser.« Er klappt das Buch zu und fügt hinzu: »Aber wenn du das noch nicht gelesen hast, will ich auch nichts verraten.«

Ich lächle schief und nippe an meinem Kaffee.

»Also …«, sagt er ruhig. »Läufst du mir jetzt nach? Wie schon den ganzen Sommer über?«

»Wie bitte? Das ist die blödeste … ich bin dir nicht *nachgelaufen*!«

Mit todernster Miene erklärt er: »Na ja, immer, wenn ich in die Schule gegangen bin, warst du auch da.«

Ich verdrehe die Augen. »So läuft das nun mal.« *Natürlich* läuft das so, meine Güte, warum erkläre ich das auch noch? »Aber du warst ja nie da!«

»Immerhin habe ich dir geholfen, in Englisch zu bestehen.«

»Stimmt«, gebe ich zu. Das ist die Wahrheit. Und er hat mir außerdem geholfen, mich ein paar Wochen lang halbwegs normal zu fühlen. »Von Shakespeare hast du echt Ahnung. Wieso warst du überhaupt in der Sommerschule?« Das habe ich mich schon lange gefragt, aber jetzt würde ich die Worte am liebsten zurücknehmen. So wie damals, als ich mich nach den Tattoos erkundigt habe – das ist bestimmt zu persönlich.

Wie bei den Tattoos scheint er es jedoch auch diesmal nicht krummzunehmen. »Ich habe versucht zu wechseln«, sagt er. »Na ja, eigentlich wollte ich hier wegziehen, aber es hat nicht geklappt. Und als ich zurückkam, hatte ich den Anschluss verloren. Darum … na ja, die Sommerschule eben.«

»Wo warst du während dieser Zeit?«, frage ich.

»Bei meinem Dad. In Kearney.«

Ich nicke. Ich bin zwar noch nie in Kearney gewesen, aber ich weiß, dass es ein paar Stunden von hier entfernt, irgendwo im Nirgendwo liegt.

Carmichael blickt jetzt wieder zu seinem Buch hinunter, auf dessen Einband ein blutüberströmter Mensch zu sehen ist. »Die alte Geschichte.« Er hebt den Kopf und starrt auf die Regale. »Scheißvater, nie da, nimmt wieder Kontakt auf, bla bla bla.«

»Du bist also zu ihm gezogen?«, frage ich. Manchmal habe ich selbst überlegt, zu meinem Dad zu ziehen. Ganz am Anfang, bevor er seine anderen Kinder bekommen hat und all das, war es ein wunderschöner Traum – wir hätten in einer schicken Wohnung in Chicago gelebt und viel zusammen unternommen. Ich hätte Baseball oder Angeln oder solche Sachen gelernt. Ich wäre eines dieser hübschen, jungenhaften Mädchen geworden, denen der coole Dad beibringt, wie man Autos repariert.

Total idiotische Idee, klarer Fall.

Carmichael nickt und sieht mich schließlich wieder an. »Er ist immer noch ein Scheißvater, deswegen hat es nicht geklappt«, sagt er. »Keine besonders schöne Geschichte.«

Ich schüttle den Kopf. »Nein. Ich weiß genau, was du meinst«, entgegne ich. »Ich habe auch so einen.«

»Hat er etwa auch schon mal in einem Wohnwagen gelebt?«, will Carmichael wissen. Ich schätze, das ist ein Witz, trotzdem lache ich nicht, sondern lächle nur ein bisschen.

»Nein, er lebt mit seiner neuen, besseren Familie zusammen«, erkläre ich.

Carmichael nickt wieder.

Ich will ihn noch viel mehr fragen, ich will diesen Augenblick hinauszögern – jetzt, wo ich ein richtiges Gespräch mit jemandem führe. Aber wahrscheinlich bin ich schon spät dran … ein kurzer Blick auf mein Handy bestätigt das. »Mist, ich muss los.«

»Ja, natürlich, sorry«, sagt er und sieht zu, wie ich mich wieder auf die Füße kämpfe.

»Quatsch, nein, ich habe ja dich unterbrochen«, sage ich. »Jetzt kannst du dich wieder deinen Vampiren widmen. Ich habe bloß – eine Verabredung.«

»Vampire?« Carmichael hält sich die Brust, als hätte ich ihn ins Herz geschossen. »Oh, oh. Das tut weh!« Er lässt sich auf den Rücken fallen, die Hände immer noch am Herzen, und rollt nun stöhnend herum.

»Zombies, entschuldige bitte!«, korrigiere ich mich lachend. »Ruhig Blut! Ich weiß, dass es um Zombies geht!«

»Ahhhhh«, stöhnt Carmichael.

»Jetzt komm schon, steh auf!«, sage ich. »Ich muss echt los.«

»Lass mich ruhig hier liegen ...« Er ringt nach Luft, als würde er gleich abkratzen. »Ich ... komme ... schon ... zurecht ...«

Ich schüttle den Kopf, obwohl er mich gar nicht ansieht. »Na gut«, sage ich. »Bis später.«

Dann drehe ich mich um und eile aus dem Laden. Hinter mir höre ich einen letzten, tief verwundeten Schrei: *»Vampire!«*

Ich sehe bestimmt aus wie eine Irre, als ich leise vor mich hin lachend hinausrenne.

* * *

»Ich will wirklich nicht über dieses Wochenende sprechen.«

»Ich weiß, Sara. Aber es wird zur Sprache kommen, oder? Bei der Verhandlung?«

»Wahrscheinlich.«

»Hast du mit der Anwältin darüber gesprochen.«

»Mmhmm.«

»Auch darüber, wie du dich gefühlt hast?«

»Gefühlt?«

»Ja, wie du dich gefühlt hast. Wie hast du dich gefühlt?«

»Damals, an diesem Wochenende? Oder jetzt?«

Teresa spreizt weit die Hände, als wollte sie sagen: *Such es dir aus.*

»Ich fühle mich scheiße.«

»Jetzt?«

»Immer. Jetzt auch.«

»Und an dem bewussten Wochenende?«

Ich blinzle heftig, um die Tränen zurückzuhalten, aber ganz gelingt es mir nicht. »Na ja, an dem Samstag …« Ich seufze schwer. »Es war ein super Abend. Ich habe mich spitze gefühlt, okay? Ich kapiere nicht, was so schlimm daran war. Ich kapiere nicht, was für Emma so schlimm war. Ich meine, sie hatte mir kurz zuvor das Gleiche angetan! Ungefähr drei Wochen zuvor! Hab ich mich deswegen etwa gleich *umgebracht*? Nein.«

»So denkst du also darüber?«

Jetzt werfe ich die Hände in die Luft, wieder einmal extrem frustriert von Teresas ewigem Frage- und Antwortspiel, bei dem sie selbst natürlich nie eine Antwort gibt. »Spielt das eine Rolle? Offenbar glauben alle anderen, dass es so war, sonst hätte ich deswegen nicht ein Scheißverfahren am Hals!«

Sie blickt mich nur an, die Augen nachdenklich zusammengekniffen. Wenn ich es nicht besser wüsste, würde ich vermuten, dass sie mich umarmen will. Aber mich umarmt niemand. Das hat seit Monaten keiner mehr getan, abgesehen von meinen kleinen Brüdern. Vielleicht sogar seit Jahren. Zählt Sex als Umarmung? Ich glaube nicht. Vor allem nicht mit Dylan, dessen Hände dabei so beschäftigt waren, dass eine richtige Umarmung gar nicht möglich war.

Vor meinem inneren Auge flackert ein kleines Bild von Carmichael auf – wie er in der Küche den Arm um mich gelegt hat, während ich weinte. Ich schiebe das Bild beiseite.

Auch Teresa umarmt mich nicht. Wir starren einander einfach nur an. Früher konnte ich ihrem Blick nicht begegnen, ob nun aus Ärger oder aus Verlegenheit. Jetzt bin ich zu erledigt, um noch ärgerlich, verlegen oder sonst was zu sein.

»Na schön«, sage ich und nehme einen tiefen, zittrigen Atemzug. Der Tag heute war echt übel, aber nichts im Vergleich dazu, wie furchtbar sich das Wochenende damals entwickelt hat. »Samstag, oder? Es war bloß ein Herumgegammel, gar keine richtige Party. Ich wusste, dass Dylan dort sein würde, und ich hatte mir schon gedacht, dass auch Emma irgendwann eintrudeln würde.«

»Du hast also gehofft, ihr zu begegnen?«

»Ja, so ungefähr«, sage ich zu meiner eigenen Überraschung. Emma und Dylan zusammen zu sehen war zu einer Art Zwang geworden – wie das ständige Kratzen an einer verschorften Wunde. Es drehte mir jedes Mal den Magen um, aber ich konnte nicht anders. Außerdem wäre es Folter für mich gewesen, Dylan ein ganzes Wochenende lang nicht zu Gesicht zu bekommen. Ihn mit seiner neuen Freundin zu sehen war ebenfalls Folter, aber wenigstens war ich dann am Samstagabend nicht daheim, sondern in Gesellschaft cooler Leute. Ich weiß noch, wie ich mir vorgestellt habe, dass Dylan mich in meinem neuen Top bestimmt gut finden würde. Und dass er merken würde, wie viel entspannter und einfacher das Zusammensein mit mir war als mit Emma, dieser Schlampe, die jeder hasste.

Und so ähnlich war es dann wohl auch.

Irgendwie geht es eigentlich immer nur um dieses eine Wochenende. Alle haben genug schreckliche Dinge getan, um im Gefängnis oder in der Jugendstrafanstalt zu landen oder so. Streng genommen vielleicht nicht, aber es war ein Riesenschlamassel.

Jedenfalls behielt Emma das letzte Wort. Ihr Gesicht, ihr hübsches Schulfoto in der Zeitung wird alles überleben. Und wir werden für immer und ewig die Monster bleiben, die sie auf dem Gewissen haben.

Ich kann nicht mit Teresa oder Natalie oder meiner Mom darüber reden – klar, ich kann es *versuchen*, aber begreifen tut das niemand, keiner hört mir wirklich zu. Keiner versteht, dass Emma, als sie den letzten Schritt tat, uns alle mit sich gezogen hat.

FEBRUAR

Emma und Dylan. Dylan und Emma. Einfach so.

In der Schule sind sie fast die ganze Zeit zusammen. Außerhalb dieser Zeit machen Brielle und ich Emma das Leben zur Hölle.

Brielle scheint genau zu wissen, was sie tun muss. Am Montagmorgen warten wir trotz der Eiseskälte vor der Schule auf Emma. Als sie endlich kommt, will ich auf sie zugehen, aber Brielle hält mich am Arm zurück. Ich warte darauf, dass sie etwas zu Emma sagt, was sie jedoch nicht tut – sie wartet einfach ab. Sobald Emma, ohne uns eines Blickes zu würdigen, an uns vorbeigegangen ist, lässt Brielle mich los und heftet sich an ihre Fersen. Ich brauche einen Augenblick, um sie einzuholen, und dann verstehe ich, was wir vorhaben – Brielle beschleunigt ihren Schritt, und wir machen einen großen Bogen, sodass wir von der anderen Seite auf Emmas Spind zukommen. Als sie ihn erreicht, stehen Brielle und ich links und rechts davon und unterhalten uns total ungezwungen. Ich sehe nur die roten Haare und die türkisfarbene Jacke aus dem Augenwinkel, als Emma kurz stehen bleibt. Dann starrt Brielle ihr direkt ins Gesicht. Emma hält ihrem Blick eine Weile stand, und ich empfinde fast so etwas wie widerwillige Bewunderung, als ich sehe, wie ausdruckslos ihr Gesicht bleibt. Aber dann dreht sie sich um und zieht ab.

Brielle blickt ihr nach und sagt: »Mein Gott, das ist schon beinahe zu einfach.«

»Machst du Witze?«, erwidere ich. In meinem Magen kribbelt es vor allen möglichen Empfindungen. Ich bin so aufgeregt und wütend und verwirrt, dass ich am liebsten einen Sprint durch den Flur einlegen würde, wenn es dort nicht so überfüllt wäre. »Das war einfach perfekt. Wie hast du das bloß gemacht?«

Brielle verdreht die Augen und setzt sich in Bewegung. »Also ernsthaft.« Wieder lässt sie mich stehen und macht sich auf den Weg zu ihrem Klassenzimmer, sodass ich mich anstrengen muss, ihr nachzukommen. »Das war doch noch *gar* nichts.«

* * *

Beim Mittagessen unterhalten wir uns mit Kyle und Jacob laut vernehmlich darüber, was für eine Loserin Emma ist, während sie mit Megan Corley am Nebentisch sitzt.

»Ich habe gehört, dass sie mit Dylan und Tyler gleichzeitig zusammen ist«, verkündet Brielle. »Sie teilen sie sich.«

»Mann, ist das ekelhaft«, blökt Jacob aus voller Kehle.

Emma und Megan tauschen einen Blick, dann stehen sie auf und nehmen die Tabletts mit ihrem Essen, das sie kaum angerührt haben. Brielle klatscht mich ab, als sie sich aus der Cafeteria verziehen.

Es hilft Emma nicht viel, dass sie mit Dylan zusammen ist. Inzwischen weiß die ganze Schule, was auf der Valentinsparty passiert ist, und alle finden sie einfach ätzend. Noch am Wochenende wurde Dylan auf Facebook als männliche Hure beschimpft. Immerhin haben all seine besten Freunde schon mit Emma rumgemacht. Mittlerweise ist Tyler der Einzige, der noch mit den beiden redet. Am Montagabend ist Brielles Theorie, dass die zwei Jungs sich Emma »teilen«, bereits in aller Munde.

Brielle und ich haben uns das ganze Wochenende darüber ereifert, was für eine Schlampe Emma ist, und Brielle kommentiert alles, was Emma auf Facebook postet, mit »Was sagt die Schlampe?«. Wir sind natürlich keine Facebook-Freunde von ihr, aber sie wird oft anderswo markiert, und man findet sie leicht auf den Profilen anderer Leute.

Trotzdem tut es mir weh, dass ich Dylan verloren habe. Wenn ich nachts allein im Bett liege, muss ich mir eingestehen, dass er sie wahrscheinlich mag. Vielleicht bin ich nicht Miss Universum, aber ich bin auch keine Außenseiterin – oder neu an der Schule oder eine Schlampe, die schon mit all seinen Freunden zusammen war. Ich habe mit ihm geschlafen – ausschließlich mit ihm. Und dann bin ich ihm nachgelaufen wie … ein Groupie. Ein Hundebaby.

Trotzdem will er *sie*.

Und wir wollen, dass sie leidet.

»Hast du gesehen, was Emma Putnam heute anhat? Was soll das eigentlich sein?«, sagt Brielle am Dienstag vor Sport in der Umkleide mit extralauter Stimme. Natürlich wissen wir ganz genau, dass Emma nur einen halben Meter von uns entfernt steht. Das ist ja der Zweck der Übung.

»Ja, krass!«, brülle ich praktisch zurück. »Glaubst du, sie merkt es? Vielleicht sollte es ihr jemand sagen.«

Emma, die einfach nur ganz normal Jeans und einen Pullover trägt, verlässt fluchtartig die Umkleide.

»Meine Güte, ihr kann doch nicht schon wieder schlecht sein«, höhnt Brielle.

»Ich habe gehört, dass sie diese Woche jeden Tag bei der Schulschwester war«, souffliert Beth, die unbedingt auch mitmachen will.

Zu meiner Überraschung ignoriert Brielle sie ausnahmsweise einmal nicht. »Sie hat ja so eine empfindsame Seele«, sagt sie zu Beth.

»Ja, und wie«, erwidert Beth, wobei ihre Stimme vor Sarkasmus nur so trieft. Sie übertreibt es mal wieder, aber wir drei lachen trotzdem.

»Vielleicht ist sie ja schwanger«, mutmaße ich. Keine Ahnung, wie ich darauf komme, aber jetzt, da ich es gesagt habe, erscheint es uns durchaus plausibel.

Andere Mädchen werden aufmerksam, und eine davon, Parker, meint: »Wow. Wie will sie bloß rauskriegen, wer der Vater ist?«

Ich empfinde Genugtuung, und gleichzeitig ist mir schlecht. Wie neulich Abend, als ich die ganzen restlichen Valentinstag-Süßigkeiten auf einmal verschlungen habe – es war ekelhaft, trotzdem habe ich schon das nächste Bonbon ausgepackt, während ich noch eins im Mund hatte. Als *wollte* ich mich ekelhaft fühlen – als ginge es genau darum, zu viel Zeug in mich reinzustopfen.

In Sport spielen wir heute Volleyball, und ich dresche den Ball so hart übers Netz, dass sich die Mädchen auf der anderen Seite des Spielfelds in Sicherheit bringen. Alle wissen, dass ich eine Stinklaune habe, dass man mich betrogen und sitzen gelassen hat. Es gab zwar keine offizielle Trennung, aber dass ich Dylan und Emma am Freitag angebrüllt habe und dann mit Brielle abgehauen bin, kommt wohl aufs Gleiche raus. Und jetzt wirkt es bestimmt so, als wollte ich den Volleyball und alle auf dem Spielfeld killen. Doch das Brüllen und Schreien, das Aufknallen des Balls, all das ist mir noch nicht genug.

»Was machen wir als Nächstes?«, frage ich Brielle nach der letzten Unterrichtsstunde. Sie hat mich am Morgen mitgenommen und muss mich auch wieder zu Hause absetzen. Dylan ist beim Training, Emma ist also allein.

Brielle sieht mich an. Einen Augenblick glaube ich, sie ist sauer oder hat keine Lust mehr darauf – vielleicht ist es ihr wirklich zu läppisch. Ich habe Angst, dass sie drauf und dran ist auszusteigen.

Deshalb sage ich, noch bevor sie meine Frage beantworten kann: »Vielleicht sollten wir sie nach Hause verfolgen?«

Etwas wie Anerkennung blitzt in Brielles Augen auf. »Ja, gut«, sagt sie und nickt. »Na dann los.«

Ich begleite sie zu ihrem Mercedes, steige ein und hopse vor Aufregung auf dem Sitz herum. Brielle setzt mit quietschenden Reifen zurück und überfährt fast eine halbe neunte Klasse, die auf dem Weg zur Bushaltestelle ist. Aber anstatt zum Ausgang zu fahren, biegt sie ab zur nächsten Reihe von Schülerautos.

»Was zum …«, fange ich an. Dann begreife ich, was sie vorhat.

Emma ist gerade auf dem Weg zu ihrem Audi, als sie es ebenfalls bemerkt. Brielle hat Emma mit ihrem SUV in der Parklücke eingesperrt. Trotz der Kälte fährt Brielle ihr Fenster herunter und lässt lässig den Arm raushängen.

»He, du Schlampe!«, ruft sie Emma zu und winkt. Man könnte fast meinen, sie unterhält sich mit einer Freundin – vorausgesetzt, man hört nicht, was sie da sagt. »Schickes Auto. Stiefdaddy findet dich wohl ziemlich scharf.«

Emma rührt sich nicht vom Fleck. Sie steht am vorderen Kotflügel und hat es noch nicht mal bis zur Fahrertür geschafft. Abwartend sieht sie mich und Brielle an.

Andere werden auf uns aufmerksam, und ein paar aus unserer Jahrgangsstufe lachen. Ich blicke rasch nach hinten und sehe Megan Corley davongehen. Sie hat diesmal wohl keine Lust, Emmas einzige Freundin zu spielen.

»Was ist?«, sage ich laut und beuge mich über die Mittelkonsole, um Emma besser sehen zu können. »Wollte dich heute keiner der Jungs, die du den anderen ausgespannt hast, mitnehmen?«

Brielle lacht kurz und schrill auf.

Endlich scheint Emma aus ihrer Trance zu erwachen. Ganz ruhig, als hätten wir überhaupt nichts gesagt, geht sie zur Autotür und öffnet sie per Funksignal. Dann sieht sie uns ins Gesicht, reckt ein wenig das Kinn und sagt: »Ehrlich, das ist nicht mein Problem, sondern deins. Aber wenigstens habt ihr zwei einander, nicht wahr? Muss Frauenliebe schön sein!«

»Oh, du kleine …« Fluchend schnallt Brielle sich ab und öffnet gleichzeitig die Autotür, aber ich sehe gerade noch rechtzeitig Mr Jansen, den Vertrauenslehrer, auf uns zukommen. Das erklärt, warum Emma gewagt hat, so mit uns zu reden.

Ich packe Brielle am Arm und zische ihr zu: »Wir müssen abhauen.«

Sie sieht mich an, als wäre ich irre, doch als ich auf den Lehrer zeige, der uns jetzt definitiv im Blick hat, knallt sie die Tür wieder zu und legt den Gang ein.

»Pass bloß auf!«, brüllt sie Emma nach, und wir fahren davon.

* * *

»Warum könnt ihr sie nicht einfach in Ruhe lassen?«

»Wen?«

»Tu nicht so. Du weißt genau, wen ich meine.«

»Ich habe keinen Schimmer, wovon du redest.«

»Komm schon. Du und Brielle, ihr seid total …« Dylan bricht ab, dreht den Kopf zur Seite und presst die Lippen fest aufeinander. Den Rest des Satzes behält er für sich.

»Wir sind was?«, will ich wissen. »Total was?« Ich versuche, nicht laut zu werden, weil wir die Freistunde in der Schulbibliothek verbringen und Ms Hillman das leiseste Flüstern hören kann. Aber Dylan hat schließlich angefangen, er ist zu mir rübergekommen, um mit mir zu reden. Und ich weiß, dass er mich und Brielle gerade als biestig bezeichnen wollte. Und das ist so dermaßen unfair, dass ich es kaum fassen kann.

»Wie auch immer. Lasst Emma einfach raus aus dem Spiel.«

»Du hast sie doch selbst ins Spiel gebracht«, fahre ich ihn an. »Ich wollte nichts mit ihr zu tun haben, aber du …« Ich werfe die Hände in die Luft. Jetzt bin ich es, die den Satz nicht zu Ende bringt.

Ein Anflug von Bedauern flackert über Dylans Gesicht. Glaube ich zumindest. Er streckt die Hand aus, berührt meine Schulter und sagt: »Sara, ich wollte dich nicht verletzen.«

Das ist so ein Klischee, so ein filmreifer kitschiger Moment, dass ich erst gar nicht weiß, wie ich darauf reagieren soll. Tränen brennen mir in den Augen. Das Ganze tut verdammt weh. Er soll mich nicht weinen sehen. Er soll nicht die Genugtuung haben, dass ich seine Entschuldigung akzeptiere.

Ganz bestimmt verdient er es nicht, dass ich ihn am liebsten küssen würde. Aber genau das will ich. Ich möchte, dass er die Arme um mich legt, dass wir uns an das Geografie-Regal lehnen und alles, was passiert ist, vergessen.

Stattdessen fällt mir nur der eine jämmerliche Satz ein: »Magst du mich denn nicht mehr?«

Er lässt seine Hand sinken und wendet den Blick ab. Jungs hassen so etwas, das ist mir klar. Brielle hat es mir hundertmal gesagt, und ich weiß, ich sollte lieber den Mund halten. Aber ich kann nicht anders; wenn er mir diese Frage beantwortet, liege ich vielleicht nicht mehr jede Nacht wach und zermartere mir das Gehirn deswegen. Vielleicht verschwindet dann der Kloß in meinem Magen.

»Aber du … Keine Ahnung, Sara, hast *du* mich denn überhaupt gemocht? Du hast doch gar nicht so viel Zeit mit mir verbracht.«

Was soll ich darauf antworten? Ich möchte schreien, weinen, irgendetwas sagen, und sei es nur, damit er weiterspricht. Aber in meinem Kopf herrscht vollkommene Leere. Ich halte buchstäblich den Atem an und hoffe, dass noch etwas von ihm kommt.

Dylan tritt von einem Fuß auf den anderen, als wollte er am liebsten die Flucht ergreifen, doch dann ergänzt er noch: »Ich meine, du warst ständig mit Brielle zusammen. Mich hast du doch im Grunde gar nicht gebraucht.«

»Dass du mich betrügst, hätte ich jedenfalls nicht gebraucht.« Die Worte sind mir rausgerutscht, wütend und scharf.

Wieder zeigt sich Bedauern – oder etwas anderes – in seiner Miene. »Ich weiß«, sagt er. »Das tut mir leid.«

Erneutes Schweigen. Was gibt es jetzt noch zu sagen? Ich hatte gehofft, er würde sagen, dass er mich vermisst und zurückhaben will, was jedoch nicht passieren wird, so viel steht fest. Anscheinend erwartet er, dass ich seine Entschuldigung akzeptiere und dass ich ihm glaube. Und *Verständnis* habe.

Habe ich aber nicht. Und ich will es auch gar nicht.

Schließlich tritt Dylan einen Schritt zurück. »Das wollte ich dir nur sagen, okay? Dass es mir leidtut. Und ihr solltet Emma echt in Ruhe lassen. Sie ist … sie ist sehr sensibel. Ihr seid ganz schön gemein.« Er hebt die Hände, als müsste er noch was loswerden, doch dann schüttelt er kaum merklich den Kopf. Schließlich sagt er bloß: »Sie hat nichts Schlimmes gemacht.«

Und dann geht er und lässt mich einfach stehen.

* * *

»Ich war *ständig* mit ihm zusammen!«

»Ja, das warst du. Du warst immer für ihn da. Er ist ein Vollidiot.« In Brielles Stimme liegt Mitgefühl, aber ihre Augen sind auf den Spiegel in der Mädchentoilette gerichtet.

Wir sind seit ungefähr einer halben Stunde hier, auch wenn sie eigentlich in Sprach- und Literaturkunde sein sollte und ich in Französisch. Ich habe ihr alles von meinem Gespräch mit Dylan erzählt, bis auf den Teil, dass ich in seinen Augen zu viel Zeit mit ihr verbringe. Offenbar ist auch Emma dieser Meinung. Anscheinend haben sie über mich geredet. Oder ganz sicher. Und deshalb fühle ich mich nackt, als würden mich alle ansehen und über mich lachen, und als könnte ich nichts dagegen tun.

Deshalb verschweige ich ihr den Teil lieber. Alles andere erzähle ich ihr, und natürlich fällt mir jetzt, also hundert Jahre zu spät, alles Mögliche ein, was ich Dylan in der Bibliothek hätte entgegnen sollen.

»Ich bin bei jedem einzelnen seiner Spiele gewesen«, sage ich, obwohl Brielle das ja genau weiß. »Ich hab ihm meine *Jungfräu…*«

Brielle hebt die Hand, bevor das Wort ganz heraus ist. »Stopp. Stopp, okay? Wir kriegen das wieder hin.« Endlich dreht sie dem Spiegel den Rücken zu und hievt sich auf den Waschbeckenrand. Brielle setzt sich immer auf Waschbecken oder Arbeitsplatten und bekommt nie einen nassen Hintern dabei wie ich. Sie nimmt ihre Haare oben am Kopf zusammen und schlingt sie mit einer geschmeidigen Bewegung zu einem perfekten Knoten, während ich nur dastehe und warte. Ich will wissen, was für einen Plan sie hat.

Ich brauche Brielles Plan so dringend wie nie zuvor.

»Dylan ist nur verwirrt«, erklärt sie. »Und was noch wichtiger ist, *Emma Putnam* ist verwirrt. Sie scheint tatsächlich zu glauben, dass sie hier an der Schule dazugehört, zu uns und unseren Freundinnen und unseren *Freunden*. Aber da irrt sie sich.«

»Schon, bloß was sollen wir dagegen tun?« Ich kann nicht verhindern, dass es weinerlich klingt.

»Meine Güte, sei nicht so dämlich. Dieses Mädchen ist von – wie vielen? – vier Schulen geflogen.«

»Ich glaube, sie hat freiwillig gewechselt, jedenfalls zwei Ma…«

»Details, Details. Von mir aus freiwillig gewechselt. Aber dann kann die Schlampe ihren Hintern ja wohl auch noch mal *woanders* hin bewegen.«

Ich nicke, weil ich ihr endlich folgen kann.

»Wir haben zu klein gedacht«, erklärt Brielle und springt vom Waschbecken herunter, als es auf dem Flur läutet. »Offenbar reichen *Blumen* nicht aus, damit die Message bei ihr ankommt.«

Brielle sagt es so verächtlich, dass ich am liebsten dagegenhalten würde – das mit den Blumen war ihre Idee, und nun stellt sie es so hin, als wäre es meine Schuld, dass es zu lahm war oder nicht richtig geklappt hat oder so. Aber vielleicht war es ja doch meine Idee? Oder vielleicht hätte ich einfach etwas Besseres vorschlagen und ihr damals widersprechen sollen? Wobei – ich konnte ihr sowieso noch nie etwas ausreden.

Wir schnappen uns unsere Taschen vom Fensterbrett und verlassen die Mädchentoilette, als eine Gruppe Zwölftklässlerinnen hereinkommt. Noelle ist auch dabei, und sie und Brielle begrüßen sich mit einem Hüft-Check, als hätten sie das schon tausendmal gemacht. Ich blinzle vor Überraschung – wegen dieses Rituals und der Eifersucht, die mir im Hals sticht.

»Hey, was geht«, sagt Brielle lässig. Als wir schon in der Tür stehen, dreht sie sich noch mal um und deutet auf Noelle. »Wie alt ist eigentlich dein Freund?«

»Wie bitte?«, fragt Noelle. Ihre Freundinnen belagern den Spiegel, und sie kramt in ihrem Täschchen nach irgendwas, ohne uns anzusehen.

»Ich meine, ist der überhaupt schon achtzehn?«, fragt Brielle. »Er hatte gerade erst im Dezember Geburtstag, oder? Ist er da achtzehn geworden?«

Noelle sieht von ihrer Tasche auf und kräuselt die Nase. »Was wird das denn? Die freakige Fragestunde, oder wie?«

»Ach«, sagt Brielle und wedelt wegwerfend mit der Hand. »Ich dachte nur, ich hätte auf seiner Party so was aufgeschnappt, aber ich kann mich auch täuschen.«

Noelle scheint Brielle noch etwas fragen zu wollen, doch dann wird ihre Miene wieder freundlicher, und sie zuckt die Achseln. »Ja, er ist achtzehn geworden. In den Ferien waren wir zusammen in einem Club.«

»Krass«, sagt Brielle. Und mit einer ironischen Pistolengeste in Noelles Richtung – die von Noelle erwidert wird – wendet sie sich schließlich wieder mir zu und schiebt mich durch die Tür.

»Was zum Teufel war das denn?«, frage ich, als wir uns unter die Schüler im Flur mischen. »Seit ihr befreundet?«

»Na logo«, meint Brielle. »Außerdem musste ich was abchecken. Du wirst schon sehen.«

* * *

Am selben Nachmittag folgen wir Dylans Auto zu McDonald's. Es ist wie ein Undercovereinsatz – Brielle hält die ganze Zeit Sicherheitsabstand, und wir warten im Wagen, bis sie im Lokal sind und bestellt haben und alles. Dann schlendern wir ebenfalls rein, als wären wir nur zufällig zur gleichen Zeit hier. Doch wir steuern an der Theke vorbei und direkt auf ihren Tisch zu.

»Ist der hier nicht ein bisschen zu jung für dich?«, sagt Brielle zu Emma.

Emma blickt von der kleinen Portion Pommes mit Ketchup auf, die vor ihr steht. Ihre Augen haben diesen weichen, traurigen Ausdruck, den sie immer annehmen, wenn ein Junge in der Nähe ist. Warum bemerkt denn keiner von den Typen, dass Emma sie nur benutzt?

»Mann, Brielle, mach mal Pause.« Dylan durchbohrt mich mit einem *Wir haben doch darüber gesprochen*-Blick, aber ich gebe mich gleichgültig. Wir sind hier nicht in der Schulbibliothek. Das ist ein freies Land, wir haben das Recht, uns hier aufzuhalten, und Emma müsste eigentlich wissen, dass wir uns nicht den Mund verbieten lassen.

»Ich habe keine Ahnung, wovon du redest«, sagt Emma mit einem tiefen Seufzer. Sie hat das Haar zu einem schlampigen Knoten geschlungen und trägt einen unförmigen Seemannspullover und bloß ein wenig Wimperntusche. Sie sieht umwerfend aus. Ich bin total schick – seit der Trennung habe ich mich jeden Tag für die Schule in Schale geworfen, mit meiner hipsten Skinny Jeans, meinem neuesten Pullover, perfekt geschminkt – aber ich kann mir nicht helfen, es wirkt bemüht. War das mein Fehler bei Dylan? Habe ich mich zu sehr ins Zeug gelegt?

Brielle ignoriert sie und konzentriert sich auf Dylan. »Pass lieber auf«, sagt sie. »Hast du nicht bald Geburtstag? Ich möchte nicht, dass du in den Knast kommst.«

Dylan verzieht sein Gesicht zu einer verständnislosen Grimasse. »Echt, was laberst du eigentlich? Kannst du nicht einfach was essen wie jeder normale Mensch? Sara, leg sie endlich an die Leine.«

»Wie kannst du es wagen?«, platze ich heraus, und gleichzeitig sagt Brielle: »Ich hoffe für dich, dass das nicht ernst gemeint war.«

Dylan hebt die Hände wie zu einer Friedensgeste, oder vielleicht denkt er ja auch, wir greifen ihn gleich an, und er will nur sein Gesicht vor uns schützen. Emma hingegen nimmt ihr Getränk und versucht ihr Lächeln zu verbergen, indem sie am Strohhalm zieht.

»Leg du lieber *das* da an die Leine«, blaffe ich und recke das Kinn in Richtung Emma.

»Falls du wirklich so tief sinken willst«, fügt Brielle noch hinzu. »Komm, Sara. Verschwinden wir von hier, sonst stecken wir uns noch mit irgendeiner Geschlechtskrankheit an.«

»Ihr beiden seid wirklich das Letzte, wisst ihr das eigentlich …« Bevor Dylan ausreden kann, packt Brielle mich am Arm, und wir stolzieren davon.

Gegessen haben wir noch nichts, aber während wir unseren dramatischen Abgang machen, tönt Brielle laut vernehmlich: »Zum Drive-in, Süße, damit unser Essen auch garantiert nicht verseucht ist.«

Dylan anzublaffen hat mir einen Energieschub verschafft, und erstaunlicherweise habe ich echt Hunger. Lächelnd steige ich in Brielles Auto – das war so ziemlich das erste Mal, dass ich in Dylans Gegenwart kein Magengrimmen hatte. Ich meine, am Anfang war es ein Magengrimmen von der guten Sorte. Vor freudiger Erregung. Seit dem Valentinstag jedoch ist mein Magen komplett in Aufruhr. Jedes Mal, wenn ich ihn oder Emma sehe – oder noch schlimmer, die beiden zusammen, könnte ich kotzen.

Aber jetzt habe ich Hunger. Ich bin am *Verhungern.* Grinsend bestelle ich ein extra großes Menü mit allem.

SEPTEMBER

»Kommt Mr Wharton nicht?«

»Sehen Sie ihn hier irgendwo? Nein, er kommt nicht.«

»Tut mir leid, Julia, ich wollte nicht – ich dachte nur, Sara hätte gesagt, er sei in der Stadt.« Natalie schiebt einige Akten auf dem Tisch hin und her, ihr ist sichtlich unbehaglich zumute. Sie hat uns immer wieder darauf hingewiesen – in der letzten Woche praktisch ununterbrochen –, wie wichtig die Anwesenheit beider Eltern wäre, und dass sie unbedingt zur Verhandlung erscheinen müssten. Mein Dad ist natürlich total begeistert.

»Ich habe gesagt, *vielleicht* ist er in der Stadt«, kläre ich sie rasch auf und versuche aus dem Augenwinkel einen Blick auf Mom zu erhaschen. »Aber er hat es nicht geschafft.«

Natalie sieht uns beide fest an und holt tief Luft. »Also, ich habe Neuigkeiten«, verkündet sie, und mir wird ganz kalt im Bauch. »Die Anklage gegen Dylan Howe wurde fallen gelassen.«

»Was!«, ruft meine Mom. »Wie ist …«

Natalie hebt abwehrend die Hand. »Die Beweise haben nicht ausgereicht. Trotzdem ist er bereit, gegen alle anderen auszusagen.«

»Ach du lieber Gott«, sagt Mom. »Was bedeutet das?«

»Nichts Gutes«, macht Natalie deutlich. »Und wir sollten uns ernsthaft überlegen, auf einen Deal mit der Staatsanwaltschaft einzugehen.«

Ich komme mir vor wie im Film. Ich muss mich räuspern, bevor ich sage: »Aber ich bin unschuldig. Ich dachte, wir würden auf unschuldig …«

»Ich weiß, was wir letztes Mal vereinbart haben«, unterbricht mich Natalie sanft. »Nur, Ihr Fall ist wirklich ziemlich verzwickt. Es steht eine Menge auf dem Spiel – Ihre ganze Zukunft, Sara. Das ist aus heutiger Sicht vielleicht schwer nachzuvollziehen … Wie dem auch sei, Sie wissen beide, dass ich Ihnen das von Anfang an empfohlen habe, und nun fühle ich mich in meiner Meinung noch bestärkt. Wenn wir uns bezüglich der geringfügigeren Vergehen als schuldig bekennen, können Sie Ihr normales Leben wieder aufnehmen. Mit Zustimmung der Staatsanwaltschaft ist es sogar möglich, dass der ganze Vorgang nach Ihrem achtzehnten Geburtstag aus dem Strafregister gestrichen wird.«

Meine Mom fährt sich mit den Händen durch die Haare und lehnt sich zurück, deshalb sehe ich ihr Gesicht nicht. Bisher hat sie das Ganze für Schwachsinn gehalten, das weiß ich – sie dachte, die Putnams hätten sie nicht mehr alle, weil sie mich für Emmas Tod verantwortlich machten. Jetzt, nachdem wir meine ganze Aussage durchgegangen sind, sieht sie die Sache anders. Ich bin mir fast sicher, dass sie an meiner Unschuld zweifelt, auch wenn sie mir das nicht ins Gesicht sagt.

»Wenn wir vor Gericht den Vorwurf des Stalkings und der Einschüchterung zugeben, und vielleicht einen Fall von Tätlichkeit, kommen wir meiner Einschätzung nach mit zwölf Monaten auf Bewährung davon«, sagt Natalie.

»Bewährung?«, fragt meine Mom. Ich weiß nicht, ob sie wissen will, was das genau für mich bedeutet, oder ob sie sagen will, dass sie die Strafe für zu hoch hält. Oder für zu niedrig.

»Sara müsste sich einmal pro Monat bei einem Gerichtsbeamten melden, und wenn sie während der Bewährungszeit irgendeine Straftat begeht, die sich im Übrigen nicht unbedingt mit den hier gegen sie erhobenen Vorwürfen decken muss, wird sie in einer Jugendstrafeinrichtung untergebracht.«

»Ich werde in ein paar Monaten achtzehn«, platze ich heraus. Wir unterliegen natürlich alle noch dem Jugendstrafrecht – bis auf Tyler –, aber wir werden auch alle älter. Dylan hatte im Juni Geburtstag und ist jetzt volljährig. Seine Eltern haben einen teuren Anwalt für ihn engagiert. Trotzdem – an seinem Geburtstag, als ich ihn am liebsten angerufen hätte, habe ich die ganze Zeit darüber nachgedacht, wie es wäre, wenn er tatsächlich ins Gefängnis müsste. Was Tyler vielleicht bevorsteht. Es ist schon verrückt. Und unfair. Ich kann Tyler zwar nicht besonders leiden, aber *Gefängnis*, bitte? Und wenn ich bis nach meiner Volljährigkeit auf Bewährung bleibe …

Ich schüttle den Kopf, doch dieses Gedankenkarussell lässt sich nicht stoppen.

»Das hat keinen Einfluss. Sie wurden als Minderjährige angeklagt.«

»Schon, nur …«

»Entscheidend ist ausschließlich, wann die Anklage erhoben wurde und zu welchem Zeitpunkt die Straftaten nach Angabe der Staatsanwaltschaft begangen wurden«, klärt sie mich auf.

Stimmt, ich glaube, das hat sie uns alles schon einmal erzählt. Keine Ahnung. Ich bringe ständig alles durcheinander.

Mom sitzt immer noch zurückgelehnt auf ihrem Stuhl. »Wäre Sara dann vorbestraft?«

Jetzt drehe ich mich wutentbrannt zu ihr. »Was redest du denn da? Soll ich mich etwa schuldig bekennen? Ich habe sie nicht umgebracht! Ich habe überhaupt nichts Schlimmes getan – alle haben sie gehasst, alle waren die ganze Zeit gemein zu ihr! Und selbst wenn nicht, *sie* hat schließlich mit allen rumgemacht! Sie war diejenige, die ein Problem hatte!«

Mom schüttelt den Kopf. »Sara, du hast sehr wohl etwas Schlimmes getan. Du hat ziemlich viele schlimme Dinge getan, siehst du das nicht ein? Und niemand klagt dich wegen Mord an.«

Ich springe so abrupt auf, dass mein Stuhl fast umfällt. »Ich wusste es! Du schickst mich den ganzen Sommer allein hierher, gibst mir das Gefühl, dass du damit gar nichts zu tun haben willst, und hältst mich die ganze Zeit für schuldig!«

»Das habe ich nicht gesagt, Schatz, setz dich …« Sie streckt die Hand aus, aber ich weiche zurück.

»Nein. Verdammte Scheiße!«, brülle ich. Ich bin so wütend, dass ich kaum atmen kann. Am liebsten würde ich den Tisch packen und durch den Raum schleudern – oder gegen die Wand rennen oder einfach –, ich brauche einfach mehr Luft, hier drin ist keine Luft, ich keuche und schwitze und … ich könnte sie echt *umbringen.* Meine Kehle ist wie zugeschnürt, und meine Augen brennen.

Aber ich fange *nicht* an zu weinen.

Stattdessen *gehe* ich. Zur Tür hinaus und den Flur entlang. Am ganzen Körper zitternd stehe ich im Aufzug, dann bin ich draußen, wo ich noch mehr schwitze, weil es einer dieser schrecklichen Septembertage ist, an denen es so heiß ist wie im Juli, und wegen der hohen Luftfeuchtigkeit kriegt man auch hier draußen kaum Luft, aber wenigstens kann ich mich bewegen, wenigstens gibt es einen Gehweg in diesem hässlichen Büropark, und wenigstens steht gegenüber eine Tankstelle, und ich habe mein Handy und besorge mir seine Nummer, ich rufe ihn an und lasse mich abholen, weil ich mit Mom hergekommen bin und mich auf keinen Fall jemals wieder zu dieser Frau ins Auto setzen werde.

* * *

Carmichael stellt mir keine Fragen. Er wirkt leicht erschrocken, als er mich unter dem Vordach der Texaco-Tankstelle warten sieht, öffnet mir jedoch schweigend die Beifahrertür.

Beim Einsteigen denke ich, ich sollte mich entschuldigen – besonders weil er sich den Lieferwagen von seinem Dad ausleihen musste, der wohl ausnahmsweise mal in der Stadt ist. Aber ich bin so erschöpft, dass ich kein Wort herausbringe. Er wirft alle paar Sekunden einen Blick in meine Richtung. Ich starre stur geradeaus und hoffe, er sieht nicht, dass meine Augen ganz rot sind.

Ich weiß nicht, warum Carmichael sich überhaupt mit mir abgibt. Er ist der Einzige an der Schule, der noch mit mir spricht. Manchmal gehen wir am Wochenende Kaffee trinken, in ein kleines Café in der Innenstadt, weil er Ketten wie *Starbucks* nicht mag. Wir haben zu unterschiedlichen Zeiten Mittagspause, aber ich esse sowieso lieber im Auto. Wenn ich überhaupt was runterbringe. Er ist ein Freund. Ein besserer Freund, als mir zusteht, und er ist der Einzige, den ich noch anrufen kann.

Das hier soll der letzte Gefallen sein, um den ich ihn bitte, das schwöre ich. Er ist ein netter Typ. Er hat das hier nicht verdient. Niemand hat es verdient. Vielleicht nicht mal ich.

Schließlich schaltet er das Radio ein und tippt so lange auf den Suchlauf, bis er einen Country-Sender gefunden hat. Ich denke, er will mich verarschen, so nach dem Motto: Ha ha, du hörst doch eigentlich gar keine Country-Musik, ist das nicht bescheuert? Aber es ist ein trauriges Lied und gar nicht zum Lachen. Es handelt davon, dass man einem anderen nicht verzeihen, ihn aber auch nicht verlassen kann, und dieses Gefühl kenne ich nur allzu gut.

Das Lied steigert sich immer mehr, und ich merke, wie mich Übelkeit erfasst. Ich muss etwas sagen. Ich werde etwas sagen. Ausnahmsweise einmal weiß ich schon im Voraus, was ich gleich von mir geben werde, und es macht mich krank.

»Warum bist du … ich meine, warum hängst du mit mir ab?«, frage ich Carmichael. Am Ende des Satzes ist meine Stimme rau, und ich muss schwer schlucken.

»Warum?«, fragt er und stellt das Radio ab. »Warum sollte ich nicht?«

Ich sehe zu ihm hinüber und ziehe eine Augenbraue hoch. Na ja, eigentlich zwei. Ich bin nicht so geschickt im Augenbrauenhochziehen wie Brielle.

Jedenfalls weiß er verdammt genau, warum.

»Die ganze Sache …« Er wedelt mit der Hand in der Luft herum, wie um sie zu klären, und wieder muss ich kurz an Brielle denken, die das auch immer macht. Oder vielmehr gemacht hat, jetzt kriege ich es ja nicht mehr mit. Bei Carmichael wirkt es sowieso anders, nicht als wollte er etwas ausradieren, sondern eher, als wollte er mit dieser einen Geste alles zusammenfassen.

Er holt tief Luft, und eine qualvolle Minute lang starrt er schweigend durch die Windschutzscheibe und beobachtet die Straße, doch dann spricht er weiter. »Ich weiß, was alle sagen. Aber manchmal ist das, was alle sagen, nicht die ganze Wahrheit.«

»Nein«, antworte ich leise. »Das stimmt.«

»Als mich in der Neunten alle als Terrorist abgestempelt haben, nur weil sich einer was aus den Fingern gesaugt hatte, hast du mich nie Bombenbastler genannt«, sagt er.

Ich sehe ihn überrascht an. »Wirklich nicht?«, frage ich. Genau so was hätten Brielle und ich damals witzig gefunden, glaube ich zumindest. Aber vielleicht waren wir in der Neunten … noch anders.

»Erinnerst du dich nicht mehr? Also ich schon«, fährt Carmichael fort. »Und dann habe ich dich in der Sommerschule und mit deinen Brüdern erlebt, wir haben zusammen rumgehangen und so, und ich weiß nicht – zu mir bist du jedenfalls nicht gemein. Außerdem bist du seltsam.« Er grinst, aber mir ist nicht nach Witzen zumute.

»Sie wollen mich zu einem Deal überreden«, erzähle ich ihm schließlich. »Und ich soll was schreiben, für Emmas Eltern, und vor Gericht vorlesen.«

Er nickt. »Das klingt doch nach einem guten Plan«, sagt er. »Du musst erleichtert sein.«

Diese Vorstellung finde ich so absurd, dass ich zusammenzucke. »Warum sollte ich erleichtert sein?«, fahre ich ihn an.

Carmichael zögert. »Weil … na ja, weil du endlich sagen kannst, wie leid es dir tut. Oder? Und nicht … den Prozess und alles … äh, was danach kommt, durchstehen musst …« Als wir an einer roten Ampel halten, sieht er mich besorgt und verwirrt an.

»Ich habe nichts getan«, sage ich leise, aber grimmig, und er erschrickt. Typisch. Er ist genau wie alle anderen, weicht vor mir zurück, hat Angst vor mir. Angst vor meiner Wut. Ja, ich bin wütend – ich koche vor Wut. Er kapiert überhaupt nichts. Niemand kapiert überhaupt irgendwas.

Nach einer Sekunde lehnt er sich zu mir herüber und versucht meine Hand zu nehmen. Jetzt bin ich diejenige, die zurückweicht, aber er lässt nicht locker und sieht mir fest in die Augen. Dann schaltet die Ampel auf Grün, und er fährt weiter.

»Du wolltest nicht, dass sie sich umbringt, das weiß ich, Sara, trotzdem seid ihr ganz schön gemein zu ihr gewesen, oder? Du und Brielle, ihr war … na ja, nicht zu toppen, ihr habt in der Highschool-Hackordnung ganz oben gestanden. Dagegen kam Emma nicht an. Tut es dir nicht leid, was mit ihr passiert ist?«

Ich atme zu schnell. Mir ist ein bisschen flau. Mir ist heiß und schwindlig, und ich will nur noch raus hier. Es ist das gleiche Gefühl wie bei Teresa, als wäre mein Kopf losgelöst von meinem Körper. Ich kapiere nicht mal, was er da eigentlich redet – ausgerechnet ich und in der Hackordnung ganz oben? Ich habe mich an einen blöden Typen, an ein paar Partys und an Brielles Rockzipfel geklammert. Ich war ein Niemand! Er redet von Brielle. Schon möglich, dass Brielle zu gemein zu Emma war. Na gut, vielleicht waren wir beide zu gemein. Aber bei mir war es Selbstschutz! Ich wollte doch nur, dass alles so bleibt, wie es ist.

Endlich, *endlich* sind wir in meinem Viertel. Bereits zwei Straßen vor unserem Haus schnalle ich mich ab und nehme meine Tasche.

Carmichael streckt noch einmal die Hand aus. Ich schüttle den Kopf und schaue zur Seite. Als er in unsere Auffahrt einbiegt, reiße ich die Tür auf und springe aus dem Wagen.

Kaum berühren meine Füße den Boden, kommt Alex mir schon entgegengerannt. Tommy sollte heute aufpassen – er ist anscheinend alt genug, um zwei Stunden lang nicht das Haus in Brand zu setzen –, und kurz habe ich Panik, dass irgendetwas nicht stimmt. Dann fällt mir ein, dass überhaupt nichts mehr stimmt, es hat bloß nichts mit den Jungs zu tun.

»Mom hat angerufen!«, schreit Alex, bevor ich auch nur die Wagentür hinter mir zugeschlagen habe. »Fehlt dir was? Sie wusste nicht, wo du bist!«

Meine Kehle ist immer noch wie zugeschnürt, deshalb schüttle ich den Kopf. »Nein«, sage ich. »Mir geht es gut, Kumpel, alles bestens.«

An der Haustür sehe ich Tommy, einen dunkle, unglückliche Gestalt in der strahlenden Nachmittagssonne. *Wir sind einander so ähnlich*, denke ich. *Aber wir kommen nicht miteinander klar.* Er dreht sich um und knallt wortlos die Tür hinter sich zu.

Inzwischen ist Carmichael ebenfalls ausgestiegen. Er begrüßt Alex und versucht immer noch, meinen Blick einzufangen. Am liebsten würde ich einfach Tommy folgen und ins Haus stürmen, kratze jedoch meinen letzten Rest Anstand und gutes Benehmen zusammen und sage: »Danke fürs Mitnehmen. Es tut mir wirklich leid, dass ich dich anrufen musste.«

»Nein, hat mich gefreut, dass du's getan hast«, sagt er mit viel zu viel Gefühl in der Stimme. Denkt er, dass er es wieder hinkriegt …

mein Leben? Es ist so kaputt, dass ich nicht einmal mehr weiß, wie es vorher war.

Alex beäugt uns, als wären wir ein Rätsel, das er zu lösen versucht. Ich lege ihm den Arm um die Schultern und sage: »Komm, gehen wir rein.« Er dreht sich noch einmal um, um Carmichael zuzuwinken. Ich nicht. Ich beeile mich wegzukommen, damit Alex so wenig wie möglich davon mitbekommt, wie grauenvoll alles ist.

Doch ich bin nicht schnell genug, denn ich erhasche noch einen Blick auf Carmichaels Gesicht, auf seine enttäuschte, verletzte Miene. Die Abscheu in seinem Gesicht. Auf diesen Blick, der sagt: Sie kapiert überhaupt nichts.

Und er hat recht. Das tue ich wirklich nicht.

* * *

In meinem Zimmer klappe ich meinen Laptop auf und mache, was ich schon seit Monaten nicht mehr gemacht habe, ich google Emma Putnam.

Sofort erscheint Dylans Name. Dass die Anklagen gegen ihn fallen gelassen wurden, ist den Zeitungen offenbar eine Meldung wert. Es gibt viele neuere Artikel über die bevorstehende Verhandlung, und darin taucht Tylers Name auf. Brielle und Jacob und ich werden nicht namentlich erwähnt, weil wir noch minderjährig sind. Laut Natalie wird sich das ändern, sobald der Prozess anfängt. Sie hat gesagt, es gibt auch Deals, bei denen man anonym bleiben kann, aber das würden Emmas Eltern keinem von uns zubilligen. Und außerdem, was macht es schon für einen Unterschied? Es wissen sowieso schon alle, wer wir sind.

Emma wird natürlich in sämtlichen Artikeln als Heilige dargestellt. Als eine Art überirdisches Wesen. *Monatelanges Mobbing* und *mit ein paar beliebten Zwölftklässlern liiert* fallen mir beim Durchklicken ins Auge und außerdem *tätliche Angriffe* und *Unzucht mit Minderjährigen.*

Emma war neu an der Schule und wollte Freunde finden, stattdessen hat sie sich ein paar bösartige Mädchen aus der elften Klasse zum Feind gemacht«, sagte der Staatsanwalt in einer Stellungnahme. Emma Putnam nahm sich einen Monat vor ihrem siebzehnten Geburtstag das Leben, indem sie sich in der Garage ihrer Eltern erhängte.

Das wusste ich nicht. Das mit dem Geburtstag, meine ich. Das mit der Garage schon. Kaum war es passiert, wussten alle schon ganz genau Bescheid oder taten zumindest so. Es kursierten verschiedene Gerüchte darüber, womit sie sich aufgehängt hatte. Ich versuche es mir nicht vorzustellen, obwohl es sich manchmal nicht verhindern lässt, wie das eine Mal bei Teresa.

Erstaunlich lange wurde in den Zeitungen nichts über die Einzelheiten berichtet; meine Mom meinte, man wolle verhindern, Nachahmer auf den Plan zu rufen. Aber jetzt, durch das Ermittlungsverfahren, ist die ganze Geschichte an die Öffentlichkeit gedrungen.

Auf einmal nehme ich aus dem Augenwinkel etwas wahr und falle fast vom Bett. Tommy steht reglos und stumm im Türrahmen. Ich fühle mich ertappt. Als hätte ich gerade etwas weitaus Schlimmeres getan. Als könnte mein kleiner Bruder auf dem aufgeklappten Laptop noch viel mehr sehen als Emmas Namen – wie ich Emma die Rosen gekauft habe, wie ich das Schild in ihrem Garten aufgestellt habe, wie ich Dylan und sie mit meinem Schuh beworfen habe. Oder als wüsste er, was an jenem Wochenende passiert ist, bevor *alles andere* geschah – an dem Wochenende, das so fantastisch war, bis die ganze Welt für mich zusammenbrach.

»He, Kumpel, was geht? Klopfst du nicht mehr an?« Ich sage es in lässigem Ton, oder zumindest versuche ich es. Tommy kommt in letzter Zeit überhaupt nicht mehr in mein Zimmer, deshalb ist mir das mit dem Klopfen eigentlich egal. Ich freue mich, ihn zu sehen.

Das beruht anscheinend nicht auf Gegenseitigkeit. »Die Tür stand offen«, sagt er mit finsterer Miene.

»Oh. Okay. Willst du reinkommen?«

»Mom sagt, du sollst jetzt aufpassen. Sie ist zum Einkaufen gefahren.«

Gott, Mom hatte ich ganz vergessen – und dass mich Carmichael nach Hause gebracht hat. Der Streit in Natalies Büro dröhnt mir immer noch im Kopf wie eine wummernde Basslinie, aber das ist verglichen mit allem anderen nur Hintergrundmusik. In letzter Zeit scheint mein ganzes Leben aus übereinanderliegenden Schichten von Störgeräuschen und Lärm zu bestehen – der Kummer, weil ich meine Freunde und Dylan verloren habe, wird davon übertönt, dass meine Familie all dies durchmachen muss, und das wiederum liegt begraben unter der Schule, den Anwälten, keine Ahnung, worunter noch. Ich habe das Gefühl, meinen Bruder vom Grund eines tiefen, dunklen Brunnens aus anzusehen. Und obwohl er hier vor mir steht, nur einen oder zwei Meter entfernt, ist es fast so, als könne ich ihn nicht wirklich wahrnehmen. Vielleicht steckt auch er auf dem Grund eines tiefen Brunnens fest und blickt zu mir herauf.

»Komm rein«, sage ich und klopfe aufs Bett. Ich klappe den Laptop zu und schiebe ihn unter das Kissen.

Tommy tritt achselzuckend ins Zimmer, marschiert aber hinüber zum Schreibtisch. Dort stehen meine Schulbücher, glänzend und neu, so gut wie unberührt. An der Wand über meinem Schreibtisch hängt immer noch die riesige Korkpinnwand, doch ohne die Fotos von mir und Dylan und Brielle dran. Ich habe sie vor einer Weile abgenommen und nach und nach durch Mix-CDs ersetzt. Ein paar davon wollte ich Carmichael schenken, aber dann habe ich mich nicht getraut, weil ich dachte, er hält mich für doof. Tja, die kann ich jetzt wohl auch entsorgen. In letzter Zeit kommen mir die Leute im Eiltempo abhanden.

Mein Bruder setzt sich auf meinen Schreibtischstuhl und wirbelt herum – früher hat er das total gern gemacht. Jetzt habe ich ihn schon eine ganze Weile nicht mehr dabei beobachtet. Als er jedoch merkt, dass ich ihn anlächle, hört er auf damit.

»Mom behauptet, bald ist alles vorbei«, sagt er düster.

»Ach ja?« Natürlich stimmt es, aber ich weiß nicht, worauf er hinauswill.

»Sie sagt, du lässt dich auf einen Vergleich ein.«

Wie er sich ausdrückt! Wie ein Erwachsener … aber wahrscheinlich ist Tommy auf dem besten Weg, erwachsen zu werden – und ein so launischer Zwölfjähriger, wie ich es von ihm nie erwartet hätte.

Unwillkürlich runzle ich die Stirn. »Das denkt sie wohl«, entgegne ich. »Ich meine, das hätten Mom und die Anwältin gerne.«

»Aber du nicht«, sagt er. Es ist eher eine Feststellung, keine Frage.

»Ich finde nicht …« Ich halte inne und ziehe die Knie ans Kinn. Nachdem ich so lange versucht habe, nicht mit den Jungs über all das zu reden, habe ich keine Ahnung, wie ich anfangen soll. Tommy hat es natürlich trotzdem mitbekommen, sogar im Ferienlager, wie ich inzwischen weiß. Trotzdem meide ich das Thema immer noch, um ihn und Alex zu schützen.

Genau wie alles andere misslingt mir das offenbar vollkommen.

Ich räuspere mich ein wenig. »Ich finde nicht, dass ich etwas Schlimmes gemacht habe«, beginne ich noch einmal. Meine Stimme klingt leise und unsicher. Ich habe diesen Satz schon tausendmal von mir gegeben, aber jetzt, wo ich ihn Tommy gegenüber loslasse, schäme ich mich. Ich schäme mich, Punkt. Ich kann meinen Bruder nicht ansehen, als ich hinzufüge: »Sie wollen, dass ich mich entschuldige … vor Gericht. Ich soll sagen, dass ich an dem, was passiert ist … beteiligt war. Das ist aber nicht so. Oder zumindest haben alle mitgemacht …« Ich senke den Blick, unfähig weiterzusprechen.

»Ich weiß«, sagt Tommy. Er klingt, als meinte er es ernst. Der alte Tommy hätte das Gleiche gesagt. Der Tommy, der bei meinen Streitereien mit Mom oder bei Spieleabenden mit der Familie immer zu mir gehalten hat. »Und was wirst du tun?«, fragt er. »Ich will nicht, dass du ins Gefängnis kommst.«

Bei den letzten beiden Worten zittert seine Stimme, und schließlich blicke ich auf. Er kämpft mit den Tränen, indem er auf meine blöde, größtenteils leere Korkpinnwand starrt und sich auf die Lippen beißt.

»Die schicken mich nicht ins Gefängnis«, beruhige ich ihn. »Das tun sie nicht. Höchstens – du kennst doch diese Jugendheime. Im schlimmsten Fall schicken sie mich in so eines.«

Er kneift die Augen zusammen, und seine Schultern zucken, nur einmal, deshalb füge ich rasch hinzu: »Aber das wird nicht passieren.«

Ich stehe vom Bett auf und gehe zu ihm hinüber. Einen Augenblick bleibe ich hinter seinem Stuhl stehen und zögere. Wenn ich versuche, ihn zu umarmen, wird er mich vielleicht abschütteln. Also knie ich mich auf den Boden, damit ich zu ihm aufschauen kann. Seine Augen sind noch geschlossen, aber er atmet gleichmäßig, und ich sehe keine Tränen mehr.

»Das wird nicht passieren, Tommy«, wiederhole ich. »Mom und die Anwältin haben recht. Ich werde diese Vereinbarung unterschreiben und den Deal machen. Es ist nicht wichtig, was wirklich passiert ist – ich meine, eigentlich schon, aber für mich nicht mehr. Mach dir bitte keine Sorgen, ja?«

Er holt tief Luft, dann öffnet er die Augen und sieht mich an.

»Ich werde mich entschuldigen«, versichere ich ihm. »Alles wird wieder gut. Bald ist alles vorbei.«

Einen klitzekleinen Moment halte ich es selbst für möglich. Tommy nickt und lächelt sogar ein bisschen. »Gut«, sagt er, dann stehen wir beide auf, und ich biete ihm an, mit ihm und Alex zur Eisdiele zu fahren.

Doch kaum hat er mein Zimmer verlassen, um Alex zu holen, wird es mir wieder bewusst.

Es wird nie vorbei sein. Und jetzt – jetzt, da ich weiß, dass ich einfach aufgeben werde, dass ich keine Wahl habe und mich schuldig bekennen und hoffen muss, dass es nicht so schlimm kommt –, jetzt wird bestimmt kein Mensch mehr meine Version der Geschichte hören wollen.

MÄRZ

»Ihr geht jetzt lieber.« Mrs Putnams Augen sind kalt. Ihre Miene ist völlig verändert, als Brielle fertig geredet hat. Sie hat uns sofort erkannt, aber im ersten Moment vielleicht gedacht, wir wären gekommen, um uns zu entschuldigen oder so.

»Wir dachten nur, das sollten Sie wissen«, sage ich, wobei mir die Worte fast im Halse stecken bleiben. Der Himmel über uns ist von einem fahlen, toten Grau, und meine Füße in den Ballerinas sind zu Eiszapfen gefroren.

Es ist wirklich schrecklich, dieser Frau von Angesicht zu Angesicht gegenüberzustehen. Ich hasse ihre Tochter so sehr, dass ich es förmlich schmecken kann, und mein Hass überträgt sich auch auf Mrs Putnam. Andererseits ist sie eine Erwachsene, und deshalb sollte ich automatisch Angst vor ihr haben, was auch der Fall ist. Brielle hält Erwachsene für dumm, ich hingegen denke immer, dass sie einen in Schwierigkeiten bringen können.

Mrs Putnam tut allerdings nicht das Geringste, um ihre Tochter vor Schwierigkeiten zu *bewahren*. Und deshalb stehen wir hier. Wir hatten heute wegen der Lehrerkonferenzen früher Unterrichtsschluss und wissen zufällig, dass Emma gerade etwas mit Dylan unternimmt.

»Lasst meine Tochter endlich in Ruhe, verstanden?«, sagt Mrs Putnam. Sie hält die Tür mit der linken Hand nur einen winzigen Spalt auf, sodass Brielle und ich zitternd auf der Veranda stehen müssen. »Ich weiß nicht, wie oft ich mich noch bei der Schule über euch beide beschweren muss, bis ihr es endlich kapiert.«

»Mrs Putnam«, sagt Brielle im besten Eltern-Modus. Mit dieser

Stimme, die ihr so fließend von den Lippen perlt, scheint sie jeden in ihren Bann zu ziehen. »Wir haben ein paar Fehler gemacht, aber jetzt machen wir uns wirklich Sorgen um Emma. Obwohl sie neu an der Schule ist, war sie schon mit so vielen Jungs zusammen, und die sind alle so viel älter als sie, Jacob zum Beispiel und jetzt Dylan, der ist schon fast achtzehn ...«

Bei Emmas Mom scheint die magische Stimme nicht zu wirken. Mrs Putnam weicht ruckartig zurück, als hätte sie jemand nach hinten gerissen, und schlägt uns die Tür vor der Nase zu.

»Naive Kuh«, murmelt Brielle leise, jetzt wieder mit ihrer normalen Stimme. Sie macht auf dem Absatz kehrt, geht stampfend die Treppe hinunter und lässt mich wie einen bescheuerten Eiszapfen stehen. Eiszapfen, weil es hier mindestens minus fünfzehn Grad hat, und bescheuert, weil mir der eine Satz, den ich zu dem Gespräch beigetragen habe, nicht mehr aus meinem kalten Kopf gehen will.

Wir dachten nur, das sollten Sie wissen. Dachten wir das wirklich? Schon möglich. Immerhin könnte Emma echt in Schwierigkeiten stecken. Gestört sein.

Und jetzt weiß Mrs Putnam Bescheid.

Brielle fährt ins Shoppingcenter, und eine Weile lang reden wir über nichts Wichtiges. Wir probieren bei *Sephora* Parfüms aus und teilen uns bei *Auntie Annie* eine Brezel. Im Gastrobereich habe ich Emma fast mal für zwei Sekunden vergessen, als wir Kyle, Jacob und Noelle auf uns zukommen sehen.

»Hi, ihr Bitches«, sagt Noelle mit einem süßen Lächeln. Sie setzt sich neben Brielle. Jacob macht es sich gegenüber von ihr bequem, und Kyle holt sich einen Stuhl vom Nebentisch, dreht ihn um und setzt sich in Cowboy-Manier darauf. »Was geht?«

»Wir schmieden Pläne, die Weltherrschaft zu übernehmen, was sonst«, sagt Brielle.

Noelle lacht. Offenbar hört sie den Witz nicht zum ersten Mal. Ich winde mich in meinem Stuhl, weil mich Jacobs Anwesenheit nervös macht. Jacob, der schon volljährig ist. Wir sind mehr oder weniger mit ihm befreundet. Was ist, wenn er von unserem Besuch bei Emmas Mom erfährt? Wird er es erfahren?

Ganz kurz kommt mir der Gedanke, dass Jacob vielleicht gar nicht mit Emma geschlafen hat. Es wäre doch immerhin möglich, oder nicht? So wie früher in diesen Filmen, die ich mir angeschaut habe, als ich noch klein war. Das Paar hat sich geküsst, der Bildschirm wurde schwarz, und ich dachte, sie würden sich einfach weiterküssen. Natürlich ist das nicht die Regel, normalerweise haben sie danach Sex, aber doch nicht zwangsläufig, oder? Und wenn wir uns nun in Jacob getäuscht haben? Oder wenn Emma …

»Alter, wann fahren denn deine Eltern wieder mal weg?«, wendet sich Kyle an Brielle, und ich klinke mich erneut in das Gespräch ein.

»*Alter*«, gibt sie zurück, »jetzt bist du mal dran. Warum muss immer ich die Partyzentrale sein?«

»Meinetwegen, aber unser Haus ist echt kacke«, sagt er und lümmelt sich über die Stuhllehne. Es scheint ihn allerdings nicht zu stören, dass sein Haus »echt kacke« ist. Dann fragt er mich: »Und was ist mit dir? Du wohnst doch nur mit deiner Mom zusammen, oder?«

»Äh, ja«, stammle ich. Jetzt bin ich schon so viele Wochen mit Dylan zusammen und hänge mit den Zwölftklässlern rum, und immer noch fühle ich mich in ihrer Gesellschaft befangen. Wie peinlich. »Aber auch mit meinen kleinen Brüdern. Und die sind immer zu Hause.«

Jacob lacht. »Dann schick die Kurzen doch mal nach Las Vegas oder so.«

Brielle lacht ebenfalls, und ich lächle, obwohl ich den Witz nicht verstehe. Oder vielleicht verstehe ich ihn und finde ihn nur nicht lustig. Aber während sich alle darüber amüsieren, habe ich wenigstens die Gelegenheit, Jacobs Gesicht zu betrachten. Er dreht allerdings schon wieder den Kopf weg, weil er jemanden entdeckt hat. Als ich seinem Blick folge, sehe ich Irish O'Irish – Seamus – mit einem Mädchen vorbeigehen, das ich nicht kenne.

»Boah, dieser Loser hat ne Freundin?«, spottet Jacob.

Nach einem Blick in Seamus' Richtung meint Brielle: »Iiiih. Schaut bloß, was der Langweiler an Land gezogen hat.«

Das Mädchen ist gar nicht so übel – sie hat diese mattbraunen Haare, die nie wirklich gut aussehen, und trägt einen alten, abgenutzten schwarzen Mantel, aber sie ist irgendwie hübsch – und Seamus strahlt von einem Ohr zum anderen.

Jacob ist schon aufgestanden und pirscht sich an sie heran. Er erschreckt sie, indem er jedem einen Arm über die Schulter legt. Während sie zu dritt weitergehen, grölt Jacob: »Mann, Kleiner! Wer ist denn diese scharfe Braut?«

Brielle und Noelle lachen, dann wenden sie sich ab und vergleichen ihre Nägel. Aber mein Blick bleibt an Jacob, Seamus und dem Mädchen haften. Jacob redet immer noch kumpelhaft auf die beiden ein und dreht den Kopf zwischen ihnen hin und her. Seamus und seine Freundin sehen verängstigt aus. Sie bleiben stehen und versuchen sich seinem Griff zu entwinden, was jedoch nur dem Mädchen gelingt. Jacob krallt sich an Seamus' Schulter fest und schüttelt ihn ein bisschen. Sein boshaftes Lachen ist bis zu unserem Tisch zu hören. Das Mädchen wirkt, als würde es am liebsten weglaufen, aber was soll es schon tun?

Es ist, als würde ich mir einen Film ansehen. Und das Timing hätte nicht besser sein können – gerade beschlich mich ein schlechtes Gewissen, weil wir zu Mrs Putnam gegangen sind, und deshalb denke ich, es hat etwas zu *bedeuten*, dass Jacob sich wie ein Arschloch benimmt, obwohl ich ihn schon tausendmal so erlebt habe. Ich meine, ich will Emma definitiv in Schwierigkeiten bringen, zumindest so weit, dass sie die Elmwood High für immer verlässt. Aber von Jacob dachte ich immer, er sei im Grunde ein anständiger Kerl, wenn auch ein bisschen sehr machohaft. Dann hat er Noelle betrogen und mit Emma rumgemacht und … na ja, eigentlich halte ich ihn wohl doch nicht für einen anständigen Kerl.

Gerade drückt er Seamus den Kopf nach unten und reibt mit den Fingerknöcheln auf seinem Haar, das tut weh und ist erniedrigend. Das Mädchen tritt einen Schritt zurück, und eine Sekunde denke ich, sie wird gleich flüchten. Ich würde es tun. Aber sie bleibt.

Schließlich stößt Jacob Seamus von sich weg und schlendert ganz cool zu uns zurück, als wäre nichts geschehen. Seamus steht da, reibt sich den Kopf und weicht dem Blick seiner Freundin aus.

Als Jacob zurück am Tisch ist, frage ich mich, ob die anderen was sagen werden. Ich werfe Brielle einen Blick zu, sie spielt mit ihrem Strohhalm. Jacob ist bereits wieder in ein Gespräch mit Kyle vertieft. Schließlich sieht Noelle zu Brielle, verdreht die Augen und sagt: »Jungs.«

»Genau«, pflichtet Brielle ihr bei.

Ich blicke erneut zu Jacob, und jetzt erinnert er mich aus irgendeinem Grund kurz an Tommy. Als ich zwinkere, verschwindet dieser Eindruck, dafür ist mir schlecht. Mir reicht's, ich will hier weg.

»Brie, ich muss los«, sage ich. Wie erwartet verdreht sie die Augen, schlüpft jedoch in ihre Jacke.

»Na schön, wenn ihr alle so lahmarschig seid, dann treffen wir uns am Freitag eben bei mir«, sagt Jacob, der seine Aufmerksamkeit jetzt wieder uns und Noelle zuwendet.

»Guter Plan«, entgegnet Noelle. Ich kann nicht sagen, ob sie es sarkastisch meint oder nicht.

»Cool«, sagt Brielle. »Schick mir ne SMS«, setzt sie hinzu, während Noelle lässig die Hand zum Friedenszeichen hebt.

Wir verlassen das Shoppingcenter durch den anderen Ausgang, deshalb müssen wir nicht an Seamus vorbeigehen, und ich bin froh, dass ich ihn nicht einmal am anderen Ende des Gastrobereichs sitzen sehe.

Mein Magen hat sich allerdings noch stärker zusammengekrampft. »Glaubst du, Jacob kommt ins Gefängnis?«, frage ich Brielle. »Zum Beispiel, wenn Emmas Mom die Bullen ruft oder so?«

»Himmel, nein«, beruhigt sie mich. »Und selbst wenn, seine Eltern holen ihn da wieder raus.« Ich glaube, ein klein wenig Besorgnis aus ihrer Stimme herauszuhören, bin aber nicht sicher, denn sie geht sehr schnell. »Selbst wenn, der Typ ist sowieso voll gruselig«, fügt sie noch hinzu.

Da bin ich ganz ihrer Meinung.

* * *

Brielle und ich holen meine Brüder von der Schule ab, dann setzt sie uns bei meinem Auto auf dem Parkplatz vor der Elmwood High ab. Er ist so gut wie leer, nur die Autos von ein paar Sportlern stehen da, zum Beispiel das von Dylan. Was er und Emma an ihrem freien Nachmittag wohl unternommen haben? Irgendwie hätte ich erwartet, sie im Shoppingcenter zu treffen, aber nach der Szene im McDonald's gehen sie wohl erst einmal in Deckung. Umso besser.

Tommy und Alex prügeln sich auf dem Rücksitz, weil heute keiner vorne sitzen darf. Aber mir schwirrt so der Kopf vor lauter Sorgen, dass ich sie kaum wahrnehme, und als wir vor dem Haus halten, verstärkt sich meine Beklemmung noch: Obwohl es noch nicht mal fünf ist, ist Mom schon zu Hause, und das ist wirklich ein schlechtes Omen.

Ich kann nicht mal sagen, warum ich im Auto sitzen bleibe, während die Jungs mit all ihrem Krempel wie ein gewaltiger Wirbelsturm durch die Garage ins Haus fegen. Ich stehe immer noch in der Einfahrt – die Garage reicht nur für Moms Auto – und starre auf die erleuchteten Fenster. Sie sollten warm und einladend wirken. Stattdessen erscheinen sie mir wie das Höllenfeuer. Was soll ich da drin tun? Herumsitzen und darauf warten, dass Dylan anruft, was er nicht tun wird? Brielle simsen, um zu erfahren, was für witzige Sachen Noelle von sich gegeben hat, seit wir uns vor zwei Sekunden von ihr verabschiedet haben? Als wäre es nicht schon schlimm genug, dass sich ihre blöden Namen reimen, sie verschmelzen allmählich quasi zu einer Person. Es kommt mir vor, als hätte ich mit Brielle neuerdings nur noch ein gemeinsames Thema: Emma.

Die Szene auf Emmas Veranda geht mir nicht mehr aus dem Kopf. Mrs Putnams harte Augen, ihre scharfen Fingernägel an der Tür. Brielle, die sich für mich ins Zeug legt – für Dylan, für Kyle, für uns alle. Die dieser Frau alles Mögliche erzählt, nur damit sie ihre Tochter von der Schule nimmt und Emma uns in Ruhe lässt – und ihr dabei praktisch nahelegt, sie soll Jacob und vielleicht auch Dylan nach seinem Geburtstag ins Gefängnis bringen. Und dann denke ich an Jacob und Seamus, an Jacob und Emma, an Emma und Dylan, und bin wieder da, wo ich angefangen habe.

Wie ich Emma Putnam hasse! Ich wünschte, sie wäre nie geboren.

Auf einmal bin ich so zornig, dass ich endlich die Energie finde, die Schlüssel abzuziehen und ins Haus zu stampfen. Aber sobald die Verbindungstür zwischen Garage und Haus hinter mir zufällt, weiß ich, dass ich meinem ersten Impuls hätte folgen sollen – den Rückwärtsgang einzulegen und wegzufahren, so schnell ich kann.

»Warum habe ich heute einen Anruf von Valerie Putnam bekommen?«, will Mom wissen. Ihre Stimme ist so beängstigend wie die von Mrs Putnam. Noch beängstigender.

»Keine Ahnung«, sage ich und werfe meine Tasche auf den Küchentisch. Die Jungs sind irgendwo im Haus verschwunden, offensichtlich finden sie es nicht weiter besorgniserregend, dass Mom schon so früh zu Hause ist, sich umgezogen und sogar schon mit den Vorbereitungen fürs Abendessen angefangen hat. Das alles registriere ich, obwohl ich sie nur flüchtig mustere. Ich sehe ihr nicht in die Augen, während ich mir aus dem Kühlschrank ein Wasser hole, als wäre gar nichts passiert, als wäre es ein Tag wie jeder andere.

»Ach ja? Du hast also *keine Ahnung*?«, äfft Mom mich nach.

Na super. Sie weiß es ja wohl *selbst*, und offenbar will sie mir weismachen, mir würde nichts passieren, wenn ich die Wahrheit sage. Aber das ist eine Lüge, was jeder, der Eltern hat, schon einmal schmerzlich erfahren musste. Nicht einmal Alex fällt noch darauf herein.

Ich nehme mir eine Flasche Wasser und drehe mich langsam zu ihr um, wobei ich die Kühlschranktür hinter mir zuknalle. »Was?«, sage ich und bemühe mich nicht einmal, es wie eine richtige Frage klingen zu lassen.

»Hast du ihre Tochter bedroht? Geht hier irgendetwas vor, das ich wissen müsste?«

Inzwischen *müsste* sie eigentlich davon gehört haben, aber falls nicht, werde ich sie bestimmt nicht aufklären. »Keine Ahnung«, sage ich. »Jedenfalls ist ihre Tochter ein Miststück, hat sie dir das gesagt?«

»Sara, das ist läch…«

Ich habe den Deckel der Wasserflasche abgeschraubt und schleudere ihn jetzt quer durch den Raum, was uns beide vor Schreck zum Schweigen bringt. Doch nach einer Sekunde gifte ich: »Die kleine Miss Perfect Emma Putnam geht jetzt mit Dylan. Wenn sie sich also über mich beschweren will, soll sie ruhig. Das ist voll in Ordnung.«

Mom sieht mich verständnislos und ein bisschen mitleidig an, als täte es ihr leid, dass ich so aufgebracht bin. Ich weiß, dass sie Dylan mochte, und ich habe ihr nie erzählt, warum es aus ist zwischen uns. Noch etwas, was sie inzwischen gecheckt haben müsste, aber egal.

»Emmas Mom sagt, du schikanierst ihre Tochter«, sagt sie leise, fast flüsternd. »Schon länger?«

Ich starre sie nur an, die Lippen fest aufeinandergepresst. Wenn sie nicht merkt, dass Emma diejenige ist, die mich oder besser gesagt die halbe Schule piesackt, dann kann ich ihr wirklich nicht helfen.

Mom schweigt. Nach einer Minute ist ihr klar, dass ich nichts mehr sagen werde. Sie stößt einen Seufzer aus. »Hör mal, lass sie einfach in Ruhe. Du bist kein boshafter Mensch, das weiß ich doch. Sie müssen irgendwas in den falschen Hals gekriegt haben. Und das mit Dylan tut mir leid. Du denkst bestimmt, das ist das Ende der Welt, aber ich kann dir versichern, das ist es nicht.« Sie streckt die Hand aus, um meinen Arm zu streicheln, als ich jedoch zurückzucke, lässt sie die Hand sinken. »Er macht bald seinen Abschluss, oder?«, fügt sie hinzu. »Dann ist es vielleicht sowieso besser. Fernbeziehungen sind sehr belastend, besonders, wenn man noch so jung ist …«

Sie redet noch weiter, aber ich verlasse einfach die Küche. Ich weiß nicht, was ich ihr sagen soll. Offenbar habe ich bereits eine Fernbeziehung zu meiner eigenen Mutter. Ich wünschte bloß, wir würden wirklich getrennt voneinander wohnen. Dann wäre alles viel besser.

* * *

»Du musst dir wohl einen neuen Plan überlegen, um die kleine Loserin und deinen Freund auseinanderzubringen.«

»Wie bitte? Was meinst du damit?«

»Hab ich es dir nicht erzählt? Zwischen Jacob und Emma ist nichts passiert. Behauptet er jedenfalls.« Brielle wirft sich die Haare mit einer Kopfbewegung über die Schulter. Einige Strähnen bleiben vorne, aber sie kann sie nicht mit den Fingern zurückstreichen, weil die Nagelpflegerin gerade dieses desinfizierende Zeug daraufsprüht. »Noelle kauft es ihm jedenfalls ab, keine Ahnung.«

»Dann hatten sie also … Moment mal, sie hatten keinen Sex?« Ich senke verlegen die Stimme und wappne mich schon mal innerlich gegen Brielles Reaktion, weil die Frage vermutlich reichlich dämlich ist.

Sie zuckt nur die Schultern. »Wahrscheinlich waren sie kurz davor«, mutmaßt sie. »Noelle sagt, Emma hat Jacob ganz hysterisch angerufen, es wäre also sehr gut möglich gewesen. Wer weiß, vielleicht nehmen sie Emma trotzdem von der Schule. Wenn du Glück hast.« Die Nagelpflegerin massiert irgendeine spezielle Lotion in Brielles Hände ein, und Brielle sieht geistesabwesend zu. »Andererseits, Jacobs Eltern gehen wegen jeder Kleinigkeit vor Gericht, vielleicht haben sie das Ganze auch unter den Teppich gekehrt. Weißt du noch, als ihre Nachbarn sich einen Pool zulegen wollten?«

Ich schüttle leicht den Kopf und versuche ihr zu folgen. Es war nicht meine Idee, Emma in Schwierigkeiten zu bringen, weil sie Sex mit Jacob hatte. Das ist alles auf Brielles Mist gewachsen. Natürlich wollte ich auch, dass es funktioniert. Aber ausgeheckt hat sie das Ganze. Und jetzt tut sie total unbeteiligt.

»Pool?«, bringe ich nur heraus. Meine Nagelpflegerin ist schneller als ihre, sie trägt schon knallgelben Lack auf. Ich starre auf die Farbe; es sieht aus, als würde sie einen Fingernagel nach dem anderen anzünden. Wie Kerzen.

»Du weißt schon, Ronny Davidsons Eltern. Die Nachbarn von Jacobs Eltern. Sie wollten in ihrem Garten einen Pool anlegen. Auf alle Fälle waren Jacobs Schwestern damals noch so klein, und der Zaun war zu niedrig, und Jacobs Eltern behaupteten, die Mädchen könnten ertrinken. Deshalb durften die Nachbarn keinen Pool haben.«

Ich habe immer noch keinen Schimmer, wovon sie redet, will sie jedoch nicht wieder reizen, deshalb nicke ich, als hätte ich es verstanden.

Wie immer, wenn ich lüge, sieht sie es mir an und verdreht die Augen. »Jedenfalls, was ich sagen will, selbst wenn er sie geschwängert hätte oder so, hätten Jacobs Eltern jeden Vorwurf in null Komma nichts abgeschmettert. So was ist praktisch deren Hobby.«

Wieder nicke ich. Ich fühle mich sogar ein bisschen besser, weil ich weiß, dass niemand ins Gefängnis kommt. »Trotzdem sollten Emmas Eltern sie an eine andere Schule schicken«, sage ich. »An eine Mädchenschule.«

»Echt wahr. Aber dann würde sie wahrscheinlich mit einem Lehrer schlafen.«

»Genau.«

»Weißt du schon, was du heute Abend anziehst?«, fragt Brielle und wirft wieder ihre Haare nach hinten.

Meine Nägel sind fertig, trotzdem bleibe ich auf dem Stuhl neben ihr sitzen und schildere ihr, welches Top und welche Jeans ich mir für den Abend bei Jacob ausgesucht habe. Es ist keine richtige Party, deshalb will ich nicht so aussehen, als würde ich mich zu sehr ins Zeug legen. Andererseits wird Dylan wahrscheinlich auch kommen, also möchte ich Emma unbedingt übertrumpfen.

Das muss ich nicht extra erwähnen, Brielle versteht es auch so. Als der Lack trocken ist, bezahlt sie, dann suchen wir bei *Forever 21* nach Alternativen zu meinem Oberteil. Ich verlasse das Shoppingcenter mit einem neuen, mit türkisfarbenen Pailletten bestickten Top, wunderschönen gelben Fingernägeln und einem Lächeln im Gesicht. So viel Zeit haben Brielle und ich seit Ewigkeiten nicht mehr allein miteinander verbracht. Es tut gut, wenn zur Abwechslung einmal weder Noelle noch die Jungs aus der Zwölften dabei sind.

Ich wünschte, wir könnten uns hier die Zeit vertreiben, bis die Party oder Herumhängerei bei Jacob anfängt, aber ich habe zu Hause schon genug Ärger. Mom wollte, dass ich Alex ins Training fahre, und als ich sie angerufen habe, um ihr zu sagen, dass ich es nicht schaffe, hat sie einfach aufgelegt. Der Anruf von Mrs Putnam ist offenbar noch nicht vergessen. Nachdem Brielle mich abgesetzt hat, bleibe ich noch eine Minute vor der Haustür stehen. Am liebsten würde ich mich in mein Auto setzen und einfach abhauen. Dann höre ich von drinnen Geschrei und beschließe reinzugehen, damit Mom nicht meine Brüder bestraft, bloß weil sie auf mich sauer ist. Außerdem muss ich mir das Benzingeld von ihr holen. Es ist eigentlich dafür gedacht, dass ich die Jungs herumkutschiere, aber ich brauche es noch vor heute Abend.

Als ich durch die Tür trete, schwillt der Lärmpegel beträchtlich an. »Ein paar Hundert Dollar für einen Flug hierher, das ist doch wirklich nicht zu viel verlangt. Immerhin geht es um deine Tochter!«, brüllt Mom. Pause. »Ich arbeite auch, Doug, verschon mich mit diesem Mist. Sie ist unsere *Tochter.* Es scheint ein Prob …« Erneute Pause.

Na toll. Sie telefoniert mal wieder mit Dad.

Eine ganze Minute bleibe ich in der Jacke und mit den Einkaufstüten in der Hand an der Haustür stehen. Mom kann mich von der Küche aus nicht sehen. Ich betrachte meine gelben Fingernägel. Wie können die Dinger nur so verdammt fröhlich wirken?

»Es ist am Mittwochnachmittag«, sagt Mom in den Hörer. »Ich mache in der Arbeit früher Schluss und …« Pause. Offenbar fällt er ihr ständig ins Wort. »Ja, sie wird dort sein, sie …«

Ich blicke auf. Am Mittwochnachmittag? Sie? Was zum …

»Ich mache mir Sorgen, verstehst du?« Als ich höre, wie Moms Ton leiser wird und in ein müdes Flehen übergeht, schnürt sich mir die Kehle zu. »Ich mache mir einfach Sorgen und finde, du solltest herkommen. Du kannst hier übernachten. Die Direktorin möchte uns beide dabeihaben, und die Eltern des anderen Mädchens werden garantiert …«

Wieder herrscht einen Moment lang Stille, und ich überlege fieberhaft, was hier eigentlich läuft. Meine Eltern gehen alle beide zu irgendeiner Art Besprechung in der Schule? Zu der, wie es scheint, auch ich erwartet werde? Eine Besprechung mit … wem? Doch nicht etwa mit Emmas Eltern? Wenn mein Dad wirklich deshalb herkommt, unter der Woche, muss ich echt in Schwierigkeiten stecken, oder? Worüber sollten sie sonst reden?

Ich schäle mich aus der Jacke, lasse sie zusammen mit den Tüten auf die Treppe fallen und renne förmlich in den Keller. Tommy und Alex lümmeln im Dunkeln auf der alten Couchgarnitur und sehen fern. Ein Blick sagt mir, dass sie etwas Verbotenes gucken – das hätte ich auch ohne das Geballere auf dem Bildschirm daran erkannt, dass sie sich schuldbewusst aufsetzen und Tommy sich die Fernbedienung schnappt, als hätte er gerade umschalten wollen.

»Lass nur«, sage ich und wedle mit der Hand. »Ich werd's Mom nicht verraten. Andererseits, ich kriege selbst Ärger, warum soll es euch anders ergehen.«

Alex bekommt große Augen. »Wieso, was hast *du* denn geguckt?«, fragt er mich.

Zu meiner eigenen Überraschung muss ich lachen. Dann trete ich zu ihm, zause ihm durchs Haar, was er hasst, und rutsche zwischen die

Jungs. »Mach dir darüber keine Gedanken, kleiner A«, sage ich zu ihm. Und an Tommy gewandt: »Was ist das? Laufen nicht gerade die Kardashians?«

»Kotz«, stöhnen die Jungs wie aus einem Mund. Solche Reality-Shows dürfen wir genauso wenig gucken, obwohl darin keine Gewalt vorkommt. Heimlich mache ich es aber doch. Für jemanden mit einem Zweitfernseher im Keller und einem Computer in jedem Kinderzimmer hat Mom ziemlich strenge Fernsehregeln. An die meisten halten wir uns allerdings tatsächlich.

»Das ist irgendwie doof«, sagt Tommy und zeigt mit der Fernbedienung auf den Bildschirm. Zwei Kerle mit Masken überfallen eine Bank. »Das sind Surfer, und sie rauben Banken aus? Mit Kostümen wie der Joker in *Batman*?«

»He, für den seid ihr eigentlich auch noch zu jung!«, sage ich, schnappe mir die Fernbedienung und drücke auf den Info-Knopf.

»Ich weiß«, sagt Tommy verlegen. »Duncan hatte die DVD. Wir haben sie bei ihm zu Hause angesehen.«

»Hmmm«, murmle ich. »Duncan war mir schon immer suspekt … Hey, von dem Film habe ich schon mal gehört. *Gefährliche Brandung.* Soll angeblich witzig sein.«

»Echt?«, fragt Alex ungläubig. »Ich finde ihn überhaupt nicht witzig …«

»Nein, ich meine, der soll so schlecht sein, dass es schon wieder witzig ist. Man lacht, weil er so übel ist, *darüber* macht man sich lustig.«

»Das ist fies«, sagt Alex.

»Das macht doch jeder«, informiert Tommy ihn mit seiner Erfahrener-großer-Bruder-Stimme.

»Nein, nicht jeder«, werfe ich rasch ein. Aber als wir uns wieder auf den Film konzentrieren, denke ich: *Nicht jeder, aber fast jeder.*

SEPTEMBER

»Die Termine bei unseren Anwälten überschneiden sich so gut wie nie, was?«

Verblüfft sehe ich zu ihr hinüber. Brielle ist auf dem Weg zum Aufzug, in Begleitung ihrer Eltern. Ich stehe allein hier. An Mrs Greggs' Miene kann ich ablesen, dass es mir ihrer Meinung nach an elterlicher Aufsicht mangelt. Sie kneift den Mund missbilligend zusammen, aber das hat sie auch schon gemacht, als Brielle und ich uns noch sehen durften.

»Brie«, sagt ihre Mutter warnend.

Brielle verdreht nur die Augen und ignoriert ihre Mom. »Nach unserer Begegnung auf dem Parkplatz dachte ich eigentlich, wir würden uns mal wieder über den Weg laufen.«

Ich schaue kurz zu Brielles Eltern, die jedoch starr nach vorne zu den Aufzügen blicken. Was will sie mir damit sagen? Hätte ich versuchen sollen, mich irgendwie heimlich mit ihr zu treffen? Wahrscheinlich.

»Äh, ja«, sage ich. »Es ist schon seltsam, dass wir, na ja … äh …« Obwohl ich keinen ganzen Satz herausbringe, nickt Brielle zustimmend. Sie wirkt sogar noch ein bisschen rundlicher als im Sommer.

Ding. Die Aufzugtüren gleiten vor uns auf, und wir marschieren im Gänsemarsch hinein.

»Wo ist deine Mom?«, erkundigt sich Brielle. Ihre Eltern schweigen uns immer noch an. Ihr Dad greift nur an mir vorbei, um den Knopf für den zehnten Stock zu drücken. Ich warte eine Sekunde, dann drücke ich auf die Acht.

»Sie muss arbeiten«, sage ich. Mrs Greggs schnieft, vielleicht missbilligend, vielleicht musste sie aber auch einfach nur schniefen. Ich starre unverwandt auf die Aufzugknöpfe und fühle mich neben Brielle schüchtern und irgendwie seltsam. »Wie läuft denn dein, äh, Hausunterricht so?«

»Ach, das ist so öde«, antwortet Brielle leichthin.

»Brie«, knurrt ihr Dad vorwurfsvoll. Ob ihre Eltern wohl den ganzen Tag nichts anderes tun, als sie immer wieder in unterschiedlich drohendem Ton beim Namen zu nennen? Bei mir wirkt es jedenfalls – ich zähle die Sekunden, bis wir im Stockwerk von Natalies Kanzlei sind und ich von ihnen wegkomme.

»Na ja, es ist wohl besser als in der Elmwood High«, fügt Brielle hinzu. »Trotzdem, es kommt mir vor wie Knast …«

»Also, das reicht jetzt«, sagt Mrs Greggs, aber wir sind ohnehin endlich im achten Stock angekommen, und ich dränge mich zu den Türen durch.

»Bis bald«, ruft Brielle mir nach. »Du weißt schon, bei diesem Absprache-Dings.«

Ich drehe mich überrascht um, und sie winkt mir zu, bevor die Türen hinter mir zugleiten.

Demnach gehen wir anscheinend alle auf einen Deal ein. Und alle wissen über alle anderen Bescheid, nur ich nicht. Wie immer. Brielle war natürlich immer schon über alle anderen im Bilde. Manche Dinge ändern sich eben nie.

Kaum hat Natalies Sekretärin mich in ihr Büro geführt, poltere ich schon los: »Brielle macht auch einen Deal? Soll es gar keine richtige Verhandlung mehr geben? Was geht hier eigentlich vor?«

Natalie blickt nicht einmal von ihren Papieren auf. »Hallo, Sara«, sagt sie. »Setzen Sie sich.«

Ich sehe mich um. Auf einem der Stühle liegt nur eine Aktenschachtel. Ich nehme sie herunter und lasse mich auf den Stuhl plumpsen.

»Was zum Teufel soll das?«, blaffe ich, immer noch um ihre Aufmerksamkeit bemüht. »Brielles Anwalt ist zwei Stockwerke über uns, wissen Sie. Sie hat gesagt, wir sehen uns bei diesem Vergleich-Dings? Gehen wir da etwa alle zur selben Zeit hin?«

Natalie ist dabei, sich etwas zu notieren, nickt jedoch. »Ja, wie es auch bei einer Verhandlung gewesen wäre. Jedem Einzelnen von Ihnen wird die Anklage vorgelesen, Sie sagen dazu aus und geben eine persönliche Erklärung ab. Letzteres ist zwar freiwillig, aber ich würde es unbedingt empfehlen ...« Schließlich blickt sie auf und stutzt. »Wo ist Ihre Mutter?«

Ich seufze. »Wo sie immer ist?«

»Herrje«, murmelt Natalie. »Na ja, macht nichts, heute werden wir schnell fertig sein.« Sie nimmt ihre Lesebrille ab und sieht mich mit zusammengekniffenen Augen an. »Wie gesagt, Sie müssen keine persönliche Erklärung abgeben, es wäre jedoch ratsam. Die Richterin wird das Urteil fällen, und auch wenn ich nicht davon ausgehe, dass Sie mehr als ein Jahr auf Bewährung bekommen – man weiß ja nie. Der Fall ist hochsensibel. Die Richterin ist selbst Mutter. Sie wollen ja wohl kein Risiko eingehen.«

Ich nicke. Das hat sie mir alles schon letztes Mal erzählt. Mom weiß mit Sicherheit auch Bescheid, weil sie gelegentlich telefonieren.

»Außerdem könnte es hilfreich sein, wenn es irgendwann darum geht, den Eintrag in Ihrem Strafregister zu löschen. Also, haben Sie schon etwas geschrieben?«

»Nein.«

Sie macht eine kleine Pause. »Aber Sie haben es vor?«

Jetzt bin ich es, die zögert. Ich verspüre nicht die geringste Lust dazu. Es fühlt sich verlogen an und auch irgendwie sinnlos. Es ist schrecklich, aber es ist nun einmal passiert, oder nicht? Was kann ich schon sagen, um die Sache für irgendjemanden besser zu machen?

Doch dann denke ich an meine kleinen Brüder und daran, was ich neulich zu Tommy gesagt habe. Ich denke an die Reporter, die jetzt wieder bei uns auf der Matte stehen und die ziemlich sicher bei der Verhandlung dabei sein werden, und an die Berichte, die im Internet stehen werden, neben den Artikeln nach dem Motto: Die arme Emma Putnam wurde von ihren Klassenkameraden dermaßen schikaniert, dass sie nicht mehr weiterwusste. Wenigstens bekomme ich Gelegenheit, mich zu äußern. Wenigstens wird etwas von dem, was ich sage, gehört werden, und vielleicht sogar geschrieben.

»Ja, ich denke schon.«

»Gut. Ich möchte es nämlich vorher lesen.«

»Wirklich?«, frage ich sie. »Warum?«

Sie kichert ein wenig. »Weil ich Ihre Anwältin bin, Sara, schon vergessen?«

Ich seufze. »Gut.«

»Schön. Wie wäre es mit Ende der Woche? Mailen Sie es mir einfach. Tut mir leid, dass ich Sie herbeordert habe, ich denke immer, Ihre Mom kommt mit und wir können einige Dinge abhaken … aber schon gut, ich rufe sie an.«

Sie wendet sich wieder ihren Papieren zu, und wie üblich vergisst sie dabei, ihre Brille aufzusetzen, die auf dem Tisch liegt. Ich brauche einen Moment, um zu kapieren, dass ich entlassen bin. Dann bin ich also nur hergekommen, um Brielle und ihren Eltern in die Arme zu laufen. Und um mir einen Vortrag über meine Erklärung halten zu lassen.

Egal. Ich hatte heute sowieso nichts anderes vor.

* * *

»Warum versuchst du nicht gleich hier, etwas zu schreiben? Dann können wir sofort darüber reden.«

»Schon gut. Ich mache es zu Hause.«

»Nein, kein Problem, ich habe einen ganzen Stapel Notizblöcke … Ah ja, da sind sie ja. Nimm den.«

Teresa reicht mir lächelnd einen Block und einen Stift. Ich starre sie nur an und wünsche mich einfach nur ganz weit weg. Es muss sein, das ist mir klar, aber ausgerechnet jetzt? Und hier?

Der Notizblock liegt quer auf meinen Knien, und ich halte den Stift in der linken Hand. Ich fühle mich wie gelähmt, wie eine Puppe, die so tun soll, als würde sie Hausaufgaben machen.

»Also. Was würdest du gerne sagen?«, fragt mich Teresa.

Ich sehe sie an.

»Hast du nichts zu sagen?«

»Außer dass ich mir wünsche, Emma hätte sich nicht umgebracht?«

»Gut! Das ist ein ausgezeichneter Anfang.« Teresa strahlt mich an und macht eine wedelnde Handbewegung zu mir und dem Notizblock, als könnte sie mich so in Gang setzen, den zündenden Funken liefern.

»Aber … *niemand* will, dass sich ein anderer umbringt. Das ist keine großartige Enthüllung.«

Teresa legt den Kopf auf die Seite. Sie trägt heute eine relativ normale, bäuerliche Bluse in einem sehr intensiven Orange. Ich habe das Gefühl, die Augen zukneifen zu müssen, wenn ich sie ansehe.

»Was glaubst du … Denken Emmas Eltern, dass du das wolltest? Dass sie sich umbringt?«

Ich überlege. Mein Mund geht auf, dann klappt er wieder zu, ohne dass ein Wort herauskommt.

Normalerweise würde Teresa einfach abwarten, bis ich etwas sage, heute jedoch beugt sie sich vor und fügt hinzu: »Das mag dir vielleicht so vorkommen. Ebenso wie es dir selbstverständlich erscheint, dass du das nicht wolltest. Dieser Brief ist deine Chance, dir über all diese Gefühle klar zu werden, Sara.«

Ich blicke auf den Stift in meiner Hand und schließe kurz die Augen. Das Orange von Teresas Bluse geht nicht weg und treibt mir die Tränen in die Augen.

»Du kannst ein Dutzend Entwürfe schreiben, auch hundert – du kannst ihnen sagen, wie wütend du bist, wie dich das, was Emma getan hat, verletzt hat.«

Ich lasse den Stift in meinen Schoß fallen, und er bleibt auf dem Block liegen. »Nein, kann ich nicht«, widerspreche ich. Meine Stimme ist leise, aber bitter.

»Natürlich kannst du das. Warum denn nicht?«

»Weil es nicht … darum geht, oder? Dann würde mich die Richterin hassen. Und alle anderen auch. Was sie vermutlich sowieso schon tun, aber ich soll … Na ja, Natalie meint, es soll dazu beitragen, dass ich ein milderes Urteil bekomme und so …« Ich verstumme, weil ich auf einmal nicht mehr weiß, was ich eigentlich sagen wollte.

»Ich denke, alle sind sich darüber einig, dass so ein Selbstmord eine schreckliche Tragödie ist«, sagt Teresa.

»Ja, eine Tragödie für *sie*«, sage ich, und eine Zorneswoge lässt meine

Stimme wieder lauter werden. »Niemand schert sich um mich – oder um Brielle oder die Jungs.«

»Nein?«

Auf einmal muss ich an Carmichael denken – an seine unordentlichen Haare und sein schwarzes T-Shirt und wie er sich im Lieferwagen seines Dads zu mir herübergebeugt hat. Und daran, was er gesagt hat – wie war das noch mal? Dass ich endlich sagen kann, wie leid es mir tut?

»Ich verstehe einfach nicht, warum ausgerechnet ich mich entschuldigen soll!«, platze ich heraus. »Ich bin doch nicht diejenige, die alles zerstört hat! Das war Emma, und zwar ganz allein. Sie hat sich selber umgebracht!«

Teresa fixiert mich mit ihrem Blick. Sie sieht mir fest in die Augen, als wäre ich ein Fixpunkt am Horizont. Ich halte ihrem Blick nur eine Sekunde stand, dann muss ich wegschauen, auf das leere Papier auf meinem Schoß. Eine Weile schweigen wir beide.

»Wir machen doch alle Fehler, oder?«

Ich weiß nicht, was ich darauf sagen soll, deshalb zucke ich nur mit den Achseln.

»Glaub mir, wir haben alle schon Dinge getan, die wir hinterher bereuen. Wenn es etwas gibt, das du gerne ungeschehen machen würdest« – wieder wedelt sie in Richtung Papier und Stift –, »ist das hier eine sehr gute Gelegenheit, es zu tun. Damit du dir später nicht auch noch vorwerfen musst, dass du geschwiegen hast.«

Wie ferngesteuert ziehen meine Hände die Kappe vom Stift und legen den Notizblock richtig herum auf meine Knie. Ich sehe irgendwie nur zu. Mein Mund ist trocken, mein Magen ist verkrampft, mein Leben ist vorbei, mein Herz ist gebrochen.

Ich fange an zu schreiben.

* * *

Jeden Morgen habe ich ungefähr eine halbe Minute, manchmal auch ein bisschen mehr, in der ich es vergesse. Oder in der ich noch nicht daran denke. Ich nehme an, weil ich noch nicht richtig wach bin und mein Gehirn sich erst sortieren muss – es fragt sich, ob es schon Zeit ist aufzustehen oder ob heute Samstag ist.

Und dann setzt wieder das Dröhnen ein, das tiefe Brummen der Panik, das mich jetzt stets begleitet. An den ganz schlimmen Tagen merke ich es nicht einmal sofort, weil es ein bisschen so ähnlich ist wie Vorfreude. Manchmal gleicht es dem Gefühl, das ich früher an Tagen hatte, an denen ich Dylan traf. Wenn es beim Aufwachen noch dunkel ist, kommt es sogar vor, dass ich glücklich bin, weil mein Körper denkt, es ist Winter und ich muss mir ein süßes Outfit überlegen, um meinem Freund zu gefallen, und ich habe eine Menge zu erledigen, und wir wollen vielleicht …

Nein.

Und dann bricht alles wieder über mich herein.

Bis ich aus dem Bad komme, hat sich das Dröhnen in einen durchdringenden Alarmton verwandelt. Ich gebe mir immer nur zwanzig Minuten, um mich nach dem Aufwachen fertig zu machen, das reicht gerade, um mir nach dem Duschen die feuchten Haare zu einem Knoten hochzubinden und ein bisschen Mascara aufzutragen, mir im Hinausgehen eine Pop Tart zu schnappen und meine Tasche auf den Rücksitz meines Autos zu werfen, während die Jungs aus dem Haus stürmen. Die Panik treibt mich an, oder vielleicht laufe ich vor ihr davon. Jedenfalls mache ich nicht die kleinste Pause. Wenn ich auch nur eine Sekunde lang innehalten würde, müsste ich mich übergeben. Und dann könnte ich mich nie mehr auch nur einen Millimeter bewegen.

Heute habe ich einen kleinen Erdbeermuffin zum Aufbacken, der noch in seiner Aluminiumverpackung steckt, zwischen die Zähne geklemmt, und meine frischgewaschenen Haare machen mein T-Shirt nass. Mein graues T-Shirt hat bestimmt schon Flecken. Ich habe es angezogen, weil es unscheinbar ist wie alles, das ich in letzter Zeit trage – etwas, in dem man nicht auffällt. Ich lasse die Tasche neben dem Auto auf den Boden fallen, binde mir rasch die Haare hoch und reibe an meinem T-Shirt in der Hoffnung, dass die Flecken trocken sind, bis ich in der Schule bin.

»Vordersitz!«, brüllt Alex wie immer und flitzt mit seinem eigenen ungesunden Frühstück aus dem Haus.

Und wie beinahe jedes Mal seit Beginn dieses Schuljahrs schlendert Tommy hinter ihm her und sagt: »Von mir aus.« Er ist jetzt zu cool für den Vordersitz.

Während der fünfzehnminütigen Fahrt zur Schule hopst Alex auf seinem Sitz herum. Er plappert noch immer davon, was an diesem Tag ansteht, heute offenbar irgendein Projekt über das amerikanische Regierungssystem, das ich in der sechsten Klasse bei demselben Lehrer hatte.

Wir laden erst Alex ab, Tommy besucht ja inzwischen die Junior High. Als er aus dem Auto springt und die Tür hinter sich zuknallt, werfe ich einen Blick in den Rückspiegel. »Willst du nicht nach vorne?«, frage ich Tommy. Wir stehen in der stark belebten Straße vor der Grundschule, und meine Hand schwebt über dem Schalthebel, nur für den Fall. »Wenn du auf der Rückbank sitzt, fühle ich mich wie dein Chauffeur.«

»Nö«, entgegnet er und ich seufze. »Du klingst schon wie Mom«, fügt er kaum hörbar hinzu.

»Was? Ich kann dich dahinten nicht verstehen«, sage ich laut, um das alles irgendwie ins Lustige zu ziehen. »Keine Sorge, Sir, wir werden unser Ziel in wenigen Minuten erreichen.« Mein Versuch, einen britischen Akzent nachzuahmen, geht ziemlich schief, und keiner von uns beiden lacht.

Es sind nur fünf Minuten zur Junior High, und dann ist Tommy auch schon raus aus dem Auto und trifft seinen neuen Freund Liam an der niedrigen Mauer vor ihrer Schule. Ich winke ihnen zu, aber sie beachten mich nicht. Liam trägt eines seiner schlabberigen Oversize-T-Shirts, dazu Baggy Jeans und klobige Sneakers. Die übrigen Kids an Tommys Schule sind ziemlich schnieke, und Baseballkappen und so sind eigentlich verboten, aber Liam hat trotzdem eine aufgesetzt, eine coole White-Sox-Kappe, in der er sich wohl ziemlich tough vorkommt. Ich sehe ihnen nach, als sie in das Gebäude pilgern wie zwei Mini-Schlägertypen, und versuche mir keine Sorgen um meinen Bruder zu machen.

Aber dann, als ich weiterfahre zu meiner Schule, kommt die andere Sorge, die große Angst, wie eine Welle zurückgeschwappt. Als Dylan noch der Grund für meine Nervosität war, gab es immer den Moment, in dem ich ihn dann sah, und dann verwandelte sich das unangenehme Grummeln in ein glückliches Pulsieren. Wie bei einem alten Radio, wenn das statische Rauschen verklingt und man einen Musiksender gefunden hat. Bei mir klemmt jetzt der Regler. Ich bin nur noch statisches Rauschen.

Auf dem Weg vom Schülerparkplatz zu den Spinden beachtet mich keiner. Das statische Rauschen erfüllt meinen Kopf, mir ist gleichzeitig heiß und kalt, und meine Eingeweide krampfen sich zusammen. Weiter vorne im Flur steht Carmichael, aber ich weiß nicht, ob er mich bemerkt.

Der Einzige, der mich nicht gehasst hat, und ich habe ihn weggestoßen. Ich denke daran, wie schlecht Hamlet Ophelia behandelt hat, und dann war sie tot, für immer fort, wie Emma, wie alle, die mein Leben ausgemacht haben. Beth unterhält sich mit Megan Corley, und bei ihrem Anblick muss ich mir auf die Lippe beißen. Gleich werde ich kotzen. Obwohl die Schule schon vor fast drei Wochen angefangen hat, wird es nicht leichter. Nächste Woche – in sechs Tagen, um genau zu sein – muss ich vor der Richterin erscheinen. Ich werde Jacob und Brielle treffen. Ich werde sagen, dass ich Emma Putnam schikaniert habe. Ich werde die Vorwürfe zugeben.

Ich werde mich entschuldigen.

Jetzt kommt Carmichael auf mich zu. Okay, er ist nur auf dem Weg zu seinem Klassenzimmer an diesem Ende des Flurs. Trotzdem, er ist da, ein paar Meter näher bei mir, und ich bewege mich vorwärts wie magnetisch angezogen von seinem Flanellhemd.

»Hallo, Carmichael«, sage ich. Aus dem Augenwinkel bemerke ich, dass Megans Kopf herumschnellt, aber darüber kann ich mir jetzt keine Gedanken machen.

Carmichael sieht mir in die Augen, ohne zu lächeln. Er behandelt mich wie zu Beginn des Sommers, als wäre ich eine Fremde.

»Ich möchte nur …« Irgendjemand, der ins Klassenzimmer will, rempelt mich an. Ich weiß nicht, ob es Absicht war oder nicht, aber es bringt mich zum Verstummen. Der Stoß lässt buchstäblich meinen Mund zuklappen, und das ist gut, denn es gibt mir eine Sekunde zum

Nachdenken, bevor ich noch etwas Dummes sage. Ich weiß nicht mal, was ich eigentlich sagen wollte. Als ich wieder zu Atem komme, quetsche ich ein knappes »Tut mir echt leid« heraus.

»Was denn?«, fragt Carmichael. Nicht kühl, aber auch nicht warm. Lauwarm.

»Das – du weißt schon, das am Samstag. Dass du mich abholen musstest. Ich … ich bin dir wirklich sehr dankbar.«

»Gut.«

»Gut. Und …« Ich zögere. Was soll ich sonst noch sagen? »Und ich möchte mich revanchieren. Ich möchte … äh, gehen wir mal wieder Kaffee trinken? Oder soll ich …« Wieder stößt jemand gegen meine Schulter, und diesmal bin ich ziemlich sicher, dass es Absicht war. Schutzsuchend trete ich ein wenig näher an die Wand, bleibe jedoch nah genug neben Carmichael, damit er merkt, wie viel mir daran liegt, damit er sich nicht umdreht und mich stehen lässt.

»Hör mal, Sara, das war keine große Sache. Du hast jemanden gebraucht, der dich abholt. Ich brauche aber keinen Kaffee.« Und dann setzt er sich in Bewegung, und ich strecke die Hand aus und packe ihn am Handgelenk, an dem mit dem Tattoo. »Bitte«, flehe ich. Ich klinge erbärmlich, kann mich aber nicht stoppen. »Ich habe doch sonst keinen. Ich wollte nicht gemein sein, ich habe einfach … ich habe Angst.«

Behutsam dreht er seinen Arm, sodass meine Hand sich löst. »Ich weiß«, sagt er. »Aber es ist nicht meine Aufgabe, dir über alles hinwegzuhelfen. Ich habe meine eigenen Probleme.«

Ich sehe ihm in die Augen und würde am liebsten sterben. Natürlich hat er seine eigenen Probleme, das weiß ich. Oder nicht? Natürlich hat niemand so schwere Probleme wie ich … oder vielleicht doch.

Er bleibt abwartend stehen, aber mir fällt nichts weiter ein. Ich habe keinen Schimmer, was ich eigentlich von ihm will, außer dass er mich nicht allein lassen soll, dass er mich nicht im Stich lassen soll, wo ich mich doch so einsam fühle.

»Ich muss los«, sagt er, und dann geht er. Und ich habe mich getäuscht – er war gar nicht auf dem Weg zu seinem Klassenzimmer. Er war auf dem Weg zum Ausgang.

Als es läutet, stehe ich immer noch im Flur und sehe zu, wie Carmichaels Rücken durch die Glastür der Schule immer kleiner und kleiner wird, bis er zu den Fahrradständern abbiegt. Ich weiß nicht, wohin er will. Ich kenne ihn nicht besonders gut. Und ich brauche ihn so sehr. Aber er braucht mich nicht.

Ich muss einen Sprint zu Mr Bastows Klassenzimmer hinlegen und schlüpfe gerade noch vor dem letzten Läuten auf meinen Platz. Hier drin bekomme ich kaum Luft. Ich weiß nicht, wie lange ich das noch durchhalte, mich nie richtig zu entspannen oder durchzuatmen oder mich wohlzufühlen.

»Hat lange genug gedauert«, höre ich Estrella Santos sagen.

Sie unterhält sich mit Chris Black, aber aus irgendeinem Grund denke ich, es geht um mich.

»Alle wissen, dass er nichts getan hat«, meint Chris. »Sie haben ohne jeden Grund sein ganzes Leben verpfuscht.«

»Angeblich geht er im Frühjahr an die Uni«, erzählt Estrella, und dann weiß ich es – es geht um Dylan.

»Ja, aber das mit dem Baseball …« Chris schüttelt den Kopf. »Das Ganze war sowieso Unsinn. Ich meine, sie war seine *Freundin.*«

»Ja. Er muss echt so traurig sein.« Estrella schüttelt ebenfalls den Kopf, wobei ihr Pferdeschwanz hin und her schwingt.

Ich sinke ein wenig tiefer in meinen Sitz.

»Er war immer so nett. Er war nicht wie die«, fügt Estrella noch hinzu. Als sie über die Schulter zu mir blickt, senke ich den Kopf. Ich lege die Hände auf den Bauch und bemühe mich, mein Essen bei mir zu behalten. Mein Frühstück liegt immer noch im Auto, in der Folie. Wahrscheinlich brutzelt es auf dem Armaturenbrett vor sich hin. Ich habe nichts im Magen, das ich von mir geben könnte.

Schließlich rauscht Mr Bastow ganz in Polyester und mit einem Stapel Papiere durch die Tür und sagt: »Ruhe, bitte.« Ich mache keine Anstalten aufzublicken. Vielleicht kann ich mich, wenn ich mich gar nicht mehr rühre, irgendwann ganz in Luft auflösen.

MÄRZ

»Du siehst scharf aus, okay? Mann, Sara, das sag ich dir jedes Mal, wenn wir weggehen! Hör endlich auf! Lieber Himmel, echt, hör einfach auf damit!«

»Womit denn?« Ich lasse meine Haare, die ich gerade in einem unordentlichen Knoten auf dem Kopf zusammenstecken wollte, wieder fallen und sehe Brielle an. Sie sitzt am Steuer, die Augen auf die dunkle Straße vor uns gerichtet, und wedelt mir mit der rechten Hand hektisch vor dem Gesicht herum. Ich schlage sie weg und kreische: »Was? *Was*?«

»Damit!«, brüllt sie zurück. »Mit dieser Hochsteckerei! Ständig probierst du das, und es sieht immer scheiße aus!«

Noelle auf dem Rücksitz lacht schallend, und ich kann nicht verhindern, dass meine Stimme einen weinerlichen, defensiven Tonfall hat, als ich zurückgebe: »Ich versuche es gar nicht ständig. Ich habe nur – ich wollte sie bloß einen Moment aus dem Gesicht haben, ich …«

»Ach, du bist unverbesserlich«, insistiert Brielle. Sie nimmt mich auf den Arm, schon klar, aber sie will auch vor Noelle angeben, indem sie heraushebt, wie lahmarschig ich bin. Ich kann es nicht ändern, ich bin das reinste Nervenbündel. Jedes Mal, wenn ich weiß, dass ich Dylan sehen werde, und besonders wenn Emma auch da sein wird, werde ich nervös. In die Schule zu gehen ist jetzt wie ein Bühnenauftritt für mich – ich will, dass er mich wahrnimmt, gleichzeitig sind meine Hände schweißnass, mein Mund ist trocken, und ich habe einfach Schiss. Keine Ahnung. Manchmal fühle ich mich besser, wenn ich ihn oder Emma anschreie, wie im McDonald's. Aber beim nächsten Mal bin ich dann wieder die Panik in Person.

Brielle hat das früher mal verstanden, glaube ich. Das ist vorbei. Sie und Noelle reden über das Gras, das Jacob oder Jacobs Cousin oder so heute Abend wohl dabeihaben wird. Brielle wollte immer, dass ich mitrauche, aber ich hab's nie getan. Also bin ich jetzt nicht nur nervös, sondern fühle mich noch dazu wie das fünfte Rad am Wagen. Na super.

Jacob wohnt in einem älteren, weniger noblen Teil der Stadt mit hohen Bäumen. Wir müssen auf der Straße parken, doch wie von Jacob angekündigt, sind offenbar nur ein paar Leute gekommen. Dylans SUV entdecke ich jedenfalls sofort. Und er ist der Erste, den ich zu Gesicht bekomme, als wir reingehen. Ich bin hier noch nie gewesen, und man sollte meinen, die riesigen Fotos von Jacob und seiner Schwester über dem Kamin würden mich ablenken – richtig peinliche gestellte Aufnahmen aus irgendeinem kitschigen Fotostudio, geknipst vor ein paar Jahren, als Jacob die Haare trug wie Justin Bieber –, doch ich habe nur Augen für Dylan, der mit Kyle auf der Couch sitzt, Bier trinkt und quatscht.

Und dann blickt er auf, sieht mich und lächelt. Ein Lächeln, das sagt *Hey, wie geht's*? Ein ganz entspanntes Lächeln.

»Na, du Spinnerin«, sagt Brielle hinter mir und stößt mich in den Rücken. »Lässt du uns auch mal reingehen?«

Ich bin im Türrahmen stehen geblieben, das merke ich jetzt erst, und springe wie eine Bescheuerte aus dem Weg.

Jacob geht zu Noelle und küsst sie. Dann sieht er uns an und sagt: »Jacken in mein Zimmer, okay?« Es ist komisch, ihn so ganz in der Rolle des Party-Gastgebers zu sehen. Schön, dass er sich mal nicht wie ein Kotzbrocken benimmt.

»Komm, ich zeig's euch«, sagt Noelle, und wir folgen ihr einen schmalen Flur entlang, in dem noch mehr Familienfotos hängen.

»Das ist ja endpeinlich«, meint Brielle lachend und deutet auf ein weiteres, mit Weichzeichner aufgenommenes Bild von Jacob.

»Hör bloß auf«, entgegnet Noelle. »Seine Mom will jemanden engagieren, der uns beim Abschlussball fotografiert.«

»Igitt!«, kreischt Brielle.

»Die soll sich lieber ein iPhone besorgen«, fährt Noelle fort und öffnet eine Tür am Ende des Flurs.

Es erstaunt mich nicht, dass Jacobs Zimmer mit Sexbomben-Postern tapeziert ist, wie sie im Shoppingcenter zu haben sind. Ein richtig altes von Pamela Anderson aus Baywatch ist dabei, und ein paar von Rihanna. An den Wänden Titten ohne Ende, ich kann den Blick kaum mehr vom Boden heben. Vergeblich warte ich auf einen Kommentar dazu von Brielle, aber vielleicht ist auch sie nicht überrascht. Oder sie meint, es könnte Noelle verletzen, wenn sie sich über Jacobs persönliche Deko lustig macht.

Ich muss daran denken, dass in Dylans Zimmer bloß ein paar Poster von Footballspielern aus dem College hängen. Davon abgesehen hat seine Mutter das Zimmer eingerichtet und zwar wirklich geschmackvoll. In diesem Raum hier hat man das Gefühl, als wäre er eine Sperrzone für Mütter.

Wir werfen unsere Jacken auf das Bett – das zumindest mit einer Green-Bay-Packers-Decke zugedeckt ist –, und Noelle fragt: »Wollen wir hier drin was rauchen? Wir können das Fenster aufmachen, kein Problem.«

Brielle schaut zu mir herüber, als hätten wir diese Diskussion nicht schon x-mal geführt. »Magst du?«, fragt sie.

Zu blöd, ich muss schon wieder ablehnen. Trotzdem bin ich froh, dass sie mich überhaupt gefragt hat – so fühle ich mich nicht ganz so ausgeschlossen, als wenn sie mich komplett übergangen hätte. Gerade will ich den Kopf schütteln, da fügt Noelle hinzu: »Ist guter Stoff, total mild.«

»Für mich nicht, danke«, sage ich.

Jacob und ein anderer Typ, den ich nicht kenne, kommen hinter mir ins Zimmer, und ich merke, dass ich überflüssig bin, also gehe ich. Ich bin kaum aus der Tür, als der andere Junge sie sofort hinter mir schließt, und dann höre ich sie alle lachen. Nicht über mich, das weiß ich. Jedenfalls bin ich mir ziemlich sicher.

Brielle versteht nicht, warum ich kein Gras rauche, und manchmal kapiere ich es selbst nicht. Der Gedanke daran, mit ihnen in dem Zimmer zu bleiben, macht mir höllische Angst. In diesem fremden Haus, mit Leuten, die ich kaum kenne – und obwohl Brielle dabei ist –, bin ich ängstlich und fühle mich einsam. So, wie wenn man mitten in der

Nacht im Wald ausgesetzt wird. Brielle sagt, es sei besser, als rezeptpflichtige Medikamente oder so was zu nehmen – das machen die echten Aussteiger an der Schule. Aber wie auch immer, mir ist das alles zu viel.

Ich starre eines der Fotos im Flur an, eine retuschierte Aufnahme von Jacob im Alter von vielleicht fünf oder sechs Jahren. Er posiert mit einem Spielzeug-Feuerwehrauto. Jetzt bleibt mir nur die Möglichkeit, wieder ins Wohnzimmer zu gehen, wo Dylan und Kyle und Noelles Freundin Amy abhängen. Kyle kenne ich noch immer nicht besonders gut, und mit Amy habe ich höchstens einmal gesprochen. Und Dylan kenne ich auch nicht mehr.

Wenigstens ist Emma nicht da. Ich hole tief Luft und zwinge meine Füße Schritt um Schritt über den Plüschteppich.

Das Erste, was ich sehe, als ich wieder ins Wohnzimmer komme, ist Dylans Gesicht. Er lächelt mich an. Meine Brust wird ganz weit, wie aufgebläht, nur wegen dieses Lächelns, das nach all der Zeit einmal wieder mir gilt. Es ist mir fast zu viel.

Er ist eindeutig angetrunken, aber das ist mir egal. Als er auf den Platz neben sich auf dem Sofa klopft, mit dieser weltweit gültigen Geste, die besagt *Komm, setz dich zu mir*, segle ich hinüber und folge der Aufforderung. Es ist gefährlich und sexy; *ich* bin gefährlich und sexy. Vergessen ist die zaudernde Sara, die eben noch kein Gras rauchen wollte – diese Sara hier nimmt eine Dose Bier von Kyle entgegen und lächelt Amy an.

»Ihr seid so süß«, lallt Amy und grinst mich und Dylan an. Vielleicht ist es sarkastisch gemeint, ich weiß nicht. Ich beschließe, mir auch darüber keine Gedanken zu machen.

»Dylan sieht immer süß aus«, sage ich kühn und halte mich für äußerst schlau. Es ist, als käme Brielles Stimme aus meinem Mund. »Kunststück, mit diesem Gesicht.«

»He, was soll das heißen?«, fragt er scherzhaft. »Was stimmt nicht mit meinem Gesicht?«

»Das ist es ja, Dummie«, entgegne ich und stupse ihn scherzhaft in den Arm. »Mit deinem Gesicht ist alles in Ordnung. Es ist toll.«

Ich blicke ihm direkt in die Augen und grinse wie eine Bescheuerte.

Als wir noch zusammen waren, bin ich nie so rangegangen, hab ich nie so was zu ihm gesagt, so offen geflirtet. Aus irgendeinem Grund fällt es mir jetzt gerade ganz leicht, jetzt, wo er nicht mehr mein Freund ist. Jetzt, wo er sich mit einer blöden Schlampe verabredet, einem Mädchen, über das alle lachen. Ich tue ihm einen Gefallen. Ich *rette* ihn. Er könnte stattdessen mit mir zusammen sein. Es ist noch nicht zu spät.

»Wo ist Tex abgeblieben?«, fragt Kyle Amy. Wahrscheinlich meint er den anderen Typen, den ich in Jacobs Zimmer gesehen habe. Amys Antwort bestätigt das – sie hält nur die Finger an den Mund, als würde sie an einem Joint ziehen, und Kyle sagt: »Ach so, okay.«

»Und wo ist Emma?«, frage ich Dylan, aber leise, damit die beiden anderen es nicht hören. Mein Gesichtsausdruck bleibt unbeteiligt, zumindest bemühe ich mich darum – und für den Fall des Falles hebe ich die Bierdose und nehme einen tiefen Zug. Es ist kalt und säuerlich, und ich spüre unmittelbar darauf, wie eine Welle von Wärme mich bis zu den Knien durchströmt. Bier und Dylans Lächeln, sein Körper neben meinem auf dem Sofa … gefährliche Kombination.

Er runzelt die Stirn und schüttelt ein wenig den Kopf. »Sie ist … ich weiß nicht. Sie hat gesagt, sie ist down oder so was.«

Ich zögere. Ist sie down wegen dem, was Brielle und ich gemacht haben, was wir ihrer Mutter erzählt haben? Schlagartig wird mir klar, dass Dylan vielleicht schon Bescheid weiß – haben Emmas Eltern nicht die von Jacob angerufen? Aber warum würde der uns dann noch einladen? Lieber Himmel, Brielle hat mir überhaupt nichts erklärt. Ich muss jetzt einfach die Coole spielen.

»Glaubst du ihr?«, frage ich und nehme einen großen Schluck Bier.

»Klar, warum auch nicht. Aber sie hat mir nicht gesagt, wieso sie so drauf ist.«

Ich nicke mitfühlend. Erleichterung durchflutet mich, noch unmittelbarer als vorhin das leichte Rauschgefühl vom Bier.

Dylans Stirnfalten werden tiefer. »Ach komm schon, Emma und ich sind dir doch vollkommen egal«, stellt er fest. »Du hasst sie.«

Aus irgendeinem Grund fahren seine Worte durch mich hindurch wie ein Messer. Wenn ich absichtlich das verletzte Hündchen spielen wollte, wäre das hier eine Meisterleistung – plötzlich habe ich nämlich

Tränen in den Augen und muss mich räuspern, ehe ich herausbringe: »Sie hat mir den Freund weggeschnappt.«

Dylan sieht mich nur einen Augenblick lang an. Er sieht mich an, als hätte er mich nie zuvor wirklich wahrgenommen. Doch dann wendet er sich wieder seinem Bier zu und nimmt einen langen Zug. Er steht auf, und ich denke, er wird weggehen, aber als er steht, streckt er mir die Hand hin.

»Wollen wir rausgehen?«

Heilige Scheiße. Nie im Leben wollte ich etwas dringender als das.

* * *

Wir sitzen hinten in Dylans Auto, und es ist wie in alten Zeiten, wie es sein sollte. Es ist sogar besser als in alten Zeiten, weil ich keine Angst mehr habe. Ich kenne ihn, ich vertraue ihm. Er braucht mich.

Ich bin diejenige, die die Initiative ergreift. Ich ziehe mir selbst mein Shirt aus und erstarre nicht, als er am Bund meiner Jeans zu zerren beginnt. Es ist mir egal, dass wir nicht wenigstens ein Stück von Jacobs Haus weggefahren sind. Die anderen Häuser stehen weiter weg, und es gibt so viele Bäume, das ist fast, als wären wir allein, im Wald. Ich will das hier so sehr, noch nie war mir etwas so wichtig, wie ihm jetzt nahe zu sein. Früher, keine Ahnung, ich glaube, da wollte ich einfach bloß einen Freund haben oder das Gefühl, er mag mich. Aber jetzt, wo ich weiß, wie es ist, mit ihm zusammen zu sein und ihn dann zu verlieren, kann ich nicht loslassen. Ich werde nicht loslassen.

Doch er macht einen Rückzieher. Ich liege auf dem Rücksitz, und Dylan stemmt sich hoch und sieht auf mich herunter.

»Das ist nicht – ich glaube, wir …«

»Schon okay«, sage ich eilig. »Kein Problem.«

Sein Gesicht nimmt kurz einen Ausdruck an, den ich nicht interpretieren kann. Ich will ihn auch nicht interpretieren – wenn er es sich anders überlegt hat, will ich es gar nicht wissen.

Ich ziehe ihn wieder an mich, und wir küssen uns weiter. Und dann habe ich wieder Sex, zum zweiten Mal in meinem Leben, mit diesem perfekten, absolut wundervollen Jungen. Er ist perfekt, und er mag mich.

Er hat mich gar nicht wirklich verlassen. Er ist zurückgekommen. Wir sind wieder zusammen.

Als es vorbei ist, rutscht er nicht gleich von mir herunter, und ich schlinge die Arme um ihn. Er trägt immer noch seinen Pullover, aber das stört mich nicht. Es ist kuschelig. Es ist warm. Als wir uns dann beide aufsetzen und unsere Kleider richten, möchte ich fast loslachen. Ich fühle mich so gut wie seit einer Ewigkeit nicht.

Doch als ich zu Dylan hinübersehe, ist sein Blick gesenkt. Und er sagt: »Es tut mir leid. Wahrscheinlich habe ich bloß … weiß auch nicht.«

Ich will antworten, bin aber wieder wie blockiert. Was ist eigentlich los? Was will er hören?

»Schon … okay«, bringe ich schließlich heraus, obwohl ich nicht einmal weiß, was er meint. Warum entschuldigt er sich?

Er schüttelt den Kopf. »Emma ist wirklich nett«, erklärt er mir. Ihren Namen zu hören ist für mich wie ein Schlag in die Magengrube. Schweigend warte ich, dass er noch mehr sagt. »Es ist bloß so schwer … Sie hatte so eine harte Zeit. Nicht erst in der Elmwood High oder mit euch oder so.«

Ich will darauf hinweisen, dass Dylan vor dem Valentinstag auch nicht gerade ein Fan von Emma war, aber so gemein wie Jacob oder Tyler ist er nie gewesen. Eigentlich hat er sich einfach nur rausgehalten.

Ich räuspere mich. Wenn wir darüber sprechen müssen, na schön. Er wird mit ihr Schluss machen, das ist ja wohl klar. Also kann ich mir für Emma Putnam auch ausnahmsweise mal ein bisschen Mitleid abringen.

»Ich habe gehört, sie ist in Therapie«, sage ich.

»Ja, das stimmt. Und dafür gibt es Gründe«, fügt er hinzu, und jetzt sieht er mich an. Seine Augen bitten mich um Verständnis, das ich natürlich nicht habe. »In ihrer alten Schule war es einfach total schwierig, und ihre Eltern dachten, es wäre gut für sie, an die Elmwood High zu wechseln. Besser gesagt, ihre Mom dachte das. Ihr Stiefvater scheint ein ziemliches Arschloch zu sein.«

Ich muss unwillkürlich schnauben. »Ja, schon gut. Mein Stiefvater dürfte ruhig ein Arschloch sein, solange er mir einen verdammten Audi kauft«, sage ich. Und das ist die Wahrheit. Ich kapiere nicht, warum sich so viele Elmwood-Kids als arme Opfer stilisieren. Ich selbst habe meinen Dad seit dem beschissenen Weihnachtsbesuch letztes Jahr nicht mehr gesehen. Den Jungs hat er Sportsachen mitgebracht und mir eine unverpackte CD von Taylor Swift. Ich habe sie einfach bloß angestarrt. Es wäre mir unmöglich gewesen, auch nur ansatzweise zu erklären, wie lächerlich dieses Pseudogeschenk war.

Dylan fährt sich mit den Händen durch die Haare, und ich frage mich, ob ich jetzt gerade alles kaputt mache. Emma ist die psychisch Angeknackste – ich hingegen bin die Unkomplizierte, die ohne Probleme. Ich bin die Freundin, die keinen Stress macht, das Mädchen, mit dem er zusammen sein will.

Ich rutsche auf dem Sitz näher an ihn heran und lehne den Kopf an seine Schulter. »Tut mir leid für dich, dass du dich damit herumschlagen musstest«, sage ich und greife nach seiner Hand. »Aber ich bin froh, dass es jetzt besser ist.«

Sein ganzer Körper spannt sich an, er zieht die Schulter unter meiner Wange weg. »Äh, Sara, also …«

Ich lehne mich zurück und lächle ihn an, zeige ihm, wie glücklich ich bin. Irgendwo in der Magengrube spüre ich ein ungutes Gefühl aufsteigen, als wenn ich gleich spucken müsste, diesen Anflug von Übelkeit, bevor die Kotzerei losgeht. Aber ich ignoriere es. Mir geht's gut. Es ist alles in Ordnung.

»Was wir gerade getan haben, war ein Fehler«, flüstert er. »Es tut mir wirklich leid.«

Seine Stimme ist ganz sanft und leise, aber in meinem Kopf hallt sie nach, als würde er brüllen. Jetzt kriecht die Übelkeit in mir hoch.

»Bist du …«, will ich anfangen, doch dann breche ich ab. Meine Stimme ist kratzig, und in meiner Kehle steckt so viel – Kotze und Tränen und irgendwie ein ganzes Knäuel von riesigen, schmerzhaften Klumpen –, dass ich kein weiteres Wort herausbringe. Ich schlucke und schlucke erneut, und er sieht mir nicht in die Augen. Als ich wieder den Mund öffne, ist meine Stimme nur noch ein Piepsen, denn ich bekomme kaum Luft. Ich krächze: »Was wolltest du sagen?«

»Es tut mir echt leid.« Er flüstert immer noch. Er ist traurig. Aber er sagt es trotzdem. »Das darf nicht noch mal passieren. Es tut mir leid.«

Ich kann mich nicht rühren. Und spüre weder meine Arme und Beine noch sonst irgendwas in mir – ich bin nicht erstarrt, denn das würde sich nach etwas anfühlen, irgendwie fest. Ich bin schwer und schlaff. Mir fehlen die Worte. Nie wieder werde ich ganz sein.

»Hey, brauchst du eine Mitfahrgelegenheit nach Hause? Ich fahr dich heim.« Dylan wühlt eine Weile in seiner Tasche und schlägt sich dann mit der Hand an die Stirn: »Logo, den Schlüssel hab ich ja vorhin ins Zündschloss gesteckt.«

Er gibt ein Geräusch von sich, das an ein Lachen erinnert, und schaut mich an, aber ich rühre mich immer noch nicht. Ich bin zu gedemütigt, um auch nur einen flüchtigen Blick in seine Richtung zu werfen, geschweige denn, ihn richtig anzusehen und mit ihm über den Autoschlüssel zu lachen.

»Also … okay«, sagt er unsicher. »Du … du kannst ruhig da hinten bleiben, wenn du willst. Ich werde … äh … ich werde bloß …« Er unternimmt keine weiteren Erklärungsversuche, sondern wechselt einfach von der Rückbank auf den Fahrersitz. Beim Öffnen der Türen dringt ein Schwall kalter Luft ins Auto, und plötzlich riecht es nach Feuchtigkeit und Erde – jenem Vorfrühlingsgeruch, der einem sagt, dass Schnee und Eis schmelzen und eines Tages die Sonne wieder hervorkommen wird.

Das wird sie vielleicht auch, für irgendein anderes Mädchen. Nicht für ein Mädchen, das von einem Jungen nach Hause chauffiert wird, der es nicht liebt, der es nicht braucht. Das stressfreie Mädchen, das für niemanden aufregend genug ist. Das Mädchen, das versucht, seinen Freundinnen und seinem Freund eine gute Gefährtin zu sein, aber einfach nicht gut genug ist.

Ich vermute, auf Emma Putnams hübsche Haare wird die Sonne leuchten, und ihr Leben, das so verdammt schwierig ist, wird irgendwann wieder glücklich sein. Dylan wird dafür sorgen.

Aber ich bin das Mädchen auf dem Rücksitz, im Dunklen, dem Tränen über das Gesicht strömen, das wegen nichts weint, ganz für sich.

SEPTEMBER

»Ich möchte, dass du in Zukunft einmal die Woche abends kochst.«

»Was? Wieso? Ich habe alle Hände voll zu tun! Und ich weiß gar nicht, wie man …«

»*Einmal die Woche*, Sara. Stell dich nicht so an. Und du weißt genau, wie es geht. Du hast mir doch immer mit dem Hühnchen in Pilzsoße geholfen. Von mir aus kannst du auch Chili machen oder Nudelauflauf aus der Packung.«

»Äußerst nahrhaft.«

Meine Mutter hört auf, die Zwiebel zu schneiden, die auf dem Brettchen liegt, und richtet die Messerspitze auf mich. »Es ist mein Ernst. Du kommst nach Hause und verschwindest in deinem Zimmer. Wir kriegen dich nicht zu sehen. Ich verstehe ja, dass du durcheinander bist nach allem … was gerade abläuft.« Sie beschreibt mit dem Messer einen Kreis, merkt dann aber offenbar, dass sie gerade eine Waffe gegen ihre Tochter richtet, und legt es vorsichtig auf die Arbeitsplatte.

»Ich habe jede Menge zu tun«, beharre ich.

»Nächste Woche ist das endlich alles vorbei«, erwidert sie. »Wir können zur Normalität zurückkehren. Aber du musst uns dabei helfen.«

»Bloß dass ich *normalerweise* nicht gekocht habe.«

»Tommy!«, ruft Mom über die Schulter. Meinen Einwand ignoriert sie. »Es reicht! Hol deinen Bruder zum Abendessen!«

»Warum müssen *die* nicht kochen?«, frage ich. Okay, ich klinge wie eine Heulsuse und bin mir dessen auch bewusst, aber ich kann nicht aufhören. Es ist exakt so, wie Mom gesagt hat. Ich war gerade dabei, in mein Zimmer zu verschwinden – und ich schwöre, wenn ich nicht in zwei Sekunden aus dieser Küche raus bin, drehe ich durch.

»Die Jungs kommen auch dran. Das ist ja der Plan«, sagt Mom und wirft die Zwiebelstückchen in eine heiße, gebutterte Pfanne, wo sie zu dampfen und zu brutzeln beginnen. »Tom! Mach endlich!«

Stampf, stampf, stampf. »Ja, ja«, ruft Tommy. Wir sehen ihn nicht, sondern hören nur seine Schritte – erst die Kellertreppe hoch, dann über das Erdgeschoss zum ersten Stock.

»Lieber Himmel, was haben die Stufen ihm bloß angetan?«, fragt meine Mutter. Ein Lächeln überzieht ihr Gesicht, und einen Augenblick lang weiß ich nicht, warum ich den Anblick so seltsam finde. Dann wird es mir bewusst – sie lächelt nicht mehr. Schon seit einer ganzen Weile.

»Lass mich nur schnell …«, sage ich, im Begriff, mich zu verdrücken, aber sie hält mich auf.

»Du wirst nur schnell den Tisch decken. Im Esszimmer.«

Seufz. »Ja, klar«, sage ich. *Zurück zur Normalität.* Was auch immer das heißen mag.

* * *

Ich sitze auf dem Bett und starre auf den Notizblock aus Teresas Büro, als es klopft und unmittelbar darauf meine Zimmertür aufgeht.

»Was zum …«, setze ich an, da ich einen meiner Brüder erwarte. Aber es ist Mom.

»Darf ich reinkommen?«, fragt sie, immer noch in der offenen Tür stehend. Inzwischen hat sie ihre Schlafklamotten angezogen, eine Yogahose und das alte Huskers-Sweatshirt. Ihr Haar ist hochgesteckt, und sie trägt ihre Brille – damit sieht sie immer jünger aus. Früher ist sie jeden Abend um diese Zeit zu mir gekommen, bloß zum Reden, um den Tag mit einem kleinen Schwatz unter Frauen abzuschließen. Das passiert jetzt natürlich nicht mehr. Also muss es um irgendetwas anderes gehen – wer hat schließlich noch Zeit für einen Schwatz unter Frauen? Wir jedenfalls nicht. Nicht das Mädchen, das Emma Putnam getötet hat, und die Mutter dieses Mädchens.

»Ja, okay«, sage ich, schiebe den Notizblock unter ein Kissen hinter mir und ziehe eines meiner Schulbücher heran, als hätte ich mich mit … genau, europäischer Geschichte befasst. Ich glaube, mehr als ein Mal habe ich dieses Buch noch nicht aufgeschlagen. Und tatsächlich bricht der Rücken, als ich jetzt wahllos eine Seite aufschlage – ein Geräusch, das zweifelsfrei bestätigt, dass das Buch neu ist. Ich ziehe eine Grimasse. Die offenen Seiten befinden sich mitten in einem Kapitel über den Holocaust. Ein schauderhaftes Schwarz-Weiß-Foto von drei ausgemergelten Männern mit riesigen Augen starrt mich an. Ich klappe das Buch wieder zu.

Mom steht an meinem Schreibtisch und betrachtet meine Pinnwand, genau wie neulich Tommy. »Hat Carmichael die für dich gemacht?«, fragt sie und deutet auf eine der CDs. Natürlich ist es die, auf der mit Edding geschrieben steht *Carmichael ist toll.* Es sollte eigentlich ein Witz sein, damals, als ich glaubte, wir wären die Art Freunde, die Insiderwitze teilen. Oder überhaupt irgendwie Freunde.

»Nein«, sage ich und hoffe, sie wird nicht weiter darauf eingehen. Zum Glück nickt sie bloß.

»Hör mal.« Sie dreht sich um und tritt näher an mein Bett. Eine Sekunde lang zögert sie, weil ich den gesamten Inhalt meines Rucksacks darauf ausgebreitet habe. Ich schiebe mein Englisch- und mein Naturkundebuch auf den Boden. Sie verdreht die Augen, setzt sich aber auf den frei gewordenen Teil der Decke und spricht weiter. »Natalie und ich haben über den Brief gesprochen, den du schreibst.«

Ich antworte nicht, auch nicht mit einem Nicken oder so. Ich weiß das alles oder habe mir zumindest gedacht, dass Natalie mit Mom auch über diese Sache reden wird.

»Sie sagt, du gibst ihn ihr zu lesen?«

»Ja, das muss ich wohl. Immerhin ist sie meine Anwältin.«

»Klar«, sagt sie. »Glaubst du – ich meine, dürfte ich ihn vielleicht auch lesen?«

Ich blinzle. Sie will *was*? »Warum?«, frage ich. Mehr bringe ich nicht heraus, so überrascht bin ich.

Sie hebt ein wenig eine Schulter, genau wie Alex es immer tut. Eine dieser seltsamen kleinen Familiengewohnheiten. Nach der Zombie-Apokalypse werde ich die Menschen, mit denen ich verwandt bin, an ihrem Schulterzucken erkennen.

»Ich habe mich das letzte halbe Jahr ständig gefragt … ich will einfach nur wissen, wie es dir geht«, sagt sie ruhig. »Du sprichst ja nicht mit mir.«

Jetzt hat sie Tränen in den Augen, und ich hole tief Luft, um ihr zu sagen … ich weiß nicht, aber irgendwas muss ich doch sagen, oder? Doch sie streckt den Arm aus und ergreift schnell meine Hand, hält sie in ihrer weichen, eingecremten Hand, die statt eines Eherings ein verschnörkelter Silberring ziert.

»Du musst nicht mit mir reden, Sara. Du bist ja schon fast erwachsen. Ich weiß, dass du ein Leben außerhalb dieser vier Wände hast. Ich weiß, wie … kompliziert alles ist.« Sie starrt unsere Hände an, und ich tue das Gleiche, die Form unserer Finger ist so ähnlich, und trotzdem sehen sie ganz verschieden aus. Meine Nägel mit dem abgesprungenen grauen Nagellack und ihre mit dem fast unmerklichen Rosaschimmer – sie lackiert sich selbst die Nägel. Ich habe um mein Handgelenk ein Gummiband von der Schul-Heftmappe geschlungen, die schon auseinanderfällt, sie trägt immer noch die schmale gold-silberne Uhr. Die Uhr, die ihre Mom ihr zum Highschool-Abschluss geschenkt hat. Wahrscheinlich soll ich sie einmal zu meinem bekommen. Daran hatte ich gar nicht mehr gedacht. Als Kind habe ich mir immer vorgestellt, wie glücklich ich sein werde, wenn ich eines Tages diese Uhr bekomme. Wie erwachsen. Hübsch und selbstbewusst. Mit Händen wie meine Mutter.

»Ich dachte, es ist vielleicht einfacher für dich, mir schriftlich zu erzählen, wie du dich fühlst, das ist alles.« Sie blickt wieder auf und lächelt, die Tränen sind verschwunden. »Ich weiß noch, wie sehr ich es im Alter von siebzehn, achtzehn hasste, mit meiner Mutter zu sprechen. Sie hatte einfach *keine Ahnung.*« Mom lacht, und ich merke, dass ich ebenfalls lächle. Grandma ist ziemlich cool. Seitdem sie vor ein paar Jahren nach New Mexico gezogen ist, sehen wir sie allerdings nur noch selten. Heute hat Mom ganz offensichtlich keine Schwierigkeiten mehr, mit ihr zu reden – sie telefonieren drei Stunden pro Woche oder so –, aber solche Geschichten höre ich immer gern.

Doch heute ist kein Geschichtenabend. Mom lässt meine Hand los und lehnt sich zurück. Ihr Blick ruht auf meinen Büchern am Boden, die sie nun aufhebt. »Also«, sagt sie, »wenn du es mir zeigen willst, dann würde ich es jedenfalls gern lesen. Aber natürlich werde ich auch am Dienstag dabei sein, wenn du es vorlesen wirst.«

Sie legt die Bücher wieder aufs Fußende meines Bettes und steht auf. Ich habe immer noch nichts gesagt. Meine Hand, die sie gehalten hat, ist noch ganz warm. Mir war nicht einmal aufgefallen, dass ich den ganzen Sommer, das ganze Jahr über so wenig mit ihr gesprochen habe – ich hatte das Gefühl gehabt, sie wäre diejenige, die nicht mit mir redet. Aber vielleicht war es umgekehrt? Vielleicht habe ich die ganze Zeit über alles falsch verstanden, alles durcheinandergebracht?

An der Zimmertür dreht sie sich noch einmal um und blickt zurück, so, als könnte sie Gedanken lesen. »Du weißt, mein Schatz – du weißt, dass ich dich lieb habe, oder?«

Ich nicke, immer noch stumm.

»Und ich bin stolz, dass du das machst. Ich bin nicht – was passiert ist, gefällt mir nicht, weißt du. Nichts davon, was ich in Natalies Büro erfahren habe, gefällt mir. Ich erinnere mich noch gut, wie brutal es an der Highschool zuging. Und ich kenne Brielle. Sie ist eine starke Persönlichkeit. Es ist aufregend, mit ihr zusammen zu sein. Ich weiß, wie man in so was reingeraten kann …«

Ich schlucke. Mom hat das alles auch früher schon gesagt. Obwohl, keine Ahnung, seit der neunten Klasse nicht mehr so oft. Eine Zeit lang wollte sie nicht, dass ich so viel mit Brielle zusammen bin, aber nach einem Jahr oder so hat sie es schließlich aufgegeben. Damals war ich einfach nur froh, dass sie nicht mehr irgendwas von wegen »Brielles Einfluss« auf mich vom Stapel ließ.

Das, was sie als Nächstes sagt, habe ich allerdings noch nie von ihr gehört.

»Ich stehe auf deiner Seite. Ich bin deine Mom und werde immer zu dir stehen. Der Gedanke, dass du dich jemals umbr- … dass du jemals tun könntest, was Emma getan hat … ich weiß einfach nicht, wie ich das verkraften sollte. Ich bin – ich bin einfach nur froh, dass sie es ist und nicht du.«

Ich fühle mich wie betäubt, aber sie sieht mich so eindringlich an, dass ich nicke.

»Und ich bin froh, dass du eingewilligt hast, vor Gericht eine Erklärung abzugeben. Denn egal, wie schlimm das alles für uns ist – ich kann mir gar nicht vorstellen, wie viel schlimmer es für Emmas Eltern sein muss. Ich glaube, wenn ich Emmas Mom wäre, würde mir das sehr viel bedeuten.«

Sie presst die Lippen aufeinander, spitzt sie ein bisschen zu einer Seite, als würde sie überlegen, ob sie noch etwas sagen soll. Doch sie tut es nicht. Sie lächelt bloß, ein wenig traurig, und schließt leise meine Zimmertür hinter sich.

Und ich sitze da, die Ecke des Notizblocks unter dem Kissen bohrt sich in meinen Rücken, und warte.

* * *

Über Nacht wissen alle an der Schule Bescheid, was kommende Woche geschehen wird. Viele haben schon lautstark dazu Stellung genommen. *Negativ*, so könnte man es zusammenfassen. »Du gehörst für den Rest deines Lebens hinter Gitter«, ist die lange Version dessen, was offenbar die meisten denken.

Bis Mittag habe ich Carmichael nicht gesehen, obwohl ich überall nach ihm Ausschau gehalten habe. Ich fürchte schon, er hat den ganzen Tag sausen lassen, doch als ich aus dem Hinterausgang zu meinem Auto gehe, um dort mein Sandwich zu essen – in die Cafeteria habe ich noch keinen Fuß gesetzt, seitdem die Schule wieder angefangen hat –, entdecke ich ihn endlich mit seinem Fahrrad. Ich hole tief Luft und gehe zu ihm hinüber.

»Hi, da bin ich schon wieder«, sage ich, und es ist mir egal, dass das klingt, als sei ich bescheuert. »Hast du einen Moment Zeit zum Reden?«

Er sieht aus, als hätte er gerade sein Fahrradschloss aus dem Fahrradständer ziehen wollen, steht jedoch auf, dreht sich zu mir und steckt die Hände in die Taschen seiner Jeans. »Klar«, sagt er.

»Ich hab mich wie ein Arschloch benommen«, sage ich. Dabei ziehe ich die Schulterblätter leicht zusammen, um größer und mutiger zu wirken. Selbstbewusster. »Es tut mir echt leid.«

»Okay«, sagt er und sieht mich an, als wüsste er nicht recht, was er denken soll, oder wäre jedenfalls noch unschlüssig.

»Vielleicht kann ich dich dieses Wochenende mal zum Abendessen einladen«, fahre ich fort. »Also, wenn dir das recht ist. Ich bin bloß … nicht sicher, wo ich nächstes Wochenende sein werde. Darum wäre mir dieses Wochenende lieber, wenn das bei dir geht.«

Er nickt langsam, und sein Gesicht wird ein bisschen weicher.

»Ich habe das jetzt nicht gesagt, damit ich dir leidtue.«

»Okay«, sagt er wieder.

»Aber wenn du genug Mitleid hast, um Ja zu sagen und mit mir wegzugehen, dann wär das cool.«

Plötzlich, es ist wie ein Wunder, lächelt er. Ich bin so glücklich und erleichtert, dass ich sofort zurücklächle. Fast lache ich laut heraus, beherrsche mich jedoch.

Carmichael macht einen Schritt auf mich zu, verkleinert den Abstand zwischen uns, und berührt mich sanft wie eine Feder an der Nase. Nur mit der Fingerspitze, nur einen Augenblick lang, trotzdem beginnt sich in meinem Kopf alles zu drehen, und mein Herz rast. »Danke«, sagt er, die Hände nun wieder in den Taschen.

»Gern geschehen«, flüstere ich. Wir stehen immer noch zu dicht beieinander, und mir ist schwindlig, seitdem seine Hand mein Gesicht gestreift hat – so, wie wenn man die Augen geschlossen hält und trotzdem spürt, dass jemand in der Nähe ist. Ich weiß noch, dass wir das irgendwann in Biologie durchgenommen haben, es hat etwas mit dem Überlebensinstinkt zu tun. Genau erinnere ich mich nicht – ich war zusammen mit Brielle in dieser Unterrichtsstunde. Hauptsächlich ist mir noch im Gedächtnis, dass sie nach diesem Tag jedes Mal, wenn ich die Augen schloss, einen Stift auf meine Stirn gerichtet oder mit der Hand vor mir herumgewedelt hat. Und wenn ich dann erschrocken zusammengezuckt bin, ist sie in hysterisches Gelächter ausgebrochen.

So war Brielle eben. Nur dass das keiner zu kapieren scheint – sie hat einen selbst dann gefoppt, wenn sie einen mochte. *Besonders* wenn sie einen mochte. Und wenn jemand gemein zu ihr oder zu einer ihrer Freundinnen war, dann begann sie, diese Leute zu piesacken. Natürlich auf sehr viel unangenehmere Weise. Manchmal war sie sogar echt hart. Aber – und das wird mir jetzt plötzlich klar, wie ich da mit Carmichael stehe, zwischen zwei Unterrichtsstunden, zwischen allem – das war ihr Überlebensinstinkt. Ihre Art zu handeln.

Und ohne sie bin ich handlungsunfähig. Weil mein Überlebensinstinkt darin besteht, unsichtbar zu sein. Dank Emma Putnam werde ich nie wieder unsichtbar sein, so sehr ich mich auch bemühe. Mit Brielle hätte ich zum Star des Jahrbuchs werden können, ein beliebtes, selbstbewusstes Mädchen. Emma hat mich zu einer gemeinen Göre gemacht.

Oder? Das hat sie doch? Oder war auch das Brielle?

Ganz allein wäre ich sicher nicht so gemein gewesen, oder?

Ich blinzle und fokussiere wieder Carmichaels Gesicht vor mir. Er tritt etwas zurück und sagt: »Ja, dieses Wochenende bin ich da. Aber vielleicht sollte lieber ich dich einladen. So gehört es sich eigentlich.«

»Du wirkst gar nicht wie jemand, der auf so was allzu viel Wert legt«, stelle ich fest.

Er zuckt wieder die Schultern und meint: »So gut kennst du mich noch gar nicht.«

Meine Wangen brennen, und plötzlich wünsche ich mir, ich wäre einfach in mein Auto gestiegen und hätte nicht davon angefangen. Ich weiß nicht, wie ab kommender Woche mein Leben aussehen wird – nachdem ich im Gerichtssaal gestanden und ausgesagt habe. Ich weiß nicht, wie es nach alledem weitergehen soll. Ich weiß, dass wir einen Deal machen werden, trotzdem werde ich das Gefühl nicht los, dass die Richterin, nachdem sie mich angehört hat, sagen wird: »Egal, steckt sie ins Gefängnis.«

Vielleicht wäre das sogar einfacher. Denn was soll ich hier sonst tun? Neue Freundschaften schließen? Herausfinden, wie ich es anstellen kann, dass die Leute mir vergeben?

Dass Carmichael mir vergibt? Das wäre wohl zumindest ein Anfang. Ich glaube, genau das versuche ich gerade.

»Wir haben ja Zeit, oder?«, sage ich schließlich. »Ich könnte dich besser kennenlernen. Wenn du willst.«

Das ist das Verrückteste und Tapferste, was ich je zu einem Jungen gesagt habe. Ich habe das Gefühl, gleich umzufallen und vor Beschämung zu sterben.

»Ja, das war auch mein Gedanke«, erwidert Carmichael. »Also hole ich dich am Samstag ab, okay? Und führe dich zu deiner Henkersmahlzeit aus.«

Ich lächle über seinen Scherz, über seine Einladung. »Okay.«

»Also, ich muss dann mal los«, fügt er hinzu und deutet auf sein Fahrrad. »Kommst du zurecht?«

Ich nicke, sehe zu, wie er das Rad aufsperrt und vom Ständer hebt. »Bis dann«, sagt er und radelt davon.

Das Herz schlägt mir immer noch bis zum Hals, es ist, als würde ich von innen getreten, gleichzeitig bin ich jetzt ruhiger. Ich habe das Gefühl, gerade etwas geschafft zu haben.

Ich blicke in Richtung Parkplatz – ob es wohl zu spät ist, mich eine Weile in meinem Auto zu verstecken? Und genau in dem Moment geht eine Gruppe Mädchen, unter ihnen Alison Stipe, an mir vorbei. Ich will die Hand heben, um Alison zuzuwinken, aber sie wendet sich gerade einem der anderen Mädchen zu, Lindsay Irgendwas. Alison flüstert Lindsay etwas ins Ohr, und Lindsay schaut zu mir her. Als daraufhin beide lachen, läuft es mir kalt den Rücken hinunter.

Ich blicke zu Boden, starre meine Füße an und wünsche mir, meine Haare wären so lang, dass sie mein Gesicht bedeckten. Am liebsten würde ich im Boden versinken.

»Schlampe«, zischt eines der Mädchen.

Es ist wie ein Schlag ins Gesicht, doch ich lasse den Kopf gesenkt und warte, bis sie vorbei sind.

Wenn das mit dem Überlebensinstinkt wirklich stimmt, müsste ich jetzt wegrennen. Aber an der Highschool gelten andere Regeln. Und für mich noch mal ganz andere. In meinem Fall hält man einfach still, während die Wölfe einen umkreisen und sich die Lippen lecken.

Auch wenn es ein Leben nach meinem Gerichtstermin gibt, ich glaube kaum, dass ich das packe.

Aber ich muss. Ich kann nicht einfach aufgeben. Wie Emma. Das ist keine Lösung.

Mit gesenktem Kopf drehe ich mich um und gehe wieder hinein in die Schule, zu meinem Spind. Während ich die Blicke spüre, denke ich an Carmichael, daran, dass ich ihn besser kennenlernen werde. Weil er mir eine Chance gibt. Und ich ertappe mich dabei, wie ich lächle. Nur ein klein wenig.

Irgendwas an diesem kleinen Funken Glück fühlt sich verkehrt an, aber darüber kann ich mir jetzt keine Gedanken machen. Ich klammere mich an diesen Funken, dieses Fitzelchen. Ich gestatte mir, mich ein klein wenig glücklich zu fühlen. Obwohl es irgendwie auch wehtut.

MÄRZ

Oh mein Gott, du hast alles verpasst

Bist du wirklich mit dieser männlichen Hure Dylan weggegangen?

Schreib zurück, blöde Zicke.

???

Mann, was ist dein Problem?

Emma flippt langsam echt aus.

Sie hat D-Bag total zur Sau gemacht, meinte Kyle.

Wo zum Henker steckst du?????

Ich drehe mich im Bett herum und ignoriere das fünfmillionste Summen meines Telefons. Es ist noch nicht mal Mittag, und ich bin praktisch den ganzen Tag auf den Beinen gewesen – Alex musste zu seinem Spiel gefahren werden, Tommy brauchte Hilfe mit dem 3-D-Schaubild für sein Projekt in Naturkunde, für Mom musste ich in den Laden, weil sie vergessen hatte, Bananen zu kaufen – aber jetzt sitzen sie alle beim Essen, und ich bin in mein Zimmer geflüchtet. Natürlich ist das Bett nicht gemacht, aber so war es nur umso einfacher, wieder hineinzukriechen. Ich habe mir nicht mal die Mühe gemacht, vorher meine Jeans auszuziehen.

Das Summen bedeutet bestimmt, dass Brielle mir simst. Ich hätte ihr sagen sollen, warum ich gestern Abend verschwunden bin, aber selbst schuld, warum hat sie mich mit Dylan allein gelassen? Ich habe es satt, ihr Sozialfall zu sein. Oder so eine Art Schaubild in *ihrem* Projekt. Ihrem Sozialkunde-Projekt. Ich habe versucht zu tun, was sie mir geraten hat, und jetzt sieht man ja das super Ergebnis.

Ich will nur schlafen, aber bei jeder neuen SMS frage ich mich, was mich am Montag in der Schule erwarten wird. Das heißt, sofern ich es überhaupt schaffe, mich dorthin zu schleppen.

Natürlich werde ich keinem erzählen, was passiert ist, und natürlich will Dylan auch nicht, dass jemand es erfährt. Er wünscht sich, es wäre nie geschehen – jedenfalls nicht mit mir. Schläft er etwa noch nicht mit Emma? Darum wollte er doch mit mir schlafen, oder? Keine Ahnung, echt. Ich dachte jedenfalls, dass es so ist. Verdammt noch mal, was haben wir uns bloß dabei gedacht?

Was auch immer es war, es ist ein Geheimnis. Und wird ein Geheimnis bleiben. Wenn Dylan sich nicht von Emma trennen und mit mir zusammen sein will, wird er es niemandem erzählen. Am allerwenigsten Emma.

Oder?

Wenn er es Emma erzählt, bin ich total am Arsch. Schließlich ist sie die Schlampe – sie ist die Hauptschuldige. Aber wenn Dylan sie nicht verlassen will, dann bin in den Augen der anderen jetzt *ich* die Schlampe.

Ich bin die aktuelle Schlampe, also habe ich automatisch verloren.

Mein Gott, es ist so erniedrigend. Ich werde dieses Bett nie wieder verlassen.

Als ich anfing, mit Dylan auszugehen, fand ich es toll, dass die Leute plötzlich wussten, wer ich war, dass ich mit Zwölftklässlern reden konnte und sie nett – oder einigermaßen nett – zu mir waren. Ich fühlte mich nicht mehr als Anhängsel von Brielle, sondern als ein wirklich beliebtes Mädchen, ein Mädchen, das im Jahrbuch auf den Fotos zu sehen sein würde, wo die Leute Spaß haben. Diese Fotos zeigen immer die gleichen Grüppchen, Kids mit glänzenden Haaren, schicken Autos und Collegejacken. Brielle ist manchmal drauf. Von mir war nur einmal in der Zehnten der halbe Kopf zu sehen – neben Brielles strahlendem Gesicht, aber eben nur halb, weil wir eine große Gruppe waren: mit Alison und ein paar Typen, mit denen wir herumzogen, bevor Rob und Dylan und die alle in unser Leben traten. Brielles allerbeste Freundin zu sein, hat mich beliebter gemacht, aber richtig dazugehört habe ich nie.

Und ich weiß schon, mit Facebook und alldem ist das Jahrbuch keine große Sache mehr. Aber die Jahrbücher meiner Mom liegen immer noch im Keller, und sie ist darin echt ein Star. Als Kind habe ich sie gern durchgeblättert und mir ausgemalt, dass ich das Gleiche erleben würde – dass ich auch so ein Mädchen sein würde, Cheerleaderin und Freundin eines tollen Typen und ein lächelndes Gesicht auf einer Schwarz-Weiß-Montage, unter der *Zwölftklässler an die Macht* oder so was steht. Aber jetzt ist das Jahr zu Ende, und ich bin nicht Cheerleaderin, ich bin niemandes Freundin, ich bin nicht der Star des Jahrbuchs. Ich bin derselbe Niemand wie damals in der Achten, als Brielle mich aus dem Nichts geholt hat.

Summ.

Na schön. Ich werde die verdammten SMS lesen. In die Schule werde ich sowieso keinen Fuß mehr setzen, aber ich bin doch neugierig, was so verdammt wichtig ist.

Hm.

Waah! Das Telefon beginnt erneut zu vibrieren, während ich es noch in der Hand halte und die verpasste SMS lese, und ich zucke heftig zusammen. Wieder Brielle, ein Anruf diesmal – das Foto vom letzten Sommer springt mich an. Das am Pool, das ewig lang ihr Profilfoto war. Für einen kurzen Moment starre ich nur auf ihr Gesicht, mein Herz rast, und mein Daumen bleibt zögernd über der Hörertaste hängen.

Direkt daneben grinst mich die »Ablehnen«-Taste an. Kann ich da nicht einfach draufdrücken? Kann das nicht alles einfach weg sein?

»Hallo, Brie.«

»*Sara*, Himmel noch mal, wo hast du gesteckt? Du bist einfach raus in die verdammte Nacht verschwunden, offenbar mit *Prince Charming*, und dann gehst du nicht ans Telefon?«

»Mmpf.« Ich lasse mich mit dem Gesicht nach unten aufs Bett fallen.

»Also, das reicht mir nicht, Madame«, sagt Brielle. »Wieso erzählt mir Kyle, dass Emma ihren Macker los ist? Wo bist du mit D-Bag hingegangen?«

»Nirgends hin. Er hat mich nach Hause gebracht«, entgegne ich. »Keine Ahnung, warum Emma ausflippt. Macht sie das nicht ständig?«

Brielle gibt ein kleines Prusten von sich, das ist ihre Art zu lachen. »Stimmt«, pflichtet sie mir bei. »Und heute hat unsere Drama Queen ihren ganz großen Tag, jetzt hat sie nämlich auch ... tja, ich schätze mal, lebenslang Hausarrest. Anscheinend hat Mami endlich auf unseren Tipp wegen Jacob reagiert.«

Ich setze mich auf. »Steckt Jacob auch in Schwierigkeiten?«

»Himmel, nein. Wir waren ja gestern Abend noch bei ihm. Ich hab's dir doch gesagt, eigentlich ist es allen egal. Jedenfalls, solange sie sich nicht mit seinen verrückten Eltern unterhalten. Gegen die wirken meine ja richtig normal, echt.«

»Oh. Das ist gut. Denke ich.«

»Ja, es ist toll, Jacob kann weiter Minderjährige vögeln«, sagt Brielle abfällig. Ich sehe richtig vor mir, wie sie mit der Hand durch die Luft fährt, um das Thema beiseitezuwischen. »Egal, du hast mir immer noch nicht erzählt, was eigentlich passiert ist. Habt ihr zwei gebumst? Ihr habt gebumst. Ihr habt gebumst und seid wieder zusammen, und Emma wird vor Scham *endlich* an ein Mädcheninternat flüchten.«

Wenn es doch nur so wäre. Ich bin stinksauer, weil sich bei ihr alles so einfach anhört. Für sie ist ja auch alles einfach – sie hat haufenweise andere Freunde, alles Geld der Welt, sie ist hübsch und unbekümmert. Wie bin ich bloß darauf gekommen, ich könnte auch so sein?

»Nö«, sage ich schließlich. »Nichts ist passiert. Er hat mich bloß nach Hause gebracht.«

»Buh!«, brüllt Brielle. »Buuuuh. Weißt du, was eine viel bessere Geschichte wäre? Dass ihr gevögelt habt. Ich denke, ich werde dafür sorgen, dass der Putnam-Schlampe diese Version der Ereignisse zu Ohren kommt. Lass mich nur ...« Ihre Stimme wird leiser, und ich höre sie tippen.

»Warte. Was machst du?«, frage ich. Panik steigt in meiner Kehle auf.

»Oh ja, das ist gut. Warum sind wir nicht eher darauf gekommen? Egal, das ist jetzt genial. Und nachdem du gestern tatsächlich mit D-Bag abgehangen hast, wird sie es absolut glauben.«

Ich vergrabe wieder mein Gesicht in meinem Kissen. Ich weiß, was Brielle gerade tut – vielleicht nicht genau, aber viel Vorstellungsvermögen braucht es nicht, um sich auszumalen, dass sie soeben ein neues Gerücht in die Welt setzt. Oder Emma vielleicht direkt eine E-Mail schickt, keine Ahnung. Gestern hätte ich ihr noch geholfen; gestern hätte ich sogar eine Geschichte erfunden, die dem, was ich am Abend getan habe, ziemlich nahekommt – alles nur, um Emma eins auszuwischen. Jetzt bin ich bloß … müde.

»Okay. Ich hole dich um zwei ab, ja? Zieh dir was Hübsches an.«

»Wieso?« Ich kann mich nicht erinnern, für heute etwas mit Brielle ausgemacht zu haben. Nach dem gestrigen Abend hätte ich erwartet, dass sie noch verkatert ist oder mit Noelle zusammensteckt. Plötzlich spüre ich einen Energieschub. Wie macht Brielle das bloß? Die Worte *Ich hole dich ab* genügen, um mich aus dem Bett und zum Schrank zu treiben.

»Ist doch klar, das Spiel! Himmel, was ist bloß los mit dir heute? Hat D-Bag gestern irgendwas gesagt?«

»Nein«, lüge ich. Obwohl ich weiß, dass das nicht geht, will ich ihr plötzlich unbedingt die Wahrheit sagen. Sie würde es affengeil finden, aber gleichzeitig nichts kapieren. Und es ist zu peinlich. Mein Gott, was bin ich für eine Loserin. Ich öffne meinen Schrank und – finde nichts, was ich anziehen könnte.

»Na, jedenfalls kannst du ihm Hallo sagen, wenn wir hinkommen. Und Emma wird rauskriegen, dass ihr wieder zusammen wart, und sie wird wie immer eine Wahnsinnsshow abziehen, und dann … Internat, wir kommen! La la la la.«

Als Brielle lauthals »Tschüü-üss« singt und auflegt, lächle ich sogar. Aber meine trübe Stimmung kehrt zurück, sobald ich ihre Stimme nicht mehr höre. Was wird Dylan denken, wenn er uns bei dem Spiel sieht? Es wird total so aussehen, als würde ich ihn verfolgen.

Mehrere Optionen schwirren mir durch den Kopf, als ich meine Lieblingsjeans aus dem Wäscheberg am Boden meines Schrankes ziehe. Ich könnte meine Brüder mitnehmen; Brie anrufen und sagen, ich sei krank; einfach alles stehen und liegen lassen und nach Mexiko fahren – aber nichts davon werde ich tun. Ich kann mich nicht einmal selbst davon überzeugen, dass ich irgendwas davon tun *will*, denn ich kenne die Wahrheit. Ich will Dylan sehen. Ich will, dass er mich sieht.

Ich habe die Hoffnung nicht aufgegeben, dass er sich für mich entscheidet. Und ganz vielleicht hat Brielle ja recht. Vielleicht wird Emma die Schule wechseln. Vielleicht kann der Rest des Schuljahres so verlaufen, wie es sein sollte, und ich werde mit Dylan auf seinem Abschlussball sein. Auf den Partys. Und im Jahrbuch. Und möglicherweise nächstes Jahr auf Partys am College.

Es ist okay, dass Dylan den Fehler gemacht hat, am Valentinstag mit Emma rumzumachen. Und vielleicht auch noch ein paar Mal mehr. Es ist okay, dass er jetzt verwirrt ist. Aber die Wärme und Kraft und Erregung, die ich vergangene Nacht empfunden habe, muss echt gewesen sein, und er muss das auch gespürt haben. Wir passen gut zusammen, er mag mich. Er ist bloß furchtbar durcheinander, deswegen das mit Emma. Und jetzt ist sie in Schwierigkeiten. Sie wird für den Rest des Wochenendes nicht da sein – auch nicht beim Spiel. Sie wird hören, dass ich beim Spiel gewesen bin, genau wie sie gehört hat, dass ich gestern Abend in Dylans Auto von einer Party verschwunden bin. Sie wird mit ihm Schluss machen. Oder er mit ihr.

Egal. Hauptsache, ich finde jetzt sofort einen Scheißpullover, dann wird alles *gut*.

Endlich.

* * *

»Ich hätte nicht gedacht, dass du kommst.«

»Ja, also – Brielle wollte, und mir geht es richtig ab. Zu deinen Spielen zu kommen, meine ich. Ich bin bloß – keine Ahnung. Sorry.«

Dylan fährt sich durch die vom Duschen noch nassen Haare. Brielle unterhält sich unten im Flur mit Marcus, und ich lehne an der Wand neben dem Umkleideraum, aus dem Dylan gerade gekommen ist. Das Spiel hat in der Halle vom katholischen College in der Innenstadt stattgefunden, und die Ziegelbetonwände sind in grellem Blau und Gelb gestrichen. Ich habe das Gefühl zu schielen, wenn ich Dylan ansehe – wenn ich mich überhaupt zwingen kann, ihm ins Gesicht zu sehen.

All mein cleveres Geflirte von gestern Abend ist dahin. Jetzt bin ich nur noch eine Stalkerin, die nichts zu ihrer Verteidigung vorzubringen hat.

Doch Dylan zuckt die Schultern und lächelt ein wenig. »Es ist schön, dich zu sehen«, sagt er ruhig.

Hoffnungsvoll blicke ich ihn an.

»Wir wollen was Essen gehen. Vielleicht in den Diner hier in der Nähe.«

Mein Herz macht einen kleinen Satz. Ich kenne das Lokal, von dem er spricht. Es ist eins von diesen altmodischen Restaurants mit silberner Außenfront, wie man sie aus Filmen kennt. In der Innenstadt gibt es eine Reihe von coolen Schuppen, wo man sich fühlt wie in einer richtigen Stadt, und dieses Lokal gehört dazu. Ich weiß nicht, warum ich beim Gedanken an das Restaurant so aufgeregt bin, aber ich nicke begeisterter, als ich sollte und halte den Atem an, bis –

»Kommt ihr Mädels auch mit?«

»Ja! Na klar, ich meine, ja, lass mich nur kurz Brielle Bescheid sagen.«

Ich halte inne, während Dylan seine Tasche nimmt und davongeht, rüber zu einer anderen Gruppe Jungs. Ich kann nicht glauben, dass das alles wahr ist.

»Alter, guck dir das an!« Plötzlich ist Brielle an meiner Seite und hält mir ihr Handy hin. Ich blicke auf das Display und sehe ein Foto von mir, wie ich mich – gerade eben – lächelnd mit Dylan unterhalte. Brielle hat es soeben auf Facebook gepostet. »Operation Internat läuft, Bitches.« Sie steckt das Telefon wieder in ihre Jackentasche. »Hat er dich zum Essen eingeladen, oder was?«

»Ja«, sage ich und versuche, nicht lauthals zu lachen. »Gehen wir mit?«

»Ob wir mitgehen? Wir sind längst *da*!« Brielle macht kehrt und marschiert in Richtung Hallentür. Dabei schwingt sie mit großer Geste die Arme. »Was für eine geile Fotoaktion! Ich bin *genial*!«

* * *

Um zwei Uhr morgens bin ich immer noch online, scrolle mich durch alles, was Brielle auf ihrer Pinnwand, meiner Pinnwand und der Pinnwand der Baseballmannschaft hochgeladen hat. Ich und Dylan in der Halle, ich und Dylan eng nebeneinander in einer Nische im Restaurant (Sitzordnung: Brielle), ich und Dylan in dem coolen Musikladen ein paar Straßen vom Diner entfernt, ich und Dylan im 7-Eleven beim Kaugummikaufen. Ich vergrößere noch einmal das Foto aus dem Diner und inspiziere unsere Gesichter. Sieht man, dass wir ineinander verliebt sind? Sieht doch jeder, oder? Nicht nur ich?

Wir haben uns alle stundenlang in der Innenstadt rumgetrieben, sind in der Kälte herumgelaufen und aufs Geratewohl in Läden gegangen. Brielle ist gegen zehn unauffällig mit Marcus verschwunden, und Dylan hat wieder angeboten, mich heimzufahren. Vor lauter Glück dachte ich gar nicht daran, dass ich den ganzen Tag lang total vergessen hatte, meine Mutter anzurufen und wahrscheinlich Probleme bekommen würde, wenn ich nach Hause kam. Ja, ich war glücklich – und nervös. Meine letzte Fahrt in Dylans Auto war schließlich nicht so entspannt gewesen.

Aber heute Nacht war alles, als wäre es funkelnagelneu. Wir redeten eigentlich nicht mal, während er fuhr. Und als er vor meinem Haus stehen blieb, saßen wir einfach nur da.

Dann sagte er: »Hör mal, es tut mir leid, das alles.«

»Mir auch«, entgegnete ich, löste meinen Gurt und schielte zu ihm hinüber. Sein kurzes Haar steckte unter einer Wollmütze, und seine langen Wimpern glitzerten ein wenig im Licht der Straßenlaterne, das durch die Windschutzscheibe fiel. Ich holte tief Luft, schloss halb die Augen und schnupperte sein Aftershave.

»Ich weiß nicht, was ich jetzt tun soll. Ich mag dich wirklich.«

Meine Augen öffneten sich wieder. »Ich dich auch«, erklärte ich wie aus der Pistole geschossen. »Ich habe dich immer gemocht.«

Schon dachte ich, ich hätte zu viel gesagt, doch dann beugte sich Dylan herüber und küsste mich. Ganz sanft, behutsam. Wie bei einem Abschiedskuss. Allerdings fühlte es sich mehr wie ein Begrüßungskuss an – wie ein Neuanfang.

Er wich ein wenig zurück, gerade so weit, dass wir einander ansehen konnten, und holte Luft, als wollte er noch etwas sagen.

Doch ich kam ihm zuvor. »Können wir es noch mal probieren?«

Er wollte antworten, ich konnte jedoch nicht aufhören zu reden. »Es tut mir wirklich alles sehr leid, was war. Ich glaube einfach, dass Emma – dass sie dich benutzt. Aber wenn du willst, dass ich netter zu ihr bin, kann ich das sein. Du fehlst mir einfach so sehr.«

Ich schwieg, biss mir auf die Lippen und versuchte den Riesenkloß in meinem Hals herunterzuschlucken.

»Mir tut es auch leid …«, setzte er an.

»Schon okay«, erwiderte ich rasch. »Das muss es nicht – ich meine, macht nichts, alles in Ordnung. Ich fand es heute wirklich schön. Danke fürs Fahren.« Ich schaffte es, ihn wieder anzulächeln, bevor ich aus dem Auto sprang und ins Haus rannte.

Jetzt schließe ich die Augen, um den Laptopbildschirm vor mir und die übrigen Erinnerungen an heute Abend auszublenden, das Gemecker meiner Mutter, weil ich nicht angerufen habe, und den ganzen Mist rund ums Haus, den ich morgen erledigen muss. Ich lasse die Augen geschlossen, bis ich mein Telefon wieder in der Hand habe. Auf dem Display ist immer noch die SMS zu sehen, die ich eine Stunde nach Dylans Abfahrt bekommen habe.

Ich fand es auch schön. Sprechen uns morgen.

Und trotzdem zieht sich auch jetzt wieder mein Magen zusammen, dann beginnt er zu flattern vor Glück und Nervosität. Ich wende mich ein letztes Mal dem Computer zu und sehe, dass eine neue Mail gekommen ist.

Emma Putnam folgt dir auf Twitter!

Was … zum …

Mann, wie erbärmlich. Stellt sie mir jetzt nach? Wahrscheinlich ist Emma nach allem, was Brielle heute gepostet hat, jetzt – was? Keine Ahnung. Ich klicke auf den Link und will sie schon als Follower ablehnen – ich bin nicht besonders oft auf Twitter, aber das ist doch irgendwie unheimlich –, beschließe jedoch, zuvor noch ihren Feed zu checken, nur so.

Und dann sehe ich, dass Emma vielleicht auch nicht so oft auf Twitter ist. Oder gar nicht. Also jedenfalls nicht die echte Emma.

Ihr Foto zeigt ein Schwein. Und gepostet sind all die Fotos, die Brielle heute aufgenommen hat, mit Unterschriften wie »Hab jemandem den Typ ausgespannt, aber der mag nette Mädchen lieber«. Und alle sind markiert mit #EmmaPutnamistneSCHLAMPE.

Ach du Schande! Ich weiß, dass Brielle mir damit den Rücken freihalten will, aber das … das ist ganz schlechtes Timing. Dylan wird glauben, dass ich es war oder zumindest davon wusste. Und auch wenn Brielle das vielleicht für witzig hält, ist es das womöglich gar nicht mehr. Sondern es macht alles nur noch schlimmer.

Mein Chatfenster öffnet sich. Brie natürlich.

#emmaputnamistneschlampe, Bitches!!!

Ich schüttle den Kopf und schreibe zurück: *Bitte nicht! Dylan wird denken, das war ich.*

Pff, du verstehst keinen Spaß. Und dann ist sie wieder offline – sie klickt mich einfach weg. Ich wechsle wieder zu Twitter und sehe den nächsten Emma-Post aufpoppen.

Ich habe keine Freunde buuuh huuuh weil #Emmaputnamistne-SCHLAMPE.

Das ist nicht gut.

Ich schalte den Computer aus und stelle ihn auf den Boden neben meinem Bett, in der Hoffnung, dass Brie bald damit aufhört und dass alles einfach vorbei ist. Jetzt werde ich erst einmal schlafen. Ich werde von Dylan träumen und von meinem Leben, das endlich wieder rund läuft.

OKTOBER

»Die Bestellung ist fertig! Wer wollte noch mal extra Chips?«

»Hier, hier!«

»Okay, also, bitte sehr … ich hole dir noch die Salsa …«

»Neeein! Doch nicht auf Pfannkuchen!«

»Nein? Du nimmst keine Salsa zu den Chips?«

»Das sind *Schokoladen*-Chips!«

»Aha, verstehe. Na, wenn du wirklich die willst …«

»Daaa-aad!«

Alex kreischt und kichert, als wäre er plötzlich fünf Jahre jünger. Ich verdrehe die Augen, aber das ist in Ordnung, weil keiner es sieht – ich bin noch im Flur, außer Sichtweite, nicht in der Küche wie alle anderen. Es ist schön, Alex lachen zu hören, aber es ist schrecklich mitzubekommen, wie Dad den guten Vater mimt. Schon allein vom Zuhören wird mir schier schlecht.

Offenbar steht er wieder am Herd. In der Pfanne brutzelt noch mehr Butter, und ich höre das Gekratze vom Pfannenwender. Dann sagt er: »Tomcat, du bist ein Salsa-Mann, oder? Davon kriegt man Haare auf der Brust!«

Jetzt lacht Alex noch lauter, Tommy hingegen sagt bloß: »Nein, ich nehme auch nur Schokochips natur.«

Es klingt, als sei er des Ganzen ein wenig überdrüssig. Genau wie ich. Ich will zwar, dass Tommy seinen Dad mag – unseren Dad –, aber gleichzeitig bin ich froh, dass ich nicht die Einzige bin, die bemerkt, dass das alles falsches Getue und einfach nicht *genug* ist. Außerdem ist es viel zu früh am Morgen für diesen Mist. Und es ist Samstag – da haben wir eigentlich frei. Beziehungsweise die Jungs haben eigentlich frei. Ich bin schon ganz nervös, wenn ich an meine Pläne für diesen Morgen denke, unter anderem eine außerplanmäßige Fahrt in Natalies Büro, was für ein Spaß.

Wieder landet ein Löffel Teig in der Pfanne, die Butter zischt, und mein Magen zieht sich noch mehr zusammen. Ich habe das Gefühl, zehn Tassen Kaffee getrunken zu haben oder so. Keine Ahnung, wie ich da reingehen soll, ohne allen ins Gesicht zu kotzen.

»Doug, du weißt, wo die Spielfelder sind, oder?«

Beim Klang von Moms Stimme fahre ich zusammen. Ich hatte geglaubt, sie sei noch oben oder nicht da – irgendwo sonst, jedenfalls nicht beim gemütlichen Pfannkuchenfrühstück mit Dad. Ihre Stimme klingt verdächtig freundlich.

»Na klar. War schon x-mal da. Stimmt's, Jungs?«

»Ja!«, sagt Alex mit leicht erstickter Stimme, wahrscheinlich, weil er den Mund voll hat. Tommy höre ich nicht antworten. Muss er ja auch nicht. Bei unseren Fahrten zur Schule überlässt er seinem kleinen Bruder ebenfalls das Reden, diesen Trick beherrscht er bestens. Ein bisschen so, wie ich es mir irgendwann angewöhnt habe, als ich mich nicht mehr über Dads Kurzbesuche freute, sondern auf einmal einen Horror davor hatte.

»Julia, möchtest du noch was?«, höre ich Dad Mom fragen. Es liegt eine gewisse Schärfe in seiner Stimme – sie können nicht miteinander reden, ohne dass es einen drohenden Unterton hat.

»Himmel, nein. Trotzdem danke fürs Kochen«, erwidert sie, und dann klappert Geschirr im Spülbecken.

Ich hole tief Luft und spähe um den Türrahmen. Keine Ahnung, warum, aber ich kann da einfach nicht reingehen. Dafür gibt es so viele Gründe, vor allem aber wäre es mir gerade jetzt unmöglich, die Pfannkuchen-mit-Schokoladenstückchen-Diskussion zu führen. Mir schmecken sie nicht, und das kann keiner nachvollziehen, zuallerletzt meine kleinen Brüder. Und Dad wird denken, dass ich aus reinem Trotz ablehne, als ginge es mir im Leben nur darum, seine Scheißversuche, den guten Vater zu spielen, kaputt zu machen. Dabei gibt es gar nichts kaputt zu machen, was ich ihm jedoch sowieso nicht erklären kann, also lasse ich es.

Und Mom wird bestimmt etwas zu meinem Aufzug sagen oder so. Seit dem Abend neulich in meinem Zimmer ist sie echt nett gewesen, aber in dem Punkt hat sie wirklich einen Fimmel. Sie braucht mich nur anzusehen, schon entdeckt sie etwas, das man verbessern könnte. Natürlich müsste man *alles* an mir verbessern. Und damit meine ich nicht bloß mein T-Shirt und die abgeschnittenen Shorts.

Von meinem Platz aus beobachte ich Mom am Spülbecken. Die Haare hat sie zu einem lockeren, hübschen, aber legeren Pferdeschwanz gebunden, und überrascht stelle ich fest, dass auch sie Jeans trägt – normalerweise geht sie in Bürokleidung zu Natalie. Allerdings ist es natürlich eine schicke Jeans, kombiniert mit einer schicken Bluse.

Dann kommt mein Dad ins Blickfeld gestiefelt. Er trägt die Bratpfanne zum Spülbecken. Er hat Khakihosen an und dazu ein Polohemd – die Samstagsuniform abwesender Väter allerorten. Ich wusste nicht einmal, dass er heute kommt, und offenbar ist er sogar schon seit gestern Abend hier, denn seine Haare sind noch ein bisschen feucht von der Dusche. Moment mal, bleibt er etwa *hier*?

»Danke«, sagt Mom, nimmt ihm die Pfanne ab und stellt sie zu dem Stapel, den sie gerade unters Wasser hält, um die Sachen anschließend in die Spülmaschine zu räumen. »Und danke fürs Kochen, das war nett von dir.«

»Gern geschehen. Ich werde die Jungs zu ihren Spielen bringen, wir sehen uns dann bei der Anwältin.«

»Gut, aber keine Eile, bleib bei ihnen, solange es nötig ist. Tommy spielt heute bloß ein paar Felder von Alex entfernt. Vielleicht kannst du ja hin und her wandern, um abwechselnd bei beiden zuzuschauen, und sie anschließend heimbringen.«

Sie unterhalten sich echt, als wären sie noch verheiratet, als wäre es ein ganz normales Wochenende. Die meisten Leute würden die Anspannung in ihren Stimmen wahrscheinlich gar nicht wahrnehmen und ebenso wenig, dass Mom Dad gar nicht richtig ansieht. Aber trotzdem. Ich merke, wie viel leichter das letzte halbe Jahr gewesen wäre, wenn es in unserem Haushalt zwei Elternteile gegeben hätte. Sogar, wenn diese Elternteile einander immer noch ziemlich hassen.

Mein Magen fühlt sich an, als würde darin ein halb garer Pfannkuchen unkoordinierte Saltos vollführen. Nach einem letzten Blick auf meine Eltern ziehe ich mich unbemerkt zurück und gehe zur Haustür. Schlüssel und Handtasche habe ich schon. Eigentlich könnten Mom und ich zusammen fahren, aber mein Auto steht in der Einfahrt, und Dad hat es nicht zugeparkt. Stattdessen hat er seinen wuchtigen schwarzen Wagen auf der Straße abgestellt. Man könnte glatt meinen, das FBI sei bei uns eingezogen. Ich nehme das jedenfalls als Zeichen, dass es mir vergönnt ist, allein zu fahren, und steige einfach in mein Auto.

Ich will nicht gleich zu Natalie fahren – schon deswegen, weil es viel zu früh ist –, aber irgendwo muss ich hin. Als ich an die Kreuzung komme, wo das *Albertsons* ist, entschließe ich mich im Bruchteil einer Sekunde abzubiegen. Zwar erwarte ich nicht, dass Dylan da ist, aber dann sehe ich sein Auto und suche mir schnell einen Parkplatz, bevor ich es mir anders überlegen kann.

Im Laden ist es wie immer lausekalt. Draußen hat es inzwischen merklich abgekühlt, ein kleiner Vorgeschmack auf den Herbst, falls wir überhaupt noch einen haben werden, bevor der Winter anbricht. Aber die Schulen und Supermärkte brauchen immer eine Weile, bis sie es kapieren und ihre Thermostate umstellen. Ich habe es auch noch nicht kapiert – sogar mein Notfallpullover für Teresas Büro ist noch im Auto. Ich bekomme Gänsehaut an den Armen, sobald ich durch die Automatik-Schiebetür gegangen bin.

Dylan zu sehen, macht es nicht besser, so viel ist klar. Er steht, mit dem Rücken zu mir, gleich vorne an einem der ersten Tische in der Obstabteilung und lädt Apfelkisten ab. Ich habe ihn lange nicht gesehen – außer, dass ich ihm auf Facebook folge, natürlich –, und das Gefühl zwischen Übelkeit und Aufregung, das ich seit dem Aufwachen empfunden habe, verstärkt sich noch. Allein schon vom Anblick seines Rückens, als er sich vorbeugt und aus einer weiteren Kiste eine Lage Granny-Smith-Äpfel holt, um sie auf den Tisch zu stellen, wird mir schwindlig.

Außerdem merke ich gerade, dass ich keinerlei Plan habe. Warum bin ich eigentlich hier? Wollte ich ihn einfach nur sehen? Ein letzter Blick, bevor er aufs College geht, was er, wie ich annehme, sehr bald tun wird – entweder steigt er verspätet ins laufende Semester ein, oder er zieht irgendwo in die Nähe der Uni und wartet bis zum Frühjahrssemester.

Doch jetzt gibt es kein Zurück mehr. Plötzlich dreht er sich nämlich um und sieht mich so direkt und unmittelbar an, dass ich mich einen Augenblick lang frage, ob ich etwa seinen Namen laut gesagt habe. Wir starren einander an, ich fröstelnd mit meinen kurzen Ärmeln, er in seiner bescheuerten blauen Schürze.

Eigentlich wirkt er nicht überrascht, mich zu sehen. Wir stehen zu weit auseinander, um uns in normaler Lautstärke unterhalten zu können, und ich mache nur eine Kopfbewegung in Richtung der Tür, durch die ich gerade gekommen bin, damit er mit mir hinauskommt. Daraufhin hebt er die Augenbrauen, vielleicht weil wir gewöhnlich hinten sind, wo uns keiner sieht. Aber vielleicht denkt er das gar nicht. Ich habe wohl nie wirklich verstanden, wie Dylan tickt.

»Hey, Alter«, ruft er einem anderen Typen in blauer Schürze zu, der ein paar Tische weiter Schachteln mit Karamelläpfeln stapelt. »Bin gleich wieder da.«

Der andere sieht so aus, als wollte er etwas einwenden, doch Dylan ist schon auf dem Weg zu mir, bindet seine Schürze los und fährt sich mit der Hand durch die Haare. Ich bleibe noch eine Weile stehen, lasse Dylan an mir vorbei und durch die Schiebetür gehen. Dann drehe ich mich um und folge ihm.

Yep, immer noch kalt draußen. *Frisch* würde Mom es nennen. Dylan hat sich auf einer der Bänke niedergelassen, die die Außenwände des Albertsons und der fünf, sechs anderen Läden der Billig-Mall säumen. Neben der Bank steht ein überquellender Mülleimer mit integriertem Aschenbecher. Deswegen und wegen der Kälte will ich vorschlagen, dass wir uns in mein Auto setzen, doch stattdessen geselle ich mich fröstelnd zu ihm.

»Was gibt's«, fragt er müde. Seine Hände halten die zerknitterte Schürze, eines der Bänder baumelt herunter, während er den Stoff zu einem immer kleineren Ball rollt.

Jetzt, wo ich hier bin, weiß ich nicht mehr, was ich sagen wollte. Wenn da überhaupt etwas war. Also entscheide ich mich für die Wahrheit oder einen Teil davon.

»Ich wollte dich einfach bloß sehen«, erkläre ich ihm. Wir schauen einander nicht an, sondern starren beide hinüber zum Parkplatz oder hinunter auf die Zigarettenkippen am Boden.

»Gutes Timing«, sagt er. »Nächste Woche ziehe ich nach Lincoln.«

»Wirklich?« Ich bin überrascht, dass es so schnell geht. Und auf einmal total enttäuscht.

»Ja, du weißt schon, mit Rob und den anderen, sie haben eine Wohnung.«

»Aha, verstehe. Klingt gut.«

»Ja.«

Wir schweigen einen Augenblick und starren weiter vor uns hin.

»Also«, sagt Dylan schließlich. »Ihr geht auf einen Deal ein, wie ich höre.«

»Ja, aber du bist noch besser dran«, sage ich unwillkürlich. »Du bist vollkommen aus dem Schneider.«

Sein Kopf fährt schnell herum, und plötzlich sehen wir einander in die Augen, aber es ist schrecklich. Er sieht so wütend aus. Betrogen.

»Ich habe ja auch nichts getan«, sagt er.

Ich denke an diese Zeit vom Sommer, jene Tage, an denen ich ihn auf der anderen Seite dieses Gebäudes besucht habe, an das sinnlose Geknutsche. Es war so ein gutes Gefühl gewesen, sich aneinander festzuhalten, während alles um uns zusammenbrach – oder vielleicht kein richtig gutes Gefühl, aber zumindest ein bisschen weniger schlimm in all dem schrecklich Schlimmen. Und wir waren zusammen gewesen. Wir waren die zu Unrecht Angeklagten, die Unschuldigen.

Und jetzt lese ich in seinen Augen, dass es gar nicht so gewesen ist. Er war unschuldig und ich … nicht.

»Hast du mich überhaupt gemocht?«, frage ich ihn.

»Ach komm, Sara, was ist das denn für eine Frage?« Er schüttelt ein wenig den Kopf, lehnt sich dann auf der Bank zurück und dreht das Gesicht mit einem schweren Seufzer wieder nach vorne. Die Schürze fällt ihm aus den Händen in den Schoß, eine einzige große blaue Falte. »Es geht nicht immer nur um *dich*.«

»Ich weiß …«, sage ich, doch mein Magen krampft sich schon wieder zusammen, und der Schmerz macht mich wütend genug, um mich zu verteidigen. »Aber es geht *auch* um mich. Ich meine, immerhin stehe ich auch vor Gericht – oder schließe einen Vergleich, egal –, und ich war diejenige, die du …« Meine Stimme versagt, wieder weiß ich nicht, was ich sagen soll. Dylan ist tatsächlich unschuldig. Oder zumindest hat er nichts getan, weshalb man ihn belangen könnte, und das läuft auf das Gleiche hinaus.

Eine lange Weile starren wir schweigend vor uns hin, als säßen wir im Auto und es wäre wichtig zu beobachten, was vor uns passiert, als würde da überhaupt was passieren. Ein paar Leute laufen an uns vorbei in einen der Läden. Sie ignorieren uns, und ich beachte sie genauso wenig.

Schließlich sagt Dylan: »Ich bin froh, dass es keinen richtigen Prozess gibt. Das wäre echt hart gewesen.«

»Ich hatte mich auch nicht gerade drauf gefreut«, erwidere ich wahrheitsgetreu.

»Tja, nun, ich meinte irgendwie, du weißt schon, Emmas Eltern. Für *sie* wäre es echt hart gewesen.«

Ich runzle die Stirn. »Sie waren doch diejenigen, die einen Prozess wollten. Sie haben mit dem Ganzen angefangen.«

Er dreht sich zu mir und sieht mir fest in die Augen. Über den Sommer hat er sich die Haare wachsen lassen, doch jetzt ist es frisch geschnitten, sodass man seine Ohren ein bisschen zu deutlich sieht. Am Kinn hat er eine kleine Schramme vom Rasieren. Er riecht nach dem Aftershave, das er immer benutzt, ein jungenhafter Duft vermischt mit einem anderen Geruch, der einfach … nach ihm riecht. Er rutscht auf der Bank herum, und seine Schultern sind wie eine Schwingtür, die alles andere aussperrt, nur mich nicht. Ich will mich daran anlehnen. Ich kann nicht.

Aber sein Gesicht sehe ich ganz deutlich, als wäre es das erste Mal. Nur dass es sehr wahrscheinlich das letzte Mal ist.

»Keiner hat das gewollt«, sagt er langsam und monoton. »Keiner.« Dann steht er auf und geht davon.

MÄRZ

Als ich am Sonntagmorgen aufwache – nicht spät, wie ich eigentlich wollte, sondern idiotisch früh, noch vor acht, weil ich immer noch so aufgedreht bin – gehe ich als Erstes online und entdecke, dass sich auf Emmas Twitter-Account noch was getan hat. Es gibt eine Menge Posts, so à la »Ich bin erbärmlich«, und viele Follower und Antworten. Wer ist an einem Samstagabend so lange online? Offenbar jeder.

Und auf Facebook kommentieren viele, dass Dylan und ich ein süßes Paar sind und dass wir viel besser zusammenpassen als er und Emma. Es sind sogar ein paar »Gut gemacht, Bro«-Posts an seiner Pinnwand, obwohl ich nicht genau weiß, was das heißen soll. Dass sie froh sind, dass er wieder mit mir zusammen ist (oder es wenigstens so aussieht)? Oder dass sie ihn für einen Hengst halten, weil er zwei Freundinnen gleichzeitig hat?

Das Wochenende ist noch nicht vorbei. Die Jungs haben ihre üblichen Sportveranstaltungen. Mom ist immer noch sauer auf mich, weil ich am Freitag so spät nach Hause gekommen bin und gestern den ganzen Tag unterwegs war und wird mich bestimmt nicht aus dem Haus lassen. Aber ich muss zu Dylan, irgendwie. Wenn ich ihn sehe, kann ich ihm erklären, dass das nicht auf meinem Mist gewachsen ist, dass alles, was ich gestern gesagt habe, immer noch stimmt. Wenn ich ihn sehe, können wir … ich weiß nicht. Ich will ihn jedenfalls sehen.

Als mein Handy summt, klopft mir das Herz bis zum Hals, weil ich ganz sicher bin, dass er mir eine SMS geschickt hat.

Nein, es ist Brielle.

SOS, sofort kommen!!!!!

Man kann über Brielle eine Menge sagen, aber zum Notruf greift sie nur selten. Ich schlüpfe in die nächstbeste Jeans und einen Pullover und lege mir auf dem Weg nach unten alle möglichen Ausreden zurecht, warum ich unbedingt das Haus verlassen muss. Wenn ich zu Brielle darf, kann ich vielleicht auch bei Dylan vorbeischauen.

»*Du* bist ein Blödmann«, höre ich Alex schreien, als ich in die Küche komme.

»Keine Kraftausdrücke«, sagt Mom, aber ihre Stimme klingt müde und nicht besonders drohend.

»Ja, Blödmann, keine Kraftausdrücke«, knurrt Tommy.

»Du hast angefangen!«, kreischt Alex.

»Ja, hat er«, stimmt Mom ihm zu. »Trotzdem geht ihr jetzt beide auf eure Zimmer.«

»Aber Mom …«, fängt Tommy an.

Und gleichzeitig Alex: »Ich habe meine Cornfl…«

Da knallt Mom ihre Tasse so laut in die Spüle, dass beide verstummen. Das Klirren ist ohrenbetäubend und viel furchteinflößender als alles, was sie jetzt sagen könnte. In der absoluten Stille, die darauf folgt, stehen meine Brüder vom Tisch auf und verlassen die Küche. Alex macht große Koboldaugen, Tommy hingegen grinst immer noch, als wollte er sagen: Na, viel Spaß mit ihr.

Ich stehe unschlüssig im Türrahmen. Soll ich versuchen, mir die Autoschlüssel vom Haken an der Hintertür zu angeln oder mich einfach in mein Zimmer verziehen? Aber als Mom mich sieht, sagt sie nur: »Du bist schon auf.« Dann dreht sie sich wieder zur Spüle und macht sich an den Abwasch.

Langsam bewege ich mich um die Küchentheke herum, an Mom vorbei, auf die Hintertür zu. »Ja«, sage ich. »Und ich muss … mal kurz weg …« Ich zeige lahm auf die Tür und warte darauf, dass sie mich anschreit.

»Gut. Sei um zwölf wieder zu Hause.«

Sie sieht mich nicht an, und ich frage mich, was sie hat. Ist sie immer noch sauer wegen gestern?

Langsam greife ich nach den Schlüsseln am Haken, nehme sie behutsam herunter, sodass sie nicht klimpern. Ich weiß nicht, warum ich das mache, das Wasser in der Spüle plätschert so laut, und Mom knallt das Geschirr in die Spülmaschine, als wäre es unzerbrechlich (was es mit zwei noch relativ kleinen Jungs im Haus zum Großteil wohl auch ist). Es überrascht mich richtig, dass ich ihre Worte verstehe, denn sie spricht so leise, als könnte sie nicht einmal mehr dafür genug Energie aufbringen.

»Genieß es. Ich weiß nicht, was sie uns bei diesem Schulgespräch am Mittwoch über dich erzählen werden, aber ich wette, danach wirst du dein Auto lange Zeit nur noch benutzen, um die Jungs irgendwohin zu bringen.«

Ich blicke auf die Schlüssel in meiner Hand, auf den Türknauf vor mir, auf das ganze Leben, das mich draußen erwartet. Shit. Das Schulgespräch hatte ich ganz vergessen, das Telefonat, das Mom mit Dad geführt hat. Das war ja vor drei Leben.

»Geh einfach«, fügt sie hinzu. »Verschwinde.«

Und das mache ich.

* * *

»Warte, erst musst du dich hinsetzen.«

»Und Kaffee trinken.«

»Ja! Für diese Neuigkeiten braucht man einen Kaffee.«

»Darf man hier drin rauchen? Für diese Neuigkeiten braucht man definitiv eine Zigarette.«

»Sara raucht nicht. Aber wir können auf die Terrasse gehen.«

»Pah, nein, draußen ist es eiskalt.«

»Oh, tut mir leid, Gnädigste.«

»Ja, echt! Bleib ruhig und *frier dir nicht den Arsch ab.*«

Brielle lehnt sich lachend an die Kücheninsel, und Noelle krümmt sich auf ihrem Stuhl. »Bleib ruhig und *vergiss deine Fäustlinge nicht!*«, brüllt Brielle.

»Bleib ruhig und *was zum Teufel bedeutet das eigentlich?*«, erwidert Noelle.

Ich stehe am anderen Ende der Kücheninsel und versuche zu lachen – oder wenigstens zu lächeln –, doch sie achten gar nicht auf mich.

Sie sind noch im Schlafanzug, Noelle war also über Nacht hier. Brielle ist ungeschminkt. Sie trocknet sich die Augen und wendet sich wieder der Kaffeemaschine zu. »Wo waren wir gerade?«

»Du bist ruhig geblieben und wolltest Sara die gute Nachricht erzählen!«, kräht Noelle.

»Oh mein Gott!« Brielle wirbelt zu mir herum. »Sitzt du? Lieber Himmel, du musst dich setzen!«

Ich schlendere hinüber zu Noelle, die auf einem der hohen Barstühle hockt. Brielles Küche ist riesig, es gibt einen großen Tisch und diese ausladende Kücheninsel. Eine Wand ist komplett verglast, mit Blick auf eine weitläufige Terrasse. Dort steht ebenfalls ein Tisch mit Stühlen, außerdem gibt es einen Barbereich und einen Whirlpool. Die Bäume dahinter scheinen sich kilometerweit zu erstrecken – vielleicht ist das tatsächlich der Fall, ich weiß es nicht; Brielle und ich waren seit Jahren nicht mehr dort. Es ist ein grauer Morgen, die regennassen Äste ragen schwarz in den grauen bleiernen Himmel. Auf der Fahrt hierher hatte ich das Gefühl, das Wetter sei irgendwie ein schlechtes Omen, aber wahrscheinlich war das nur eine Überreaktion wegen Brielles SMS. Was auch immer passiert ist, es ist offenbar etwas Lustiges. Jedenfalls für sie und Noelle. Ganz schön blöd von mir zu denken, ich würde als Erste eingeweiht werden.

»He, hör auf zu schmollen«, sagt Brielle, die meine Gedanken zu lesen scheint. Sie stellt einen schweren Kaffeebecher von *Le Creuset* vor mich hin, und ich beuge mich über die verdächtig dünne braune Brühe.

»Soll das Kaffee sein?«, frage ich. Ich meine es nicht boshaft oder beleidigend, aber nach Kaffee sieht das wirklich nicht aus.

»Klappe!«, schnauzt Brielle, und Noelle lacht sich wieder schlapp.

»Ich hab dir doch gesagt, dass du nicht genug genommen hast!«, kreischt Noelle.

Gott, jetzt krieg ich richtige Kopfschmerzen.

Brielle stampft zurück zur Kaffeemaschine, nimmt die Kanne und gießt den Rest des wässrigen Gebräus in die Spüle.

»Bei Starbucks feuern sie dich hundertpro«, bemerkt Noelle.

»Ich hab gar keinen Job da, Dummie.« Brielle lächelt.

»Also«, sage ich schließlich. »Du hast einen Notruf geschickt. Was gibt's?«

Sie sehen mich an, als säße ich nicht schon seit zehn Minuten hier und nähme an ihrem kleinen Kaffeedrama teil. Brielles Lächeln wird breiter, als sie sagt: »Oh. Oh, ja.«

Noelle fängt an zu quietschen, auf ihrem Sitz zu hopsen und in die Hände zu klatschen. Ich habe sie noch nie so aufgedreht erlebt. Allerdings bin ich natürlich auch nicht ihre allerbeste Freundin wie Brielle.

»Ich sage nur ein Wort«, fährt Brielle fort. »Tyler.«

Ich starre sie eine Minute lang an, dann gleitet mein Blick zu Noelle. Warum lassen sie mich wie eine Vollidiotin dastehen? Ich fühle mich sowieso fast den ganzen Tag wie eine Vollidiotin.

Und ich muss auch so aussehen, denn Noelle ergänzt: »Tyler Chang.«

»Das sind zwei Wörter«, wirft Brielle ein, immer noch grinsend.

»Was ist mit Tyler?«, frage ich.

»Tyler und Emma«, erklärt Noelle.

»Gestern Nacht«, fügt Brielle hinzu.

Meine Güte, wenn es in diesem Tempo weitergeht, wird es bis zum Sommer dauern, bis ich weiß, was passiert ist.

»Jetzt erzählt schon!«, bettle ich.

Sie tauschen einen Blick, und kurz denke ich, gleich bekommen sie wieder einen Lachkrampf wegen irgendeines blöden Insiderwitzes, aber schließlich tritt Brielle an die Kücheninsel, beugt sich zu mir herüber und sieht mich aufgeregt an.

»Tyler und Emma hatten gestern Sex.«

»Echt wahr«, bekräftigt Noelle.

»Das war's dann wohl für die Schlampe Emma.«

»*Sayonara,* kleine Schlampe!«, bekräftigt Noelle.

»Moment mal – was erzählt ihr da?«, frage ich, ungläubig blinzelnd.

»Na ja, Emma war voll depri…«, fängt Brielle an.

»Ich weiß, ich weiß«, unterbreche ich sie.

Doch sie hebt abwehrend die Hand und fährt fort. »Lass mich ausreden. Emma war also total down. Tyler, ganz der Gentleman, hat das ganze Zeug über dich und Dylan im Internet gesehen …«

»Ähm, übrigens vielen Dank auch dafür«, sage ich, aber sie sieht mich dermaßen böse an, dass ich verstumme und die Lippen fest aufeinanderpresse.

»Willst du es jetzt hören oder nicht?«, fragt Brielle. Ihr reißt offensichtlich gleich der Geduldsfaden.

Ich beiße die Zähne aufeinander und nicke rasch.

»Okay. Tyler besucht also Emma zu Hause – ich weiß nicht, vielleicht hat er sich reingeschlichen oder so – und erzählt ihr alles, und dann haben sie Sex mit allem Drum und Dran.«

»Mit allem Drum und Dran«, wiederholt Noelle. Ich würde ihr am liebsten sagen, danke, ich brauche kein Echo, kann mich jedoch beherrschen.

»Und dann – das ist überhaupt das Beste – hat Emma *Dylan* angerufen.«

»Das gibt's doch nicht!«, platze ich völlig verblüfft heraus.

»Echt hart, oder?«, triumphiert Brielle. »Heute Morgen! Oder vielleicht noch gestern Nacht, weiß man's?« Sie wendet sich zu Noelle, die jedoch nur die Achseln zuckt. »Jedenfalls hatte sie solche Gewissensbisse, dass sie es ihm *erzählt* hat. Ich meine, echt wahr.«

Brielle stößt sich von der Theke ab und sieht mich an, und dabei fächert sie die Hände auf, als hätte sie mir gerade Emmas Kopf auf einem Silbertablett serviert und würde nun auf ein Dankeschön warten. Und das hat sie wohl ja auch gerade getan.

»Das … ich weiß nicht …« Ich finde keine Worte. Das ist gut, oder? Brielle und Noelle halten es offenbar für etwas Gutes. Also … gut. Richtig?

»Die nehmen sie garantiert von der Schule«, sagt Noelle.

»Oh mein Gott, sie werden sie doppelt von der Schule nehmen«, fügt Brielle hinzu.

»Wissen es ihre Eltern denn?«

»Äh ja, bestimmt«, sagt Brielle sarkastisch. »Tyler hat Marcus erzählt, sie haben ihn beim Rausschleichen erwischt, also wissen die es ziemlich sicher.«

Noelle nickt, immer noch im Echomodus. Ich frage mich, was aus der coolen Zwölftklässlerin geworden ist, die uns kaum beachtet hat – aber immerhin ist sie diejenige, die heute bei Brielle übernachtet hat, nicht ich. Ich betrachte Brielles zerzauste Haare, ihr Lieblingskapuzenshirt von *Abercrombie & Fitch*. Wenn ich über Nacht bei ihr bin, macht sie mir nie Kaffee. Kein Wunder, dass er so grauenvoll schmeckt.

»Ach du schöne Scheiße«, sagt Noelle und bekommt auf einmal große Augen.

»Was ist?«, fragen Brielle und ich wie aus einem Mund.

»Tyler ist achtzehn«, erklärt sie feierlich.

»Du willst mich verarschen«, sagt Brielle und reißt ebenfalls die Augen auf.

»Kein bisschen. Er hatte vor einem Monat Geburtstag. Weißt du nicht mehr?«

Plötzlich fällt es mir wieder ein – es war ungefähr eine Woche vor dem Valentinstag, deshalb hatte ich es bis jetzt vergessen. Aber einige von uns haben seinen Spind dekoriert. Ich weiß noch, dass er getönt hat, er würde dem *Adult Emporium* einen Besuch abstatten, diesem Laden außerhalb der Stadt, wo Pornos und solches Zeug verkauft werden. Viele Jungs brüsten sich damit, an ihrem achtzehnten Geburtstag da hinzugehen. Ich denke immer, das ist nur ein Witz. Aber bei Tyler – genauso wie bei Jacob – war es vielleicht ernst gemeint.

Brielle klatscht einmal laut in die Hände. »Dieses dämliche Miststück! Ich könnte sie küssen!«

»Igitt, bloß nicht«, meint Noelle naserümpfend. »Du würdest dir nur Herpes holen, wenn nichts Schlimmeres.«

Brielle und Noelle heben die Hände zum Highfive. »Hab ich es dir nicht gesagt? Das wird schon alles wieder. Die Schlampe hat unseren Job erledigt!«

»Das war wohl nicht der einzige Job, den sie erledigt hat«, sage ich, und Brielle und Noelle prusten vor Lachen. Aber ich bin nicht mit dem Herzen dabei. Ich möchte nur noch hier raus – plötzlich will ich unbedingt zu Dylan und mich vergewissern, dass alles in Ordnung ist. Mein Drang, Dylan zu sehen, den ich schon seit dem Aufwachen verspürt habe, nimmt panische Züge an. Ist jetzt alles anders? Wird er … was? Er wird sich doch freuen, oder? Das ist jetzt das Wichtigste. Was am Freitag in seinem Auto passiert ist oder all das dumme Zeug, das Brielle gestern ins Internet gestellt hat, das ist jetzt doch egal. Wir können einfach zusammen sein, und alles andere ist Nebensache.

Brielle redet, Noelle lacht, aber ich nehme sie gar nicht mehr richtig wahr. Das Kribbeln in meinem Magen steigt hinauf in meinen Kopf, deshalb höre ich alles ganz gedämpft wie vom anderen Ende eines langen Tunnels.

»Ich muss … jetzt los«, sage ich. Sie beachten mich nicht. Brielle steht wieder am Kühlschrank und holt etwas raus, und als sie sich umdreht, sehe ich, dass es eine Flasche Champagner ist.

»Champagner à l'Orange!«, sagt sie, und Noelle holt Gläser. Es sind nur zwei.

Aber ich bin sowieso schon aufgestanden und nehme meine Schlüssel. »Ich muss Dylan finden.« Endlich rede ich laut genug, um zu ihnen durchzudringen, um zu mir selbst durchzudringen, und Brielle hebt die Flasche hoch.

»Darauf, dass du deinen Kerl zurückkriegst!«, schreit sie.

»Genau!«, bekräftigt Noelle und hält die beiden leeren Gläser in die Höhe.

Ich glaube, ich lächle sie an, aber sicher bin ich nicht. Ich weiß nur, dass ich im nächsten Moment wieder im Auto sitze, aus der Auffahrt zurücksetze und fahre, in der Hoffnung, dass ich, wenn ich Dylan finde, wenn ich ihn sehe, wenn er mich berührt – dass ich dann endlich wieder atmen kann.

OKTOBER

»Dafür ist es heute zu kalt, Sara.«

»Du lässt sie in diesem Aufzug in das Anwaltsbüro fahren? Überhaupt in ein Büro?«

»Sie ist siebzehn, Doug, entspann dich.«

»Entspannt euch alle beide. Ich fühl mich wohl so. Und Natalie hat meine Knie schon öfter gesehen, okay?« In Wahrheit friere ich erbärmlich. Im Kofferraum habe ich ein altes Kapuzenshirt gefunden, aber ich hatte keine Zeit, noch mal nach Hause zu fahren, deshalb trage ich immer noch die Shorts, die ich blöderweise heute Morgen angezogen habe. Zugleich fühle ich mich noch wie betäubt von meinem Gespräch mit Dylan, also was soll's?

»Da sind Sie ja!«, begrüßt uns Natalie an der Tür. Ausnahmsweise einmal wirkt sie vorbereitet. Sie winkt uns alle mit einem breiten Lächeln herein, und ich stelle erleichtert fest, dass es in ihrem Büro um einiges wärmer ist als auf den Fluren des Gebäudes.

Doch dann merke ich, dass mich die Kälte vor der aufkommenden Panik bewahrt hat, vor dem dumpfen *Das ist das letzte Mal, das letzte Mal*, das in meinem Kopf dröhnt. Das letzte Mal, dass ich in Natalies Büro sein werde, bevor … Das letzte Mal, dass ich Dylan sehen werde, bevor … Das letzte Mal, dass ich …

»Bitte nehmen Sie doch Platz, genau, hier drüben ist es gut.« Natalie spricht ein bisschen zu laut, sie wirkt aufgeregt. Es ist nicht nur eingeheizt, hier hat sogar jemand aufgeräumt – wir können uns alle an den Tisch setzen, ohne vorher Schachteln vom Stuhl räumen zu müssen, und auf einem Tisch an der Wand steht eine Kaffeemaschine. Während

Natalie hinübergeht und für meine Eltern zwei Tassen einschenkt, versuche ich mich daran zu erinnern, was sich normalerweise dort befindet. Wahrscheinlich Papierstapel, denke ich, wie überall sonst. Normalerweise.

»Sara, Sie trinken keinen Kaffee, oder?«, erkundigt sie sich munter. »Dank Starbucks fangen die Kinder ja heutzutage immer früher damit an …« Behutsam stellt sie die Tassen auf den Tisch, dann holt sie Zuckertütchen und ein kleines Kännchen Milch.

»Hin und wieder …«, setze ich an, doch Dad schneidet mir das Wort ab.

»Die Kids denken, sie trinken Kaffee, dabei ist es nur ein Milchshake mit ein bisschen Koffein drin«, nörgelt er. Die alte Leier. »Und der ganze Spaß kostet dann sechs Dollar«, setzt er noch nach.

»Der Frappuccino schmeckt jedenfalls ziemlich lecker«, meint Natalie, wieder mit einem breiten Lächeln.

Ich ziehe die Ärmel meines Sweatshirts über meine Hände und stecke sie unter die Knie. Als Natalie mich anstrahlt, weiß ich, was gleich kommt.

»Sara, ich glaube, ich habe Ihren Text noch gar nicht bekommen – hatten Sie schon Gelegenheit, ihn mir zu mailen?«, fragt sie, wie ich es geahnt habe.

Ich spüre, wie sich Mom und Dad links und rechts von mir erwartungsvoll zu mir drehen. »Noch nicht«, entgegne ich fast flüsternd. Ich hole noch einmal tiefer Luft, bevor ich hinzufüge: »Ich kann ihn spä …«

»Das ist wichtig, mein Fräulein«, sagt Dad bestimmt. Er lässt mich einfach nie ausreden. »Natalie braucht ausreichend Vorlaufzeit vor dem Gerichtstermin. Sie als unsere Anwältin muss uns bei diesen Dingen beraten.«

»Wieso *uns*?«, frage ich, aber so leise, dass es niemand hört.

»Schon gut, Mr Wharton, wahrscheinlich muss Sara sich erst noch ein bisschen überlegen, was genau sie sagen will«, beschwichtigt Natalie ihn. »Es handelt sich ohnehin nicht um die offizielle Stellungnahme. Die gehen wir am besten gleich gemeinsam durch – fangen wir an?«

Erneut steht sie auf und holt einen Stapel Aktenordner von ihrem Schreibtisch. Dad fixiert mich immer noch, bestimmt hat er die Lippen wütend aufeinandergepresst. Ich weiß ohne hinzusehen, dass er verärgert ist und nur auf die nächste Gelegenheit wartet, um mich anbrüllen zu können.

Mit dem Text bin ich noch nicht weitergekommen. Ich wünschte, ich hätte ihn fertig; es ist wie eine superknifflige Hausaufgabe, die ich einfach nicht schaffe. Ich denke an den Notizblock von Teresa, den ich unters Bett gestopft habe. Irgendwann habe ich den Versuch aufgegeben, handschriftlich etwas aufzusetzen. Auf meinem Laptop zu Hause gibt es eine Datei mit ein paar Wörtern. Wörtern, die nichts wiedergutmachen, nichts ändern, nichts aussagen. Sie können das, was passiert ist, was so schrecklich schiefgelaufen ist, nicht ungeschehen machen.

Natalie kommt zurück an den Tisch und lächelt mich an. »Gehen Sie doch einstweilen ins Besprechungszimmer und arbeiten an dem Text, während ich mich mit Ihren Eltern unterhalte.«

»Dazu brauche ich meinen Laptop«, sage ich.

Mom verdreht die Augen. »Nein, brauchst du nicht«, sagt sie müde.

Natalie streckt mir bereits einen Notizblock entgegen, und Dad knallt einen Stift vor mir auf den Tisch.

»Na *gut*«, entgegne ich kaum hörbar und nehme den Stift. Warum konnte er ihn mir nicht einfach in die Hand geben?

Dann greife ich nach dem Notizblock. Ständig bekomme ich in letzter Zeit leere Notizblöcke ausgehändigt.

»Sie kennen doch den Raum auf der anderen Seite des Flurs«, erklärt Natalie. »Der dürfte gerade frei sein.«

Eine Sekunde lang bleibe ich reglos sitzen. »Kann ich nicht …« Ich verstumme.

»Was denn?« Natalie wirkt nicht ungeduldig, im Gegensatz zu Mom und Dad, die wie auf Kohlen dasitzen, vollkommen nervös und überdreht. Als wollten sie jede Sekunde aufspringen und in den Gerichtssaal rennen, nur damit alles vorbei ist.

»Kann nicht jemand anderer etwas schreiben, und ich lese es dann vor?«, frage ich schließlich. »Sie vielleicht? Warum sagen Sie mir nicht einfach, was ich schreiben soll?«

»Es ist kein Muss …«, setzt Natalie an, aber Dad unterbricht sie.

»Ist es sehr wohl!« Er brüllt fast, weil er sich so aufregt. »Du bist es ihnen schuldig, sie um Verzeihung zu bitten, Fräulein, und das wirst du ganz allein erledigen!«

Ich starre ihn an, ebenso wie Mom und Natalie. Seine Brust hebt und senkt sich, so hektisch und erregt geht sein Atem.

»Ich habe dieses Gejammer satt!«, poltert er weiter und wird ganz rot im Gesicht. »Du und deine Freunde und eure – eure *Streiche* –, und jetzt ist ein Mädchen tot, und du bist nur *so* knapp an einem Verfahren und einer Gefängnisstrafe vorbeigeschrammt …«

»Gefängnis war nie ein Thema …«, wirft Mom leise ein, doch Dad scheint sie nicht zu hören.

»Übernimm endlich Verantwortung, Fräulein!«, keift er. »Es ist an der Zeit, erwachsen zu werden! Merkst du nicht, wie kindisch du dich benimmst?«

Natalie versucht ihn mit einer Handbewegung zu beschwichtigen – er hat sich so weit aus dem Stuhl herausgebeugt, als wollte er mich schlagen oder, was weiß ich, den Tisch quer durch den Raum schleudern oder so. Und ich habe instinktiv meinen Stuhl zurückgeschoben und bin aufgestanden, ein bisschen unsicher auf den Beinen, Block und Stift umklammernd.

»*Du* benimmst dich kindisch!«, schreie ich zurück. »Du hast doch nicht die geringste Ahnung! Du bist nie da! Keiner von euch! Du tust, als wüsstest du über alles Bescheid, als wüsstest du, wie ich bin oder was ich getan habe. Aber das tust du nicht!«

Ich finde es ätzend, dass mir die Tränen über die Wangen laufen und versuche wütend, sie wegzuwischen. Weil ich den blöden Block und den blöden Stift in der Hand halte, muss ich meine Handrücken dafür benutzen, was überhaupt nicht funktioniert. Mom und Dad starren mich an, ebenso wie Natalie. Nur dass ich ihren Gesichtsausdruck nicht erkennen kann, weil mir wegen der Tränen alles vor den Augen verschwimmt. Wegen der dummen, kindischen, verantwortungslosen Tränen.

Dann sehe ich, wie Dad in seinem Stuhl zurückrutscht und resigniert die Hände hebt. »Ich begreife das nicht«, sagt er, immer noch wütend. »Das ist doch lächerlich. Kann denn niemand diesem Mädchen

Benehmen beibringen?«, fragt er Mom. Oder vielleicht fragt er auch Natalie. Aber keine von beiden antwortet ihm.

Ich hole tief und stockend Luft. Aus irgendeinem Grund fühle ich mich ein bisschen ruhiger. Meine Stimme ist kein bisschen schrill, als ich das Wort ergreife. Und ich sehe meinem Dad ins Gesicht. Er kann mich nicht mehr einschüchtern.

»Vielleicht *bin* ich ein Kind, Dad«, sage ich. »Hast du daran schon mal gedacht? Vielleicht hat mir niemand beigebracht, wie man erwachsen wird?«

Ausnahmsweise einmal hat er nichts darauf zu erwidern. Jedenfalls nicht, bevor ich zur Tür hinaus bin.

* * *

Als ich mich auf Teresas Couch fallen lasse, denke ich: *Das ist meine letzte Therapiestunde bei Teresa.* Ein Irrtum, wie sich schnell herausstellt.

»Ich habe die Empfehlung ausgesprochen, dass du während deiner Bewährungszeit weiter zu mir kommst«, sagt sie und lässt den Stift in der Hand kreiseln. »Du kannst auch einen anderen Therapeuten aufsuchen, ganz wie du willst. Wenn du mit unserer Arbeit zufrieden bist, würde ich unsere Gespräche allerdings gern fortsetzen.« Sie trägt so ziemlich an jedem Finger einen Silberring, und ihr heutiger Schal hat ein grelles Muster aus orangefarbenen, roten und gelben Wirbeln. Werde ich mit vierzig oder fünfzig auch solche Schals tragen? Ist das quasi ein Muss?

»Klar«, entgegne ich. »Ich weiß zwar nicht, worüber wir reden sollen, aber von mir aus.«

»Oh, ich glaube, wir wissen beide, dass es gerade während der Highschool mehr zu besprechen gibt als zu jeder anderen Zeit des Lebens«, sagt sie mit einem kleinen Lachen.

»Ich erlebe doch gar nichts. Jetzt schon zweimal nicht. Ich hab ja nicht mal mehr Freunde.« Ich spüre, wie meine Wangen rot werden, als ich an Carmichael denke, aber davon möchte ich Teresa im Moment nichts erzählen.

Sie mustert mich mit einem ihrer langen, prüfenden Blicke. »Sara, weißt du eigentlich, wie viel Verantwortung von Erwachsenen du übernommen hast?«

Ich denke daran, was Dad in Natalies Büro zu mir gesagt hat, und lache kurz und bitter auf.

»Nein, wirklich«, sagt Teresa.

Ich nicke. Ich lache nicht mehr, weil ich Teresa nicht erklären möchte, warum ich das, was sie gerade gesagt hat, als blanke Ironie empfinde. »Sie meinen, meine Brüder und das alles?«, frage ich. »Das ist halb so wild. Ich fahre sie nur herum.« Ich trage immer noch mein Sweatshirt, und jetzt wo meine Eltern nicht da sind, kann ich es über die angewinkelten Beine ziehen. Mom würde schimpfen, weil ich den Stoff überdehne, und Dad, weil ich meine Schuhe auf Teresas Couch stelle. Aber ich weiß, dass Teresa die Couch egal ist. Außerdem hält das Kapuzenshirt meine Knie irgendwie oben, sodass ich praktisch auf dem Po balanciere und sonst überhaupt nichts berühre.

»Deine Brüder, ja, das ist ein ganz schöner Brocken«, meint Teresa. »Und dazu kommen noch deine Beziehungen zu deinen Altersgenossen. Deine Freundschaft mit Brielle. Deine sexuelle Beziehung zu Dylan. Das sind äußerst intensive Situationen.«

»Ich hab doch … ich meine … alle haben Sex«, stammle ich verlegen.

»Nicht unbedingt schon während der Highschool.«

Ich schnaube. »Na ja, es wird jedenfalls erwartet.«

Sie legt den Kopf auf die Seite. »Du kannst das jetzt vielleicht noch nicht verstehen«, sagt sie sanft, »aber das ist ein ganz schöner Berg, den du zu verarbeiten hast. Du fühlst dich schon sehr erwachsen, dabei ist das alles Neuland für dich, du erlebst es zum ersten Mal. Das hat alles ein unglaubliches Gewicht.« Sie dreht die Hand, in der sie den Stift hält, mit der Handfläche nach oben und führt sie mehrmals auf und ab, als würde sie einen schweren Gegenstand halten und ihn wiegen. »Das sind komplizierte Gefühle, komplexe Beziehungen, selbst für Frauen zwischen zwanzig und dreißig. Und auch für ältere.«

Ich kippe ein bisschen zur Seite und muss die Beine aus meinem Sweatshirt herausziehen und abstellen, um mich normal hinzusetzen. Wie eine Erwachsene. Mit komplizierten Gefühlen und Beziehungen.

»Wenn es so ist«, sage ich zu Teresa, »dann braucht jeder an der Schule einen Therapeuten.«

Ich habe einen Witz gemacht, aber sie verzieht keine Miene. Sie zuckt eine Schulter und sagt: »Vielleicht ja. Aber jetzt bist du hier. Reden wir über dich.«

Mein Magen krampft sich zusammen. »Ich habe den Brief noch nicht fertig, wenn Sie das meinen.«

Sie legt den Kopf auf die andere Seite. »Warum denkst du, dass ich das meine?«

Ich verdrehe unwillkürlich die Augen – natürlich sind wir wieder beim alten Frage- und Antwortspiel.

»Weil Samstag ist?«, sage ich. »Und weil ich gerade mit meinen Eltern bei meiner Anwältin war, und weil ich vorbereitet sein soll, wenn ich am Dienstag vor Gericht muss?«

»Und das bist du nicht?«, fragt Teresa.

»Nein«, sage ich seufzend. »Ich glaube, ich werde es nie sein.«

* * *

Ich fahre nicht direkt nach Hause. Ganz im Gegenteil. Irgendwie komme ich in Emmas und Tylers Viertel heraus, und das liegt wirklich nur dann auf dem Heimweg, wenn man möglichst lange nicht zu Hause ankommen will. Aber es ist, als würde mein Auto von selbst in die Gegend steuern, als könnte es immer noch den Weg zu Dylans SUV finden. Wie früher.

Als ich in Emmas und Tylers Straße einbiege, muss ich sofort auf die Bremse treten. Fernsehreporter, gut erkennbar an ihren Lieferwagen mit Antennen auf dem Dach und dem Logo des Senders, belagern den Gehweg. Da käme ich nicht durch, selbst wenn ich wollte. In unserer kleinen Stadt gibt es nicht so viele TV-Sender – anscheinend haben sich auch einige landesweite Anstalten hier versammelt. Na super.

Aber es sieht so aus, als hätten erst ein paar bereits die Arbeit aufgenommen; im Augenblick passiert hier ja auch nichts. Emmas Haus erhebt sich wie eh und je über einer abfallenden Rasenfläche, streng und würdevoll mit der Säulenreihe an der Fassade. In diesem alten Viertel sind die Bäume groß und stattlich, und die Blätter werden schon bunt und beginnen zu fallen. Es sieht aus wie gemalt, denke ich, und dann: Bestimmt heißt es in den Nachrichten »Was für ein wundervoller Ort. Man käme nie auf den Gedanken, dass sich hier so etwas abspielen könnte.«

Schauder.

Links von mir ist eine Straße, die nicht verstopft ist, deshalb biege ich ab und wende. Ich fahre nach Hause, diesmal wirklich.

* * *

»Hey, du siehst hübsch aus.«

Ich starre Carmichael an. »Du auch. Dein Hemd hat ja einen … Kragen.«

Carmichael begutachtet sein feines Hemd. »Ich weiß eben, was mir steht«, sagt er bescheiden.

Ich muss unwillkürlich lächeln. Es stimmt nämlich, dabei ist das marineblaue Button-Down-Hemd gar nichts Weltbewegendes. Aber – es ist eben kein schwarzes T-Shirt. Und es steht ihm wirklich fantastisch, zusammen mit den frisch gewaschenen, zurückgekämmten Haaren und der schwarzen Jeans. Hinter ihm glüht die Abendsonne, und mir fällt auf, dass das wahrscheinlich das erste Mal ist, dass mich ein Junge am Samstagabend an der Haustür abholt. Das war überhaupt nicht Dylans Ding. Ich hätte nie gedacht, dass es Carmichaels Ding ist – er steckt anscheinend voller Überraschungen.

Ich blicke an mir herunter. Normalerweise würde ich mit diesem Outfit – ein Merinopullover und Jeans – neben Carmichael total aufgedonnert wirken, aber jetzt bin ich mir nicht mehr so sicher. »Soll ich mich umziehen? Ich sollte mich umziehen«, sage ich und laufe zurück ins Haus.

»Ach was«, widerspricht er, doch ich bin schon auf der Treppe.

»Bin gleich wieder da!«, rufe ich und stürze in mein Zimmer. Hier habe ich doch irgendwo einen Rock und schickere Schuhe und …

Und dann, eine Premiere für mich, schreite ich die Treppe hinunter, während ein Junge erwartungsvoll zu mir hochsieht. Es ist zwar nicht der Abschlussball, aber ich tue so. Er plaudert sogar mit meiner Mom, und bei meinem Anblick fangen beide zu lächeln an. Als wäre es ein ganz normaler Abend und als dürfte ich ein ganz normales Mädchen sein.

Carmichael biegt in die Harney Street ein und sucht nach einer Parklücke. Inzwischen ist es dunkel geworden. Am Samstagabend ist in der Innenstadt so viel los, wie ich es noch nie erlebt habe. Als ich das letzte Mal hier war, da …

»Hey, äh, wir gehen doch nicht in den Diner, oder?«, frage ich ihn schnell.

»Nein, warum, würdest du gern?«, fragt er zurück. Ich schüttle den Kopf, aber er sucht mit den Augen immer noch die Straßenseite ab. »Dafür muss man sich ja nicht extra schick machen«, fügt er hinzu.

»Ich würde gern – ach, mir ist alles recht.«

Als er um die Ecke biegt, fährt, was für ein Wunder, gerade jemand aus einer Parklücke. »Ausgezeichnet«, sagt er, entweder wegen der Parklücke oder wegen meiner Bemerkung, ich weiß es nicht. Vielleicht wegen beidem.

In diesem Teil der Stadt sieht es noch wie im neunzehnten Jahrhundert aus, mit Kopfsteinpflaster und alten Backsteinlagerhäusern, in denen jetzt kleine Boutiquen, Läden und noble Restaurants untergebracht sind. Als Carmichael mich zu einem netten italienischen Lokal führt, Vermicelli, wird mir wieder ein bisschen flau im Magen. Das ist einfach zu schön. Es ist zu viel. Ich verdiene das nicht. Meine Eltern waren früher manchmal hier essen, zu besonderen Anlässen, aber ich habe es noch nie von innen gesehen. In so ein Lokal wäre ich mit Dylan vor dem Abschlussball gegangen. Wenn es, nun ja, dazu gekommen wäre.

Und jetzt hält mir Carmichael die Tür auf, und ich trete ein. Die Decken sind hoch und dunkel; an den Backsteinwänden hängen Wandleuchter mit Kerzen, die hintere Wand öffnet sich zur Küche, in der ein großer Holzofen steht. Es ist wie ein Keller in einer alten Burg oder so. Romantisch.

»Gefällt es dir?«, erkundigt sich Carmichael.

»Ja, natürlich«, sage ich.

Die Bedienung weist uns einen winzigen Tisch im hinteren Teil zu, von wo aus wir in die Küche sehen können, und reicht uns Speisekarten in Postergröße. Ich schiele zu Carmichael und bin versucht, einen Witz darüber zu machen, wie riesig die Karten sind, doch er ist ganz damit beschäftigt, sich etwas auszusuchen. Also vertiefe ich mich ebenfalls in meine Karte, und als unsere Bedienung kommt, bestelle ich die billigste Pasta.

Wir reden nicht über Emma oder den Prozess oder etwas in der Art. Ich stelle Carmichael alle möglichen Fragen, um ihn besser kennenzulernen, wie ich versprochen habe. Er erzählt mir von seinem BMX-Wettbewerb am kommenden Wochenende. Und von seiner älteren Schwester, die in Denver aufs College geht. Er erkundigt sich nach meinen Brüdern und danach, wo ich gern studieren würde. Wir befinden uns in einer anderen Welt, in einem Paralleluniversum.

Als die Bedienung fragt, ob wir ein Dessert möchten, und Carmichael ablehnt, bin ich so entspannt, dass ich mich zu der Bemerkung hinreißen lasse: »Warum, findest du mich zu dick?«

»Nein, natürlich nicht, ich wollte nicht …« Carmichael schüttelt den Kopf, und ich stelle fest, dass mein kleiner Witz ihn aus dem Konzept gebracht und nervös gemacht hat. Doch dann lacht er kurz auf und sagt: »Fürs Dessert gehen wir woanders hin.«

Draußen ist es kälter geworden, und als Carmichael beim Verlassen des Lokals meine Hand nimmt, kommt es mir kurz so vor, als wollte er mich nur wärmen. Was auch funktioniert – eine Hitzewelle schießt durch meinen ganzen Körper, den Hals hinauf bis in meine Wangen. Wir steuern eine beliebte Eisdiele an, wo man sich alle möglichen süßen Sachen ins Softeis rühren lassen kann, und er redet ununterbrochen über Belanglosigkeiten, als wäre alles vollkommen normal. Ich genieße jede einzelne Minute. Ich genieße es, etwas oder jemand ganz Gewöhnliches zu sein. Ich genieße es, dass sich dieser Abend so besonders und zugleich so normal anfühlt.

Doch als wir vor der Eisdiele angekommen sind, ziehe ich Carmichael weiter, zu dem Park am Rand des Marktplatzes. Er ist ziemlich bevölkert, und die meisten Bänke sind besetzt, aber wir finden trotzdem eine und lassen uns darauf nieder.

»Das war wirklich ein schöner Abend«, sage ich.

»Ja«, entgegnet er. »Tut mir leid, dass es zu kalt für Eis ist.«

»Ist es nicht. Ich wollte nur ... na ja, dir für all das danken. Du ... du weißt ja nicht ...« Ich verstumme. Wir halten uns immer noch an der Hand. Ich bringe es nicht fertig hinunterzublicken und unsere ineinander verflochtenen Finger zur Kenntnis zu nehmen. Ebenso wenig, wie ich ihm ins Gesicht sehen kann.

»Doch, ich weiß«, sagt er leise, aber ich schüttle den Kopf. Ich spüre, wie mir die Tränen kommen, und schlucke sie mit einem tiefen Atemzug hinunter. Erst muss ich das hier loswerden.

»Ich will dir einfach sagen – falls das der Anfang von etwas ist, was ich nicht weiß, will ich dir sagen, dass ich so viele schreckliche Dinge getan habe«, hasple ich schnell heraus. »Ich habe so viele Menschen verletzt. Aber ich bin immer noch der Ansicht, dass das, was Emma getan hat, echt ... egoistisch war. Und ich verstehe nicht, warum ich die Schuld für etwas auf mich nehmen soll, das ich nie gewollt habe.«

Schweigen hängt zwischen uns. Unsere Bank befindet sich auf einer kleinen Anhöhe, mit Blick auf den Fußweg neben einem Bach. Ein paar Leute, die ebenfalls ein Date haben wie wir, schlendern dort unten entlang, gehen über einen der Stege oder betrachten die sich im Wasser spiegelnden Lichter der Stadt. Der Himmel über uns ist nun von einem klaren, tiefen Schwarz, und über den Lichtschein der Stadt hinweg kann man schwach die Sterne erkennen. Einige Straßen weiter nördlich liegt ein Skaterpark, ich höre ganz leise das Geräusch der Rollen auf dem Beton, dann eine kurze Pause, wenn ein Skateboard in der Luft hängt, bevor es wieder auf dem Boden aufkommt und weiterrollt oder abgebremst wird.

Schließlich entwischt mir eine Träne, fällt herunter und landet auf dem Ärmel meines Pullovers. Dann noch eine. Carmichael schweigt, aber ich nehme den Faden wieder auf.

»Ich habe so viel über sie und über alles, was wir zu ihr gesagt haben, geredet«, fahre ich fort. Meine Brust ist wie zugeschnürt, und ich versuche einzuatmen, aber es ist mehr wie ein Luftschnappen. »Jetzt bin ich dabei, mir zu überlegen, wie ... wie ich mich entschuldigen kann. Ich muss vor Gericht eine Erklärung abgeben oder es zumindest versuchen. Das Gute ist, dass ich mich endlich dazu äußern darf. Aber wie soll man sich für so etwas entschuldigen? Ich weiß, was ich getan habe, ich weiß, dass es schlimm war, manches davon richtig schlimm. Wie soll ich irgendwas davon jetzt wiedergutmachen? Was soll ich …« Ich muss erneut abbrechen, denn jetzt laufen die Tränen und fallen so heiß auf mein Gesicht, als würden sie mich verbrennen.

Carmichael nimmt meine Hand und führt sie an seine Lippen. Seine liebevolle Geste reißt mich aus meinem Kummer, und ich merke, wie ich ruhiger werde, gleichmäßiger atme. Nach und nach höre ich auf zu weinen. Er legt die andere Hand über meine Finger.

»Ich weiß nicht, was ich dir sagen soll«, entgegnet er schließlich. »Ich weiß nicht, ob irgendwas von dem, das du jetzt sagst, irgendwas wiedergutmachen kann. Aber ich denke, es kann auch nicht schaden. Du hast immerhin eine Chance. Ich glaube, Emma …« Er hält inne. »Sie hat sich keine weitere Chance zugestanden, weißt du? Vielleicht dachte sie, sie hat es nicht verdient. Vielleicht dachte sie, es wäre nicht möglich.«

Er starrt aufs Wasser, dann hinauf in den Himmel, meine Hand immer noch in seinen Händen.

»Klingt das irgendwie nachvollziehbar?«, fragt er fast flüsternd.

Ich schweige eine Sekunde, eine Minute, ein Jahr.

»Ja«, entgegne ich dann. »Tut es.«

MÄRZ

»Hi, hier ist Dylan, leg los.«

»Hallo Dylan, ich bin's – Sara. Tut mir leid, ich habe dir schon ein paar SMS geschickt und dachte nur … Ähm, du bist sicher beschäftigt, aber wenn du mal kurz Zeit hast, kannst du mich dann zurückrufen? Danke. Ähm, okay, bis dann.«

Ich drücke auf »Beenden«, setze mich auf den Küchenhocker und starre auf mein Handy. Dylan war nicht zu Hause. Er hat meine SMS nicht beantwortet. Er geht nicht ran, wenn ich ihn anrufe.

Die Angst ist wie ein Riesenloch in meinem Bauch, das sich immer weiter ausbreitet. Inzwischen ist es so tief wie der Grand Canyon. Ich habe ein ganz schlechtes Gefühl.

Ziellos streife ich im Haus umher. Wenn ich doch bloß mit Tommy und Alex irgendwohin fahren müsste. Oder mit Mom streiten könnte. Egal was, Hauptsache, ich muss nicht an dieses blöde Wochenende denken. Wo ist Dylan? Trennt er sich von Emma? Weiß er das mit Tyler?

Ich fange eine SMS an Brielle an, dann überlege ich es mir anders. Ich gehe zur Tür, nehme meine Autoschlüssel und überlege es mir erneut anders.

Ich verziehe mich in mein Zimmer und klappe meinen Laptop auf. Ohne groß nachzudenken, öffne ich Emma Putnams Facebook-Profil und poste einen neuen Kommentar.

Warum bist du nur so eine Schlampe?

Dann rufe ich Tylers Pinnwand auf.

Viel Spaß mit dem Herpes, den du dir gestern geholt hast.

Mein Magen krampft sich dabei zusammen, gleichzeitig fühlt es sich gut an. Es fühlt sich an, als könnte ich wenigstens etwas *tun.*

Dann zurück zu Emmas Profil.

Nur damit ich es richtig verstehe: Du nimmst mir meinen Freund weg und betrügst ihn dann? Klasse.

Ich drücke auf »Posten«, warte eine Sekunde und ergänze dann:

Wie ist das eigentlich, wenn man eine Schnalle ist?

Auf einmal taucht ein anderer Post auf, nicht von mir. Von Brielle!

Angeblich soll das Wetter in Schlampenstadt um diese Jahreszeit gut sein.

Obwohl ich allein in meinem Zimmer sitze, lache ich laut auf. Dann klicke ich auf das Kommentar-Kästchen unter Brielles Post und schreibe: *Warm mit Aussicht auf Geschlechtskrankheiten.*

Daraufhin ein Post von Noelle: *Wer hat denn hier gefurzt? Ach, bloß Emma.* Jemand hat Emmas Namen markiert.

Dann klinkt Kyle sich ebenfalls ein. *Danke, dass du all meine Freunde gebumst hast*, schreibt er, und: *Ich muss jetzt noch mal duschen.*

So machen wir zu viert weiter und versuchen uns gegenseitig zu übertrumpfen. Brielle postet auch etwas auf Tylers Pinnwand. Sie öffnet ein separates Chatfenster mit mir, das wir hauptsächlich benutzen, um HaHaHaHa zu schreiben.

Als ich in die Ecke des Bildschirms linse, stelle ich fest, dass im Nu eine ganze Stunde verstrichen ist. Schlagartig wird mir klar, dass Dylan sich immer noch nicht gemeldet hat. Was er jetzt wahrscheinlich auch nicht mehr tun wird … immerhin habe ich ihm versprochen, nett zu Emma zu sein. Oder? Ich weiß es echt nicht mehr. Ist mir auch egal. Na wenn schon, soll er doch mit dieser Loserin zusammen sein. Zum Teufel mit den beiden. Ich habe Freunde – soll er sich doch mit Tyler um das Mädchen streiten, das alle hassen. Das Mädchen, das jetzt definitiv von der Elmwood High abgehen wird – ich meine, was will sie nach dieser Sache noch an unserer Schule?

Das bringt mich auf eine Idee, und ich poste einen letzten Kommentar auf ihrer Seite.

Jetzt musst du wohl nach Kanada auswandern. Du hast ja schon mit allen Amerikanern geschlafen.

Ich bringe es nicht fertig, das F-Wort zu tippen, aber ich glaube, ich habe mich auch so deutlich genug ausgedrückt.

Dann höre ich, wie die Garagentür geöffnet wird, deshalb melde ich mich ab und fahre meinen Computer herunter. Auf dem Weg nach unten ist mir ganz leicht ums Herz, und ich fühle mich entspannt. Momentan geht es mir gut. Wenn ich es vermeiden kann, an Dylan zu denken, wird das vielleicht noch eine Weile anhalten.

* * *

Er simst nicht. Er ruft nicht an. Am Montag fasse ich mir ein Herz, gehe schnurstracks zu Jacob und frage ohne Umschweife: »Wo ist Dylan? Hast du ihn gesehen?«

Jacob zuckt übertrieben zurück, als wäre ich nicht ganz dicht, sagt jedoch: »Nein, Mann, ich habe gehört, dass er sich krank gemeldet hat.«

Kyle, der ebenfalls zu Jacobs Spind getreten ist, lacht laut auf. »Ja, krank, ganz klar.«

»Krank davon, sich mit Emmas Scheiß herumzuschlagen«, gifte ich, und beide sehen mich überrascht an.

»Ähm, ja«, sagt Jacob.

»Ist Tyler da?«, frage ich, und jetzt wirken sie nicht mehr überrascht, sondern eher genervt, dass ich ihnen immer noch die Zeit stehle.

»Ja, glaub schon«, entgegnet Kyle.

Jacob knallt seinen Spind zu. »Bis später«, sagt er mit einem Achselzucken zu mir, bevor er mit Kyle abzieht.

Ich suche den Flur nach Brielle ab. Sie steht natürlich mit Noelle zusammen, aber wenigstens winkt mir Noelle zu, als ich auf die beiden zusteuere.

»Was geht«, sagt sie. Es ist nicht wirklich eine Frage.

Ich wende mich an Brielle. »Hast du schon gehört, dass Dylan sich heute krank gemeldet hat?«

Sie schnaubt wie erwartet und sagt: »Ist der Arsch immer noch Thema für dich? Ernsthaft, Sara, leg ihn endlich zu den Akten.«

Noelle nickt wissend. Ich will etwas darauf erwidern, auch wenn ich nicht weiß, was, doch Alison Stipe, die sich zu uns gesellt, kommt mir zuvor: »Hey, das am Wochenende war endlustig. Diese dämliche Kuh, was?«

»Ach, wir wollten bloß die Zeit totschlagen«, wiegelt Brielle ab, als würde sie das alles gar nicht interessieren.

»Ich hab gehört, dass sie zur Central wechselt«, erzählt Alison.

»Echt?«, frage ich und bin überrascht, dass Brielle es nicht schon wusste.

»Na ja, höchste Zeit, oder?«, sagt Noelle. »Wer will sie hier schon haben?«

»Tyler vermutlich«, meint Alison. Als Brielle und Noelle daraufhin in lautes Gelächter ausbrechen, macht sie ein Gesicht, als sei es ihr peinlich, als wünschte sie, sie hätte nichts gesagt.

»Oh mein Gott, Tyler hat Dylan einen Gefallen getan. Er hat allen einen Gefallen getan«, sagt Brielle. »Ich weiß nicht, warum keiner kapiert hat, dass sie eine Schnalle ist, aber jetzt wissen es alle. Ich kann mir wirklich nicht vorstellen, dass Tyler jetzt noch was mit der zu tun haben will.«

Es klingelt, und Alison wirkt erleichtert, als sie sich mit einem Winken verabschiedet und davonstürzt. Noelle und Brielle verdrehen die Augen, und Brielle sagt: »Hintere Treppe?«

»Ja. In zehn Minuten«, gibt Noelle zurück.

Ich warte darauf, dass sie mir erklären, wovon sie eigentlich reden, doch Brielle sieht mich nur mit hochgezogenen Augenbrauen an. »Mach dir wegen dem D-Zug keine Sorgen«, sagt sie. »Ich glaube nicht, dass Emma und er es wirklich getan haben, also wenn du ihn echt zurückhaben willst – er hat wahrscheinlich keine Syphilis.«

»Außer vielleicht von dir«, meint Noelle, und wieder brechen beide in Lachen aus.

Ich lächle gequält und bin wie Alison irgendwie froh, von ihnen wegzukommen und in mein Klassenzimmer gehen zu können. Eine rebellische Sekunde lang frage ich mich, wie es wäre, nicht mehr mit Brielle befreundet zu sein – nicht mehr ständig von ihr aufgezogen zu werden, nicht ständig als Zielscheibe für ihre Witze herhalten zu müssen. Aber das ist ein absurder Gedanke. Brielle war schon immer meine beste Freundin. Wir haben so viel Spaß, wir stehen einander so nah. Ich blicke ihr nach, während sie mit Noelle davonschlendert, und rufe mir ins Gedächtnis, dass es ohnehin nicht in meiner Macht liegt. Brielle entscheidet, wer mit ihr abhängen darf.

Und wenn sie sich gegen dich entscheidet, gehst du allein ins Klassenzimmer.

Den restlichen Tag passiert nichts Erwähnenswertes. Vor Sport begegne ich im Flur der Direktorin und muss daran denken, dass sie für Mittwoch meine Eltern zu sich bestellt hat. Himmel, das vergesse ich ständig. Mir wird flau im Magen. Warum habe ich mich heute nicht krank gemeldet? Mir ist die ganze Zeit schlecht.

Emma erscheint nicht zum Sport, und ich habe Brielle ganz für mich allein. Wir versuchen uns so gut wie möglich vor Basketball zu drücken. Wie sich zeigt, lässt man uns in Ruhe, wenn wir uns ans hintere Ende der Turnhalle verziehen und so tun, als würden wir Horse spielen. Tatsächlich stehen wir nur herum.

Emma fehlt auch in Geschichte. Auf einmal kommt mir der Gedanke, dass sie womöglich mit Dylan zusammen ist. Ich kann mich nicht erinnern, wann ich sie das letzte Mal allein oder zusammen mit Dylan gesehen habe. Das Wochenende kommt mir inzwischen wie ein Traum vor. Was in Dylans Auto passiert ist, scheint hundert Jahre her zu sein.

Aber es tut immer noch weh. Dieser Teil ist mir noch ziemlich frisch im Gedächtnis.

Ich hole die Jungs von der Schule ab, und wir gehen wieder ins Taco Bell, diesmal mit einem Zehn-Dollar-Schein, den mir Mom heute Morgen gegeben hat. Als wir zurückkommen, ist die Sonne noch nicht untergegangen, aber der Himmel verfärbt sich schon rosa, und Tommy bleibt nach dem Aussteigen einen Moment stehen, um es sich anzusehen.

»Wunderschön, nicht wahr?«, sage ich und lehne mich neben ihn an den Honda. Alex ist schnurstracks ins Haus gelaufen, voller Freude, dass er als Erster seine Finger an der Wii haben wird.

Tom rümpft die Nase – die Jungs hassen Wörter wie »wunderschön« und noch mehr die Vorstellung, man könnte denken, sie wären so gefühlsduselig –, sagt jedoch: »Ja, cool.«

»Früher habe ich immer geglaubt, so ein Abendrot bringt Glück«, erzähle ich ihm. Daran habe ich schon ewig nicht mehr gedacht, aber es stimmt. Als ich klein war, habe ich mir eingebildet, ich würde beispielsweise das heiß ersehnte Pony zu Weihnachten bekommen oder so was, wenn es ein Abendrot gab.

»Echt? Es bringt Glück?«, fragt er mich.

»Ach, keine Ahnung … Kann sein, dass ich es mir nur ausgedacht habe. Aber vielleicht auch nicht.«

»Ja, vielleicht auch nicht«, sagt er.

Wir bleiben ein paar Minuten so stehen, bis der Himmel grauer und dunkler wird. Dann drehen wir uns wortlos um und gehen ins Haus, wo es warm und hell ist und nach dem Popcorn duftet, das Alex in der Mikrowelle zubereitet hat.

* * *

Am nächsten Morgen erfahre ich es.

Alle stehen vor der Schule, keiner geht rein. Es ist kalt und grau und windig, trotzdem scheint die ganze Schule auf dem Gehweg versammelt zu sein.

Ich bin selbst gefahren, weil Brielle heute keine Lust hatte, meine Brüder zu chauffieren. Kaum habe ich das Auto geparkt, sehe ich nach, ob sie mir eine SMS geschickt hat. Nein, hat sie nicht, und das beunruhigt mich noch mehr. Aber wer weiß, vielleicht hat es wieder eine falsche Bombendrohung gegeben. Wie damals, als man diesen seltsamen Carmichael in Verdacht hatte. Wir haben schulfrei bekommen, aber es ist nichts passiert, deshalb hoffe ich, dass es diesmal wieder so ist.

Ich sehe, wie Brielles SUV am anderen Ende auf den Parkplatz biegt, und warte am Auto, weil ich denke, dass sie neben mir parkt. Das tut sie jedoch nicht, sie stellt sich ganz schief in die erstbeste freie Lücke. Ich mache mich auf den Weg zu ihr. Sie und Noelle springen aus dem Auto, irgendwie wirken sie panisch, aber vielleicht übertrage ich auch bloß meine eigene Panik auf alle anderen.

Im Näherkommen winke ich, und obwohl sie mich ganz bestimmt sehen, winken sie nicht zurück. Wir treffen uns auf halbem Weg, vor irgendeinem roten Nissan. Und ich denke noch, was für ein hässliches Auto, als Brielle sagt:

»Emma Putnam hat sich letzte Nacht umgebracht.«

Und dann ist da nur noch ein großes Nichts.

* * *

Nein, kein Nichts. Es wird eine Versammlung abgehalten. Die Schule ist abgeschlossen, deshalb stehen alle draußen. Erst um halb neun dürfen wir hinein. Wir müssen uns in die Turnhalle setzen, weil die Aula zu klein für die ganze Schule ist. Es ist viel von *Tragödie* und *Beistand* und *verarbeiten* die Rede, in Sätzen wie: »Wir möchten euch dabei helfen, das Ganze zu verarbeiten.«

»Was für eine blöde, blöde Schlampe«, murmelt Brielle vor sich hin. Niemand außer mir hört es, deshalb weiß niemand, warum ich nicke. Mir fällt nichts darauf ein. Auf der anderen Seite der Turnhalle entdecke ich Dylan. Er hat das Gesicht in den Händen vergraben. Ich kann nicht erkennen, ob er weint, er hält den Kopf die ganze Zeit gesenkt.

Dann beginnt der Vertrauenslehrer zu sprechen. Ich habe ihn erst ein Mal gesehen, bei einer Info-Veranstaltung zur Wahl des richtigen College. Jetzt redet er davon, dass wir einander beistehen sollen, um diese schwierige Zeit zu bewältigen. Ich höre gar nicht richtig hin. Meine Aufmerksamkeit gilt Dylan, und deshalb bekomme ich es mit, als er die Hände sinken lässt und aufsteht, alles in einer Bewegung. Dann drängt er sich durch die Reihe und nimmt die Treppe nach unten, immer zwei Stufen auf einmal. Die Turnhallentür quietscht laut, als er sie heftig aufdrückt, und alle sehen zu, wie sich die Tür hinter ihm schließt. Sie ist so eingestellt, dass sie nicht zuknallt, aber das macht es fast noch schlimmer. Es dauert eine halbe Ewigkeit, bis sie endlich zu ist. Als sie schließlich ins Schloss fällt, denke ich: *Dylan ist bestimmt schon in seinem Auto. Oder irgendwo anders, wo immer er jetzt hingeht.*

Und ich denke: *Er wird nie wieder ein Wort mit mir wechseln.*

Und das macht mich trauriger als alles andere.

* * *

Den Rest des Tages geben sie uns frei. Brielle und Noelle gehen zu Brielle nach Hause, und ich schließe mich ihnen an. Sie rauchen Gras, ich nicht. Sie rufen Kyle und Jacob an, die ebenfalls kommen, und dann taucht Marcus auf, und Brielle holt eine Flasche Wodka aus dem Schrank ihrer Eltern. Ich trinke ein wenig davon, aber ich bin es nicht gewohnt, mitten am Tag Wodka zu trinken, und als ich nach oben aufs Klo gehe, will ich mich danach eigentlich nur eine Minute hinlegen, und dann wache ich ungefähr zwei Stunden später wieder auf, total peinlich. Auf dem Weg nach unten denke ich, dass mich gleich alle verarschen werden, aber sie hängen am Fernseher und gucken Lokalnachrichten und lachen dabei. Es geht natürlich um Emma, und ich frage mich, was so lustig ist. Jacob sagt etwas wie: »Warum hat sie nicht einfach Tabletten genommen?«, und Kyle: »Sie war zu dämlich und wusste nicht, welche Pillen man da nimmt. Sie hätte wahrscheinlich versucht, sich mit Ibuprofen umzubringen.«

Es ist schon halb drei, deshalb schlüpfe ich nur in die Küche, nehme meine Tasche und gehe. Ich muss meine Brüder abholen, ich muss nach Hause. Bestimmt hat Mom es inzwischen erfahren. Plötzlich fällt mir unser Termin bei Direktorin Schoen morgen wieder ein – das hat sich jetzt wohl erledigt, oder? Ob Dad trotzdem kommt? Ich wollte ihn sowieso nicht sehen. Ich wollte auch nicht zu diesem Termin, aber – Shit! Es sollte doch um Emma gehen. Und … und was ist jetzt?

Als ich vor der Grundschule halte, fällt leichter Schnee, und die Jungs flitzen mit ausgebreiteten Armen aus der Schule und versuchen, die Flocken einzufangen. Einer von Tommys Freunden ist bei ihm und brüllt: »Es schneit! Es schneit!«

Und dann stürzen sie zum Auto, wo es die übliche Rauferei darum gibt, wer vorne sitzen darf. Diesmal gewinnt Tommy, und Alex brüllt: »Morgen haben wir schneefrei!«

»Es ist März, du Dummie, dafür wird es nie im Leben genug schneien«, erklärt Tommy, aber er grinst, und seine Wangen sind ganz rot vom Rennen in der Kälte.

Ich merke, dass ich zittere, obwohl ich die ganze Zeit in meinem warmen Auto gesessen habe. Dann fällt mir auf, dass ich noch gar nichts zu Mittag gegessen habe. Mein Magen fühlt sich kalt an. Ich bin daran gewöhnt, dass er verstimmt, verkrampft, gestresst ist. Jetzt ist er nur … leer. Ich sage kein Wort zu den Jungs, sondern fahre einfach nach Hause und hoffe, dass ich unterwegs keinen Unfall baue. Meine Hände sind so taub, dass ich das Lenkrad kaum spüre.

Ich spüre überhaupt nichts.

* * *

Als wir zu Hause ankommen, weiß Mom schon Bescheid. Sie schickt Tommy und Alex auf ihre Zimmer und sagt ihnen, dass wir Pizza bestellen. Darüber freuen sie sich fast genauso wie über den Schnee, und wir hören sie die Treppe hinaufpoltern und sich laut darüber unterhalten, welchen Belag sie wollen.

Mom und ich starren uns eine Minute lang nur an. Schließlich sagt sie: »Wie geht es dir?«

»Ganz okay«, sage ich. Ich habe das Gefühl, als hätte ich heute meine Stimme noch nicht benutzt, so kratzig ist sie. Ich habe wohl tatsächlich nicht viel geredet, aber natürlich geht es mir gut.

»Und den anderen? Brielle? Und – oh Gott, was ist mit Dylan?«

Ich zucke nur die Achseln.

»Klar«, sagt sie. »Klar, das ist natürlich für euch alle schwer. Gott, ich kann es nicht glauben. Sie war *sechzehn* …« Mom lässt sich schwer auf einen Küchenhocker fallen und starrt eine Weile auf die Theke. Ich stehe daneben und weiß nicht, was ich tun soll.

»Ich werde jetzt …« Ich muss mich räuspern. »Ich werde auf mein Zimmer gehen, okay? Welche Pizza ihr bestellt, ist mir egal. Ich bin sowieso nicht hungrig.«

Sie sieht mich an. Ihr Gesicht ist voller Sorge, und sie wirkt um zehn Jahre gealtert, aber sie nickt nur. Deshalb gehe ich hoch.

* * *

Am nächsten Morgen stehen vor der Schule die Übertragungswagen der Nachrichtensender. Am Nachmittag belagern sie unser Haus. Bis zum Ende der Woche wissen alle, dass Emma Putnam am Montag nicht zur Schule gegangen ist, dass sie gewartet hat, bis ihre Eltern zur Arbeit aufgebrochen waren, und sich dann ein Elektrokabel um den Hals gebunden hat. Das andere Ende knüpfte sie um den freiliegenden Deckenbalken in der Garage ihrer Eltern.

Und alle wissen, dass Emma Putnam sich nicht einfach so das Leben genommen hat. Es gab einen Grund dafür.

Und dieser Grund war Brielle. Dylan. Kyle. Jacob.

Und ich.

* * *

Ein Sonderstaatsanwalt erhebt Anklage gegen uns. Das mit Facebook war bereits in den Nachrichten. Emmas weinende Eltern in *Good Morning America*, daneben ihr Anwalt, der von Mobbing und Selbstmord spricht und davon, dass Emma eine glänzende Zukunft vor sich hatte.

Megan Corley tritt in der *Today Show* auf und erzählt, dass »einige Mädchen« am Valentinstag SCHLAMPE auf Emmas Spind geschrieben haben. Ich sehe es mir in meinem Zimmer auf dem Computer an, und bei diesen Worten bleibt mir die Luft weg. Und als der Interviewer fragt, ob sie »die angeklagten Mädchen« meint und Megan nickt, schreie ich auf. Ich schubse den Laptop von meinem Bett und denke – hoffe – eine Sekunde, dass er kaputt ist. Er ist es nicht, die Übertragung ist nur unterbrochen, und Megans blödes tränenüberströmtes Gesicht starrt mir vom Boden entgegen.

Zwei Sekunden später steht Mom in meinem Zimmer. »Ich hab dir doch gesagt, du sollst dir dieses Zeug nicht mehr ansehen.«

»Aber die erzählen lauter Lügen, über alles …«, schreie ich. Sie unterbricht mich mit erhobener Hand.

»Schluss jetzt!«, schreit sie noch lauter. »Keine Nachrichtensendungen mehr in diesem Haus! Schalt es aus, Sara, das meine ich ernst!«

Ich klappe den Laptop zu und lasse ihn einfach auf dem Boden liegen. Wir blicken einander eine Weile fest an, dann wendet sie sich zum Gehen. Sie sagt nicht einmal, ich soll mich für die Schule fertig machen. Wir wissen beide, dass ich nicht hingehe.

Sobald ich ihr Auto wegfahren höre, laufe ich nach unten und schalte den Fernseher ein. Erst will ich nur Cartoons oder so was gucken, aber als ich auf MSNBC schalte, starrt mir wieder Emmas Gesicht entgegen. Mom sagt, Emma ist in den landesweiten Nachrichten, weil sie hübsch war und ihre Eltern reich sind, aber ich weiß, es ist auch, weil es zum Verfahren kommen wird. Zu einem »wegweisenden Mobbing-Prozess«, einem der härtesten, der je gegen eine Gruppe Minderjähriger geführt wurde.

Ich simse Brielle und frage, ob sie Lust hat, ins Shoppingcenter zu fahren. Sie schwänzt auch viel, aber jetzt schreibt sie: *Darf nicht reden. Anwälte. :p*

Ich weiß nicht, was das heißen soll. Auf dem Bildschirm ist jetzt ein Screenshot von all unseren Posts auf Emmas Facebook-Seite eingeblendet, von dem Tag, bevor sie starb.

Wie ist das eigentlich, wenn man eine Schnalle ist?

Mein Profilfoto und mein Name sind gepixelt, aber ich weiß, dass das von mir war. Unter dem Kommentar sieht man zweiundzwanzig Likes, die Leute in der Show reden jedoch nur über mich, über passivaggressives Verhalten bei Mädchen oder so. Keine Ahnung. Auch ein Kinder- und Jugendpsychologe ist dabei. Ich habe ihn noch nie getroffen, und er weiß überhaupt nicht, wovon er redet.

»Halt die Klappe!«, schreie ich den Mann auf dem Bildschirm an. »Lass mich in Ruhe!«

Aber natürlich kann er mich nicht hören. Das kann niemand.

OKTOBER

»Du siehst hübsch aus«, sagt Alex. Milch läuft sein Kinn hinunter, denn gerade hat er sich einen Riesenlöffel Cheerios in den Mund gestopft. Darum klingt es, als hätte er gesagt: »Wuu iiiischt ücksch ausch.« Aber nett ist es trotzdem. Wahrscheinlich werde ich den ganzen Tag nicht mehr so was Nettes zu hören bekommen.

»Danke, Kumpel.« Ich schaue an mir herunter: marineblauer Rock und dunkelroter Pulli. In diesem Outfit könnte ich für den Vorsitz in der Schülermitverwaltung kandidieren, aber es dürfte wohl Natalies Anweisungen entsprechen. An dem Tag, als wir zum ersten Mal bei Gericht waren – eigentlich war es bloß ein gruseliges Sitzungszimmer mit einer Richterin drin –, trug ich ein knallgelbes T-Shirt. Als Natalie es sah, dachte ich, sie würde mich gleich umbringen. Obwohl es ein heißer Tag war, bestand sie darauf, dass ich eine graue Strickjacke anzog, die sie im Auto hatte.

Wie auch immer. Heute ist es jedenfalls kalt. Und mein Outfit signalisiert wohl: *Ich nehme das alles ernst*.

Ich setze mich zu Alex und Tommy an den Tisch, bringe aber nichts runter. Schon vom bloßen Zusehen, wie sie ihr Frühstück herunterschlingen, wird mir schlecht. Wenn ich nur halb so oft kotzen könnte, wie mir danach ist, dann würde ich mich wahrscheinlich viel besser fühlen. Oder auch viel schlechter, keine Ahnung. Alex schlürft den Rest Milch direkt aus der Schüssel, und ich wende den Blick ab.

»Hast du wirklich alles erwischt, kleiner Mann?«

Beim Klang von Dads Stimme fahre ich zusammen – sie ist immer zu laut, zu sehr wie *er*. Wieder hebt sich mir der Magen. Ich sehe, wie auch Tommy mir gegenüber ganz steif wird, während Alex unseren Vater angrinst, immer noch einen weißen Milchrand um den Mund.

»Hey, Dad«, sagt er. »Holst du mich heute von der Schule ab?«

»Weiß nicht, Junge.« Dad reißt die Tür des Schranks auf, in dem die Becher stehen, knallt einen auf die Arbeitsplatte und schenkt sich Kaffee ein. »Diese Angelegenheit könnte ne Weile dauern. Ich glaube, eure Mom hat eine Mitfahrgelegenheit für euch Jungs organisiert.«

Diese Angelegenheit. Ich schrumpfe ein wenig in meinem Pullover zusammen. *Diese Angelegenheit* hat jetzt schon eine Weile gedauert. Sie bestimmt inzwischen mein ganzes Leben. Und wird mich auf ewig begleiten.

»Oh«, sagt Alex enttäuscht.

»Warum können wir eigentlich nicht mit?«, motzt Tommy.

Ich hebe die Augenbrauen, doch bevor ich irgendwas sagen kann, schaltet sich wieder Dad ein.

»Nee, da verpasst ihr echt nichts, das könnt ihr mir glauben«, erklärt er. Er lehnt mit seinem Kaffee an der Theke. Ich schaue ihn immer noch nicht richtig an, spüre aber seine Anwesenheit, seine riesenhafte Größe. Er trägt einen dunklen Anzug. Und steht da. Eine einzige *Drohung.* »Lustig wird das bestimmt nicht.«

»Ich weiß«, entgegnet Tommy. Seine Stimme ist jetzt ruhig, allerdings immer noch trotzig. »Ich habe auch nicht erwartet, dass es *lustig* wird. Ich dachte bloß, wir sollten auch dabei sein.« Ganz kurz treffen sich unsere Blicke, und ich schenke ihm ein kleines Lächeln.

»Danke«, forme ich stumm mit den Lippen. Er hebt eine Schulter, als wollte er sagen *Ich hab's zumindest probiert.*

Ich glaube, vor allem meine Brüder haben mir die Kraft gegeben, *diese Angelegenheit* durchzustehen. Leider hat Dad recht; da verpassen sie echt nichts. Schlimm genug, dass stattdessen mein Vater dabei sein wird. Und Mom – was soll's. Wenn Dad da ist, wirkt sie so kopflos, keine Ahnung. Zum Beispiel ist sie jetzt noch nicht mal nach unten gekommen. Was macht sie bloß?

»Wo ist denn deine Mutter?«, fragt Dad, als könnte er Gedanken lesen. Wieder will er uns glauben machen, er sei entspannt und witzig, aber seine Stimme verrät seinen Zorn.

»Ich gehe sie suchen«, sage ich, froh über die Gelegenheit, hier rauszukommen, zwei Minuten nicht in seiner Nähe sein zu müssen.

Doch kaum bin ich aufgestanden, taucht sie auf. Sie trägt ein dunkelgraues Kostüm, darunter eine lavendelfarbene Seidenbluse – ihr Standardoutfit für Termine, vor denen ihr graut. Ich weiß nicht, wieso ich mich daran erinnere, aber ich tue es, und das macht mich noch nervöser.

»Also, Jungs«, sagt sie zu meinen Brüdern. »Draußen wartet Maggie auf euch. Sie wird euch auch wieder abholen.«

»Ich dachte, ich bringe sie hin?«, sage ich verdutzt. Auf die zwanzig Minuten Alleinsein zwischen Tommys Schule und dem Gericht hatte ich mich richtig gefreut.

»Nein, ich habe M…«

Dad schneidet Moms Erklärung mit den Worten ab: »Kommt nicht infrage, dass du allein dort reingehst. Wie würde das denn aussehen? Wir gehen zusammen.«

Ich blicke wieder Mom an, und sie nickt.

Zusammen. Wieso fühle ich mich dadurch nicht unterstützt? So, wie Dad es sagt, klingt es nach Bestrafung.

Und das ist es auch. Die Fahrt dauert eine gefühlte Ewigkeit. Ich sitze hinten in Dads Mietwagen, meinen Brief in der Hand. Er steckt gefaltet zwischen meinen schweißnassen Händen. Keiner von uns sagt ein Wort. Es herrscht ziemlich viel Verkehr, aber nicht so viel, dass wir langsamer fahren müssten. So fühle ich mich einerseits ewig lang im Auto eingesperrt, und andererseits kommen wir viel zu früh am Gerichtsgebäude an.

Überall stehen Übertragungswagen von Fernsehsendern, Dutzende. Dad muss ganz langsam fahren, weil ein Polizist den Verkehr regelt und die Autos vor uns auf den Parkplatz lotst. Ein Reporter von unserem Lieblingssender läuft vorbei. Den Bruchteil einer Sekunde lang denke ich: *Oh!*, weil ich gerade einen Promi gesehen habe. Dann fällt mir alles wieder ein.

Gott, wie ich diese Sekundenbruchteile hasse. Wenn ich das doch bloß abstellen könnte. Es ist zwar ätzend, die ganze Zeit traurig und müde und voller Angst zu sein, aber noch viel schlimmer ist es, wenn ich einen Augenblick lang das Gefühl habe, alles wäre normal.

Wie in dem kurzen Moment am Samstagabend, als Carmichael mich nach Hause gefahren und seine Lippen so schnell, so sanft auf meine gedrückt hat. Ich schließe die Augen und erinnere mich daran, halte mich daran fest. Am Sonntag haben wir telefoniert, und gestern habe ich ihn natürlich in der Schule getroffen, doch wir haben beide so getan, als wäre nichts geschehen. Aber in der Dunkelheit des Wagens, am Ende des schönen, langen Abends, war es ein perfekter Augenblick. Ein Aufatmen.

Das Auto ruckelt ein bisschen, als es wieder beschleunigt, und ich öffne die Augen. Direkt neben dem Gebäude ist eine Lücke frei, in die mein Dad einparkt. Einen Moment lang sitzen wir alle ganz still, und dann, wie in einer Choreografie, öffnet jeder seine Tür, und die Geräusche brechen über uns herein.

Ich umrunde hastig das Auto, und schon bin ich zwischen meinen Eltern. Wir widerstehen der Versuchung zu rennen und gehen an den kreischenden Reportern und den blendenden Scheinwerfern vorbei. Dieses Mädchen bin ich jetzt. Das Mädchen, das in den Gerichtssaal geht und nicht in die Kameras blickt. Plötzlich ist Natalie da, keine Ahnung, wie ich sie überhaupt bemerken konnte, denn mein Blick ist auf den Gehweg gesenkt. *Schritt Schritt Schritt Schritt. Nicht stolpern.*

Sicherheitsleute halten uns die Tür auf, und wir hetzen hinein. Die relative Stille im Gerichtsgebäude verschluckt uns. Ich sauge Luft in meine Lungen – wie mir jetzt auffällt, hatte ich den Atem angehalten –, bleibe jedoch nicht stehen. Natalie ist auch nicht stehen geblieben, sie geht weiter vor uns her, und so trotten wir alle einen Gang entlang. Endlich, bei einer Bank, hält sie an und dreht sich zu uns um.

»Na schön!«, sagt sie strahlend. »Das Schlimmste haben wir hinter uns.« Sie schenkt uns allen ein warmes Lächeln, aber wir sehen wohl nicht aus, als würden wir ihr glauben, denn sie fügt hinzu: »Wirklich. Von jetzt an wird alles gut laufen. Wenn es vorbei ist, müssen wir natürlich wieder an denen vorbei, es besteht jedoch kein Anlass, mit ihnen zu sprechen. Ich empfehle Ihnen sogar, es nicht zu tun. Morgen setzen wir uns zusammen und bereden, wie wir mit den Medien umgehen, aber keine Sorge, die verlieren schnell das Interesse. In einem Monat weiß keiner mehr Ihre Namen.«

»Großartig«, sagt Dad.

Mom legt mir eine Hand auf die Schulter, so leicht, dass ich es kaum spüre. »Das wird schön«, flüstert sie. Ich nicke. Das wird wirklich schön. Für sie. Ich hingegen muss ja wieder in die Schule.

»Und jetzt warten wir«, erklärt Natalie. »Meine neue Praktikantin wird gleich da sein, sie kann uns Kaffee holen, wenn Sie wollen. Setzen Sie sich doch. Sara, alles klar? Ist das Ihre Erklärung?«

Ich nicke wieder und versuche die Finger von dem Blatt zu lösen, von dem inzwischen nur noch ein knittriges Knäuel übrig ist.

»Ich habe auch ein Exemplar dabei, falls Sie es brauchen«, sagt Natalie mitfühlend und mit etwas leiserer Stimme. »Wollen Sie noch irgendwas durchsprechen?«

Dad seufzt tief, als sei er es leid, über all das zu reden, und lässt sich schwer auf die Bank sinken. Mom zögert. Ich weiß, dass sie unbedingt wissen will, was ich vorbereitet habe, denn sie durfte es bisher nicht lesen. Ich weiß, dass sie jetzt wartet, dass sie kein Wort verpassen will, wenn ich zu Natalie sage: *Ja, sprechen wir über dieses blöde Blatt Papier, das ich in der Hand halte, obwohl wir gestern noch mal alles durchgegangen sind*, aber ich schweige, und schließlich nimmt sie ebenfalls Platz.

Jetzt, wo Moms Hand nicht mehr auf meiner Schulter liegt, tritt Natalie an meine Seite und legt den Arm um mich. »Sie haben das super gemacht«, sagt sie, ihren Kopf ganz nah an meinem. Sie spricht nun noch leiser, nur mit mir. »Ich bin stolz auf Sie. Ich weiß, dass das nicht einfach und alles andere als lustig gewesen ist – und ganz anders, als Sie es sich vorgestellt haben. Aber Sie haben es durchgestanden. Und Ihr Brief ist ganz toll geworden. Ab jetzt wird alles besser, das verspreche ich Ihnen.«

Mein Blick ruht auf dem Papier in meinen Händen. Es ist immer noch gefaltet, mit der leeren Seite nach außen, doch die Schatten der getippten Wörter scheinen durch. Die dunkle Wahrheit, auf der anderen Seite der dünnen – papierdünnen – Wand.

Ich nicke wieder, und wenn auch nur, weil Natalie das erwartet. Fast möchte ich so was sagen wie *Danke* oder *Ich weiß Ihre Hilfe zu schätzen*. Ich würde es sogar ernst meinen. Aber ich bringe einfach kein Wort heraus. Ich starre auf die schwach durchscheinenden Buchstaben all der

Worte, die ich sagen muss – gleich, in ein paar Minuten – und denke darüber nach, dass ich sie nie mehr zurücknehmen kann. Und ich erinnere mich an all das, was ich bereits gesagt und geschrieben habe, und dass es niemals mehr ungesagt, ungeschrieben sein wird.

Darum will ich jetzt im Moment einfach nur still sein. Natalie lässt mich los, und ich gehe hinüber zu der Bank und lasse mich neben Mom nieder. Neben meinen Eltern. Das Papier liegt in meinem Schoß, und ich warte.

Wir alle warten einfach nur.

* * *

»Sie dürfen sich setzen.«

Das Geräusch von Stühlen, die zurechtgerückt werden, erfüllt den Raum. Ich muss an die Zeit denken, in der ich mit Brielle immer zur Messe gegangen bin, damals in der Junior High, als ihre Eltern noch darauf bestanden. Aufstehen, hinsetzen, wieder aufstehen. Aufpassen, wenn der Typ im Talar hereinkommt. Oder, in diesem Fall, die Frau.

Sie ist jünger, als ich erwartet habe, und hübscher. Ihre langen blonden Haare fallen irgendwie lässig bis auf die Schultern. Und sie lächelt alle an, als wollte sie, dass wir uns hinsetzen und entspannen, uns keine Sorgen machen, es genießen. Als wäre das überhaupt möglich.

Hätte ich doch bloß Natalie gefragt, wie das alles ablaufen wird. Sie wollte zigmal wissen, ob ich zum heutigen Tag irgendwelche Fragen habe, aber mir fiel einfach keine ein. Jetzt erwischt mich das alles eiskalt – die hübsche Richterin, der schmucke Raum. Im Unterschied zum ersten Mal, als die Anklageschrift verlesen wurde, befinden wir uns diesmal in einem richtigen Gerichtssaal, wie man ihn aus Filmen kennt. Er ist alt, holzgetäfelt. Zur Hälfte ist der Raum mit Sitzbänken (auch das wie in der Kirche) gefüllt, außerdem gibt es eine hölzerne Absperrung, hinter der wir sitzen, und zwar an einem großen Mahagonitisch. Na, ich nehme mal an, es ist Mahagoni, sicher bin ich mir nicht.

Auf beiden Seiten des Raumes gibt es hohe Fenster, und die Richterin hat ihren Platz, wie man sich das so vorstellt, auf einem Podest am Richtertisch. Neben ihr befindet sich der Zeugenstand. Aber den brauchen wir nicht. Zwischen den Tischen gibt es ein Rednerpult, an das die jeweilige Person tritt, wenn sie aufgerufen wird. Mit all den Kabeln, die über den Boden verlaufen, ist es das Einzige, was hier etwas fehl am Platz wirkt.

Unverwandt starre ich nach vorne zur Richterin, die ein paar Papiere durchblättert und mit dem Gerichtsdiener spricht. Ich bringe es nicht fertig, nach rechts oder links zu blicken. Links von mir sitzt Jacob mit seinem Anwalt und noch jemandem, vielleicht einem zusätzlichen Rechtsbeistand. Rechts kommt erst Natalie und dann Brielle mit ihrem Anwalt. Auf der anderen Seite des Pults sitzen Emmas Eltern und deren Anwälte. Hinter uns höre ich Kameras klicken und das Gemurmel all der Eltern und Reporter und weiß Gott von wem noch. Ich stelle mir Mom und Dad vor, wie sie nebeneinander in der Reihe hinter mir sitzen und meine Jacke und Handtasche halten. Als wäre ich nur kurz auf der Toilette und hätte die Sachen nicht mitnehmen wollen.

Die Richterin blickt zum Tisch der Putnams. »Herr Staatsanwalt?«, sagt sie.

Und es geht los.

* * *

Sie gehen erst sämtliche Anklagepunkte durch, und dann diejenigen Anklagepunkte, die wir einräumen, damit sie die übrigen fallen lassen. Es dauert eine Weile, da wir ja drei Angeklagte sind, und trotz meiner Nervosität schalte ich hin und wieder geistig ab. Doch dann wird Brielle zur Vernehmung zum Rednerpult gerufen, und ich bin wieder voll da.

Sie steht zusammen mit ihrem Anwalt auf, und jetzt schaue ich endlich hin, wünsche mir jedoch sofort, ich hätte es nicht getan. Brielle sieht aus, als wäre sie selbst die Anwältin – ihr Haar ist glatt zurückgekämmt, und sie trägt ein dunkelblaues Kostüm mit Bleistiftrock, dazu hohe Absätze. Sie wirkt wie fünfundzwanzig, und ihr Anwalt ist so ein älterer Typ, der garantiert schon zig Verfahren gewonnen hat. Er legt seine Ledermappe auf das Pult und öffnet sie, und als er die Richterin begrüßt, merkt man, dass er sie schon x-mal getroffen hat. So, als würden sie immer im Club der Anwälte und Richter Tennis spielen und Scotch trinken oder so.

Er ergreift das Wort, und dann verliest die Richterin Brielles Anklage, und Brielle sagt einige Male »Ja«. Schließlich erklärt die Richterin. »Wenn Sie eine Erklärung vorbereitet haben, können Sie diese jetzt vorlesen.«

Alle halten den Atem an. Brielle blättert in der Mappe ihres Anwalts bis nach hinten und räuspert sich leise. Als sie zu sprechen beginnt, erkenne ich sofort ihre Spezialstimme für Erwachsene. Mir ist, als hätte ich sie seit Jahren nicht gehört, und das macht mich noch nervöser. Ich weiß, wir sind nicht im Rhetorikunterricht – Brielle und ich spielen nicht im selben Team. Und das ist auch kein Wettbewerb, aber bei Wettbewerben hat sie immer die Nase vorn. Sie ist diejenige, die gewinnt.

Nur … diesmal wohl doch eher nicht. Wir sind beide hier, um einzugestehen, dass wir verloren haben. Wir geben auf.

»Danke, Euer Ehren«, sagt Brielle. So, als würde sie das jeden Tag tun. »Mr und Mrs Putnam, ich kann Ihnen gar nicht sagen, wie leid es mir tut. Ich kannte Emma nicht sehr gut, aber sie war ein wunderschönes Mädchen, und was dieser Verlust für Sie bedeuten muss, übersteigt meine Vorstellungskraft. Ich werde mein Leben lang bereuen, dass ich ihr durch mein Handeln das Gefühl gegeben habe, an der Elmwood High nicht willkommen zu sein, und ich werde Ihre Familie stets im Herzen tragen und in meine Gebete einschließen. Danke.«

Nach einem Augenblick verblüffter Stille nimmt Brielles Anwalt die Ledermappe wieder an sich, schließt sie, verlässt das Rednerpult und bringt Brielle zurück an unseren Tisch. Sie hat genau die richtigen Sachen gesagt, aber – aber was? Warum fühlt es sich falsch an?

Dann höre ich Emmas Mom laut nach Luft schnappen. Aufschluchzen. Fast sofort beruhigt sie sich wieder, aber ich nehme an, wenn Brielle sie zum Weinen gebracht hat, dann … dann hat sie wohl absolut das Richtige gesagt.

Trotzdem, keine Ahnung, vielleicht liegt es an mir – es klang einfach nicht so besonders reuevoll.

Wird es sich bei mir auch so anhören?

Mir schlägt das Herz bis zum Hals, und ich frage mich, wie ich es schaffen soll, in diesem schnieken Raum voller offizieller Leute nicht zu kotzen oder ohnmächtig zu werden. Da ruft die Richterin als Nächsten Jacob auf. In heller Panik sehe ich Natalie an, doch die tätschelt mir nur die Hände, die ich im Schoß verknotet halte.

»Keine Sorge.« Sie formt die Worte bloß mit den Lippen. »Sie machen das schon.«

Bei Jacob läuft es genauso, allerdings gibt es gegen ihn weniger Anklagepunkte als gegen Brielle und mich, das wussten wir bereits. Und Tyler – lieber Himmel, den habe ich ganz vergessen. Sein Fall wird separat verhandelt, offenbar geht auch er auf einen Deal ein. Ich schließe die Augen, während Jacobs Anwalt mit der Richterin spricht, und versuche mir vorzustellen, es sei schon vorbei. Nicht später an diesem Tag, sondern schon nächstes Jahr. Wie wird das nächste Jahr aussehen? Wird alles wieder normal sein? Was ist überhaupt noch normal?

Jacobs Erklärung ist noch kürzer als die von Brielle, und seine Stimme zittert, als würde er gleich in Tränen ausbrechen. Man merkt, dass er den Text selbst verfasst hat. Er sagt bloß: »Es tut mir wirklich alles sehr leid – alles. Emma war so ein süßes Mädchen. Ich vermisse sie richtig. Es tut mir wirklich leid. Es – es tut mir einfach nur leid.«

Wenn alle im Raum aufstehen und ihn umarmen könnten, dann würden sie es tun, das schwöre ich. Ich jedenfalls würde es tun, dabei weiß ich doch, was für ein Arsch er immer war. Jetzt höre ich Emmas Mom richtig weinen, während er zu unserem Tisch zurückgeht, den Kopf gesenkt, in seinem grauen Anzug, der aussieht, als sei er ein bisschen zu groß – wie ein kleiner Junge bei der Hochzeit seines Cousins. Jacobs Anwalt hat die Hand auf seine Schulter gelegt. Ich weiß nicht, ob er damit sagen will: »Sehen Sie, dieser Junge ist noch ein Kind«, ich jedenfalls empfinde so.

Plötzlich frage ich mich, ob der Anwalt Jacob zu diesem Anzug geraten hat, weil er wusste, dass er damit jünger aussehen würde. Ob er die Erklärung für ihn verfasst hat – so wie Brielles Anwalt garantiert die ihre.

Mann, bin ich eine Idiotin. Das Ganze ist doch eine abgekartete Sache. In Wirklichkeit stehen wir gar nicht vor Gericht, aber alle tun immer noch so. Spielen mit. Oder vielleicht bin ich bloß paranoid. Nicht mal das weiß ich.

Der Anflug von Wut beruhigt jedoch meinen Magen, und als die Richterin sagt: »Sara Wharton und Anwältin, bitte vortreten«, muss ich nicht auf den Tisch kotzen. Ich folge Natalie zum Rednerpult, und meine Beine zittern zwar, aber sie tragen mich noch.

Denn, ganz plötzlich, wird mir etwas klar. Ich bin die Einzige, der das alles wirklich leidtut. Nicht nur, dass ich in Schwierigkeiten stecke oder dass Emma mein Leben ruiniert hat. Das tut mir auch leid – immer noch wünschte ich, sie hätte noch ein bisschen durchgehalten, die Schule gewechselt, versucht, einfach zurechtzukommen, wie wir alle zurechtkommen müssen. Dass sie versucht hätte, wieder auf die Beine zu kommen und das Beste daraus zu machen, wie jeder es tun muss, selbst wenn die Lage schrecklich und quälend und sinnlos scheint.

Doch während Natalie mit der Richterin spricht und man mich auffordert zuzugeben, Emma schikaniert, einmal tätlich angegriffen und einmal gestalkt zu haben, halte ich den Kopf gerade. Ich sage, dass ich es verstehe, ich sage, dass ich die Anklagepunkte einräume. Und als die Richterin fragt, ob ich eine Erklärung vorbereitet habe, tritt Natalie beiseite, und ich glätte dort auf dem Rednerpult mein blödes, unprofessionelles Stück Papier, lege es ausgebreitet hin und hoffe, dass meine verschwitzten Hände die Tinte nicht verschmiert haben. Einen Augenblick lang halte ich inne, atme tief durch.

»Emma und ich waren nicht befreundet. Lange Zeit dachte ich sogar, wir wären Feindinnen. Ich dachte, dass sie absichtlich Sachen gemacht hat, um mich zu verletzen – und habe angefangen, ebenfalls Sachen zu machen, um sie zu verletzen.«

Wieder hole ich Luft. Natalie berührt mich nicht, aber ihre Hand liegt auf dem Rednerpult, und ich schiele kurz hinüber. Es ist, als würde sie es festhalten, mich an meinem Platz halten. Meine Hände zittern ebenso wie meine Stimme, Natalies Hand hingegen ist ganz ruhig. Ich blicke wieder auf meinen Text.

»Aber jetzt sehe ich … ich weiß, dass sie sehr gelitten hat. Mehr, als ich es je wirklich werde verstehen können, obwohl ich es jetzt schon viel besser verstehe.«

Ich hebe die Augen zur Richterin, als ich fortfahre: »An ihrem Kummer ist, glaube ich, niemand richtig Schuld.« Und dann sehe ich endlich die Putnams an ihrem Tisch an. Die Augen von Mrs Putnam sind gerötet und zu meiner Überraschung auch die von Mr Putnam. Beide wirken sie klein und traurig. Den Blick weiter auf sie gerichtet, sage ich: »Aber ich habe dazu beigetragen, dass sie noch mehr gelitten hat. Aus keinem richtigen Grund. Ich war gedankenlos und grausam, und obwohl ich nie gewollt habe, dass irgendwas von dem passiert, ist es trotzdem geschehen, und das wird mir für den Rest meines Lebens leidtun. Es tut mir so … so schrecklich leid –« Ich muss abbrechen, weil ich Angst habe, sonst schluchzen zu müssen, und ich will nicht schluchzen. Sie haben es verdient, auch noch den Rest zu hören. Ich will es sagen, ich will, dass sie es wissen. Ich schaue nicht einmal mehr auf mein Blatt Papier, denn ich weiß, was ich ihnen mitteilen will.

»Es tut mir so leid, dass ich Emma noch mehr habe leiden lassen, dass ich ihr das Leben noch schwerer gemacht habe. Denn das habe ich. Ich habe sie verletzt. Und Sie beide habe ich auch verletzt. Das kann ich nicht vergessen, niemals. Ich verspreche Ihnen, dass ich es niemals vergessen werde. Ich wünschte, ich könnte – ich wünschte, ich könnte mehr tun. Aber ich schwöre, es wird mir immer im Gedächtnis bleiben.«

Einen Moment lang starren wir einander an, die Putnams und ich. Zitternd klammere ich mich am Rednerpult fest und hoffe, dass sie mir glauben, dass sie mich verstehen. Ich denke an das, was meine Mom gesagt hat, wie es wäre, mich zu verlieren. Ich denke an meinen Dad, von dem ich mir nicht vorstellen kann, dass er jemals wegen mir weinen würde – doch wahrscheinlich würde er es auch tun. Natürlich würde er.

Mein Herz schlägt heftig, und meine letzten Worte sind nur noch ein Flüstern, denn sie gelten ausschließlich Emmas Eltern.

»Ihr Verlust tut mir unglaublich leid«, sage ich leise. »Ich wünschte, ich könnte es ungeschehen machen.«

Ich schlucke. Auf meinem Blatt Papier steht nichts mehr, das weiß ich, ohne hinzuschauen. Aber ich habe das Gefühl, es ist noch nicht genug. Da müsste noch was kommen.

Die Stille im Raum hält an, doch ich höre, wie sich die Leute auf ihren Stühlen zu bewegen beginnen, als gingen sie davon aus, dass ich fertig bin. Ich schaue wieder auf das Pult und meine schriftliche Erklärung hinunter, auf meine Hände, auf Natalies Hand. Die Richterin beugt sich vor, will schon etwas sagen, aber ich komme ihr zuvor, hebe den Blick und sage: »Nur … nur eins noch.«

Sie wartet. Alle warten. Eine Minute lang. Ich merke, dass ich nicht mehr nervös bin, mein Mund ist nicht mehr trocken. Jetzt gerade habe ich keine Angst mehr zu reden – weil es wichtig ist. Ich will, dass die Leute es hören. Ich will, dass *Emma* es hört. Also sage ich noch das eine.

»Emma, wo auch immer du bist … ich will einfach, dass du weißt, wie leid es mir tut. Ich wünschte, ich könnte sonst noch etwas sagen. Aber ich meine es wirklich ernst. Es tut mir leid, schrecklich leid.«

Dann falte ich den Zettel zusammen, spüre Natalies Hand auf meiner Schulter, und wir gehen zurück zu unserem Tisch. Tränen strömen mir übers Gesicht, eine nach der anderen, schnell, schneller, sie rollen, sie fallen. Und ich lasse sie einfach.

NOVEMBER

»Oh mein Gott, der hier ist von einem Typen, der als Freiwilliger mit kranken Kindern im Sudan gearbeitet hat. Das hab ich noch nie gemacht. Also, ich *könnte* es natürlich … ich glaube …«

»Hör auf.«

»Aber ich will doch bloß sehen, was – hier! Guck dir das an! Die hier hat ihre Essstörung überwunden und … Scheiße, und dann hat sie ihre Freundin vor dem *Ertrinken* gerettet.«

»Vielleicht könnte sie ja auch deinen Bewerbungsaufsatz schreiben.«

Ich sehe Carmichael mit großen Augen an. »Das ist nicht witzig. Es macht mich echt fertig. Keine Ahnung, wie ich da mithalten soll!«

»Jetzt *hör* endlich auf«, wiederholt er. Dann greift er über den Küchentisch und versucht mir den Laptop wegzuziehen, aber ich halte ihn fest.

»Das ist doch irre!«, mache ich weiter. »Ich wollte einfach bloß ein paar Beispiele, aber das hier ist alles irgendwie – diese Leute sollten sich nicht fürs College bewerben, sondern, keine Ahnung, für die Präsidentschaft kandidieren! Oder zumindest mit dem Friedenskorps irgendwohin ins Ausland gehen oder so.«

»Ich bin sicher, das werden sie alle demnächst tun. Trotzdem glaube ich nicht, dass jeder an der University of Nebraska schon humanitäre Einsätze und Rettungsmissionen absolviert hat, okay?«

Ich ziehe die Augenbrauen hoch, und er erwidert meinen Blick, ebenfalls stirnrunzelnd.

»Und überhaupt«, fügt er hinzu. »Du machst mich wahnsinnig. Schalte jetzt den Computer aus!«

Langsam, widerstrebend, klappe ich das Gerät zu.

»*Was* macht dich wahnsinnig?«

Wir blicken beide auf. Tommy kommt herein und steuert zielstrebig auf die Schüssel Chips zwischen uns auf dem Tisch zu. Er zieht einen Stuhl heran und lässt sich lässig darauffallen, die Augen wie immer auf Carmichael gerichtet. Jetzt werden wir gar nicht mehr weiterkommen, aber das macht nichts.

»Na ja, wir sitzen hier über Bewerbungsaufsätzen fürs College«, erklärt Carmichael ihm. »Man soll etwas wirklich Bedeutsames schreiben und sie davon überzeugen, was für ein großartiger Mensch man ist und was man im Leben schon alles gemacht hat. Deine Schwester kann sich nicht von diesen verrückten, extremen Beispielen im Internet losreißen.«

Tommy mampft laut den nächsten Chip und späht zu dem Laptop, der vor mir liegt. »Ach ja? Zum Beispiel?«

»Zum Beispiel von diesem Typen, der mit dem Fallschirm in den Grand Canyon gesprungen, dort gestrandet ist und einen *Film* darüber gedreht hat«, erkläre ich, doch gleichzeitig sagt Carmichael: »Oder wir könnten uns *zum Beispiel* auch einfach mal über unsere eigenen Bewerbungen Gedanken machen!«, und funkelt mich an.

»Ist das so eine Art Prüfung? Noch bevor ihr überhaupt anfangt?«, will Tommy wissen.

»Genau«, sage ich.

»Das finde ich nicht fair.«

»*Genau*«, wiederhole ich.

»Ist doch eigentlich gar nicht so schlimm«, beharrt Carmichael. »Und sieh mal, sie geben dir verschiedene Themen, unter denen du auswählen kannst …« Er schiebt das ausgedruckte Bewerbungsformular über den Tisch, und Tommy studiert es.

»Und ob das schlimm ist, wenn man gar nichts Besonderes gemacht hat«, widerspreche ich ihm. »Ich meine, ich bin einfach nur zur Schule gegangen. Ich war nicht mal Kapitän der Basketballmannschaft oder so was.«

Beide bedenken mich mit einem verständnislosen Blick. »Basketball?«, fragt Tommy, und dann brechen sie in Gelächter aus, als hätten sie noch nie so etwas Lustiges gehört.

»Was? Ihr wisst genau, was ich meine!« Ich lasse den Kopf auf das zugeklappte Notebook sinken und stöhne.

»Nimm doch das hier«, sagt Tommy und deutet auf das Blatt. »Schreib jemandem, mit dem du nicht persönlich sprechen kannst, einen Brief und erzähle, wie er oder sie dein Leben verändert hat.«

Ich beuge mich vor, um zu sehen, worauf er deutet. »Warum ausgerechnet das?«, frage ich.

»Keine Ahnung, klingt cool. Du könntest zum Beispiel Kurt Cobain oder Darth Vader schreiben.«

Ich sehe ihn mit zusammengekniffenen Augen an. »Das sind deine Vorschläge? Was hast du denn in letzter Zeit gelesen?« Dann drehe ich mich zu Carmichael und frage: »Oder ist das dein Einfluss?«

Er hebt abwehrend die Hand und erklärt: »Keine Ahnung, wovon ihr beiden redet.«

»Meine Güte, ich bin in der siebten Klasse«, schnaubt Tommy. »Da werd ich wohl wissen, wer Kurt Cobain ist!«

Carmichael hievt sich vom Stuhl hoch und beugt sich über den Tisch, um die Erläuterung des Themas zu studieren. »Es muss sich um eine reale Person handeln, also scheidet Darth Vader aus.«

»Wie schade«, sage ich. »Erst durch ihn habe ich meine Liebe zu Laserschwertern entdeckt.«

Tommy zuckt die Achseln. Er ist nicht beleidigt. »Das würde ich jedenfalls nehmen«, sagt er.

»Und du würdest an Kurt Cobain schreiben?«, will Carmichael wissen.

»Vielleicht«, entgegnet Tommy. »Oder vielleicht, keine Ahnung …« Er blickt mich von der Seite an und zuckt wieder mit den Schultern. »Oder vielleicht an Emma Putnam.«

Mein Magen zieht sich kurz zusammen. Aber nur ein wenig. Einen Moment lang starre ich meinen kleinen Bruder an. Ich merke, dass er die Luft anhält, ein wenig in Sorge, was ich dazu sagen werde.

»Hm«, erkläre ich dann. »An Emma habe ich eigentlich schon einen Brief geschrieben.«

Tommy schaut wieder vor sich auf den Tisch und zuckt die Achseln. »Ich meinte bloß, na du weißt schon …«

»Warte mal«, sage ich. »Du bringst mich tatsächlich auf eine Idee.«

Er blickt wieder hoch. »Eine Idee für den Aufsatz?«

»Hm, nein – ich meine, vielleicht, ja, ich glaube, ich habe jemanden, an den ich schreiben könnte. Was wäre, wenn …« Ich ziehe den Laptop wieder zu mir herüber, öffne ihn und starte eine neue Google-Suche. »Ich habe in letzter Zeit viel darüber nachgegrübelt, was, na ja, ob es etwas gibt, das ich tun könnte, um Emma zu helfen. Oder nicht Emma selbst, sondern Leuten – Leuten in einer ähnlichen Situation?«

Ich beiße mir auf die Lippen und sehe meinen Bruder und Carmichael an, plötzlich verlegen. Bisher hatte ich das niemandem erzählt, und jetzt schauen mich die beiden erwartungsvoll an. Ich bin mir noch nicht ganz sicher, aber es stimmt, ich habe wirklich schon an so etwas gedacht. Vor einem Monat waren wir vor Gericht, und danach haben die Zeitungen alle unsere Erklärungen abgedruckt, und ich habe den Fehler gemacht, die Artikel im Internet zu lesen … samt den Kommentaren. Die Leute waren alles andere als zufrieden. Anscheinend war ihnen ein Deal nicht Strafe genug, und mir scheint, die Leute hassen mich immer noch, egal wie leid es mir tut.

Meine Reue wird nie genügen, das ist mir klar. Aber ich kann die Zeit auch nicht zurückdrehen. Mom sagt, ich hätte noch mein ganzes Leben vor mir und dass ich eine Chance verdient habe, etwas daraus zu machen. Im Prinzip hat sie sicher recht, an manchen Tagen jedoch kommt mir »mein ganzes Leben« viel zu lang vor. Eine so lange Zeit, immer in dem Gefühl, es ist zu spät, das Vergangene wiedergutzumachen.

Aber vielleicht ist es gar nicht nötig, dass ich mich verstecke und bloß darauf warte, dass die Leute ihre Meinung ändern oder mir eine zweite Chance geben. Vielleicht muss ich mich nicht mal bei allen entschuldigen und mich rechtfertigen. Sondern kann stattdessen versuchen, selbst aktiv zu werden, etwas Gutes zu tun.

»Ich könnte doch eine Website ins Netz stellen, auf der Leute an andere Leute schreiben können, so was wie diesen Aufsatz. Also an Leute, mit denen sie im richtigen Leben nicht sprechen können? Oder klingt das bescheuert?«, frage ich Tommy.

»Nein«, sagt er. »Wie stellst du dir das genau vor?«

»Na ja, vielleicht ist jemand gestorben, aber man will sich noch bei ihm entschuldigen, oder es gibt einfach noch etwas, das man ihm unbedingt sagen muss«, fahre ich fort. Tommy nickt. »Oder derjenige lebt noch, aber man traut sich nicht, es ihm persönlich zu sagen.«

»Sozusagen das Gegenstück zu Facebook«, meint er.

Carmichael lacht, ich ebenfalls.

»Genau«, sage ich. »Man würde nette Sachen schreiben. Eventuell anonym. Wenn man will.«

Okay, vielleicht ist es echt kitschig, aber ich bin trotzdem ganz aufgeregt, wenn ich mir das ausmale. Es kann doch noch mehr Menschen wie mich geben, Menschen, die lauter falsche Sachen gesagt haben und einfach nur eine Gelegenheit brauchen, sich zu entschuldigen oder dies zumindest zu versuchen. Oder die etwas loswerden wollen, wozu es vielleicht schon zu spät ist.

Selbst wenn es nicht zu spät ist, fällt es oft schwer zuzugeben, dass man jemandem gegenüber gemein war. Dass man fiese Sachen gesagt hat. Dass man gemobbt hat.

»Und was ist mit deinem Bewerbungsaufsatz?«, fragt Tommy.

»Dafür habe ich auch schon eine Idee«, entgegne ich. »Keine Sorge.«

Vor dem Haus fährt ratternd das Garagentor hoch. Tommy springt auf; das Geräusch kündigt an, dass unsere Mom mit Alex nach Hause kommt, und er will vor ihm bei den Videospielen sein. Als wir wieder allein am Tisch sitzen, sehen Carmichael und ich einander an.

»Ich dachte mir, ich könnte vielleicht an Brielle schreiben«, sage ich ruhig.

Carmichael streckt über das Bewerbungsformular und den Laptop hinweg den Arm zu mir herüber und nimmt meine Hand. »Kommt sie wirklich nicht zurück an die Schule?«

Ich schüttle den Kopf.

»Und du vermisst sie.«

Ich senke den Blick auf unsere Hände. Die von Carmichael sind voller Tinte. Er hat sie in einer langweiligen Schulstunde angemalt, und die Farbe ist noch nicht abgegangen. Aber es beweist, dass er jetzt den Unterricht besucht. Er schwänzt nicht mehr. Er wird nicht in der Sommerschule sein, sondern zusammen mit mir den Abschluss machen. Und, vielleicht, mit mir an die University of Nebraska gehen. Hoffentlich.

»Das habe ich«, sage ich. »Dieser Sommer und alles – ich habe sie sehr vermisst. Es ist wie … manchmal ist es, als wäre Brielle gestorben, weißt du?« Ich halte den Atem an. Schrecklich, das auszusprechen, es auch nur zu denken. Aber jetzt, wo es heraus ist, merke ich, dass es stimmt. Genau so empfinde ich es.

Inzwischen dürften wir miteinander reden, tun es jedoch nicht. Ich habe den ganzen Sommer und den halben Herbst gebraucht, um zu merken, dass es mir ohne Brielle Greggs besser geht. Auch wenn ich mit ihr zusammen jemand *war* – ich war beliebt oder jedenfalls nahe dran. Aber es war zerstörerisch. Wir waren zerstörerisch. Wir haben jeden gehasst. Ich glaube, sie mochte nicht einmal Dylan. Allen verpasste sie gemeine Spitznamen – alle waren Loser, bis auf die Leute, die sie brauchte oder mit denen sie gern zusammen war. Schon gegen Ende des letzten Schuljahrs wollte sie nur noch mit Noelle abhängen und sprach kaum mehr mit mir, außer, wenn es gegen Emma ging.

Ich hatte geglaubt, Brielle zu brauchen. Es war in jedem Fall besser, ihre Freundin zu sein als ihre Feindin. Denn etwas anderes gab es nicht.

Und seit jenem Tag vor Gericht hat sie mir nicht mal mehr gesimst. Also ist es wahrscheinlich besser, dass es vorbei ist.

Und trotzdem. Sie war lange Zeit meine Freundin. Ich weiß, dass sie tief im Inneren einsam ist. Ich weiß, dass sie andere braucht. Ich weiß, dass sie um sich schlägt – das tut sie nun mal. Ich kenne sie wirklich ziemlich gut, und ich vermisse sie. Aber ich kann nicht mehr mit ihr sprechen.

Während ich auf den Tisch starre, gedankenversunken die Linie fixiere, wo der Laptop die Maserung des Holzes unterbricht, spüre ich Carmichaels Augen auf mir ruhen. Im nächsten Moment kommen Mom und Alex polternd ins Haus, und Carmichael drückt ein letztes Mal meine Hand, um dann loszulassen und sich wieder in seinem Stuhl zurückzulehnen.

»Hallo?«, ruft Mom. Sie rauscht in die Küche und sieht uns, sieht

Tommy im Wohnzimmer vor dem Fernseher. »Aha, gut, alle da«, sagt sie. »Wir haben Tacos mitgebracht! Ihr wisst, was das bedeutet!«

Ich stöhne, stehe aber auf und helfe ihr die Einkäufe abzuladen, die sie hereinschleppt. *Tacos* bedeutet, dass ich koche – weil man da praktisch nicht zu kochen braucht. Mom macht ihr Versprechen wahr, mehr Zeit mit der Familie zu verbringen, obwohl ich sagen muss, dass es so auf Dauer auch nicht grad der Kracher ist, jeden Samstagabend gesagt zu bekommen, wie man Brokkoli zubereitet oder verhindert, dass der Reis anbrennt. Aber Tacos sind wenigstens easy. Und man kann jede Menge Käse drauftun.

Mom lächelt mich an und wirft ein paar Avocados auf die Arbeitsplatte. *Sie lächelt jetzt mehr,* denke ich. Vielleicht tun wir das alle.

»Kann ich helfen?«, fragt Carmichael. »Ich weiß, wie man Guacamole macht.«

»Prima!«, meint Mom. »Ich bringe dir ein Messer und eine Schüssel, und mal sehen …«

Ich öffne die Hamburger-Packung und hole eine Bratpfanne. Im Nu ist die Küche von Fleischgeruch erfüllt. Mom fragt Carmichael nach seinem Bewerbungsaufsatz, und er erzählt, dass er über ein BMX-Rennen schreibt. Er war bei diesem Rennen schlimm gestürzt, kam aber trotzdem noch ins Ziel, und Mom findet das Thema perfekt, wie sie ihm versichert. Tommy kommt wieder herein und wäscht den Salat. Ich glaube, er will einfach länger in Carmichaels Nähe sein. Ich schneide eine Tomate und reihe auf der Theke Schüsseln auf: Tomate, Salat, Salsa, geriebener Käse, schwarze Oliven.

Im Kopf gehe ich jedoch meinen Brief durch.

Liebe Brielle. Auf was waren wir eigentlich so wütend?

War ich eine schreckliche Freundin?

Oder du?

Liebe Brielle, es tut mir leid.

Es tut mir leid.

Schließlich hat Alex keine Lust mehr, allein im Wohnzimmer zu bleiben, und er gesellt sich zu uns und deckt den Tisch. Ich gebe ihm die Literflasche Limonade, die Mom uns erlaubt – nur, weil Samstag ist –, und er beginnt vergnügt, sie zu schütteln. »He!«, rufen Tommy und ich gleichzeitig. Grinsend hört Alex mit dem Geschüttel auf. Er stellt die Flasche auf den Tisch und schnappt sich die Schüsseln mit den Tacofüllungen, immer zwei auf einmal.

»Kann ich auf meine Erdnussbutter tun?«, fragt er.

»Igitt«, kommentiert Tommy.

»Du hast keine Ahnung!«, sagt Alex. »Vielleicht schmeckt das gut! Du hast es doch nie probiert.«

»Doch, ich weiß es«, erwidert Tommy. »Es ist eklig.«

»Na dann, Jungs, setzen wir uns«, sagt Mom. Sie schenkt sich Wein ein und hebt das Glas. Dabei lächelt sie mich an. »Du fährst sie dann in die Notaufnahme, wenn ihnen von den Erdnussbuttertacos schlecht wird, ja?«

»Na klar«, sage ich. »Du kannst die ganze Flasche austrinken, wenn du willst. Ich hab alles im Griff.«

Tommy verdreht die Augen, doch dann fallen wir alle über den Reibekäse und die Oliven her, füllen unsere Tacoschalen bis zum Rand und zermalmen sie geräuschvoll.

Ich blicke auf unsere kleine Runde, nur einen Moment lang. Nicht, dass wir die perfekte amerikanische Familie wären oder so, schon klar. So hatte ich mir die Samstagabende in meinem Abschlussjahr nicht vorgestellt. Es ist ganz schön langweilig, absolut.

Aber ich hole tief Luft und lächle. Hole noch mal Luft. Und noch mal.

Ich atme einfach weiter.

Liebe Brielle,

du warst mir eine gute Freundin. Von dir habe ich gelernt, tough zu sein. Von dir habe ich gelernt, mich zu behaupten. Du fandest mich hübsch und warst der Meinung, ich hätte einen Freund und Freundinnen und Partys und schicke Klamotten verdient. Du hast mich zum Lachen gebracht.

Aber ich war dir keine gute Freundin. Ich wusste nicht, wie ich dir helfen sollte. Ich wusste nicht, wie ich all dem, was wir Emma angetan haben, Einhalt gebieten konnte. Es fühlte sich falsch, aber auch gut an, so zornig und hasserfüllt und gemein zu sein. Trotzdem, vielleicht wäre es anders gegangen. Es wäre bestimmt anders gegangen.

Du fehlst mir. Ich wünschte, wir hätten uns nicht aus den Augen verloren. Ich wünschte, du wärst noch an der Schule. Aber wo immer du bist, ich hoffe, du bist glücklich. Ich glaube, ich kann vielleicht glücklich werden. Jedenfalls arbeite ich daraufhin. Bleib stark.

Alles Liebe,

Sara

Liebe Emma,

es wird mir mein ganzes Leben lang leidtun. Aber ich werde auch vorsichtiger sein. Ich werde nicht mehr automatisch davon ausgehen, dass jeder stark ist. Ich werde nicht davon ausgehen, dass ich alles über jemanden weiß, bloß weil ich sehe, wie er sich verhält. Ich werde versuchen, das im Gedächtnis zu behalten, damit ich vielleicht eines Tages das Gefühl habe, deine Vergebung zu verdienen.

Wo immer du jetzt bist, ich hoffe, du bist glücklich. Und fühlst dich jetzt stärker.

Alles Liebe,

Sara

DANKSAGUNGEN

So viele Freunde und Kollegen haben mir bei der Arbeit an diesem Buch zur Seite gestanden, und ich bin ihnen unendlich dankbar. Ganz besonders danke ich Rebecca Mazur, Erica Jensen, Devi Pillai und Abby McAden, weil sie mir viele, viele Jahre lang großartige Freundinnen und Karriereberaterinnen gewesen sind. Mein Dank gilt auch den Frauen meiner Schreibgruppe PSCWW: Cara, Alex, Catherine, Megan, Lindsay, Daniella, Becky und Carry – danke für die dringend nötigen Deadlines und die hervorragenden Anmerkungen.

Um meine Agentin, Holly Root, sowie meine Lektorin Donna Bray zu beschreiben, fehlen mir die Superlative, darum sage ich bloß: Wow. Es ist wirklich eine Ehre, mit euch arbeiten zu dürfen. Vielen Dank auch an alle Mitarbeiter bei Waxman Leavell Literary, HarperCollins Children's Books und Balzer + Bray.

Und an meine Mutter, Virginia Maciel: Es ist nicht übertrieben, wenn ich sage, du bist die beste Mutter der Weltgeschichte, und ich liebe dich mehr, als sich irgendwer vorstellen kann.

Und schließlich danke ich Andy Meier und Calvin Meier. Ihr seid die einzigen Männer auf dieser Liste, ganz einfach, weil ihr die besten seid.

Du kannst die Zukunft retten – wenn du tötest, was du am meisten liebst ...

Cristin Terrill
ZEITSPLITTER
- DIE JÄGERIN
Roman
Aus dem amerikanischen
Englisch von
Barbara Imgrund
336 Seiten
ISBN 978-3-414-82390-8

Marina steht am Anfang: Sie ist reich, beliebt und verliebt in einen hinreißend attraktiven Jungen.
Em ist am Ende: Sie ist seit Jahren auf der Flucht, seit Monaten in einer winzigen Zelle eingesperrt, wird beinahe täglich verhört. Die beiden Mädchen haben nichts gemeinsam, außer der einen Sache: Sie sind ein und dieselbe Person. Vier Jahre trennen sie. Vier Jahre, in denen die Welt an den Rand des Abgrunds gerät. Doch Em bekommt die Möglichkeit, durch eine Zeitreise die Vergangenheit zu ändern. Nur ist der Preis, den sie dafür zahlen muss, schrecklich ...

Boje

Eine Liebe - nicht von dieser Welt

Cylin Busby
WO IMMER DU BIST
Aus dem amerikanischen
Englisch von
Sylke Hachmeister
240 Seiten
ISBN 978-3-414-82386-1

Ich spürte ihre Wärme, als ihre Finger meinen Arm hinaufwanderten und auf meiner Schulter liegen blieben. Sie lächelte, ihr Gesicht ganz nah an meinem. »Ich hab mir Sorgen gemacht, aber jetzt ist alles gut, oder? Ich bleibe bei dir.«

West liegt nach einem Unfall im Krankenhaus. Er kann sich nicht bewegen, nicht sprechen – und doch trifft er genau hier das Mädchen seiner Träume. Olivia ist wunderschön – und auch sie fühlt sich zu ihm hingezogen. Aber West spürt, dass sie etwas zu verbergen hat. Und ihm ist klar: Wenn er wieder gesund ist, muss er ihr Geheimnis unbedingt ergründen ...

Boje

Wie Romeo und Julia – in der Großstadt

Brigitte Glaser
8 TAGE IM JUNI
224 Seiten
ISBN 978-3-414-82363-2

Jenny und Lovis leben nur wenige Kilometer voneinander entfernt und doch könnte ihr Leben nicht unterschiedlicher sein. Lovis' Vater hat viel Geld, Jenny dagegen ist in einer Sozialwohnung zu Hause und weiß oft nicht, von welchem Geld sie das nächste Abendessen kaufen soll. Als Lovis an einer menschenleeren U-Bahn-Haltestelle von drei Jugendlichen zusammengeschlagen und auf die Gleise geschubst wird, ist es Jenny, die ihn im letzten Moment auf den Bahnsteig zieht. Doch sie läuft weg, bevor die Polizei kommt. Lovis dagegen geht das fremde Mädchen nicht mehr aus dem Kopf, er möchte sie unbedingt wiedersehen ...